W0391898

DROEMER

STEPHEN
AMIDON

DAS ENDE VON EDEN

KRIMINALROMAN

Aus dem Englischen
von Alice Jakubeit

DROEMER

Die amerikanische Originalausgabe erschien 2023 unter dem Titel
»Locust Lane« bei Celadon Books, New York.

Besuchen Sie uns im Internet:
www.droemer.de

Aus Verantwortung für die Umwelt hat sich die Verlagsgruppe Droemer Knaur zu einer nachhaltigen Buchproduktion verpflichtet. Der bewusste Umgang mit unseren Ressourcen, der Schutz unseres Klimas und der Natur gehören zu unseren obersten Unternehmenszielen. Gemeinsam mit unseren Partnern und Lieferanten setzen wir uns für eine klimaneutrale Buchproduktion ein, die den Erwerb von Klimazertifikaten zur Kompensation des CO_2-Ausstoßes einschließt. Weitere Informationen finden Sie unter: www.klimaneutralerverlag.de

FSC
www.fsc.org
MIX
Papier | Fördert gute Waldnutzung
FSC® C083411

Deutsche Erstausgabe Mai 2023
Droemer HC

Das Zitat von Ralph Waldo Emerson stammt aus: Ralph Waldo Emerson.
Dial Essays. Die Übersetzung wurde von Alice Jakubeit vorgenommen.
Redaktion: Birgit Förster
Covergestaltung: SO YEAH DESIGN, Gabi Braun
Coverabbildung: © Collage unter Verwendung von Sandra Cunningham /
Trevillion Images und stavklem / shutterstock.com
Satz: Adobe InDesign im Verlag
Druck und Bindung: CPI books GmbH, Leck
ISBN 978-3-426-28392-9

2 4 5 3 1

Der hat nur das halbe Universum gesehen, dem nie
das Haus des Schmerzes gezeigt wurde.

RALPH WALDO EMERSON

PROLOG

PATRICK

Er fuhr den Hund auf der Locust Lane an. Das Tier kam aus dem Nichts, ein rasender dunkler Fleck. Er wich aus, doch nicht weit genug – mit der Ecke der Stoßstange erwischte er den Hund an den Hinterläufen und schleuderte ihn zurück in die Nacht. Sein Jaulen harmonierte mit dem Quietschen bremsender Reifen. Und dann stand er mit rasendem Herzen mitten auf der Straße und dachte, dass diese Autofahrt vielleicht doch keine so gute Idee gewesen war.

Es dauerte einen Moment, bis er das verletzte Tier ausfindig machte. Der Hund war in die Richtung geflüchtet, aus der er gekommen war, jedoch nur bis zum nächstgelegenen Rasen, wo er sich jetzt im Kreis drehte und nach seinem Hinterlauf schnappte, in vergeblicher Jagd nach seinem Schmerz befangen. Schließlich legte er sich hin und leckte ungestüm über die Aufprallstelle. Der Hund war groß und schwarz. Ein Labrador vielleicht oder eine Mischung aus Labrador und noch etwas. Patrick kannte sich mit Hunden nicht aus.

Er vergewisserte sich, ob in den nächstgelegenen Häusern Licht anginge und Hauseigentümer in Morgenmänteln vor ihre Türen träten. Alles war still. Die Uhr im Armaturenbrett zeigte 3:11 Uhr an. Es war durchaus möglich, dass der Vorfall von den Anwohnern der Locust Lane überhaupt nicht bemerkt worden war. Die Häuser hier standen weit von der Straße zurückgesetzt, die Fenster waren fest verschlossen. Bäume schirmten die Fassaden größtenteils ab. Was auf der Straße geschah, war weit weg.

Der Hund leckte noch immer über seine Verletzung, doch seine Bewegungen deuteten darauf hin, dass er sich erholte. Patrick sagte sich, er solle weiterfahren. Es war nicht seine Schuld. Hunde durften in Emerson nicht frei herumlaufen. Jeder wusste das. Eine einen Meter achtzig lange Leine war vorgeschrieben. Überall standen Schilder. Und es war nicht gesagt, dass er unterhalb der Promillegrenze lag. Der Drahtseilakt, irgendeinem gähnenden Cop Nüchternheit vorzuspielen, war das Letzte, was er jetzt brauchte. *Fahr nach Hause,* dachte er. *Mach die Flasche leer, und ab in die Koje. Du weißt doch, wie es läuft. Bald wird es Morgen, und dann folgt ein weiterer öder Tag.*

Doch das konnte er nicht tun. Er hatte ein Lebewesen verletzt. Dadurch war er für es verantwortlich. Er musste ihm helfen. Er brauchte keinen weiteren Artikel im Warenkorb der Schuldgefühle, den er mit sich herumtrug. Er hatte mit sich selbst die Abmachung getroffen, wenigstens anständig zu bleiben. Alles andere konnte er hinter sich lassen, aber nicht das.

Er fuhr an den Straßenrand. Der Hund lag noch immer zusammengerollt auf dem Rasen, doch er widmete sich seiner Flanke nicht mehr ganz so eifrig. Jetzt, wo Patrick beschlossen hatte, dem Tier zu helfen, erkannte er, dass er keine Ahnung hatte, was er tun sollte. Ein großes, verängstigtes und potenziell blutiges Tier in seinen M3 zu verfrachten und in eine nachts geöffnete Tierklinik zu bringen kam nicht infrage. Und er würde den Hund gewiss nicht mit nach Hause nehmen. Was er auch tun würde, musste hier geschehen. Letztlich fiel ihm nichts Besseres ein, als nachzusehen, ob das Tier ein Schild am Halsband trug, eine Telefonnummer, die er anrufen konnte.

Er stieg aus. Der Hund beobachtete ihn und wartete darauf, dass der Mensch die Rahmenbedingungen vorgab.

»Braver Junge«, sagte Patrick, obwohl er weder für das eine noch für das andere einen Beleg hatte.

Der Hund winselte kurz – eher ein Piepen auf einem Radar denn ein Hilferuf – und taxierte dieses Wesen, das den Schmerz verursacht hatte. Sein Schwanz bebte unfreundlich. Als Friedensgeste streckte Patrick die rechte Hand mit der Handfläche nach unten und herabhängenden Fingern aus – wie ein Angehöriger eines Königshauses, der einen Kuss erwartete. Das war mehr oder weniger das, was er über Kommunikation mit Hunden wusste. Er hatte nie einen Hund gehabt.

Nun stand das Tier wackelig auf, die verletzte Pfote ein paar Zentimeter angehoben. Das war ein gutes Zeichen. Keine Rückgratverletzung; vermutlich auch keine lebenswichtigen Organe beschädigt. Der Hund konnte nach Hause humpeln, wo sich der Idiot, der ihn mitten in der Nacht frei herumlaufen ließ, um ihn kümmern konnte. Patrick drehte sich zum Auto um, erstarrte aber, als der Hund knurrte. Leise und bedrohlich, wie ein betriebsbereiter Müllschlucker. Patrick drehte sich wieder um. Das Fell im Nacken des Tieres hatte sich wie elektrisiert aufgestellt. Es tat einen bedrohlichen Schritt auf ihn zu. Dem verletzten Bein schien es sekündlich besser zu gehen.

Okay, dachte Patrick. *Jetzt ist Feierabend.* Wieder zeigte er dem Hund seine Hand, diesmal mit aufgerichteter Handfläche, ein Cop, der den Verkehr anhält. Kein Grund, ein Drama daraus zu machen. Derjenige, dessen Name auf dem Halsband stand, konnte ab hier übernehmen. Sich eine einen Meter achtzig lange Leine besorgen und das verdammte Gesetz einhalten.

Er wich einen Schritt zurück. Der Hund tat zum Ausgleich einen Schritt vor. Patrick fragte sich, ob seine Handbewegungen für den Hund etwas anderes bedeuteten, als er gemeint hatte. Rasch warf er einen Blick über die Schulter. Er hatte die Autotür offen gelassen. Das war gut. Fünf schnelle Schritte, und er wäre in Sicherheit. Gewiss würde er schneller als ein Hund mit nur drei Beinen an seinem Auto sein.

Doch dann drehte der Hund den Kopf. Irgendetwas in der dichten Baumgruppe, die das monströse Domizil direkt vor Patrick von dem sogar noch größeren Haus daneben trennte, hatte seine Aufmerksamkeit erregt. Patrick folgte seinem Blick. Zuerst sah er nur verschiedene Abstufungen von nichts. Die Bäume standen dicht an dicht, durch ein Netz aus Ranken miteinander verbunden. Doch dann zeichnete sich etwas ab. Ein mannsgroßer dunkler Schemen. Ein Mensch – groß, breitschultrig – beobachtete ihn aus etwa dreißig Metern Entfernung.

Was sollte der Scheiß?

»Ist das Ihr Hund?«, rief Patrick.

Er bekam keine Antwort.

»Hallo?«

Nichts. Das ergab doch keinen Sinn. Warum versteckte sich der Hundebesitzer zwischen den Bäumen? So streng waren die Strafen bei Verstößen gegen die Leinenpflicht hier nun auch wieder nicht. Es sei denn, der Mann wäre gar nicht der Besitzer des Hundes. Doch Landstreicher und Herumlungerer waren in Emerson nicht gerade weit verbreitet. Soweit er wusste, bestand die Obdachlosenpopulation aus einem kleinen Trüppchen ständig wechselnder Männer, die im Hilton Däumchen drehten, nachdem sie von ihren erbosten Frauen vor die Tür gesetzt worden waren. Patrick musste es wissen, er war vergangenes Jahr selbst einer von ihnen gewesen.

Gerade als er sich wieder dem Hund zuwandte, schien dieser sich darüber klar geworden zu sein, was er von dem

Mann zwischen den Bäumen hielt, und drehte sich zu Patrick um. Und dann schien er sich auch darüber klar zu werden, was er von Patrick hielt, und zwar nichts Gutes. Sein Knurren wurde tiefer. Er tat einen weiteren bedrohlichen Schritt vor, mit derselben mordlustigen Verstohlenheit, die man in Reportagen über die Serengeti sieht. Sein verletztes Bein schien vollständig wiederhergestellt.

Zeit zu gehen. Und zwar fix. Patrick grub eine Bewegung aus seiner Footballerzeit als Wide Receiver aus: Mit dem rechten Fuß tat er einen energischen Schritt nach vorn, drehte sich und rannte in die entgegengesetzte Richtung. Nur fünf Schritte, eine geschickte Drehung ins Auto hinein, die Tür zugeknallt, und er wäre in Sicherheit. Und er hätte es auch fast geschafft. Der vordere Fuß war bereits im Auto, da explodierte im hinteren Oberschenkel ein heftiger Schmerz. Der Hund hatte ihn gebissen. Zum Glück hatten seine Fänge keinen Halt gefunden. Der Schwung trug Patrick hinters Steuer, und er zog die Tür zu. Allerdings fiel sie nicht ins Schloss, sondern knallte in ein Kissen aus Knochen und Gewebe. Der Kopf des Hundes. Ohrenbetäubendes Jaulen, gefolgt von einem winselnden Rückzug. Patrick schloss die Tür, während der Hund in Richtung der dichten Baumgruppe davonhumpelte, wo ein Mann im Verborgenen unbeteiligt zugesehen hatte, wie das Tier einen anderen Menschen angriff.

Behutsam tastete Patrick seinen Oberschenkel ab. Die Hose war zerrissen, aber da war kein Blut. Noch immer spürte er den Adrenalinstoß, nunmehr von Wut befeuert. Was zum Teufel war da gerade passiert? Warum hatte dieses Arschloch nicht eingegriffen? Hatte er dem Hund heimlich eine Art Angriffsbefehl gegeben? Patrick ließ den Motor an und manövrierte so lange hin und her, bis die Scheinwerfer die Bäume anstrahlten. Doch da war niemand. Nur Bäume und Ranken. Und natürlich die Dunkelheit, die geduldig auf das Ende dieser hektischen kleinen Störung in ihrem Herrschaftsgebiet wartete.

Zu Hause zog Patrick die zerrissene Hose aus und untersuchte die Verletzung. Es war keine offene Wunde, doch wahrscheinlich würde sich ein hässlicher blauer Fleck bilden. Vorsichtshalber strich er dick antiseptische Salbe darauf, dann kühlte er die Stelle mit einem Eisbeutel. Zur Linderung der Schmerzen ein großer Tumbler Suntory und zwei Ibuprofen.

Es war jetzt beinahe vier Uhr. Er sollte im Bett sein. Er hätte im Bett sein sollen, als der Hund ihn biss. Er hätte im Bett sein sollen, als er beschloss, eine Runde mit dem Auto zu drehen. Doch ein Traum hatte ihn geweckt und glatt aus dem Haus getrieben. Vielmehr kein Traum, sondern eine körperlose Stimme, deutlicher und näher, als ein Traum je sein könnte. *Dad, holst du mich ab?* Es war nicht Gabi als fröhliches, unbeschwertes Mädchen gewesen, das vom Fußballtraining oder aus dem Einkaufszentrum abgeholt werden musste. Auch nicht ihr späteres Ich, flehend, gezeichnet und am Ende, aus der Zeit, in der sie ihn mit einem geliehenen Prepaidhandy oder per R-Gespräch für 24,99 Dollar die Minute von einem Münzsprecher im Gefängnis angerufen hatte. Nein, dieser Ruf kam aus dem Hier und Jetzt, von der jungen Frau, die sie heute gewesen wäre. Zuversichtlich und ein bisschen ungeduldig. An der Schwelle ihres Erwachsenenlebens. Die junge Frau, die ihrem Vater einen Gefallen tat, indem sie ihm gestattete, ihr diesen Gefallen zu tun.

Als sie zu ihm sprach, war er nicht im Bett, sondern saß in seinem alten Sessel, dem einzigen Möbelstück, das er aus seinem verschwundenen Leben mitgenommen hatte. Er brauchte eine Minute, um sich zurechtzufinden. Er trug noch die Kleidung, die er nach der Arbeit angezogen hatte, eine Dockers-Hose und ein Polohemd. Auf dem Tisch neben ihm standen ein Tumbler mit whiskyfarbenem Eisschmelzwasser und ein Schüsselchen voller Pistazienschalen. Im Discovery Channel lief ohne Ton eine Sendung über bärtige Männer auf einem Schiff, die mit den Elementen rangen.

Da an Schlaf nicht mehr zu denken war, fuhr er mit dem Auto aufs Geratewohl kreuz und quer durch die Stadt. Er bog links ab, er bog rechts ab. Es spielte keine Rolle, solange er in Bewegung blieb. Von der Adams in die Cabot Street; von der St. James in die Smith Street und dann in die Rockingham. Auf der Centre Street durchs Stadtzentrum, wo nichts geöffnet hatte, aber alles hell erleuchtet war. Vorbei an der Highschool, auf deren riesigem Parkplatz ein einsames Auto unter den Natriumdampflaternen stand, deren Licht wie ein warmer Nieselregen darauf herabfiel. Vorbei am Minimarkt der Mobil-Tankstelle, wo eine hoppereske Gestalt hinter schusssicherem Glas saß. Und dann in die Locust Lane, wo der schwarze Hund seinen Weg kreuzte.

Er sollte versuchen, im kurzen Rest dieser Nacht noch ein wenig Schlaf zu finden, wusste allerdings, dass dieser sich ohne Unterstützung nicht einstellen würde. Nicht bei den Schmerzen in seinem Bein und dem restlichen Adrenalin in seinem Blut. Und so schenkte er sich noch einmal von der japanischen Wunderdroge ein und grübelte über die Gestalt zwischen den Bäumen nach. Je länger er darüber nachdachte, desto wütender wurde er. Er konnte sich nicht vorstellen, dass irgendjemand in dieser Stadt nicht eingreifen würde, wenn sein Haustier angefahren wurde, einen Fremden angriff und schließlich von einer zuschlagenden Autotür eingeklemmt wurde. Für das Wohlergehen dieses Tiers war vermutlich mehr ausgegeben worden als für drei Viertel der Kinder weltweit. Und dennoch kein Mucks zwischen den

Bäumen. Falls der Mann bloß zufällig dort gewesen war, was hatte er dann dort getan? Das ergab doch keinen Sinn.

Er erwog, die Polizei anzurufen und einen Streuner zu melden, einen frei herumlaufenden Hund. Doch er konnte sich vorstellen, wie das ausgehen würde. Sie würden ihm geduldig zuhören, einen Streifenwagen in die Locust Lane schicken und nichts finden. Außerdem stand Patrick mit den hiesigen Cops nicht auf bestem Fuß. Nein, dic Sache hatte sich erledigt. Er beschloss, sich zwei weitere Glas zu bewilligen. Das würde wirken, würde die drei gähnenden Stunden überbrücken, bis es wieder »Aufgewacht!« hieß; bis die Ödnis des Morgens schließlich in Sicht kroch.

MITTWOCHMITTAG

DANIELLE

Sie war im Laden und arbeitete, als sie hereinkamen. Alle arbeiteten – in der Mittagszeit herrschte am meisten Betrieb. Die Leute kauften Schmuck gerne mitten am Tag. Hauptsächlich Büroangestellte in ihrer Mittagspause. Paare, einzelne Männer – man bekam eine gute Mischung. Wenn man gut verkaufen wollte, aß man entweder früher oder später, oder man aß gar nicht.

Diese beiden jedoch waren keine Kunden. Das sah sie sofort. Sie waren nicht einmal ein Paar, jedenfalls nicht von der Sorte, die normalerweise bei einem Juwelier aufschlug. Eine Schwarze Frau mittleren Alters, die wie eine Highschooldirektorin aussah, begleitet von einem weißen Armleuchter, der Ringkampftrainer sein könnte. Die Frau hatte ein bisschen zu viel auf den Rippen, aber es war gut verteilt; die Kleidung makellos, jedes Haar lag perfekt. Der Mann hatte seinen Körper mit Hanteln und Bier aufgebaut; seine Frisur war das Ergebnis von Elektrorasierer und Gel. Nein, die waren garantiert nicht hier, um einen Verlobungsring zu kaufen. Um den Hals hatten sie Ausweise hängen, die sie aus dieser Entfernung nicht lesen konnte. Steuerprüfer, vermutete sie. Steve hatte sie bestimmt auf dem Überwachungsmonitor in seinem Büro gesehen. Wahrscheinlich schredderte er schon Dokumente.

Tomi schloss gerade den Verkauf eines, wie es aussah, halbkarätigen Solitärs ab. Damit blieb Britt. Das kleine Dummerchen hielt die beiden für Kunden, also ließ sie die Katastrophe, die sie für Charme hielt, auf sie los. Doch ihr Lächeln verschwand, sobald die Frau ihr Anliegen vortrug. Sie drehte sich um und deutete auf Danielle.

Und los geht's, dachte sie. Wieder einmal. Eden hatte gestern um kurz nach Mitternacht angerufen, doch Danielle hatte ihren Anruf verpasst. Sie war früh zu Bett gegangen und hatte den Klingelton abgestellt, weil sie in letzter Zeit eine Flut potenziell betrügerischer Anrufe erhalten hatte. Daher hatte sie erst heute Morgen gesehen, dass ihre Tochter angerufen hatte. Sie hatte keine Nachricht hinterlassen. Danielle hatte versucht, sie zurückzurufen, doch Eden hatte das Gespräch nicht angenommen. Was bedeutete, dass sie nicht in der Lage gewesen war, den Unsinn zu verhindern, für den man ihr gleich die Verantwortung zuschieben würde.

Danielle hatte keinen Ärger mit dem Finanzamt, und ihre Tochter hatte kein Geld, also waren die beiden vielleicht Sozialarbeiter. Wobei die normalerweise nicht paarweise auftraten. Die miesen Typen, die Vorladungen und Vollstreckungsbefehle zustellten, arbeiteten in der Regel ebenfalls allein. Und dann sah sie die goldenen Dienstabzeichen, und ihre Verärgerung wich einem tieferen Gefühl.

Es war die Frau, die sie ansprach.

»Danielle Perry?«

Ihre Stimme klang überraschend freundlich. In den meisten Situationen hätte man sie beruhigend nennen können. Nur nicht in dieser.

»Was hat sie jetzt wieder angestellt?«

»Ich bin Dorothy Gates. Ich bin Detective bei der State Police. Das ist Detective Procopio aus Emerson.«

Gates sah sich um. Gerade war ein weiteres Paar eingelassen worden. Der Verkaufsraum war nicht sonderlich groß. Allmählich wurde es eng.

»Können wir uns irgendwo ungestört unterhalten?«

Die Angst wurde größer. Eden war auch früher schon in Schwierigkeiten gewesen, Gott allein wusste das, aber noch nie waren zwei Detectives und Ungestörtheit vonnöten gewesen, um die Sache zu erklären.

»Ms Perry?«

Da war der Lagerraum, aber der war nur ein begehbarer Safe ohne Sitzgelegenheiten. Blieb das Büro des Geschäftsführers. Steve würde nicht erfreut sein, die Cops da drin zu haben.

»Ich bin nicht ...«

Und dann erschien er wie aufs Stichwort, Steve Slater höchstpersönlich, mit seinem Brusthaar und seinen Loafern. Sein Blick war fest auf die Cops gerichtet, seine Stirn so stark gerunzelt, dass es aussah, als befände er sich im Anfangsstadium eines Schlaganfalls. Er sagte kein Wort, während er auf sie zukam, als ob er bereits den Rat seines Anwalts befolgte.

»Das sind die Detectives Gates und Procopio«, erklärte Danielle, die sich Namen gut merken konnte. »Könnten wir kurz dein Büro benutzen?«

»Mein Büro«, wiederholte er matt.

Zu den zahlreichen Dingen in Steves Büro, die er die Detectives garantiert nicht sehen lassen wollte, gehörte ein glänzender Colt 1911 in einem Holster, das er unter dem Schreibtisch befestigt hatte, ein Werkzeug der Zerstörung, das den staatlichen Behörden gemeldet sein mochte oder auch nicht. Bei den seltenen Gelegenheiten, wenn er zwielichtige Gestalten einließ, hatte er die charmante Angewohnheit, sich die Pistole vorn in seine Slacks zu stecken.

»Ja, das wäre sehr freundlich«, sagte Gates.

Das setzte Slater unter Zugzwang. Eine Weigerung würde die Cops ins Grübeln bringen.

»Natürlich.« Er klang, als wären seine Backenzähne mit Sekundenkleber verbunden worden.

Mit dem Schlüssel an seinem elastischen Schlüsselband öffnete er die Tür und hielt sie ihnen auf.

»Können Sie mir sagen, wie lange das dauern wird?«, fragte er, als sie an ihm vorbeigingen.

Gates drehte sich um und lächelte liebenswürdig, das Gesicht dicht vor seinem.

»Wir brauchen so lange wie nötig.«

Man hätte ihre Stimme honigsüß nennen können, wenn Honig denn ätzend wäre. Die einbruchsichere Tür fiel schwer hinter ihnen ins Schloss. Vor Steves Schreibtisch standen zwei Stühle. Gates, die sofort das Kommando übernahm, deutete auf einen davon.

»Ms Perry, ich möchte, dass Sie sich setzen.«

Da wusste Danielle, dass es die schlimmste Art von schlechter Nachricht war. Man hatte sie schon einmal gebeten, sich zu setzen. Nach dem Herzinfarkt ihrer Großmutter.

»Ich würde lieber stehen bleiben«, entgegnete sie, als könnte sie so abwehren, was kam.

»Bitte«, sagte Gates und klang bei aller Liebenswürdigkeit sehr bestimmt.

Und so setzte sie sich. Gates nahm den anderen Stuhl und hockte sich ganz vorn auf die Kante, als wollte sie jeden Augenblick wieder aufspringen können. Procopio blieb stehen, die Arme vor der Brust verschränkt. Er hatte Danielle nicht mehr aus den Augen gelassen, seit Britt sie ihm gezeigt hatte. Sein Blick war ausdruckslos. Man hätte denken können, er studierte sie für eine Prüfung, die er ablegen musste.

»Ms Perry«, sagte Gates. »Man kann das einfach nicht schonend sagen. Leider ist Eden tot.«

Danielle erwiderte den Blick der Frau noch einen Moment lang, einfach um sicher zu sein, dann sah sie sich nach etwas anderem als diesem unerträglichen Mitgefühl um, worauf sie sich konzentrieren konnte. Ihr Blick landete auf einem

Foto von Slater und seinen Töchtern vor einem Muscle-Car. Sie sah wieder die Polizistin an.

»Es tut mir sehr leid«, sagte Gates.

Danielle fragte sich, warum sie sich nicht die Augen aus dem Kopf weinte. Sie wusste, das geschah irgendwo in ihrem Inneren, aber es war noch nicht an die Oberfläche gedrungen.

»Was ist passiert?«

»Auch das ist eine schlechte Nachricht, aber wir glauben, sie wurde ermordet.«

»Wie?«

»Anscheinend bekam sie einen Schlag auf den Kopf.«

»Wo war sie da?«

»In einem Wohnhaus in Emerson. Kennen Sie …?«

»Moment mal, waren Bill und Betsy …?«

»Sie waren nicht in der Stadt.«

»Sie sind sicher, dass sie es ist?«

»Ihr Führerschein war am Tatort. Wir haben mit den Hauseigentümern gesprochen. Sie ist es, Danielle.«

»Wurde sie …?«

»Das prüfen wir gerade.«

Danielle waren die Fragen ausgegangen.

»Wann haben Sie zuletzt mit Ihrer Tochter gesprochen?«

»Gestern Abend. Gegen sieben.«

»Hat sie erkennen lassen, dass etwas nicht in Ordnung war?«, fragte Procopio. Seine Stimme klang, wie Danielle erwartet hatte: Sportplätze, Kneipen und Dachdeckerjobs.

»Nein«, antwortete Danielle. »Wo ist sie jetzt?«

»Wir kümmern uns um sie.«

Es klopfte an der Tür. Procopio öffnete. Seine Unterhaltung mit Slater dauerte nicht lange. Und dann waren sie wieder zu dritt. Danielle fiel etwas ein.

»Sie hat angerufen. Ich meine, noch einmal. Heute Nacht.«

»Und wann war das?«

»Um kurz nach Mitternacht.«

»Was hat sie gesagt?«

»Ich habe den Anruf verpasst. Ich habe geschlafen.«

»Hat sie eine Nachricht hinterlassen?«

Danielle schüttelte den Kopf.

»Heute Morgen habe ich versucht, sie zurückzurufen, aber …«

Aber sie war tot.

»Und was soll ich jetzt tun?«

»Wir werden Ihnen einige Fragen stellen müssen«, sagte Gates.

»Geht das auch später? Ich bin nicht …«

Sie wusste nicht, was sie nicht war.

»Es muss jetzt sein, und ich sage Ihnen auch, warum. Im Moment versuchen wir noch, die Fakten zusammenzutragen. Und je mehr Zeit vergeht, desto schwieriger wird das.«

»Können wir es wenigstens nicht hier drin tun?«

»Ich sage Ihnen was. Kommen Sie mit uns auf die Wache. Ich glaube, das wäre überhaupt am besten.«

»Ist sie dort?«

»Nein, der Rechtsmediziner kümmert sich um sie.«

»Können wir zuerst dahin fahren?«

»Über das alles können wir sprechen, wenn wir auf der Wache sind.«

Im Verkaufsraum lösten sich die Mutmaßungen der anderen in Luft auf, als sie Danielles Gesichtsausdruck sahen. Steve sagte etwas, und dann sagte Britt etwas, aber Danielle konnte nichts aufnehmen.

Eden.

Der Wagen der beiden Detectives parkte gleich vor der Tür in zweiter Reihe. Da stand auch ein Streifenwagen aus Watertown. Nach einem Nicken von Gates fuhr er davon.

Danielle setzte sich auf die Rückbank. Nach Emerson war es nicht weit. Procopio fuhr. Ein paarmal schaltete er Warnlicht und Sirene ein, damit die Leute Platz machten. Sie sprachen nicht miteinander, doch Gates drehte sich circa jede Minute um, um nach ihr zu sehen. Danielle fiel es schwer, ihre Gedanken beisammenzuhalten. Sie fühlte sich wie in dem Moment kurz vor dem Einschlafen, wenn der Kopf einen in einen Traum hineinzieht. Noch war alles vertraut, aber zugleich ganz anders als das normale Leben. Man konnte sich alles Mögliche vorstellen, wenn es um Eden ging. Dass sie verhaftet worden war. In der Notaufnahme lag. Dass sie nach einem Autounfall mit Blechschaden oder einem katastrophalen One-Night-Stand oder vor wütenden Menschen gerettet werden musste, die so blöd gewesen waren, ihr zu vertrauen. Dass sie sich über etwas schlapplachte, was außer ihr niemand verstand. Aber nicht tot. Sie war immer lebendig, wenn man an sie dachte. Lebendiger als jeder andere. Sie zappelte herum und redete und fragte. Trank einem das Bier aus, aß einem den Teller leer. Blickte nie so richtig durch, stürzte sich aber trotzdem in alles hinein, als wäre die Welt ein großer gummigepolsterter Spielplatz, wo nichts richtig Schlimmes passieren konnte.

»Sie kennen nicht zufällig das Passwort zu ihrem Telefon?«

»1526«, erwiderte Danielle sofort.

Gates war überrascht.

»Ihr Geburtsdatum und meines«, erklärte Danielle. »Ich habe es ihr unter der Bedingung geschenkt, dass ich das Passwort kenne.«

Gates verschickte eine Textnachricht, und dann trat wieder Schweigen ein. Sie erreichten Emerson. Große Häuser, große Autos, stille Straßen. Wie immer staunte Danielle darüber, wie sicher alles wirkte.

»So was passiert hier bestimmt nicht oft«, sagte sie. »Dass Menschen getötet werden.«

»So was passiert überall«, entgegnete Gates, und in ihrer Stimme lag ein Anflug von müder Verwunderung.

Die Polizeidirektion von Emerson wirkte eher wie eine Hightechfirma an der Route 128 denn wie ein Ort, an dem das schmutzige Geschäft der Strafverfolgung stattfand. Vor dem Gebäude stand ein Transporter des örtlichen Ablegers eines Nachrichtensenders. Eine zierliche Blondine auf sehr hohen Absätzen sprach in die Kamera daneben.

»Na toll«, murmelte Procopio.

Sie parkten in der Nähe des Hintereingangs und betraten dann ein Großraumbüro, in dem zugleich Betrieb und gedämpfte Stimmung herrschten. Die Leute, an denen sie vorbeiging, sahen sie an und wandten gleich darauf hastig den Blick ab. Ein Uniformierter – groß, schon älter, silberhaarig – erwartete sie an der Tür eines verglasten Besprechungsraums. Er stellte sich als der Polizeichef vor; seinen Namen bekam sie nicht mit, weil in ihren Ohren ein ganzer Ozean rauschte. Als er ihr die Hand schüttelte, umhüllte er sie wie ein Waffeleisen eine Waffel.

»Es tut mir sehr leid um Ihr Kind«, sagte er.

Eine eigenartige Wortwahl, wenn man bedachte, dass ihre Tochter zwanzig war, aber unabsichtlich zutreffend. Eden war nichts anderes als ein Kind. Sie betraten den Raum. Wieder zeigte man ihr, wo sie sich hinsetzen sollte. Gates und Procopio setzten sich ihr gegenüber; der Polizeichef blieb stehen. Auf dem Tisch lag ein brauner Umschlag. Gates holte ein kleines Aufnahmegerät hervor, drückte auf einen Knopf und stellte es zwischen ihnen auf den Tisch.

»Ich werde unser Gespräch aufnehmen. Es gibt auch eine Kamera.«

Danielle nickte. Als ob sie hier ein Mitspracherecht hätte.

»Okay, ich werde Ihnen jetzt zwei Fotos zeigen. Sie müssen sie sich ansehen und uns sagen, ob das Ihre Tochter ist. Ich muss Sie warnen: Das wird nicht leicht. Aber es muss sein.«

»Ja, schon klar.«

»Okay. Los geht's.«

Gates zog zwei große Fotos aus dem Umschlag. Sie betrachtete sie einen Moment, als käme sie ins Zweifeln, dann legte sie sie vor Danielle auf den Tisch. Es waren Nahaufnahmen von Edens Gesicht. Ihre Augen waren halb geöffnet. Das Weiße im linken Auge war violett-rot verfärbt, das Lid geschwollen wie mit Wasser vollgesogenes Brot. Man konnte ein winziges Stück Zungenspitze sehen.

»Ihr Auge.«

»Das kommt wohl von der inneren Blutung«, erklärte Gates.

Danielle berührte eines der Fotos am Rand und verschob es ein Stück, bis es parallel zum anderen lag. Sie nickte. Es herrschte Schweigen.

»Sie bestätigen, dass die Person auf diesen Fotos Ihre Tochter Eden Angela Perry ist?«

»Ja.«

Hinter ihr bewegte sich etwas. Der Polizeichef. Er legte etwas neben sie auf den Tisch. Einen Kugelschreiber. Einen sehr schönen Kugelschreiber.

»Sie müssten uns bloß beide Fotos auf der Rückseite mit Ihren Initialen abzeichnen.«

Danielle tat wie geheißen. Gates nahm die beiden Fotos und steckte sie zurück in den Umschlag.

»Kann ich sie sehen?«

»Noch nicht.«

»Aber irgendwann muss ich das tun.«

»Das verstehen wir.« Detective Gates setzte sich anders

hin. »So, als Sie gestern Abend mit Ihrer Tochter sprachen, worüber haben Sie da geredet?«

»Nichts Besonderes eigentlich. Hauptsächlich habe ich auf sie eingeredet, dass sie – na ja, wahrscheinlich wissen Sie das, Sie hat demnächst einen Gerichtstermin.«

»Die Ladendiebstahlssache.«

»Was Schwachsinn ist. Jedenfalls, sie musste sich endlich mal beim Anwalt melden.«

Gates winkte ab. Ladendiebstahl interessierte jetzt niemanden.

»Hat sie erwähnt, ob sie gestern Abend jemanden treffen wollte?«

»Nein.«

»Was genau wollte sie bei den Bondurants? Am Telefon haben sie gesagt, sie seien Verwandte.«

»Betsy ist eine Cousine soundsovielten Grades. Sie kann Ihnen sagen, wie viel Grad genau. Wir sind über meine Tante Nancy verwandt. Kennengelernt haben wir uns bei ihrer Beerdigung …«

Beim letzten Wort stockte sie.

»Lassen Sie sich Zeit.«

»Die Bondurants hatten Eden unter ihre Fittiche genommen. Sie ist … schwierig. Sie ist kein schlechter Mensch. Sie ist bloß … manchmal macht sie dummes Zeug, weil das einfacher ist. Sie vertraut Menschen, denen sie nie hätte vertrauen dürfen. Aber sie könnte keiner Fliege etwas zuleide tun.«

»Da bin ich mir sicher«, sagte Gates.

»Sie treibt einen circa zehnmal am Tag zum Wahnsinn, aber sie ist auch irgendwie ein Engel. Es ist schwer zu erklären. Dafür muss man sie kennen.«

Danielle begann zu weinen. Sie weinte sonst nie, aber so war es nun einmal. Die Tränen waren wie kleine Stiche in ihren Augen. Eine Schachtel Papiertaschentücher tauchte vor ihr auf – wieder der Polizeichef. *Okay,* sagte sie sich nach zwanzig oder dreißig Sekunden. *Das war das. Du hast geweint, und es hat genauso viel geholfen wie immer.* Sie tupfte sich die Augen ab, und das schneeweiße Tuch bekam kohlschwarze Flecken.

»Wie lange war sie schon dort?«, fragte Gates.

»Fast drei Monate.«

»Und sie wirkte zufrieden?«

»Ja.«

»Und was genau hat sie getan?«

»Na ja, Betsy brauchte einfach Gesellschaft. Jemanden, der sie begleitete. Ich glaube, sie hat vor allem einfach ihre eigenen Kinder vermisst. Bestimmt wissen Sie das mit ihrem Ältesten.«

»Ja. Sehr traurig.«

»Und die anderen sind erwachsen und aus dem Haus. Sie wollte einfach jemanden, den sie verwöhnen kann. Anfangs war ich skeptisch. Eden ist nicht gerade eine erfahrene Betreuerin. Aber sie sind wirklich gut miteinander ausgekommen. Ach, und dann war da der Hund. Um den hat sie sich gekümmert. War er …?«

»Dem Hund geht es gut. Was wissen Sie über Edens Sozialleben?«

»Nicht viel. Sie wollte mir nichts erzählen. Darüber haben wir uns oft gestritten.«

»Warum das?«

»Sie hatte in der Vergangenheit ein paar schlechte Entscheidungen getroffen, und deshalb bin ich wohl manchmal ziemlich hart mit ihr ins Gericht gegangen, was ihren Umgang betraf.«

»Also keine Freunde, von denen Sie wissen? Ich meine, hier draußen in Emerson.«

»Keine, von denen ich gewusst hätte. Aber wie ich sie kenne, gab es bestimmt welche.«

»Sie hatte also keinen Job? Ich meine, außerhalb des Haushalts der Bondurants?«

»Außer dass sie mit dem Hund Gassi ging und Betsy Gesellschaft leistete, nicht. Sie haben sie bezahlt. Gut. Und ihr ein Zimmer gegeben. Mit eigenem Bad und einem großen Bett und einem großen Fernseher. Ich meine, Sie haben das Haus doch gesehen. Vielleicht war es das? Ein Einbruch oder so?«

»Wir prüfen auf jeden Fall sämtliche Möglichkeiten. Zurück zu etwas, was Sie eben gesagt haben, über schlechte Entscheidungen. Gibt es da jemanden aus Edens Vergangenheit, der ihr Ihrer Meinung nach vielleicht schaden wollte? Ein Ex-Freund vielleicht?«

»Die sind im Grunde ein Haufen Loser, aber keiner kam mir gewalttätig vor.«

»Haben Sie Namen?«

»Da sind Matt und Rayshard … wissen Sie, ich müsste nachdenken.«

»Wenn Sie uns eine Liste schreiben könnten, das wäre hilfreich.«

»Das kann ich tun.«

»Und hat Ihre Tochter Drogen genommen?«

»Nicht in dem Maße, dass es ein Problem gewesen wäre. Keine Nadeln oder so was.«

»Und dieser Anruf um Mitternacht, da wissen Sie also nicht, worum es ging?«

»Nein.«

»War das typisch für sie, so spät anzurufen?«

»In letzter Zeit nicht.«

Gates sah sie lange an.

»Wie würden Sie also Ihre eigene Beziehung zu Ihrer Tochter beschreiben?«

»Ich bin ihre Mutter.«

»Könnten Sie ein bisschen mehr ins Detail gehen?«

»Vermutlich könnte man sagen, dass Eden und ich uns eine Auszeit genommen haben. Ich meine, das klingt jetzt schlimmer, als es ist. Es war einfach so, wissen Sie, nach zwanzig Jahren dachten wir, wir könnten eine Pause brauchen, glaube ich.«

»Übrigens«, sagte Gates, als fiele es ihr gerade erst ein. »Wo waren Sie gestern Abend? Ich weiß, Sie haben gesagt, dass Sie um sieben mit ihr gesprochen haben …«

Danielle wusste, es war nur logisch, dass sie sie verdächtigten. Sie kannten sie nicht. Sie wusste, wie sie wirkte, mit den Tattoos und dem schwarz gefärbten Haar. Aber trotzdem.

»Ich war zu Hause.«

»Und haben was getan?«, fragte Procopio.

»Ich habe zu Abend gegessen, dann einen Film geschaut, und dann bin ich ins Bett gegangen.«

»Welcher Film war das?«

»Er war mit Julia Roberts. Sie tut so, als würde sie sich in einen Schwulen verlieben, um einen anderen Mann eifersüchtig zu machen. Der Titel fällt mir nicht mehr ein.«

»*Die Hochzeit meines besten Freundes*«, sagte Procopio sofort.

Die beiden Frauen sahen ihn an. Gates wandte sich wieder Danielle zu.

»Sie haben das Haus gar nicht mehr verlassen?«

»Nein.«

»Okay. Gut zu wissen.«

Sie unterhielten sich noch eine Weile. Der Polizeichef ließ sie allein. Gates fragte sie nach Edens Ex-Freunden und ihren Gewohnheiten und ob sie noch irgendetwas anderes über die Wochen in Emerson erzählt habe. Sie fragten nach den Stimmungen ihrer Tochter, was ein bisschen so war, als erkundigte man sich nach dem Flugplan einer Stubenfliege. Danielle war klar, dass sie keine große Hilfe war. Sie begannen, sich zu wiederholen.

Und dann kam der Polizeichef zurück und bat die beiden Detectives zu einer dringenden Unterhaltung vor die Tür. Danach konnten sie sie gar nicht schnell genug loswerden.

»Kann ich sie jetzt sehen?«, fragte sie.

»Ich sag Ihnen was. Wir geben Ihnen so bald wie möglich Bescheid.«

»Das wird aber noch heute sein, oder?«

»Die haben da ihre eigene Art, mit allem umzugehen. Aber müsste eigentlich.«

»Danke.«

»Wir lassen Sie von einem Officer nach Hause fahren. Gibt es jemanden, der Ihnen Gesellschaft leisten kann?«

»Ich komme zurecht.«

»Sind Sie sicher? Es gibt Leute, die wir anrufen können.«

Es gab nur eine einzige Person, deren Gesellschaft sie brauchte. Schon lange gab es da nur eine.

»Ich komme zurecht«, wiederholte sie, obwohl sie da massive Zweifel hatte.

CELIA

Sie wartete schon den ganzen Vormittag darauf, dass Alice ihre Textnachricht beantwortete. Es war eigenartig. Normalerweise antwortete sie sofort, doch nun war es bereits drei Stunden her. Natürlich konnte es sein, dass sie noch schlief. Alice war nicht gerade ein Morgenmensch. Es wäre zu schade, wenn sie sich nicht treffen könnten. Sie mussten wirklich über die Kinder sprechen.

Außerdem musste Celia für eine Weile aus dem Haus kommen. Die Bauarbeiter machten viel mehr Radau, als sie erwartet hatte. Sie hatten um kurz nach sieben damit begonnen, die Terrasse aufzureißen. Damit verstießen sie gegen die städtische Verordnung, die Gartenarbeit vor acht Uhr untersagte. Nicht dass das eine Rolle gespielt hätte. Niemand würde sich über Lärm bei den Parrishs beschweren, egal um welche Uhrzeit. Schließlich war es Oliver, der die Regeln aufgestellt hatte.

Insgesamt waren es vier Arbeiter. Einer bediente einen Pressluftbohrer, ein anderer fuhr einen Bagger. Die übrigen beiden beobachteten alles mit kritischem Blick – wie olympische Juroren. Bei ihrer Ankunft hatte Celia bereits in ihrer sonnigen Küchennische gesessen, eine Tasse Kaffee vor sich. Oliver war auf Dienstreise, und wenn sie allein war, konnte sie meist nicht länger als bis zum Morgengrauen schlafen. Als die Männer damit begannen, den verwitterten Steinboden aufzureißen, überlief sie ein kurzer Schauder, ganz ähnlich dem Gefühl, das den ersten Schnitt eines größeren Frisurenwechsels begleitete. Doch dann gab es kein Zurück mehr, und sie konnte sich dem nächsten Punkt zuwenden, was heute Morgen zufälligerweise ihr jüngster Sohn war. Insbesondere seine nächtliche Abwesenheit. Um kurz nach Mitternacht hatte er ihr eine Textnachricht geschickt. *Bleibe bei Hannah.* Sie hatte nachgefragt, ob er die ganze Nacht meine. Nach einer geraumen Weile hatte er mit einem einfachen *Jep* geantwortet. Und sie damit in eine schwierige Lage gebracht. Sie hätte versuchen können, diese Unterhaltung in Form von Textnachrichten fortzusetzen, was allerdings zu nichts führen würde. Sie konnte ihn anrufen, doch er war bei seiner Freundin, und das würde Ärger geben. Falls er überhaupt ans Telefon ging. Nein, sie würde einfach auf seine Rückkehr warten müssen.

Und so ließ sie es auf sich beruhen, wachte am nächsten Morgen früh auf und hockte sich auf ihren Lieblingsplatz im Haus, in die Küchennische, von der aus sie einen Panoramablick auf die Vorderseite des Hauses, die Garage und die Terrassentür hatte. Als die Jungen alle noch zu Hause gewohnt hatten, hatte sie sich gefühlt wie eine Fluglotsin, die die Bewegungen auf diversen Start- und Landebahnen koordinieren musste. Doch da Jack, ihr Jüngster, am Ende des Sommers ebenfalls ausziehen würde, würde sie sich wohl bald eher wie die Leuchtturmwärterin in irgendeinem traurigen Film fühlen. Sofort rief sie sich zur Ordnung. Woher war dieser triste Gedanke gekommen? Jack ging aufs Dartmouth College, nicht nach Afghanistan. Sie würde ihn immer noch oft sehen, ebenso wie Drew und Scotty. Bloß nicht in diesem täglichen Rahmen, der sie unter anderem dazu veranlasste, bei Tagesanbruch darauf zu warten, dass er nach Hause kam.

Was genau sie ihm sagen wollte, wenn er hereinkam, blieb offen. Sie war nicht bereit dafür. Eine Übernachtung. Bei einem Mädchen. Es war nicht ausdrücklich verboten, aber nur weil nie darüber gesprochen worden war. Hannah war Jacks erste feste Freundin, wenn man diese Verstrickung mit Lexi Liriano vergangenes Jahr nicht mitzählte, und Celia zählte sie nur zu gern nicht mit. Sie wusste, dass die beiden es getan hatten, und es machte ihr nichts aus. Sie hatte bereits zwei Söhne großgezogen. Sie war weder dumm noch prüde. Sie hoffte, sie würde nie so alt werden oder so sehr abstumpfen, dass sie vergaß, wie das war, diese nicht wiederholbare Glückseligkeit der frühen Liebschaften. Wenn man sich dem anderen ganz und gar hingab. In ihrem Fall war es Teddy Vier in der Skihütte in Killington gewesen, derweil ihre Familien auf den Pisten unterwegs waren. Während sie so ziemlich alles taten, wovor man sie gewarnt hatte. Teddy mit seinem widerspenstigen blonden Haarschopf und seinen muskulösen Armen mit der babyweichen Haut.

Doch sie hatten nie eine ganze Nacht miteinander verbracht. Nicht während der Highschoolzeit. Das war zu viel, selbst wenn man kurz vor dem Schulabschluss stand. Es gab Regeln, ungeschrieben, aber unauslöschlich, und an die mussten sich alle halten, sogar eine so unkonventionelle Familie wie die von Hannah. Celia würde eingreifen müssen. Allerdings musste sie behutsam vorgehen. Sie wollte nicht alles aufs Spiel setzen. Da war Jacks Temperament zu bedenken. Und Hannah erwies sich als gut für ihren Sohn. Unerwartet, aber gut. Still und lieb. Ein bisschen passiv, ein bisschen *empfindsam* vielleicht. Nicht das hübscheste Mädchen auf Erden, aber das war ja nichts Schlimmes. Und sie himmelte Jack wirklich an. Sie zu verschrecken wäre ein Fehler.

Offen gesagt, war es auch nicht so, als hätte er andere Optionen gehabt. In Liebesdingen hatte er bislang nicht viel Glück gehabt. Drew und Scotty hatten immer irgendein graziöses, treu ergebenes Geschöpf gehabt, das an ihren Lippen hing, aber Jack erregte bei Mädchen kein großes Interesse. Zunächst schrieb sie das seinem Alter zu. Doch dann schoss er auf über einen Meter achtzig in die Höhe, seine Stimme wurde tiefer, und er war zu alt, um einfach als jung betrachtet zu werden. So ungern eine Mutter so etwas zugab, aber er verfügte einfach nicht über die Attraktivität, die seine Brüder und seinen Vater unbestreitbar auszeichnete. Er sah nicht direkt gut aus, und das konnte genauso schlecht sein, wie hässlich zu sein. Zu eng stehende Augen, ein bisschen zu schmale Lippen, und seinen Bewegungen fehlte die Anmut seiner Brüder. Und vom Charakter her war er ein bisschen zu sperrig. Dieses schrille Lachen und die Angewohnheit, auf Sarkasmus zurückzugreifen, wenn er nervös oder unsicher war. Celia hatte gehofft, das alles hätte sich letztes Jahr mit Lexi geändert. Nachdem das so katastrophal geendet hatte, war sie gezwungen gewesen, in Betracht zu ziehen, dass Mädchen für ihren jüngsten Sohn ein langfristiges Problem darstellen würden.

Doch dann war Hannah gekommen, und seine Mädchenprobleme schienen wirklich der Vergangenheit anzugehören. Sie hatte die Geduld einer Heiligen, sah alle seine guten Seiten, fand sich mit seiner Sturheit, seinen eigenwilligen Ansichten und seinen Wutausbrüchen ab und glich mit ihrer Sanftheit und ihrer stillen Art seine Ecken und Kanten aus. Sie waren wirklich ein perfektes junges Paar. Es wäre ein Fehler, ihr sonderbares Gleichgewicht zu stören. Celia würde unbedingt Fingerspitzengefühl an den Tag legen müssen, wenn sie Jack begreiflich machen wollte, dass es Grenzen gab.

Ihr Telefon gab eines seiner Geräusche von sich. Es war Oliver, der sie auf Facetime anrief. Was ungewöhnlich war. Sie ging ins ruhigere Wohnzimmer, bevor sie den Anruf annahm. Und da war er, das Gesicht zu groß für das winzige Display.

»Guten Morgen aus dem tiefsten Connecticut«, sagte er. »Was ist das für ein unheiliger Radau?«

»Die Männer wegen der Terrasse sind hier.«

»Ach richtig. Wie sieht's aus?«

»Sie sind noch in der Zerstörungsphase. Wie ist Stamford?«

Er hielt das Telefon so, dass sie aus seinem Hotelzimmerfenster blicken konnte. Es sah genauso aus wie so ziemlich alles da unten.

»Du wirkst ein bisschen angeschlagen.«

»Wir waren bis Mitternacht zugange«, sagte er. »Vom Sitzungssaal in die Bar.«

»Wie läuft die Transaktion?«, fragte sie beklommen.

Oliver befand sich in der Endphase eines Projekts, bei dem er seine Mandanten, einen riesigen deutschen Konzern, bei der Fusionierung mit einem Maschinenteilehersteller aus Connecticut unterstützte. Es lief nicht reibungslos, was viele Überstunden, aber auch viele abrechenbare Stunden bedeutete. Der faustische Pakt seines Berufs.

»So langsam wird es. Diese Leute haben komische Umgangsformen. Sie erzählen schreckliche Witze. Im Grunde dreht sich alles ums Furzen und um große Brüste.«

»Hoffentlich nicht in ein und demselben Witz.«

Er lachte. Das war besser.

»Und wann kommst du nach Hause?«, fragte sie.

»Meetings den ganzen Vormittag und dann Mittagessen. Ich bin allerspätestens zum Abendessen wieder da.«

Ein kurzes Schweigen trat ein. An dieser Stelle des Telefonats hätte sie ihm von Jacks Aushäusigkeit erzählen sollen, doch sie sah keinen Grund, ihm noch mehr Sorgen aufzubürden. Sie würde das zuerst mit ihrem Sohn klären und es ihrem Mann dann abends beim Manhattan als Fait accompli präsentieren.

»Na gut, ich sollte wieder an die Arbeit gehen. Ich gebe dir Bescheid, wenn ich losfahre.«

»Ich liebe dich«, sagte sie.

»Ganz meinerseits«, antwortete er, ihr altes Mantra.

Sie beendeten das Telefonat. Celia blieb, wo sie war, und sorgte sich um ihren Mann. Er sollte wirklich nicht so viel arbeiten, besonders nach dieser entschieden uneindeutigen Laufband-Ergometrie letztes Jahr. Aber alte Gewohnheiten legt man nicht so leicht ab. Solange ein Kind im Haus lebte, würde er sich weiter verpflichtet fühlen, Geld heranzuschaffen, gleichgültig wie viel sie bereits beiseitegelegt hatten. Besessen von dem Bedürfnis, all das zu sein, was sein eigener Vater nicht gewesen war. So war er einfach gepolt.

Und dann kam Jack durch die Haustür herein, obwohl er normalerweise durch die Garage kam. Seine Miene war düster, halb besorgt, halb verwirrt. Den Blick auf die Küche gerichtet, hielt er sich dicht an der Wand und nahm dann auf Zehenspitzen die Treppe in Angriff. Er wollte ihr aus dem Weg gehen.

»Hallo, mein Schatz«, sagte sie, als er auf der zweiten Stufe war.

Überrascht drehte er sich um.

»Oh«, sagte er. »Hey.«

»Ist alles in Ordnung?«

»Müde«, murmelte er und wich ihrem Blick aus.

Der Pressluftbohrer ging an.

»Komm hier herein«, sagte sie.

Nach einem theatralischen Seufzer gehorchte er und ließ sich auf das Sofa ihr gegenüber fallen.

»Ist wirklich alles in Ordnung?«

»Warum sollte es nicht?«, fragte er in einem gereizten Ton, den sie ignorierte.

»Du wirkst mitgenommen.«

»Bloß müde.«

»Was habt ihr denn gestern Abend getrieben?«

»Einfach abgehangen.«

»Bei Hannah?«

»Genau.« Endlich sah er ihr in die Augen. »Ist das ein Problem?«

Noch mehr Trotz. Sie beschloss, jetzt nicht weiter nachzuhaken. Wenn er so reagierte, konnte man nicht vernünftig mit ihm reden.

»Wir können später darüber sprechen. Möchtest du Frühstück?«

»Ich hole mir in der Schule was. Kann ich jetzt gehen?«

Sie nickte, und er flüchtete nach oben. Celia war nicht gerade entzückt über dieses Betragen, doch sie sagte sich, er sei nur müde. Schließlich hatte er gerade zum ersten Mal die Nacht mit einem Mädchen im Bett verbracht. Es wäre verwunderlich, wenn er nicht aussehen und sich aufführen würde wie durch die Mangel gedreht.

Celia ging zurück in die Küche. Die Bauarbeiter fuhren mit ihrem Zerstörungswerk fort. Sie hatten nur eine gute Stunde gebraucht, um die fünfundfünfzig Quadratmeter große, herrliche alte Terrasse in Schutt und aufgewühlte Erde zu verwandeln. Celia betrachtete den Rest des Gartens. Den mit Schieferplatten eingefassten Pool, die kürzlich gestrichene Gartenlaube, das Labyrinth der Rosenspaliere, das stilvoll angelaufene Vogelbad. Den Rasen selbst, ein stilles grünes Meer, aus dem jeden Abend periskopartig Sprinkler auftauchten. Ein Ort für Spiele, Grillabende und Partys. Fünfundzwanzig Jahre wohnten sie nun schon hier, seit kurz vor Drews Geburt. Celia fragte sich, wie es sein würde, wenn sie nur noch zu zweit waren. Sie hatte sich ausgemalt, wie sie an einem Sonntagmorgen im Sommer auf der neuen Terrasse Kaffee tranken, die nackten Füße auf kühlem Schiefer, und die einzelnen Teile der *Times* hin und her reichten. Oder abends unter insektenvernichtenden Apparaturen, von denen die kleinen Eindringlinge geröstet würden, Gäste bewirteten. Doch würde es wirklich so sein? Oder würden sie bloß zwei alternde Menschen in einem viel zu großen Haus sein?

Wieder musste sie sich zur Ordnung rufen. Wo um alles in der Welt kam diese ganze Untergangsstimmung her? Es würde ihnen gut gehen. Sie würden das Leben in vollen Zügen genießen. Ein paar Monate in Italien, Abende in Boston, Kurztrips zum Broadway oder ins Jackson Hole oder wo es ihnen eben gefiel. Es würde ihnen gut gehen.

Jack polterte die Treppe herunter, rief ihr einen Abschiedsgruß zu und verschwand durch die Haustür. So weit zur geplanten Aussprache. Und dann nahm der Pressluftbohrer sein markerschütterndes Hämmern wieder auf. Da beschloss Celia, Alice eine Nachricht zu schicken. Sie konnten diese Übernachtungsgeschichte beim Mittagessen besprechen. Ein paar Richtlinien festlegen; eine gemeinsame Front bilden. Es war lange her, dass sie ihre verrückte Freundin gesehen hatte. Zu lange. Celia hatte ein schlechtes Gewissen deswegen, obwohl Alice diejenige gewesen war, die zuletzt mehrmals Ausflüchte gemacht hatte, wenn Celia sich mit ihr hatte verabreden wollen. Diesmal jedoch würde Celia darauf bestehen.

Und dann gab es nichts weiter zu tun, als zu versuchen, vor dem Lärm zu fliehen und nicht an den Gesichtsausdruck ihres Sohnes zu denken. Als sie schon glaubte, es würde nichts aus dem gemeinsamen Mittagessen, leuchtete endlich das Display ihres Telefons auf.

»Papillon?«, schrieb Alice.

»Das wäre schön«, antwortete Celia.

ALICE

Der Schlummertrunk aus Chablis und Ambien war keine gute Wahl gewesen, da brauchte sie sich nichts vorzumachen. Sie hatte ihn gegen Mitternacht zu sich genommen, nachdem sie Hannah hatte nach Hause kommen hören. Er hatte ihr vier Stunden traumlosen, todesähnlichen Schlafs beschert. Sobald sie wach wurde, sah sie aufs Telefon, obwohl sie genau wusste, dass er ihr garantiert nicht mitten in der Nacht eine Nachricht schicken würde. Herrgott, er tat es ja nicht einmal tagsüber! Sie befreite sich aus der verknäuelten Bettdecke und ging nach unten, um ihre wie sandgestrahlte Zunge zu bewässern. Unter der Tür von Geoffs Arbeitszimmer schien Licht hervor. Er arbeitete in letzter Zeit immer länger, zweifellos angetrieben von den Nootropika, die er sich bei seinen Kumpeln beschaffte, den Kickstartern und Konzentrationsboostern, die zu neu waren, um auch nur Spitznamen zu haben. Die durchgearbeiteten Nächte waren bei ihm von der Ausnahme zur Regel geworden. Was Alice nur recht war. Sie war absolut zufrieden damit, ihre Ehe im Schichtdienst zu führen. Unter Hannahs Zimmertür schien ebenfalls Licht hervor, aber sie schlief häufig mit eingeschalteter Lampe, da Dunkelheit auf der langen Liste der Dinge, die ihr Angst machten, einen vorderen Platz einnahm.

Alice ging in die Küche und öffnete den Kühlschrank. Sie erwog ein weiteres Glas Chablis. Es war ja nicht so, als müsste sie am Morgen irgendwohin. Oder auch am Nachmittag, jetzt wo Michel wie vom Erdboden verschluckt war. Doch damit wäre die Flasche leer, und dann müsste sie sich mit ihrem Mann auseinandersetzen, der wissen würde, dass sie das gewesen war. Geoff konnte ein echter Drogensnob sein. Wirf eine längliche Pille frisch aus einem malaysischen Labor ein, und du bist ein Bewusstseinspionier, der die Pforten der Wahrnehmung aufstößt; trink ein paar Glas zerstampfte Trauben oder fermentierte Kartoffeln, und du hast ein Problem. Sie sollte sich einfach einen Liter Stoli besorgen und in ihrer Unterwäscheschublade verwahren wie ihre Mutter. Schließlich bestand keine Gefahr, dass Geoff ihr in nächster Zeit an die Wäsche wollen könnte.

Allerdings war es vielleicht noch ein bisschen früh, um sich in ihre Mutter zu verwandeln.

Sie griff nach einer der geschmackvoll gestalteten Flaschen auf dem obersten Regal. Gletscherwasser. Herrgott! Das war ja, als äße man einen Eisbärburger. Na ja. Wenn die Welt schon schmolz, konnte sie auch was davon haben.

»Hey«, hörte sie hinter sich.

Verdutzt fuhr sie herum, stieß mit der Hand gegen ein Schraubglas im Kühlschrank und schleuderte es zu Boden, wo es vehement zerbrach. Eine leuchtend rote Paste verteilte sich auf den Fliesen, und ein stechender Geruch stieg ihr in die Nase. Harissa. Nicht gerade das, womit man sich befassen wollte, wenn einem ein bisschen flau im Magen war.

»Mann!«, flüsterte sie genervt.

Es war ihre Stieftochter, so unsicher und geisterhaft wie immer.

»Mein Gott, Hannah, ich hab mir vor Schreck fast in die Hose gemacht.«

Als sie sah, dass dem Mädchen die Gesichtszüge entgleisten, bedauerte Alice ihren schroffen Tonfall.

»Tut mir leid«, sagte Hannah unglücklich.

»Ist alles in Ordnung?«

»Ja.«

Und dann begann sie zu weinen. Sie fiel Alice mit solcher Wucht in die Arme, dass sie beinahe beide in das mit Scherben gespickte Harissa gepurzelt wären, und schluchzte so heftig, dass es sie wie einen Teppich beim Ausklopfen schüttelte.

»Hannah, Liebes, was ist denn?«, fragte Alice ernsthaft erschrocken.

»Nichts«, wimmerte Hannah.

Das Mädchen löste sich von ihr und wischte sich heftig die Tränen von den Wangen.

»Ich bin einfach nur bescheuert.«

»Hast du dich mit Jack gestritten?«

»Nein.«

»Was ist denn dann?«

»Ich weiß nicht. Bloß … Ach, egal.«

»Na, kann ich irgendetwas tun? Ich würde dir ja ein bisschen Harissa anbieten, aber …«

Es war eine ziemlich witzige Bemerkung, aber Hannah lachte nicht.

»Er ist hier«, flüsterte sie wie eine Schauspielerin in einem Horrorfilm ihre einzige Zeile.

»Wer? Jack?«

»Er übernachtet hier. Ist das okay?«

»Natürlich. Solange ihr keinen Sex habt oder so.«

Hannah riss die Augen auf.

»Das war ein Scherz«, sagte Alice und dachte: Hör auf zu scherzen. »Ich meine, möchtest du ihn denn hierhaben?«

»Ja!«

»Dann ist es in Ordnung.«

»Meinst du, Dad findet es auch in Ordnung?«

»Um deinen Vater kümmere ich mich. Aber ich mache mir ein bisschen Sorgen, weil du so außer dir bist. Eigentlich müsstest du genau entgegengesetzt auf so was reagieren.«

»Ich bin wohl bloß gefühlsduselig.«

»Gefühle sind gut, stimmt's? Wir mögen Gefühle.«

Endlich ein mattes Lächeln. Hannah sah zu Boden. Der Kühlschrank stand noch immer offen und klingelte jetzt wie ein in endloser Abwärtsfahrt befangener Aufzug. In dem Licht, das herausfiel, leuchtete die dicke Paste rot glänzend. Glasscherben ragten wie abgebrochene Zähne daraus hervor. Das Ganze sah aus wie ein Foto von einem Bandengemetzel.

»Ich sollte das aufwischen«, sagte Hannah.

»Das mache ich. Du gehst zurück zu deinem Freund. Und Kopf hoch! Das sind die glücklichen Zeiten, Mädchen.«

Hannah nahm zwei Flaschen Wasser aus dem Kühlschrank und ging. Alice war versucht, die Harissa-Sauerei bis zum Morgen liegen zu lassen, doch Geoff tappte nachts gerne barfuß umher, und noch war ihre Beziehung nicht in die Phase eingetreten, wo man den Boden vermint. Sie verbrauchte eine halbe Rolle Küchentücher, um alles aufzuwischen. Während sie sauber machte, dachte sie über das nach, was sie gerade erfahren hatte. Jack übernachtete hier. Das war neu. Die Tränen waren nicht unbedingt Anlass zur Besorgnis. Ihre Stieftochter weinte schnell, sie schaffte es kaum bis zum Ende eines rührseligen Spendenaufrufs im Fernsehen, ohne sich in Tränen aufzulösen. Wahrscheinlich war das nur der Überschwang ihrer Gefühle, was da an die Oberfläche sprudelte.

Allerdings wusste Alice noch immer nicht, was sie von Jack halten sollte. Zwar hatte sie noch nie konkrete Beweise für Fehlverhalten gesehen, doch ihn umschwebte ein leiser Schwefelhauch, den man beobachten musste. Er hatte so eine Art, einen mit seinen gruselig eng stehenden Augen durchdringend anzusehen, die nicht unbeabsichtigt wirkte; sein Tonfall war üblicherweise herablassend und sarkastisch. Neulich hatte er einige befremdliche Auffassungen darüber, was Frauen angeblich wollten, geäußert, von denen Alice hoffte, dass sie sich bald auswuchsen. Und sein Lachen hatte einen schneidenden Beiklang, der ihr zu denken gab. Ihre Affäre hatte sie in letzter Zeit ein bisschen abgelenkt, doch das hieß nicht, dass man die Sache nicht im Auge behalten sollte.

Sie ging zu Geoffs Arbeitszimmer, blieb vor der Tür stehen und lauschte – er wurde ungern bei der Arbeit gestört. Doch er musste wissen, was unter ihrem Dach vorging. Es war ungewöhnlich still dort drinnen. Behutsam klopfte sie an. Nichts. Sie klopfte noch einmal. Immer noch nichts. Sie öffnete die Tür einen Spaltbreit.

»Geoff?«, flüsterte sie durch den Spalt.

Es kam keine Antwort. Da streckte sie den Kopf ins Zimmer. Er lag auf dem Sofa an der hinteren Wand unter seinem Hüsker-Dü-Poster und schlief tief und fest. Der entspannte Rhythmus seines Atems deutete darauf hin, dass er kürzlich ganz tief in seinen pharmazeutischen Fundus gegriffen hatte. Ihn jetzt zu wecken wäre aussichtslos. Alice zog den Kopf zurück. Sie würden am Morgen über Hannah sprechen.

Als sie mit ihrem Gletscherwasser wieder im Bett war, sinnierte sie über ihre eigenen Liebesqualen. Sie sollte Michel doch eine Nachricht schicken, auch wenn sie beschlossen hatte, es nicht zu tun. Es war drei Tage her. Na ja, vier, da es bald Morgen wurde. In dieser Zeit hatte sie ihm acht Mal geschrieben, normalerweise am Vormittag, wenn für ihn die ruhigste Zeit war. Alle Nachrichten waren unbeantwortet geblieben. Allmählich machte ihr das Angst.

Sie tippte: *Hey kann nicht schlafen denke an dich.* Nicht gerade ein Sonett, aber es brachte die Botschaft rüber. Ihr Daumen schwebte über dem Pfeil. Irgendetwas hielt sie zurück. Sie konnte sich einreden, es sei Besonnenheit, aber sie wusste, dass es in Wirklichkeit Angst war; Angst davor, dass auch diese Nachricht unbeantwortet bleiben könnte. Und so löschte sie ihre kläglichen, mädchenhaften Worte und schmiegte das Telefon an den Bauch. Sicherheitshalber. Ihr Blick fiel auf das Fläschchen Ambien auf ihrem Nachttisch, das unauffällig zwischen Xanax und Excedrin Plus stand. *Was soll's?*, dachte sie und griff danach. *Dafür ist es ja da.*

Als sie wieder wach wurde, war es 11:17 Uhr. Grelles Kopfschmerzlicht strömte ins Zimmer. Ihre Glieder fühlten sich an wie mit Beton ausgegossen. Geoffs Bettseite war noch immer unberührt, seine bereits drei Wochen anhaltende Abwesenheit setzte sich fort. Ihr Telefon lag jetzt unter ihr wie ein Ei, das sie ausbrüten wollte. Sie hatte eine einzige Nachricht, doch die war bloß von Celia.

»Mittagessen?«

Sie war versucht, abzulehnen und weiterzuschlafen. Sich

aus diesem Tag gleich wieder auszuklinken. Diesmal vielleicht eine Xanax zu nehmen, nur um sicherzugehen, dass sie keine schlechten Angewohnheiten entwickelte. Doch den Tag zu verschlafen war auch einer der Tricks ihrer Mutter. Sich nicht in ihre Mutter zu verwandeln mochte nicht das allerlöblichste Ziel sein, aber immerhin scheuchte es sie morgens aus dem Bett.

Die Idee kam ihr, als sie auf der Toilette saß. Sie war brillant. Alice schnappte sich das Telefon vom Waschtisch.

»Papillon?«, schrieb sie.

»Das wäre schön.« Die Antwort kam postwendend.

Das war typisch Celia. Jeder andere hätte ihr einfach einen erhobenen Daumen zurückgeschickt. Aber Celia hatte nichts übrig für Emojis, Halbsätze oder Abkürzungen. Wenn man ihr eine Nachricht schickte, bekam man, normalerweise umgehend, eine grammatikalisch und orthografisch einwandfreie Antwort. Sie verabredeten sich für zwölf Uhr. Ein bisschen früh, aber Alice verlangte es plötzlich dringend nach Mittagessen.

Das Papillon vorzuschlagen war ein geschickter Schachzug. Allein in Michels Restaurant aufzutauchen, kam nicht infrage. Diese Nummer hatte sie einmal zu oft abgezogen. Doch wenn sie mit Celia dort aufkreuzte, war daran nichts auszusetzen. Natürlich würde es frustrierend sein, mit ihm in einem Raum zu sein, ohne sich ungestört mit ihm unterhalten zu können. Besonders in diesem Raum. Ihrem Raum. Und in Celias Beisein würde sie vorsichtig sein müssen. Sie hatte noch immer keine Ahnung, wie ihre Freundin es aufnehmen würde, dass Alice eine Affäre hatte. Zwar bezog sie eine indirekte Erregung aus Alice' Geschichten über ihre wilde Vergangenheit, doch diese Grenzüberschreitung mochte ihr zu weit gehen.

Vor allem aber hatte sie Michel schwören müssen, ihr Geheimnis zu bewahren. Das war ihm unheimlich wichtig, obwohl sie versucht hatte, ihn davon zu überzeugen, dass die Leute sich nicht so darüber aufregen würden, wie er glaubte. Sie lebten doch nicht im siebzehnten Jahrhundert. Und falls er sich Sorgen wegen der Sache mit seiner Herkunft machte – das war den Leuten scheißegal. Jedenfalls diesen Leuten mit ihrer Ivy-League-Ausbildung und ihrem Kongressabgeordneten aus der dritten Kennedy-Generation. Michel mochte kein weißer angelsächsischer Protestant sein, doch er war ein französisch erzogener libanesischer Katholik mit eigenem Restaurant, in dem man für einen Freitagabend zwei Wochen im Voraus reservieren musste. Unter Beschuss würden ihn diese Leute nur dafür nehmen, dass er ungesund viel Butter in seine Béarnaise gab.

Sie musste sich fertig machen. Ihr erster Impuls war es, einfach Jeans und Pullover anzuziehen. Michel gefiel es, wenn sie sich jugendlich und amerikanisch kleidete. Als sie letzte Woche endlich einmal etwas mehr Zeit ungestört miteinander hatten verbringen können, hatte sie Jeans-Hotpants getragen, und er war ziemlich aus dem Häuschen geraten. Ein denkwürdiger Augenblick. Aber hier ging es um Celia. Im Gespräch mochte sie locker sein, aber nicht, wenn es um die äußere Erscheinung ging. Bei Mrs Parrish gab man sein Bestes. Diese Frau konnte durch eine Autowaschanlage spazieren und makellos wieder herauskommen. Als sie sich kennenlernten, war Alice' erster Gedanke gewesen: *O Gott, hoffentlich sehe ich in zwanzig Jahren auch so aus. Fickbar mit fünfzig.* Die Porzellanhaut mit dem Netzwerk aus Fältchen war wie ein Kunstwerk, das mit der Zeit nur kostbarer wurde. Die paar zusätzlichen Pfunde auf den Rippen, die genau an den richtigen Stellen saßen, hoben sie von den anorektischen Voodoopuppen ab, die Emerson ansonsten bevölkerten. Vor allem aber diese strahlenden blauen Augen, die

Männer jeden Alters dazu brachten, sie zu bemerken und sich aufzurichten.

Alice entschied sich für einen schlichten schwarzen Rock und eine lohfarbene Strickjacke; einen Hauch Lippenstift und Rouge. Um Haar und Wimpern würde sie sich unterwegs im Auto kümmern. Auf dem Weg zur Haustür ging sie an Geoffs Arbeitszimmer vorbei – sie musste ihn noch über die mitternächtliche Verzweiflung seiner Tochter informieren. Die Tür war geschlossen. Alice hörte ihn tippen. Sie wünschte wirklich, er würde sich mit seinem Boss versöhnen. Ihn rund um die Uhr im Haus zu haben wurde allmählich beklemmend. Sie klopfte zweimal. Er ließ sich diverse verärgerte Sekunden Zeit mit der Reaktion. Mit seinem T-Shirt von The Clam Shack, dem beliebten Meeresfrüchtelokal, und der Jogginghose voller Essensflecken, dem zu langen Haar und den unrasierten Wangen wirkte er genau wie das, was er war – ein Geek, der verzweifelt versuchte, nicht wie ein Geek zu wirken.

»Wie läuft die Arbeit?«, fragte sie.

»Doch, gut. Du hast was vor?«

»Ladys-Lunch. Also, Hannah war mitten in der Nacht auf. Irgendetwas schien sie sehr aufgeregt zu haben.«

»Hat sie gesagt, was?«

»Bin mir nicht sicher. Du weißt, dass Jack hier übernachtet hat, ja?«

»Ja, ich habe ihn gegen sieben das Haus verlassen sehen.«

»Und ist uns das recht?«

»Sie ist schon groß«, erwiderte er.

Darüber hätte Alice diskutieren können, doch sie beließ es dabei.

»Du hast das also im Blick? Du wirst mit ihr reden?«

»Es ist alles gut«, sagte er.

Nachdem sie ihren Stiefmutterpflichten nachgekommen

war, trat Alice hinaus in einen, wie sich herausstellte, schönen Frühlingstag. Während sie über die beachtliche Anzahl von Rüttelschwellen rumpelte, die zwischen ihr und dem Stadtzentrum lagen, gestattete sie sich, sich über die Aussicht auf ein Wiedersehen mit Michel zu freuen. Ihr letztes Treffen war so perfekt gewesen. Sechs glückselige Stunden hatten sie vergangenen Freitag in seinem Haus verbracht und in dem Wissen geschwelgt, dass sein Sohn Christopher mit Jack und Hannah in Boston ein Konzert besuchte und die Nacht in der Villa von Jacks Großmutter im Stadtteil Back Bay verbrachte. Wenn Geoff nicht gewesen wäre, hätte sie die ganze Nacht mit ihrem Geliebten verbringen können. Wobei ihr Ehemann es wahrscheinlich nicht bemerkt hätte, wenn sie erst nach Tagesanbruch zurückgekehrt wäre. Neuerdings würde es ihm nicht einmal auffallen, wenn ihr Haar in Flammen stünde; nur über den Gestank würde er sich beschweren.

So viel Zeit hatten sie noch nie miteinander verbracht. Bis dahin waren ihre Treffen immer kurz gewesen. Normalerweise vormittags, wenn die Kinder in der Schule waren und Geoff im Labor. Oder spätabends. Manchmal trafen sie sich bei einem von ihnen zu Hause, doch dort konnten sie sich einfach nicht entspannen. Geoffs Arbeitszeiten waren schon immer unregelmäßig gewesen, auch bevor er sich mit seinem Chef überworfen hatte. Und wegen seines Sohnes war Michel eigen, wenn es darum ging, sich in seinem Haus zu treffen. Einmal hatten sie ein Zimmer im Hilton gemietet, doch das fanden sie ebenso schmierig wie irgendein Stundenmotel an der Route 9. Im Grunde blieb ihnen nur sein Büro im Restaurant mit dem riesigen duftenden Sofa, von dem sie sich gern vorstellte, er habe es aus Beirut mitgebracht, obwohl er dort nur als Kind gelebt hatte. Ihren Diwan nannte sie es mittlerweile bei sich. Einmal waren sie nach

Restaurantschluss in der Küche gelandet, wo sie den glatten, warmen Stahlgriff des Backofens umklammert hatte, während er es ihr besorgte.

Sie hatten sich im Papillon kennengelernt, bei ihrem ersten Besuch. Alice war mit Celia zum Mittagessen dort gewesen. Michel war aus der Küche gekommen; ihre Blicke waren sich begegnet; er war herübergekommen, um sie zu begrüßen. Es stellte sich heraus, dass sein Sohn Hannahs Freund Christopher war, ein zart gebauter Junge mit einem schüchternen Lächeln, das er eines Tages einzusetzen lernen würde.

In der darauffolgenden Stunde hatte sie ihn immer wieder dabei ertappt, dass er sie durch die Schwingtür ansah. Sie sah ihn ebenfalls an, und ihre Augen warfen Pfeile der Leidenschaft durch den nach Essen duftenden Raum. Einige Tage später war sie wiedergekommen, allein, und er hatte sich zu ihr an den Tisch gesetzt. Sie hatten sich unterhalten, und dann hatte sie ihre Telefonnummer auf eine Serviette geschrieben. Die Serviette war aus Baumwolle und von guter Qualität, wie alles im Papillon. Nichts, worauf man normalerweise herumkritzelte. Aber er hatte ihr einen Edding gereicht und ihr grünes Licht gegeben. Immerhin gehörte die Serviette ihm.

Am Abend hatte er ihr eine Nachricht geschickt und sie für den Montag, den Ruhetag, zum Abendessen eingeladen. Ein privates Essen nur für sie. Das Menü hatte sich für immer in ihrem Parietallappen eingeprägt. Kabeljaufilet in einer Safranbrühe, Jasminreis mit hauchdünnen Mandelblättchen, gedämpfte Zuckererbsen, die wie grüne Luftschiffchen aussahen, bereit, davonzugleiten. Weißwein, dessen nüchternes Etikett deutlich machte, dass er ihr einen Gefallen tat, wenn er sich von ihr trinken ließ. Sie aßen und unterhielten sich, und dann führte er sie in sein Büro und vögelte sie um den Verstand. Er war nicht sonderlich sanft. Er zauderte nicht, fragte nicht um Erlaubnis, versuchte nicht, herauszufinden, worauf sie stand. Er besorgte es ihr einfach; grob, denn er hatte sich nicht unbedingt unter Kontrolle. Wodurch auch sie die Kontrolle verlor. Das Ergebnis dieses Ansturms war ihr erster nicht selbst herbeigeführter Orgasmus seit langer Zeit. Genau genommen hatte sie vier, einen nach dem anderen. Eine Massenkarambolage auf einem nebligen Highway ohne Überlebende bis auf die einzelne Frau, die aus den Trümmern stolperte, mit glasigen Augen, zerzaust und mit verrutschter Kleidung.

Auf der Heimfahrt konnte sie nur daran denken, dass sie diese schlimme, verbotene Sache getan hatte und sie das teuer zu stehen kommen würde. Als sie Geoff begegnete, rechnete sie damit, dass er ihre Lüge mit dem Mädelsabend sofort durchschauen würde. Aber er war völlig in die Nervenbahnen vertieft, die er fabrizierte. Und so hielt sie es geheim. Das war nicht leicht. Es erforderte strategisches Vorgehen. Sie musste sich für alles, was sie tat, eine Gegengeschichte ausdenken. Ein anderes Ich; ein Double, das ihr Deckung gab. Und so wurde die »gute Alice« geboren; eine tugendhafte Version ihrer selbst, die Pilates machte oder mit einer Freundin zu Mittag aß, während ihr wahres Ich, die »schlechte Alice«, in den Armen eines absurd gut aussehenden, ein wenig reservierten Gastronoms mit französischem Akzent lag. Manchmal fragte sie sich, was die »gute Alice« von ihrer schlechten Version halten würde, sollten sie sich jemals begegnen. Wäre sie eifersüchtig? Würde sie sie verabscheuen? Sie verurteilen?

Und dann kam der letzte Freitag. Endlich hatte er seine Vorbehalte überwunden, was ein Treffen bei ihm zu Hause betraf, wenigstens für einen Abend. Die herrliche Zeit in seinem entzückenden kleinen Haus hatte ihre Sicht auf das, was sie taten, verändert. Vorher hatte sie nicht das Bedürfnis verspürt, dem einen Namen zu geben. Es war bloß wieder eine dieser verrückten Sachen gewesen, die Alice A. Hill eben passierten. Aber dieser Abend hatte es real gemacht. Sie waren ein Paar. Plötzlich erkannte sie, wie es tatsächlich funktionieren könnte. Wie sie sich nicht mehr Zeit borgen, nicht mehr hier und dort Augenblicke stehlen mussten. Nicht mehr lügen mussten. Und so hatte sie sich hinreißen lassen, während sie ineinander verschlungen dalagen.

»Hast du schon mal daran gedacht, das Restaurant zu kaufen?«, fragte sie. »Das Gebäude meine ich?«

»Nur etwa zehnmal am Tag. Aber die Grundstückspreise hier …«

»Ich habe Geld.«

»Wie meinst du das?«, fragte er nach einem verdutzten Schweigen.

»Geoff und ich haben einen Ehevertrag. Ich bekomme die Hälfte von allem.«

»Aber dafür müsstest du dich scheiden lassen.«

Sie stützte sich auf einen Ellbogen hoch.

»Ja, Michel. Ich müsste mich scheiden lassen. So funktioniert ein Ehevertrag.«

»Danach wäre ich vielleicht nicht mehr so beliebt hier in der Gegend«, sagte er.

»Meinst du das ernst? Das würde niemanden interessieren. Aber falls das wirklich ein Problem für dich wäre, dann könnten wir auch woanders hinziehen.«

»Wohin?«

»Boston. Paris. Wohin du willst.«

»Wie viel ist dieser Ehevertrag wert?«

»Mein Anteil beträgt um die neun Millionen.«

Diese Summe ließ ihn in ein Schweigen versinken, aus dem sie nicht schlau wurde. Sie beschloss, es dabei zu belassen. Womöglich hatte es etwas mit seiner katholischen Erziehung zu tun. Und dann war da seine verstorbene Frau, die zur Heiligen verklärt worden war, seit sie dem Brustkrebs erlegen war. Die Heilige Jungfrau Maryam. In seinem Büro war ein Foto von ihr gewesen, das nach ihrem ersten Sex verschwunden war. Sie sah höllisch scharf aus – Überraschung –, aber in ihren obsidiandunklen Augen lag auch etwas, das Alice Angst machte und sie an die moralisierenden Eiferer in dem gottverlassenen Dreckloch in der Pampa von Pennsylvania erinnerte, aus dem sie als Siebzehnjährige geflohen war. Vergiss das mit dem »bis dass der Tod uns scheidet«, sagten diese Augen. Dein schmaler Arsch gehört bis zum Sankt-Nimmerleins-Tag mir.

In den Tagen danach antwortete er nicht. Es gab kein Ja und auch kein Nein. Die Zeit verging in einem langsamen Tröpfeln, das ihr anfängliches Hochgefühl zersetzte. Sie war zu ungestüm gewesen, zu früh. Aber jedes Mal wenn sie am Rande der Verzweiflung war, tröstete sie sich mit einem schlichten Gedanken. Er liebte sie. Er verstand, dass sie perfekt zueinanderpassten. Er liebte auch sein Restaurant – und er hasste es, Miete zu zahlen. Es musste eine einleuchtende Erklärung für seine viertägige Funkstille geben. Ein Problem bei der Arbeit, ein Problem mit seiner großen Familie, die über drei Kontinente verstreut war. *Hör auf, dir Sorgen zu machen,* sagte sie sich. Sie würde ihn sehen; sie würden ein paar geflüsterte Sekunden miteinander haben, und er würde sie berühren und sie wissen lassen, dass alles in Ordnung war.

Als sie ein paar Minuten zu früh im Papillon eintraf, war es noch leer im Restaurant. Michel zauberte sicher bereits in der Küche. Irgendwann würde er in seiner weißen Kochjacke herauskommen und einen Rundgang durch den Speisesaal machen. Gerade trat Sofia, die Hostess, eine Schönheit mit rabenschwarzem Haar und glänzenden Augen, aus der Küche. Sie trug einen Stapel Speisekarten wie eine Kriegerprinzessin ihren Schild. Sofia war irgendwie mit Michel verwandt. Außerdem hatte sie Alice durchschaut – als sie das letzte Mal allein hier gewesen war, hatte Sofia ein wissendes Lächeln angedeutet. Was das Ende von Alice' Solo-Mittagessen bedeutet hatte.

»Sie sind die Erste«, sagte Sofia, eine scheinbar harmlose Begrüßung, in die sie jedoch eine quasipornografische Andeutung zu legen wusste.

Alice hatte große Lust, sie kurz an ihrem schwarzen Haar zu ziehen, das wie ein Wasserfall herabfiel. Stattdessen folgte sie ihr schweigend zu einer Sitznische und dachte bei sich, was sie nicht alles für einen solchen Po geben würde. Sie setzte sich so hin, dass sie die Küche im Auge behalten konnte. Es dauerte nicht lange, dann schwang die Tür auf, und da war er, über ein Tablett gebeugt wie ein Chirurg. Sie versuchte, seinen Blick aufzufangen, doch er war völlig in seine Arbeit vertieft. *Guck hoch,* dachte sie. *Sieh mich. Nick ganz leicht in Richtung Büro und lass uns diese Sache auf die gute alte Art beilegen, keuchend und Haut an Haut.* Doch er arbeitete weiter und schuf Köstlichkeiten, die andere essen konnten.

Das bestellte Wasser traf ein und erinnerte sie daran, dass sie tatsächlich gleich zu Mittag essen würde. Trotz der ganzen Anspannung und des Dramas freute sie sich darauf, Celia zu sehen, die einzige echte Freundin, die sie in Emerson gefunden hatte, seit sie hier lebte. Gleich bei ihrer ersten Begegnung hatten sie sich angefreundet. Das war zu Beginn des letzten Herbstes gewesen, nicht lange nachdem Hannah und Jack zusammengekommen waren. Alice hatte sich sehr gefreut für ihre Stieftochter, die nicht gerade im Moonwalk durch die Pubertät gekommen war. Einen Jungen aus einer der tonangebenden Familien der Stadt an Land zu ziehen war ein echter Wendepunkt. Hannah begann, sich das Haar zu kämmen, anstatt es als Schleier ins Gesicht fallen zu lassen, und trug jetzt Kleidung, die ihr tatsächlich passte. Die Bulimie und das Ritzen schienen der Vergangenheit anzugehören. Hin und wieder brachte sie sogar ein Lächeln zustande.

Und dann rief Celia an und zeigte sich ähnlich erfreut darüber, dass die Kinder zusammen waren. Sie schlug vor, sich am nächsten Tag zu treffen, um sich kennenzulernen, und zwar im Emerson Country Club, an dem Alice schon tausend Mal vorbeigefahren war, ohne ihn je betreten zu haben. Er war genauso neopuritanisch, wie sie erwartet hatte. Die Atmosphäre im Speisesaal war durchdrungen von der Unmöglichkeit, hörbar zu lachen. Kurz hatte sie vermutet, Celia hätte diesen Treffpunkt ausgewählt, um einen Heimvorteil für irgendeinen Angriff zu haben, vielleicht die Meinung, dass Hannah nicht gut genug für ihren kleinen Prinzen war. Tja, wenn diese Frau Zoff wollte, den konnte sie haben. Hannah mochte keine Vorzeigefreundin sein, aber sie war lieb und beständig und hatte ein gutes Herz. Jack konnte sich glücklich schätzen, sie zu haben.

Doch Alice hätte sich nicht stärker irren können. Celias erste Worte brachten die offensichtlich aufrichtige Meinung zum Ausdruck, dass Hannah eine wundervolle junge Frau sei.

»Ich wünschte, ich könnte mir darauf mehr zugutehalten«, sagte Alice. »Sie wissen, dass ich nicht ihre leibliche Mutter bin.«

»Ja, das hat sie mir erzählt. Schreckliche Erfahrung für ein junges Mädchen.«

»Ich weiß nicht. Manchmal wünschte ich, meine Mutter hätte mich verlassen.«

Celia musterte sie kurz, und Alice dachte schon, sie hätte es womöglich vermasselt, noch bevor der Erdbeereistee kam.

»Aber wer hätte uns denn dann schlechtmachen sollen?«, fragte Celia lächelnd.

Na, was haben wir denn da?, dachte Alice. Von da an war es das reine Vergnügen. Irgendwann fragte Celia, wie es sei, Stiefmutter zu sein, und Alice gab ihr einen kurzen Abriss ihrer gemeinsamen Geschichte mit Hannah. Als sie sich kennenlernten, war Hannah zehn und Alice sechsundzwanzig. Sie verstanden sich auf Anhieb. Sie vertrauten sich Geheimnisse an, unternahmen gemeinsam etwas. Sie redeten und sie lachten oft. Sie gingen shoppen, bewerteten Männer, tranken heimlich Wein – wie zwei unartige Teenager. Hannahs wochenlange Schweige- und Schmollphasen ließ sie aus, auch ihren Hang zur Selbstverletzung, der sogar Alice selbst schockierte, dabei hatte sie zu ihrer Zeit so einige durchgeknallte Weiber erlebt. Rasierklingen konnte sie verstehen, aber Zangen?

»Sie klingt wie ein sehr glückliches Kind«, sagte Celia. »Es ist so schön, Jack mit einem netten Mädchen zusammen zu sehen nach …«

Sie brach ab.

»Nach?«, soufflierte Alice.

»Ach, letztes Jahr hatte er eine unglückliche Erfahrung mit einem Mädchen. Eine hässliche Trennung.«

»Von denen hatte ich auch mein Teil«, sagte Alice.

»Nun, ich vermute, Sie waren nie so verletzend wie das fragliche Mädchen.«

»Das glauben Sie«, erwiderte Alice und lachte vergnügt.

Doch danach machte Celia dicht. Alice hätte gern weiter nachgehakt, aber dafür kannten sie sich noch nicht lange genug. Am Abend füllte sie Hannah mit Pinot grigio ab und bat sie, aus dem Nähkästchen zu plaudern, was Hannah allerdings erst tat, nachdem Alice geschworen hatte, niemals einer Menschenseele davon zu erzählen. Wie sich herausstellte, hatte es vergangenes Frühjahr einen Vorfall zwischen Jack und seiner einstigen Freundin Alexa Liriano, einer Highschoolschülerin im Abschlussjahr, gegeben.

»Lexi? Die ist ziemlich scharf.«

»So scharf auch nicht«, sagte Hannah.

»Nein, stimmt«, sagte Alice.

Sie waren ein paar Wochen zusammen gewesen, und dann hatte es unschön geendet. Es hatte einen großen Streit gegeben, und hinterher hatte Lexi Jack unangemessenes Verhalten vorgeworfen.

»Unangemessen im Sinne von ...«

»Es ist nichts passiert. Lexi hat sich das Ganze ausgedacht. Sie war bloß sauer, weil er Schluss gemacht hatte. Typischer Weiberquatsch.«

Typischer Weiberquatsch?, dachte Alice. »Aber was hat Lexi denn erzählt?«, fragte sie.

»Sie hat gesagt, er wäre handgreiflich geworden. Was total lächerlich ist, wie man weiß, wenn man Jack kennt. Seine Eltern haben nur bezahlt, weil es hier Leute gibt, die neidisch auf die Parrishs sind.«

»Moment mal, seine Eltern haben *bezahlt?*«, fragte Alice, während sie nach dem Korkenzieher griff.

»Ja. Irgendwie eine ganze Menge.«

Alice musste Hannah noch mehrmals ordentlich nachschenken, aber am Ende kannte sie die ganze Geschichte. Obwohl Jack energisch seine Unschuld beteuert hatte, war zwischen den Parrishs und den Lirianos heimlich Geld geflossen und eine Schweigevereinbarung unterzeichnet worden. Und so war die Anschuldigung niemals an die Öffentlichkeit gedrungen, nicht einmal als Gerücht. Obwohl Hannah weiterhin schwor, dass Jack in dieser Sache das Opfer war, behielt Alice ihn im Auge. Denn sie konnte sich durchaus vorstellen, wie er über irgendein junges Ding herfiel. Er hatte etwas von einem Schlägertypen. Diese großen Hände und das schrille Lachen, das in den sonderbarsten Augenblicken aus ihm hervorbrach. Und in Bezug auf Liebesdinge hatte er ein-, zweimal eine Weltsicht durchblicken lassen, die einen Ticken steinzeitlich klang.

Doch ihrer Stieftochter gegenüber zeigte er sich stets als der perfekte Gentleman, auch wenn es Alice manchmal ein bisschen aufgesetzt vorkam. Hinzu kam der Umstand, dass Hannahs Regeln in Bezug auf missbräuchliches Verhalten ein wenig elastischer als die anderer waren. Man musste nur an ihre Selbstverletzungen denken. Doch auch wenn Alice noch so danach suchte, fand sie nie einen konkreten Anlass zur Klage. Also hielt sie sich da heraus. Auf keinen Fall wollte sie das Glück des Mädchens nur wegen eines Bauchgefühls aufs Spiel setzen.

Unterdessen gedieh ihre Freundschaft mit Celia. Sie schrieben sich Textnachrichten, sie teilten Entdeckungen, die sie online gemacht hatten. Der einzige Stolperstein war die eigenartige Dinnerparty mit den Ehemännern. Alice hatte sich Oliver als eine Art Vandale im Nobelanwaltszwirn vorgestellt, doch er erwies sich als Mann von angenehmem Äußeren, geistreich, freundlich und äußerst charmant, mit einer wie im Eichenfass gereiften Stimme und einem wie gemeißelten Gesicht. Sogar die Narbe vom Auge zur Schläfe war beeindruckend – sie wirkte wie die Duellwunde eines schneidigen Erzherzogs. Geoff, den der gediegene Rahmen sichtlich einschüchterte, spielte am Ende den Rebellen und provozierte die übrigen Gäste mit Meinungen, von denen Alice wusste, dass er sie gar nicht vertrat. Doch Celia bewältigte das alles mit unübertroffener Anmut. Sie war die Beste. Alice wusste nicht, was sie ohne sie in Emerson getan hätte.

Und da war sie auch schon, genau pünktlich, und wirkte so souverän und perfekt wie immer.

»Geht es dir gut?«, fragte Celia nach der Umarmung. »Du wirkst ein bisschen angespannt.«

»Nur der übliche Kram zu Hause.«

»Dann ist Geoff immer noch nicht zugänglicher?«

»Von wegen.«

Celia verzog mitfühlend das Gesicht. Sie wusste, dass es mit Geoff nicht gerade toll lief. Gleich darauf kam der Kellner an ihren Tisch; sie bestellten wie gewöhnlich den Salat des Tages. Und dann brachten sie sich gegenseitig auf den neuesten Stand. Colleges und Pläne für den Sommer. Celias Sanierung der Terrasse hinter dem Haus; Olivers übermenschliche Anstrengungen bei der Arbeit, deretwegen sie gerade wieder eine Nacht allein verbracht hatte.

»Wie lange bleibt er weg?«

»Nur bis heute Nachmittag«, sagte Celia. »Eigentlich bin ich ganz froh, dass er heute Nacht nicht hier war.«

»Warum das?«

»Ich weiß nicht, was er davon gehalten hätte, dass Jack die Nacht bei Hannah verbracht hat.«

»Oh. Stimmt.«

»Ich meine, ist uns das recht?«, fragte Celia.

»Mir schon, aber ich habe das Gefühl, dir vielleicht nicht?«

»Ich bin bloß nicht sicher, ob sie dafür schon bereit sind.«

Normalerweise hätte Alice das damit abgetan, dass Celias Ansichten in diesem Punkt ein bisschen angestaubt waren, doch dann erinnerte sie sich an Hannahs bekümmertes Gesicht im gespenstischen Licht des Kühlschranks.

»Vielleicht ist da was dran. Hannah ist mir mitten in der Nacht in der Küche über den Weg gelaufen, in Tränen aufgelöst.«

»Ach je. Hat sie gesagt, weshalb?«

»Eigentlich nicht.«

»Jack hat nämlich auch irgendetwas zu schaffen gemacht, als er heute Morgen hereingestolpert kam.«

Alice wartete ab, in der korrekten Annahme, dass da noch mehr kam.

»Mir scheint einfach, wir sollten das nicht gutheißen«, fuhr Celia fort. »Ganz offensichtlich machen sie sowieso, was sie eben machen, aber ihnen zu erlauben, die Nacht miteinander zu verbringen, scheint mir ein bisschen extrem für Highschoolschüler.«

Da war Alice anderer Meinung, doch ihr war klar, dass sie in diesem Punkt nicht die Mehrheit vertrat. Sie hatte schon mit fünfzehn zum ersten Mal bei einem Mann übernachtet. Erschwerend war hinzugekommen, dass er der Hilfspfarrer in der Kirche ihres Vaters gewesen war. Und verheiratet.

»Ich rede mal mit Hannah«, sagte sie.

»Trotzdem wüsste ich gern, worum es bei dem ganzen Drama ging.«

»Ich fülle sie so lange mit Wein ab, bis ich die ausführliche Exklusivmeldung habe.«

Celia lächelte. Sie glaubte, Alice machte Witze.

»Ich nehme also an, dass alles in Butter war, solange sie bei euch waren«, sagte Alice.

Celia blickte verwirrt.

»Wie meinst du das?«, fragte sie.

»Ich meine, bevor sie zu uns kamen. Da waren sie bei euch, oder?«

»Nein. Jack ist gleich nach dem Abendessen weggegangen. Er hat gesagt, er wolle zu euch.«

»Bist du sicher?«

»Ja. Genau genommen hat er das heute Morgen noch einmal gesagt.«

»Nein, es war definitiv nach Mitternacht, als sie hereinkamen.«

Sie sahen sich an.

»Vielleicht waren sie bei Christopher«, sagte Alice.

»Und warum haben sie das dann nicht gesagt?«

»Ach, na ja. Hauptsache, sie waren zusammen.«

Celia schien das nicht zu besänftigen.

»Es kommt mir einfach komisch vor, dass sie uns getäuscht haben.«

»Mir nicht. Das einzige Mal, dass ich meinen Eltern die Wahrheit gesagt habe, war, um ihnen zu verkünden, dass ich sie hasse.«

Damit hatte Alice die Atmosphäre auflockern wollen. Es funktionierte nicht.

»Dann macht dir das keine Sorgen?«, fragte Celia.

»Eigentlich nicht.«

»Nun, bei dir ist das wahrscheinlich etwas anderes.«

Alice war entrüstet.

»Inwiefern etwas anderes? Weil ich nicht ihre Mutter bin?«

»Entschuldige«, sagte Celia. »So habe ich das nicht gemeint.«

»Denn weißt du, ich gebe mir da alle Mühe.«

»Ich weiß. Du machst das wunderbar mit ihr. Streich diese Bemerkung. Das war bescheuert von mir.«

Alice ließ es auf sich beruhen, obwohl sie kaum glauben konnte, dass das nur ein Versprecher gewesen war. Es war ganz offensichtlich das, was Celia gedacht hatte. Ihre Salate kamen. Sie plauderten, während sie Salatblätter aufspießten, doch mit einem Mal war die Stimmung befangen. Jetzt fragte sich Alice, was Celia sonst noch insgeheim über sie dachte. Es gab verborgene Seiten an dieser Frau, daran bestand kein Zweifel. Alice war sich nur nicht immer sicher, ob sie sie ergründen wollte.

Aber dann kam Michel durch die Schwingtür, um sein Reich zu besichtigen, und Alice dachte nicht mehr an Celias verborgene Seiten. Er entdeckte sie, doch nach kurzem Zögern ging er an einen anderen Tisch und unterhielt sich mit den Leuten dort auf seine ernste, aber freundliche Art. Die einem das Gefühl gab, man sei der einzige Gast im Lokal. Celia redete weiter, jetzt über irgendeine Frau, die irgendetwas getan hatte. Alice stocherte abgelenkt in ihrem Grünzeug. Er ging an einen weiteren Tisch, dann an noch einen. Ließ sich alle Zeit der Welt. Endlich kam er auch zu ihnen.

»Und wie sind die Salate?«

»Fantastisch, wie immer«, sagte Celia. »Frische Rote Bete bekommt man kaum noch irgendwo.«

Er warf einen Blick auf Alice' Teller.

»Aber Sie sind nicht so angetan.«

Im Ernst?, dachte Alice. *Ich höre vier Tage nichts von dir, und jetzt reden wir hier über Wurzelgemüse?*

»Oh, Michel, vielleicht könnten Sie etwas für uns aufklären«, sagte Celia. »Waren die Kinder gestern Abend bei Ihnen?«

Sein höfliches Lächeln erlosch.

»Sie waren nicht bei Ihnen?«

Celia schüttelte den Kopf.

»Aber Christopher hat gesagt …«

Michel brach ab. Diese Neuigkeit schien ihn tief zu treffen. Celia und Alice warteten. Doch er sagte nichts weiter. Und dann ging die Küchentür auf, und sein überlasteter Mitarbeiter winkte ihm zu. Mit einem höflichen Nicken, das Celia wie Alice gleichermaßen galt, wandte Michel sich ab. Verwirrt sahen sie sich an.

»Aber wo um alles in der Welt waren sie denn dann?«, fragte Celia.

MICHEL

Er verließ die beiden Frauen nicht gern so unvermittelt. Alice war mit Sicherheit nicht erfreut darüber. Sogar die stets so korrekte und liebenswürdige Celia war über seinen fluchtartigen Abgang verblüfft. Doch er musste herausfinden, was mit seinem Sohn los war, bevor er mit anderen darüber sprach. Es war besser, jetzt einfach zu gehen und sich den Konsequenzen später zu stellen.

In der Küche war er sofort von der Arbeit in Anspruch genommen. Die Tagesgerichte waren Salade de betteraves und Sole Véronique, doch es gab immer jede Menge À-la-carte-Bestellungen. Normalerweise genügte es, zu kochen, um alle Sorgen zu vertreiben. Die Welt schrumpfte dann auf die Größe des nächsten Tellers. Doch nicht heute. Es ließ sich nicht leugnen: Christopher hatte ihn angelogen. Er hatte gesagt, er sei bei Jack, obwohl er gar nicht bei Jack gewesen war. Nun fragte Michel sich, ob dies seine einzige Täuschung gewesen war. Er war in letzter Zeit mehrmals lange weggeblieben, angeblich bei Freunden zu Hause. Letzten Samstag hatte er bei Jacks Großmutter übernachtet. War das ebenfalls eine Lüge gewesen?

Am liebsten wäre er direkt nach Hause gefahren, hätte seinen Sohn geweckt und ihn gezwungen, zu erklären, wo er gewesen war, warum er so spät und in einer solchen Verfassung nach Hause gekommen war. Doch mittwochs herrschte mittags am meisten Betrieb, und Jerome und Sofia allein zu lassen würde bedeuten, das Unglück herauszufordern. Also musste es warten. Aber sobald er freihatte, würde er den Jungen zur Rede stellen. Wie oft hatte Michel es ihm gesagt? *Ich muss wissen, wo du bist.* Das war die oberste Regel. Dicht gefolgt von Regel Nummer zwei: Um Mitternacht hatte er zu

Hause zu sein. Punkt. Keine Ausnahmen, es sei denn, sie hätten etwas anderes abgesprochen.

Um vier Uhr morgens war Christopher endlich nach Hause gekommen, gerade als Michel erwog, Jacks Eltern anzurufen, eine Aussicht, die ihm nicht behagte. Christopher wirkte müde, verstört und unangenehm überrascht, seinen Vater noch wach zu finden. Sein Hemdkragen war aufgestellt, und er behielt die Jacke das ganze Gespräch über an. Michels erste Reaktion war Erleichterung, dicht gefolgt von Verwirrung. Er hatte kein Auto gehört – bedeutete das, dass Christopher die zwei Meilen von Jacks Haus aus gelaufen war? Warum hatte er nicht angerufen? Als diese erste Runde Fragen auf Schweigen stieß, erkundigte sich Michel – und konnte kaum glauben, was er sich da sagen hörte –, ob er getrunken oder Drogen genommen hatte. Dies wurde mit einem knappen Kopfschütteln verneint. Und so ging es weiter. Frage auf Frage wurde mit Schweigen, Achselzucken oder nichtssagendem Gemurmel beantwortet. Michel spürte die Wut in sich aufsteigen. So hatte sein Sohn sich noch nie verhalten. Hin und wieder mochten Tränen fließen; von Zeit zu Zeit war er mürrisch oder gab Widerworte. Doch sie hatten immer miteinander gesprochen.

»Erinnerst du dich überhaupt an die letzten paar Stunden in deinem Leben?«, fragte Michel schließlich. »Hast du dein Gedächtnis verloren? Müssen wir dein Gehirn untersuchen lassen?«

Grausame Fragen, aus Verzweiflung geboren. Und überdies zwecklos.

»Christopher – rede mit mir!«

Doch der saß einfach nur da und versank immer tiefer in irgendeiner unaussprechlichen Qual. Schließlich gab Michel auf. Diese Konfrontation führte eindeutig zu nichts. Der Junge war stehend k. o. Er brauchte Schlaf. Also befahl Michel ihm, zu Hause zu bleiben, bis er aus dem Papillon zurückkam, und schickte ihn auf sein Zimmer. Michel würde in der Schule anrufen und ihn entschuldigen. Sie würden sich unterhalten, sobald er zurück wäre, und Schweigen und Achselzucken würde er dann nicht mehr hinnehmen.

Es war ein Mädchen. So musste es sein. Das würde erklären, warum Christopher neuerdings so empfindlich und verschlossen war. Michel vermutete schon seit Wochen, dass es da jemanden gab, auch wenn Christopher nichts davon erzählt hatte. Jack, Hannah und Christopher – das ging einfach nicht auf. Da musste noch jemand sein. Da musste ein Mädchen sein.

Immer wieder war er versucht gewesen, seinen Sohn auf dessen Verdrießlichkeit und Abgelenktheit anzusprechen. Doch das war schwierig, da Michel selbst etwas verbarg. Wie konnte er Offenheit propagieren, wenn er selbst heimlich mit der Frau eines anderen Mannes schlief? Wie konnte er mit seinem Sohn über Richtig und Falsch sprechen, wenn er selbst sündigte? Vielleicht wusste Christopher es. Vielleicht hatte er zufällig etwas gesehen, eine Unterhaltung mit angehört. Wahrscheinlicher war allerdings, dass er die Heuchelei seines Vaters instinktiv spürte. Alle diese Lektionen über Richtig und Falsch waren Lügen. Man konnte sehr wohl verschlossen und ausweichend sein. Man konnte sich von Unvernunft und Lust leiten lassen.

Während er sich nun mit Blanquette de veau, Fattoush und der Seezunge abmühte, erkannte Michel, dass alles auf Alice zurückzuführen war. Auf die Sache mit Alice. Bis diese Situation geklärt war, würde es ihm unmöglich sein, sich mit seinem Sohn zu befassen. Oder mit irgendetwas anderem. Und das würde nicht geschehen, wenn er ihr aus dem Weg ging. Ihr unerwartetes Erscheinen im Restaurant heute machte das deutlich. Eine Frau wie Alice würde nicht einfach so verschwinden.

Michel begriff noch immer nicht, wie er es so weit hatte kommen lassen können. Er war nicht auf der Suche nach einer Geliebten gewesen. Sie war einfach da gewesen, unvermittelt, und seither geschahen Dinge, die keiner von ihnen unter Kontrolle hatte. Zum ersten Mal seit Maryams Tod wurde er von Gefühlen beherrscht. Und es war gut. Mehr als gut. Es wäre gelogen, würde er etwas anderes behaupten. Sie lachten zusammen. Wann hatte er davor zuletzt gelacht? Und der Sex, die Hingabe. Es war ein Sakrileg, das zu sagen, aber mit seiner Frau war es nie so gewesen.

Doch es konnte nicht von Dauer sein. Die Dinge würden ihren Lauf nehmen; das Feuer würde erlöschen. Er wusste das, und er hatte gedacht, sie wüsste das ebenfalls. Doch dann, vor vier Tagen, hatte sie diesen Vorschlag gemacht. Scheidung. Und nicht nur Scheidung allein, sondern eine, die es ihm ermöglichen würde, einen Traum zu verwirklichen, den er seit seiner Jugend hegte. Aber es war falsch, die Frau und das Geld eines anderen Mannes zu nehmen. Es war falsch, eine Ehe zu zerstören, selbst eine so unglückliche wie ihre.

Michel hatte zunächst nichts dazu gesagt, obwohl die offensichtliche Antwort Nein lautete. Er versuchte, sich einzureden, er habe es nicht ausgesprochen, weil er sie nicht verletzen wollte. Doch in Wahrheit war die Aussicht darauf, mit ihr zusammen zu sein, vollständig und ohne Geheimnisse, eine große Versuchung für ihn. Im Grunde seines Herzens wollte er sie nicht verlieren. Er wollte nicht wieder der Mann sein, der er vor ihrer Begegnung gewesen war und dessen leere Tage aufeinandergefolgt waren wie Ameisen, die pflichtbewusst einen Staat errichteten, ohne zu wissen, warum. Diesmal würde die Einsamkeit noch schlimmer sein, jetzt, wo sein Sohn bald aufs College ging. Er wusste nicht, ob er das ertragen konnte.

Dennoch, es war falsch. Nicht weil er dann in der Hölle schmoren würde, wie man es ihn als kleinen Jungen gelehrt hatte. Diesen Glauben hatte er aufgegeben, sobald seine Frau ihren letzten Atemzug getan hatte. Und dennoch war es falsch, zu betrügen, heimlichzutun und jetzt womöglich noch das Geld eines anderen Mannes zu nehmen. Gleichgültig was Alice und er taten, wenn sie sich erst einmal öffentlich dazu bekannten, der Sündenfall, dessen Ruch und Makel würden trotzdem von seinen Nachbarn, seinen Gästen und seinem Sohn wahrgenommen.

Der Ansturm endete, das Restaurant leerte sich. Alice war längst fort; Sofia war in die Pause gegangen. Er sah auf seinem Telefon nach, ob er Nachrichten von seinem Sohn hatte. Nichts. Er schlief noch. Von Alice war auch nichts gekommen, was wohl ebenfalls gut war. Zwischen dem üblichen Spam und den geschäftlichen Nachrichten entdeckte er eine mehrere Stunden alte Benachrichtigung der Highschool, dass die Schule abgeriegelt worden sei. Und gerade war die Neuigkeit eingetroffen, die Abriegelung sei wieder aufgehoben worden. Michel hätte sich keine großen Sorgen gemacht, wenn sein Sohn dort gewesen wäre. Die Amerikaner und ihre Paranoia. Wenn die Leute in seiner Kindheit in Beirut auch so empfindlich gewesen wären, hätte er nie aus dem Haus gedurft. Niemand hätte ausgehen dürfen. Allerdings wäre das vielleicht eine gute Sache gewesen.

Er verbrachte noch eine Stunde damit, das Abendessen vorzubereiten und sich um die Anlieferungen zu kümmern, dann fuhr er nach Hause. Das entsprach nicht seiner Gewohnheit – normalerweise blieb er bis nach dem Abendessen im Restaurant und arbeitete oder traf sich – neuerdings – mit ihr. Auf der Fahrt durch die Stadt überkam ihn ein vertrautes nagendes Gefühl. Es war etwas, das er von Zeit zu Zeit empfand, seit er sich vor beinahe vier Jahren hier niedergelassen hatte. Das Gefühl, dass irgendetwas an seiner neuen Heimatstadt nicht ganz richtig war. Es war irrational, das wusste er. Emerson war ein idealer Wohnort. Es gab kaum Verbrechen und keine Abfälle auf den Straßen, und der Verkehr verdichtete sich nur zum Schulschluss kurz. Es gab Geld – eine Menge –, aber man sah es eigentlich nie, jedenfalls nicht so wie in den Großstädten. Man spürte es wie eine kühlende Brise, eine beruhigende Hand. Überdies war Michel schon sein ganzes Leben lang in feinen Restaurants zu Hause und bewegte sich mühelos zwischen den Reichen. Die Stadt war weiß, ja, aber nicht ausschließlich. Es gab Schwarze und Chinesen, Araber und Latinos. Und morgens traten auch sie aus ihren Millionen-Dollar-Häusern und stiegen in ihre Chevrolet Suburbans, um ihre geliebten Kinder zu den schönen, glänzenden Schulen zu fahren; ließen ihre deutschen Limousinen an und machten sich auf den Weg zu den Krankenhäusern, Banken und Anwaltskanzleien, in denen sie arbeiteten.

Der Umzug hierher war die leichteste Entscheidung seit Maryams Tod gewesen. Als er gehört hatte, dass an der Hauptstraße ein Restaurant leer stand, hatte er sämtliche Gefallen eingefordert, um das Kapital aufzubringen. Er hatte den Umzug zeitlich so gelegt, dass Christopher hier gleich mit der Highschool beginnen konnte. Und nach einigen angstvollen Wochen hatte der Junge sich eingelebt. Sicher, als Christophers besten Freund hätte Michel lieber einen anderen Jungen als Jack gesehen, aber Christopher war durchaus glücklich. Und der Erfolg des Restaurants übertraf alle Erwartungen. Nach einem Jahr waren sie an den Wochenenden einen Monat im Voraus ausgebucht. Michel konnte kochen, was er wollte, sein Schuldenberg begann langsam abzuschmelzen, und allmählich hatte er geglaubt, dass er sich in dieser Stadt irgendwann zu Hause fühlen könnte.

Er benötigte nicht lange bis zur Smith Street, dieser sonderbaren, einzigartigen Straße, deren kleine Backsteinhäuser von den italienischen Steinmetzen errichtet worden waren, die sich hier angesiedelt hatten, um herrschaftliche Häuser für die Einheimischen zu bauen. Heute galten sie als Einstiegshäuser für junge Familien und Sonderfälle wie ihn. Wobei sie nicht billig waren. Sein eigenes bescheidenes Drei-Schlafzimmer-Haus hatte beinahe achthunderttausend gekostet. Das Haus hinter seinem war dreimal so viel wert. Doch es war ruhig, sauber und sicher. Und hier belästigte einen niemand.

Außer heute. Als er sich seinem Haus näherte, sah er zwei Personen auf der vorderen Veranda stehen. Einen Mann und eine Frau. Sie war Schwarz; er war weiß und schwang gerade den Messingtürklopfer. Als Michel in die Einfahrt fuhr, drehten sie sich um. Ihre Gesichtsausdrücke machten deutlich, was er bereits wusste. Sie wollten nichts verkaufen.

Er stieg aus und ging langsam und argwöhnisch auf sie zu, so als behielte er sich die Möglichkeit eines Rückzugs vor.

»Michel Mahoun?«, fragte die Frau, als er in Hörweite war.

»Ja.«

Jetzt sah er die goldenen Dienstmarken, die ihnen um den Hals hingen.

»Wir sind von der Polizei«, fuhr sie fort. »Wir müssen mit Ihrem Sohn sprechen.«

MITTWOCHNACHMITTAG

CELIA

Celia hütete sich, in Panik zu geraten. Die Abriegelung konnte alles Mögliche bedeuten, und normalerweise war es nichts. Letzten Herbst hatten sie eine gehabt, nachdem innerhalb einer Stunde zweimal jemand angerufen und gleich wieder aufgelegt hatte. Als Scotty in der Abschlussklasse gewesen war, hatten sie die Schule nach einem Bericht über eine Schulschießerei in Concord abgeriegelt, und das lag gut zwanzig Meilen weit entfernt. Überdies hatte es sich als falscher Alarm erwiesen. Wenn es hieß »Suchen Sie vor Ort Schutz«, dann musste man sich Sorgen machen. Das bedeutete, der Wolf stand nicht mehr vor der Tür. Er war im Haus und tat, was Wölfe tun.

Sie entdeckte die Benachrichtigung erst beim Verlassen des Restaurants. Da war sie fast eine Stunde alt – Celia sah beim Essen nie aufs Telefon, das war unhöflich. Noch bevor sie am Auto war, rief sie Oliver an. Er hatte es auch gesehen und mit Bart Zorn, dem Polizeichef, einem Freund, telefoniert. Jetzt checkte er gerade aus dem Hotel in Stamford aus. Er klang nicht besorgt, doch das tat er ja nie. Oliver war der Typ Mann, dessen Herz in einer Krise eher noch langsamer schlug. Als Nächstes schrieb sie Jack eine Nachricht. Sie wies ihn an, vorsichtig zu sein und sie wissen zu lassen, was da vorging.

Dann fuhr sie an der Schule vorbei, obwohl den Eltern empfohlen wurde, sich fernzuhalten. Was sie dort sah, war beruhigend – ein einzelner Streifenwagen parkte davor, und der Polizist darin starrte auf sein Telefon. Zu Hause schaltete sie die Espressomaschine ein, denn sie brauchte jetzt unbedingt einen weiteren Kaffee. Während die Maschine noch aufwärmte, klingelte ihr Telefon. Es war Milly Williams. Normalerweise ließ sie die unverbesserliche Klatschbase auf die Voicemail sprechen, doch heute nahm sie beim ersten Klingeln ab.

»Bei den Bondurants hat es einen Mord gegeben«, sagte Milly atemlos.

»Sag das noch mal.«

Das tat Milly. Vor Erschütterung überlief es Celia kalt.

»Mein Gott. War es Bill oder Betsy?«

»Keiner von beiden. Es war eine junge Frau.«

Also konnte es keines der Bondurant-Kinder sein. Sie hatten drei Söhne. Nun ja, jetzt noch zwei.

»Wer war sie?«

»Das weiß noch keiner.«

»Ist jemand verhaftet worden?«

»Die Polizei will nichts sagen«, erwiderte Milly. »Aber ich weiß, dass Bill und Betsy nicht in der Stadt waren. Was sagt Oliver?«

»Der ist auch unterwegs. Er kommt bald nach Hause.«

»Tja, lass mich wissen, was er sagt. Wir drehen hier nämlich alle gerade ein bisschen am Rad.«

»Natürlich.«

Celia legte auf und versuchte noch immer zu verarbeiten, was sie gerade erfahren hatte. Ein Mord? Bei den Bondurants? Sie wünschte wirklich, ihr Mann wäre hier. Sicher, hinter dem Haus befanden sich gerade vier kräftige, mit scharfen Werkzeugen bewaffnete Männer. Die würden jeden Killer, der das Städtchen heimsuchte, abschrecken. Aber trotzdem. Sie würde sich sicherer fühlen, wenn er nach Hause kam.

Hinter ihr ertönte plötzlich ein erstickter Laut. Sie fuhr zusammen, doch es war nur ihr Kaffee. Oliver rief zurück, als sie gerade vorsichtig den ersten Schluck trank.

»Zunächst einmal sagt Bart, es besteht kein Grund zur Sorge«, sagte er. »Die Abriegelung ist nur eine Vorsichtsmaßnahme. Anscheinend hat es in der Stadt einen Mord gegeben.«

»Ich habe gehört, es war eine junge Frau.«

»Das habe ich auch gehört.«

»Aber wer war sie?«

»Nicht von hier. Mehr wollte er nicht sagen.«

»Also sollten wir uns keine Sorgen machen?«

»Die Art des Übergriffs deutet darauf hin, dass es eine Einzeltat war.«

Nach diesem Telefonat schrieb sie Jack eine weitere Nachricht – auf ihre erste hatte er noch nicht geantwortet. Zwar hatte das Gefühl von Bedrohung nachgelassen, doch sie fand es noch immer unfassbar. Ein Mord. In Emerson. Bei den Bondurants. Das rief einem in Erinnerung, dass auch sie hier trotz der Alarmanlagen, der Bewaffnung und der Polizeikräfte, die besser ausgerüstet waren als die Armeen so mancher Drittweltländer, verwundbar waren.

Sie ging mit ihrem Kaffee in ihre sonnige Nische und las dort auf ihrem Computer die Nachrichten. Keine neuen Fakten. Auf Twitter wurde allerdings wild spekuliert. Es gab die Behauptung, ein Einbruch sei aus dem Ruder gelaufen. Jemand anderes schrieb, das Opfer sei Bills Geliebte gewesen. Da war ein Foto von der Locust Lane, auf der es von Streifenwagen und offiziell aussehenden Transportern wimmelte. Es war ein auf unheimliche Weise unpassender Anblick – wie eine Schule von Haien im Pool des Country Club.

Doch die Kinder waren in Sicherheit. Das war die Hauptsache. Ihre Gedanken wandten sich wieder dem dringlicheren Problem zu, was sie mit ihrem Sohn machen sollte, wenn sie ihn aus der Schule ließen. Diese Aufgabe mochte sie nicht: Regeln durchzusetzen. Sie musste achtgeben, dass sie die Sache nicht zu sehr aufbauschte. Celia hatte drei Teenager erzogen – sie wusste, dass Lügen einfach dazugehörten. Doch in diesem Fall ergab es keinen Sinn, jedenfalls soweit sie sah. Warum behauptete Jack, er sei bei Hannah, wenn es nicht stimmte? Er konnte gehen, wohin er wollte. In wenigen Wochen wurde er achtzehn, in wenigen Monaten würde er aufs College gehen. Er hatte alle Freiheit, die ein Junge sich wünschen konnte. Vor drei Jahren war er allein ins Tennislager nach Florida gereist und letzten Sommer ohne Begleitung nach London geflogen, um seinen Onkel zu besuchen. Erst vor wenigen Tagen hatte er mit Hannah und Christopher in Boston übernachtet. Und dennoch hatte er ihr ins Gesicht gelogen.

Sie erwog, Oliver anzurufen, um zu hören, was er darüber dachte, doch damit riskierte sie, die alten Spannungen zwischen Vater und Sohn wieder aufleben zu lassen. In letzter Zeit ging es friedlich zu zwischen ihnen – es bestand keine Veranlassung, die Waffenruhe zu stören. Oliver neigte dazu, überzureagieren, wenn es um Jack ging, und kleine Verfehlungen in Staatsaffären zu verwandeln. Drew und Scotty gegenüber war er immer nachsichtiger gewesen. Und warum auch nicht? Sie vergötterten ihn. Und sie hatten ihn nicht unbedingt vor die gleichen Schwierigkeiten gestellt wie ihr jüngerer Bruder. Sie würden niemals von Olivers Plänen für sie abweichen. Welchen Sport sie trieben (Lacrosse und Baseball), auf welches College sie gingen (Dartmouth oder, wenn es unbedingt sein musste, Amherst), welche Berufspläne sie verfolgten (Jura oder Finanzwesen) – überall hatten sie auf ihren Vater gehört. Celia hatte schon immer darüber gestaunt, wie mühelos er Respekt gebot, ohne jemals grausam zu sein, ohne auch nur die Spur der Gewalt, die ihr eigener Vater, der furchterregende John de Vissier, seinem Nachwuchs angetan hatte.

Aber mit Jack war es immer anders gewesen. Schon als er klein war, hatte er sich gegen die väterliche Autorität aufgelehnt. Und Oliver gab auf seine ruhige und vernünftige Art keinen Deut nach. Er liebte den Jungen, daran bestand kein Zweifel. Vielleicht sogar am meisten von allen. Doch er war streng mit ihm. Möglicherweise, weil sie unter den oberflächlichen Unterschieden beide einen sturen Charakterzug hatten. Drew und Scotty mochten sich über ihre Strikeouts in der Little League aufgeregt haben, doch das hatten sie bereits abgeschüttelt, bevor sie wieder auf der Bank saßen. Jack hingegen wütete nach jedem verpassten Schlag wie König Lear auf seiner verfluchten Heide.

Obwohl sie auf die Wutanfälle hätte verzichten können, fühlte Celia mit dem Jungen. Als Jüngster hatte er immer seinen Vater und seine Brüder als Vorbilder vor Augen. Wobei Drew und Scotty gar nicht so perfekt waren. Nicht wenn man sie so gut kannte wie Celia. Drews scharfe blaue Augen schienen alles zu bewerten, was um ihn herum vorging, und das Urteil lautete normalerweise schuldig. Sein Gesicht nahm allmählich einen Ausdruck dauerhafter Missbilligung an, und er hatte sich ein einzelnes, raues Husten angewöhnt, dessen einziger Zweck es war, Ungeduld zum Ausdruck zu bringen. Überdies trommelte er oft mit den Fingern, manchmal so laut, dass die Leute verstummten. Als Junge hatte er seine breiten Schultern und die unzerbrechlichen Handgelenke für sportliche Triumphe eingesetzt. Nun da er den Sport aufgegeben hatte, sah Celia, dass seine Kraft sich in die eines Vorstandsetagentyrannen verwandelte.

Scottys Fehler gingen in die entgegengesetzte Richtung.

Selbstzufriedenheit trübte seinen einst scharfen Blick, und seine dünnen Lippen waren immer ein wenig schlaff. Er war ebenso kräftig gebaut wie Drew, wirkte aber wie ein Computer beim Herunterfahren, so als hätte er seine Kraft eingesetzt, um aus den Turbulenzen des Heranwachsens herauszukommen, und ließe sich jetzt zufrieden in ein reibungsloses Erwachsenendasein hineingleiten. Er hatte nie viel geredet, doch nun hüllte er sich in ein Schweigen, das, wie sie befürchtete, auf eine wachsende Leere hindeutete. Sein freundliches Lächeln zog die Menschen zu ihm hin, doch er verteilte es so wahllos, als wäre es eher ein Puffer gegen als eine Einladung zu Vertraulichkeit.

Die meisten Menschen jedoch, auch ihr kleiner Bruder, sahen nur zwei hochgewachsene, breitschultrige junge Männer mit markantem Kinn, die bei allem, was sie in Angriff nahmen, Erfolg hatten. Jack fehlte ihre Fähigkeit, die eigenen Makel zu verbergen. Und ihm war völlig klar, dass von ihm Großes erwartet wurde. Doch die Welt lag ihm nicht gerade zu Füßen. Weil er Versagen oder schlimmer noch Unsichtbarkeit fürchtete, zog er die Aufmerksamkeit durch schlechtes Benehmen auf sich. Gab den Lehrkräften unverschämte Antworten. Blieb länger fort als erlaubt. War auf dem Schulhof ein bisschen zu grob. Setzte seine Intelligenz und seine scharfe Zunge als Waffen ein.

In der achten Klasse war es besonders schlimm gewesen, denn nun wurde seine Aufsässigkeit noch von der Pubertät genährt. Seine Wut konzentrierte sich auf den weiblichen Teil der Menschheit. Es gab angespannte Telefonate mit besorgten Müttern. Den Tiefpunkt erreichte das alles, als er beinahe vom Unterricht ausgeschlossen worden wäre, weil er seine Kunstlehrerin Schlampe genannt hatte. Celia hatte alle Register ziehen müssen, damit es nicht dazu kam. Allmählich befürchtete sie, dass der Druck, der ihre beiden älteren Söhne zu Diamanten geformt hatte, ihren Jüngsten zu giftigem Staub zermahlen könnte.

Das erste Jahr auf der Highschool war noch schlimmer. Scotty war damals im Abschlussjahrgang, der große Mann auf dem Schulcampus, dessen Erfolge Jack als persönlichen Affront auffasste. Und so spielte er verrückt. Zuerst flog er aus der Tennismannschaft, nachdem er einen mit Flüchen gespickten, schlägerzersplitternden Wutanfall hingelegt hatte, der McEnroe hätte erröten lassen. Zudem gab es weitere Zusammenstöße mit den Lehrkräften; weitere Anrufe von Eltern. Am verstörendsten empfand Celia jedoch den Abend, an dem sie sein Zimmer betrat und ihn mit nacktem Oberkörper mit dem Rücken zur Tür an seinem Computer sitzen sah. Sie hatte geklopft, doch er hatte es nicht gehört – aus seinem Kopfhörer drang irgendeine brutale, dumpfe Musik. Auf dem Bildschirm lief ein entsetzliches Video: Eine Frau kniete nackt am Boden, die Brüste brutal von Lederbändern zusammengequetscht. Ihr geknebelter Mund und ihre Brust waren mit dem Blut befleckt, das ihr aus der Nase lief. Ihr verängstigter Blick – die Augen waren von Mascara oder Hämatomen oder beidem umrandet – zuckte über die kapuzentragenden Männer mit den haarigen Schultern um sie herum, die allesamt ihre grotesk angeschwollenen, wie Musketen auf die Frau gerichteten Glieder rieben.

Celia sah ihren Sohn an. Die Muskeln an seinem Rücken arbeiteten, während sein rechter Arm pumpte. Hastig zog sie sich zurück, die noch warme Wäsche an die Brust gedrückt. Sie sprach mit Oliver, sobald er nach Hause kam, und der redete ein ernstes Wort mit dem Jungen. Sie waren lange in seinem Arbeitszimmer. Als Jack herauskam, wirkte er betreten und sah seiner Mutter tagelang nicht in die Augen.

»Das war bloß ganz natürliche Neugier«, erklärte er. »Verdammtes Internet.«

Celia sagte nichts mehr dazu. Doch unwillkürlich musste sie daran denken, wie fieberhaft der Arm ihres Sohnes sich bewegt hatte. Und von wegen »ganz natürlich«: Der einzige andere Mann in ihrem Leben, von dem sie sich vorstellen konnte, dass er sich so etwas ansah, war ihr Vater. Und das war nicht gerade beruhigend.

Dies war nicht das einzige Mal, dass Jack in Olivers Arbeitszimmer zitiert worden war. Falls er mit seinem schlechten Benehmen die Aufmerksamkeit seines Vaters erregen wollte, funktionierte es. Wann immer er über die Stränge schlug, führte Oliver ihn in sein Zimmer und sprach unter vier Augen mit ihm. Er erhob nie die Stimme, verlor nie die Beherrschung. Er schlug ihn sicherlich nie – Oliver verabscheute Gewalt. Er erklärte ihm lediglich, was von einem Parrish erwartet wurde. Jack schluckte die bittere Pille, doch es war nur eine Frage der Zeit, bis er das nächste Mal entgleiste. Vater und Sohn waren in irgendeinem männlichen Generationenkampf befangen, von dem Celia und der Rest der Welt ausgeschlossen waren.

Nachdem Scotty nach Hanover gegangen war, änderte sich die Lage. Jacks Temperament beruhigte sich. Er begann, unersättlich zu lesen. Seine Noten besserten sich. Er interessierte sich mehr für den Unterricht, insbesondere für Psychologie. Die Abendessen wurden zu Abhandlungen über Laing und Jung. Sein Gesicht nahm den verstohlen selbstzufriedenen Ausdruck eines Menschen an, der sich seine eigene Meinung bildet. Er lächelte mehr, doch auf eine wissende, nach innen gerichtete Art, bei der man sich fragte, was er eigentlich so komisch fand.

Als er sechzehn wurde, hatte er zu sich gefunden. Der Mann, der er werden würde, bildete sich heraus. Ein Denker. Ein Intellektueller. Willensstark, entschlossen, gebieterisch. Wenn jemand ihn fragte, was er studieren wolle, antwortete er bloß: »Den Geist.« Er konnte ein wenig rechthaberisch und streitlustig sein, seine Ansichten waren häufig eine Spur zu extrem für Celias Geschmack. Doch das alles würde sich ändern, wenn er älter wurde. Er hatte endlich seine schwierige Kindheit hinter sich gelassen. In allem, was zählte, war er ein echter Parrish geworden.

Ihre Mutter rief an. Katharine war der Mord zu Ohren gekommen. Nicht überraschend neigten ihre vom Dubonnet befeuerten Ansichten zum Apokalyptischen. Celias Mutter wartete schon ihr ganzes Leben lang darauf, dass die mörderischen Horden über sie herfielen, und war immer ein bisschen enttäuscht, wenn sie es nicht taten. Nun war sie fest davon überzeugt, dass sie allem, was rein und gut war, einen schweren Schlag versetzt hatten und umfassendere Verheerungen bevorstanden. Celia konnte dem Telefonat entfliehen, als die Bauarbeiter an die Terrassentür klopften, um sie wissen zu lassen, dass sie für heute fertig waren. Sie hatten den Boden planiert; Steine würden morgen verlegt. Als sie fort waren, beobachtete Celia, wie ein Blauhäher auf der freigelegten Erde landete, hin und her hüpfte, fieberhaft pickte und sein Glück nicht fassen konnte.

Um kurz nach drei traf schließlich die Benachrichtigung ein, dass die Schulabriegelung aufgehoben worden war. Sie schrieb Jack eine Nachricht, in der sie ihn anwies, sofort nach Hause zu kommen, damit sie über gestern Abend sprechen konnten, bevor Oliver zurückkehrte. Es kam keine Reaktion. Nach einer Viertelstunde versuchte sie es erneut und eine halbe Stunde später ein weiteres Mal. Immer noch nichts. Es wurde vier Uhr, und Oliver war noch nicht da. Sie rief ihn an, landete aber direkt bei der Voicemail.

Um halb fünf versuchte sie es wieder bei Jack. Immer noch nichts; ebenso bei Oliver, als sie erneut versuchte, ihn zu erreichen. Sie rief bei Alice an, um zu fragen, ob Jack bei ihr war, doch auch dort nahm niemand ab. Allmählich wurde es absurd. Unterdessen wurde das Mordopfer identifiziert – eine strahlend lächelnde Zwanzigjährige aus Watertown namens Eden. So ein hoffnungsvoller Name. Falls man Twitter glauben durfte, wurde jetzt jemand im Zusammenhang mit ihrem Tod befragt. Wenigstens regten sich die Frauen, die sich auf der Facebook-Seite der Emerson-Moms in eine Hysterie hineingesteigert hatten, wieder ab, da nun klar war, dass da niemand marodierend durch die Straßen der Stadt zog und ihre Kinder abmurkste.

Auch um fünf Uhr herrschte noch Funkstille. Jetzt war Celia offiziell besorgt. Sie rief in Olivers Büro an, doch seine Assistentin ging davon aus, dass er direkt nach Emerson zurückfuhr. Als Celia schon überlegte, ob sie sich an die Polizei wenden sollte, hörte sie endlich das Garagentor rattern. Oliver kam herein, gefolgt von Jack. Ihr Mann wirkte grimmig. Mit dem Mittelfinger strich er über seine jahrzehntealte Narbe an der Schläfe wie immer, wenn er gestresst war. Ihr Sohn war aschfahl. Keiner von beiden schien begierig, ihr in die Augen zu sehen.

»Was ist denn?«, fragte sie. »Oliver, was ist los?«

ALICE

Nachdem Celia gegangen war, blieb Alice noch im Papillon und bemühte sich, überzeugend zu wirken, während sie den Kaffee trank, den sie sich hatte nachschenken lassen, obwohl sie ihn weder wollte noch brauchte. Was zum Teufel war da los? Die Situation mit Michel geriet außer Kontrolle. Er hatte ihr nicht einmal in die Augen sehen wollen, als er an ihren

Tisch gekommen war. Und einfach so zu gehen war völlig inakzeptabel. Zugegeben, es hatte ihn sicher beunruhigt, zu erfahren, dass sein geliebter Sohn ihn angelogen hatte. Aber das rechtfertigte nicht, dass er sie einfach sitzen ließ, zumal auch Hannah darin verwickelt war.

Zum ersten Mal, seit sie hier war, sah sie auf ihr Telefon. Nichts von ihm, aber da war eine Benachrichtigung, dass die Schule abgeriegelt worden war. Kurz geriet sie in Panik, doch die ließ rasch nach. Sie musste Sirenen und Helikopter hören, um sich wirklich Sorgen zu machen. Von diesen Abriegelungen hatten sie jedes Jahr ein paar, aber die belegten samt und sonders nur das Ausmaß der gerade in der Stadt herrschenden Paranoia.

Dennoch sollte sie sich auf den Weg machen, nur für den Fall, dass Hannah abgeholt werden musste. Das Mädchen war nicht dafür geschaffen, mit akuten Alarmfällen umzugehen. Michel würde jetzt, wo mehr Betrieb herrschte, ohnehin nicht wieder herauskommen. Während die Sekunden sich dahinschleppten, wurde sie das Gefühl nicht los, dass alle sie anstarrten, besonders die hellsichtige Cousine am Hostess-Pult. Ihr Tisch wurde benötigt. Es war Zeit zu gehen.

Vom Papillon aus fuhr sie an der Schule vorbei. Wie erwartet, war alles so friedlich und geschützt wie immer. Zu Hause ging sie direkt zu Geoffs Arbeitszimmer. Sie mussten über Hannahs Lüge reden. Im Verein mit ihrer Krise heute Nacht in der Küche deutete das darauf hin, dass etwas Ernstes vorging. Als sie sich dem Arbeitszimmer näherte, hörte Alice laute Musik – die Tür stand einen Spaltbreit offen, was ungewöhnlich war. Sonst hielt Geoff sie immer geschlossen, ob er da war oder nicht. Seine Geheimnistuerei in Bezug auf seine Arbeit war zu einer Besessenheit geworden. Er schien dem Wahn erlegen zu sein, dass entweder Alice oder Hannah irgendein starkes diebisches Interesse an Neuroprothesen, Agonist-Antagonist-Muskelpaaren oder neuromuskulären Schnittstellen hegten.

Sie klopfte und schob die Tür weiter auf, sodass die Musik in den Flur schallte, ein Song der Punkband X.

And keep your money boys made of silver and gold.

Er war gar nicht hier. Sie sah zurück in den Flur. Unter der Badezimmertür schien Licht hindurch. Sie wandte sich wieder dem Arbeitszimmer zu, das sie seit Monaten nicht betreten hatte. Da waren Bücher und Papiere; ein gerahmtes Foto von Geoff unmittelbar vor dem Fallschirmsprung; ein weiteres von ihm in diesem Maschinengewehr-Camp in Arkansas. Und natürlich eines, auf dem er auf seinem geliebten Indian-Chief-Motorrad saß. Im Zentrum all dessen sein Desktopcomputer mit dem gewaltigen Monitor. Er war voller unentzifferbarer Hieroglyphen, Höhlenmalerei aus der Zukunft. Das menschliche Gehirn, oder jedenfalls ein mundgroßes Stück davon, kartiert und beschriftet.

You say your pain is better than any kind of love.

Um den Monitor herum war der Tisch mit Haftnotizen, Karteikarten und Notizblöcken übersät. Einen Laptop gab es auch. Er war nicht gesperrt; die Musik hatte ihn wach gehalten. Nach einem raschen Blick zurück in den Flur – er war immer noch im Bad – trat sie ein. Noch etwas Verbotenes. Sie musste sich ein Stückchen vorbeugen, um zu lesen, was auf dem Monitor des Laptops stand. Es war eine E-Mail von seinem Boss bei Tactilitics.

Geoff –

Es ist also schiefgegangen. Na und? Hör auf zu schmollen. Schaff deinen Hintern wieder hier rein, damit wir die Sache ans Laufen kriegen, bevor Bain anklopft.

Sid

Aus dem Augenwinkel nahm sie eine Bewegung wahr.

Geoff, der an die Tür kam. Er sah sie an, und dann sah er seinen Laptop an. Eine Rechtfertigung konnte sie sich sparen. Sie war auf frischer Tat ertappt.

»Ich wusste nicht, dass du zu Hause bist«, sagte er ausdruckslos.

»Wir haben früh gegessen«, erwiderte sie. »Du hast die Benachrichtigung der Schule bekommen, oder?«

»Ich habe mit Hannah gesprochen. Sie sagt, da ist alles ruhig.«

»Weißt du, worum es geht?«, fragte Alice.

»Klingt, als hätte es in der Stadt einen Mord gegeben.«

»Einen Mord? Im Ernst? Jemand, den wir kennen?«

Er zuckte die Achseln und kam ins Zimmer. Sie machte ihm Platz, als er zu seinem Laptop ging und ihn schlafen schickte. Die Musik brach ab. Er wandte sich um und sah sie an. Mit einem Mal kam ihr das Arbeitszimmer so klein wie ein Aufzug vor, der zwischen zwei Etagen festhing. So nahe waren sie sich schon lange nicht mehr gewesen.

»Schiefgegangen?«, fragte sie.

»Sid gibt die Drama-Queen.«

»Okay. Aber.«

»Alice, es ist alles in Ordnung. Wir müssen ein paar Fehler ausbügeln. Das ist alles.«

»Aber was ist das mit Bain?«

Eine Frage zu viel. Geoff sprach nicht gern übers Geschäft, vor allem nicht über die Risikokapitalseite davon.

»Wolltest du etwas?«

»Ja. Ich wollte über Hannah reden.«

»Okay«, sagte er in neutralem Ton.

»Sie war gestern Abend nicht da, wo sie sein sollte.«

»Sie war um Mitternacht wieder zu Hause.«

»Nein, ich meine vorher.«

»Wo sollte sie denn sein?«

»Bei Jack zu Hause. Aber da war sie nicht.«

»Wo war sie?«

»Ich weiß es nicht.«

»Ich kapiere eigentlich nicht, warum das so wichtig ist. Das sind Teenager. Sie treiben sich rum. Am Ende war sie wieder im Mutterschiff.«

»Aber sie hat in diesem Punkt gelogen. Ebenso wie Jack. Und Christopher. Und das bedeutet, sie haben etwas getan, von dem die Erwachsenen nichts wissen sollen.«

»Wie hast du das herausgefunden?«

»Ich habe mit Celia zu Mittag gegessen.«

Geoff nickte mit ausdrucksloser Miene. Dieser Mann war in der Robotik eindeutig gut aufgehoben.

»Und was genau soll ich deiner Meinung nach deswegen unternehmen?«

»Mit ihr reden. Ich meine, da ist diese Lüge, und außerdem war sie völlig außer sich, als ich sie mitten in der N…«

»Okay, kapiert.«

Alice, die nichts mehr liebte, als von Männern unterbrochen zu werden, ließ sich nicht abspeisen. Sie fragte sich, was passieren würde, wenn sie ihm eine Ohrfeige verpasste.

»Ist sonst noch etwas?«

Ach, scheiß drauf, dachte sie. *Was soll's?*

»Nein«, antwortete sie. »Sonst ist nichts.«

Sie war schon halb aus dem Zimmer, da sagte er noch etwas.

»Und zu deiner Information: Ich wäre dir dankbar, wenn du zukünftig nicht mehr hier reinkommst und in meinem Kram schnüffelst.«

Sie erstarrte. *Zu deiner Information?* Meinte er das verdammt noch mal ernst? Was war sie hier, die Putze? Sie drehte sich zu ihm um.

»Wie bitte?«

»Das ist eine schlichte Bitte.«

»Ich habe nicht *in deinem Kram geschnüffelt*«, sagte sie. »Ich bin hier, weil ich dir sagen wollte, dass ich mir Sorgen um Hannah mache.«

»Und wieso hast du dann in meinem Computer gelesen?«

»Ich weiß nicht, Geoff. Vielleicht war ich neugierig. Du hast irgendeinen dicken Zoff mit deinem Boss, der dich seit zwei Wochen davon abhält, ins Labor zu fahren, und da sehe ich, dass du eine Nachricht von ihm hast, und das interessiert mich. Vielleicht habe ich sie mir angesehen, weil wir verheiratet sind und ich mich gefragt habe, wie es mit deiner Arbeit so läuft. Du weißt schon, Eheleutekram.«

Er sah sie ungerührt an. *Deine Worte kannst du dir sparen,* dachte Alice.

»Egal«, sagte sie. »Tut mir leid, dass ich ins Allerheiligste eingedrungen bin.«

Wieder wandte sie sich zum Gehen.

»Okay, mach es einfach nicht noch einmal.«

Und da kippte er endgültig, der alte Schalter, der, den ihr Vater versucht hatte aus ihr herauszuprügeln, der Schalter, der dazu beigetragen hatte, alle diese Männer zu vertreiben. Die »schlechte Alice« war aus den Nebeln heraufbeschworen. Diesmal wirbelte sie herum.

»Willst du mich verarschen? Das ist das erste Mal seit Ewigkeiten, dass ich *überhaupt* einen Fuß in diese, diese Höhle gesetzt habe!«

Höhle hatte nicht die Wucht, die ihr vorgeschwebt hatte, aber sie beließ es dabei.

»Das weiß ich nicht«, erwiderte er.

»Tja, es gibt eine Menge, was du nicht weißt.«

Seine Augen wurden schmal. *Vorsicht,* dachte sie. *Nichts wie weg.* Doch die »schlechte Alice« hatte sie am Schlafittchen. Sie ging nirgendwohin.

»Was ist das?«, fragte er bedächtig. »Ich bitte dich hier nur um eine einfache Sache.«

»*Das* bin ich. Die die Nase voll hat.«

»Voll von …?«

»Von allem.«

»Von allem.«

»Ja, Geoff. Von allem. Von verdammt noch mal allem.«

»Das ist eine Menge.«

»Aber hallo. Das ist eine höllische Menge.«

Für einen kurzen Moment geriet seine Selbstgerechtigkeit ins Wanken. Sie wussten beide, dass sie deutlich heftiger ausrasten konnte als er.

»Ich werde mich jetzt umdrehen und gehen«, sagte sie. »Und ich empfehle dir sehr, dass du mir dabei schweigend zusiehst.«

Zu ihrer grimmigen Befriedigung tat er genau das. Noch immer bebend vor Wut, war sie versucht, sich ins Auto zu setzen und direkt zu Michel zu fahren, um auch die Situation mit ihm zu klären. Aber das wäre kein kluger Schachzug. Also hieß es zurück nach oben in ihr Zimmer und in ihrem eigenen Adrenalin schmoren. Sie legte sich flach auf den Rücken und starrte an die Decke. *Atme tief durch,* dachte sie. Reiß dich zusammen. Sie hatte gerade gefährlich dicht davorgestanden, alles zu ruinieren. Streitereien, Wutanfälle und Drohungen waren an diesem Punkt in ihrem Leben keine gute Strategie für sie. Falls eine Trennung von Geoff wirklich unvermeidlich war, dann sollte sie durchdachter vorgehen. Ein vorbeugender, gezielter Schlag hatte gute Aussichten auf Erfolg. Eine unkontrollierte häusliche Kernschmelze war keine so sichere Sache.

Außerdem war jetzt nicht mehr abzusehen, wo sie landen würde, falls sie aus ihrer Ehe flüchtete. Ehe sie irgendeinen Schritt unternahm, musste sie sich mit dem Undenkbaren befassen – dass Michel womöglich mit ihr fertig war. Was für eine Katastrophe das wäre! Sie hätte nichts, wenn er sie verließ. Er war ihr Rettungsboot, ihre Rettungskapsel. Allerdings mochte sie sich geirrt haben, wenn sie glaubte, dass sein Bedürfnis nach einem Ausbruch ebenso stark war wie ihres. Ihm bliebe immer noch einiges, falls er mit ihr Schluss machte. Ein lieber Sohn, der ihn vergötterte und in seine Fußstapfen treten wollte. Ein tolles Restaurant. Sein gutes Aussehen, das ihm wahrscheinlich erhalten bleiben würde, bis er siebzig wurde. Er konnte in zehn Minuten eine neue Geliebte finden. Doch Alice war aufgeschmissen, zumal wenn Hannah aufs College ging. Gestrandet in Suburbia. Von Tag zu Tag älter.

So war das nicht gedacht gewesen. Die Ehe, der Umzug nach Emerson, sesshaft zu werden – das hätte ihrem lebenslangen Mäandern ein Ende setzen sollen. Es war ihr Vater gewesen, der ihr den Halt genommen hatte mit seinem bodenlosen Schweigen und seinen nikotinfleckigen Fingern, die sich so geschmeidig zur Faust ballen konnten. Geizig, wütend, argwöhnisch gegenüber der Welt außerhalb jenes Drecklochs in Pennsylvania; dieser zornige kleine Mann, der seine gesamte Energie auf seine kleine Kette von Baumärkten verwendete und freudlos jeden Penny hortete, den er aus seinen Kunden herausquetschte. Es war, als wäre er fertig ausgebildet aus dem Anus des Kapitalismus gekrochen, sodass dessen stinkende Scheiße für immer an ihm haftete. Obwohl er ein einsames kleines Vermögen anhäufte, gab er kaum jemals einen Penny für Alice aus. Mit Anfang sechzig wurde er dement und klammerte sich so lange ans Leben, bis die Ersparnisse der Familie für die bestmögliche Altenpflege draufgegangen waren.

Ihre Mutter war keine Hilfe gewesen. Sie hatte kurz nach Alice' Geburt den Wodka entdeckt, und der war ihr bester

Freund geblieben, bis der Brustkrebs sie holte, als ihre Tochter sechzehn war. Alice' Vater hatte sich widerwillig bereit erklärt, ihre Studiengebühren an einem unbedeutenden Außenposten der Pennsylvania State University zu tragen, wo sie sich in die akademische Bedeutungslosigkeit gefeiert, gevögelt und getagträumt hatte. Sie war nach Hawaii geflüchtet, aber aufs Festland zurückgekehrt, nachdem ein Kerl, mit dem sie ganze drei Stunden lang eine intensive Beziehung geführt hatte, mit seinem Mazda Miada gegen einen Banyanbaum geprallt war, sich ins Jenseits befördert und Alice mit einem gebrochenen Knöchel zurückgelassen hatte. Sie landete in Los Angeles, doch der Gips und der Geldmangel machten ein Leben dort unmöglich. Daraufhin hangelte sie sich von Stadt zu Stadt zurück nach Osten und machte überall dort Station, wo das neue hippe Paradies sein sollte. Santa Fe. Austin. South Beach. Atlanta. Ihre Aufenthaltsdauer in diesen Städten bemaß sich nach Monaten. Es gab immer einen Mann; in Santa Fe einen Mann und seine Ehefrau: Leander und Jill, über die man am besten den Mantel des Schweigens breitete. Es war immer das Gleiche. Eine plötzliche machtvolle Anziehung, gefolgt von langsam tröpfelnder Desillusionierung, bis der Vorhang mit einem Riesenkrach fiel, der manchmal auch die Polizei auf den Plan rief. Und dann ging es weiter zum nächsten coolen Ort. Jobs waren nur zum Geldverdienen da. Hostess in einer Sportsbar. Rezeptionistin im Hotel. Telefonmarketing – für den Großteil eines Montags. Jene unkluge Woche in Miami als »Muse« eines Fotografen mit dem Mononym Roman. Sie ließ New York aus, weil sie vermutete, dass diese Stadt sie bei lebendigem Leib auffressen würde, und landete schließlich in Boston. Alice hielt es für besser, dort haltzumachen. Sie kam dem Dreckloch in Pennsylvania allmählich viel zu nahe. Sie war sechsundzwanzig, fühlte sich aber viel, viel älter.

In Boston lernte sie dann den Mann kennen, der alles veränderte. Geoff Holt war Gast bei einer Biotech-Feierei, bei der sie als Bedienung arbeitete. Zu sagen, dass er aus der Menge herausragte, wäre eine hochgradige Untertreibung gewesen. Er schien das zu sein, was in ihrem Leben eine echte Rarität war: ein netter Mann, der kein totaler Loser war. Seine Manieren waren tadellos; unter seiner genau richtig abgewetzten ledernen Bomberjacke verbarg sich ein Nerd, aber bei ihm funktionierte das. Er fragte sie nach ihrer Telefonnummer, sie gab sie ihm. Seine bedürftige Tochter mit den großen Augen bereitete keine Schwierigkeiten. Er bezog ein beträchtliches Einkommen von dem Medizinrobotikunternehmen, das er zusammen mit einem halben Dutzend anderer Intelligenzbestien vom MIT gegründet hatte, wo er seinen Doktor in Neuroirgendwas gemacht hatte. Er verlor nie die Geduld mit ihr; er fand sie wahnsinnig sexy. Er sprach fast nie über seine Ex-Frau – genau genommen erfuhr Alice ihren Namen erst, als sie schon zwei Monate zusammen waren. Sie hatten Spaß. Erwachsenen-Spaß. Geld-Spaß. Er ging mit ihr in das Musical *The Book of Mormon* am Broadway. Am Tag ihres zehnwöchigen Jubiläums tranken sie sehr teuren Champagner. Er kam an erstaunliche Drogen heran, an Zeug, das bisher noch nicht einmal illegal war. Sie fuhren Ski und Jetski. Sie flogen nach Italien, um am Comer See zu heiraten, nur sie beide und Hannah, die für ihre Brautjungferpflichten ebenfalls zu Alice' Mailänder Stylisten ging. Zum ersten Mal in ihrem Leben war Alice so glücklich, wie glückliche Menschen es sein sollten.

Und dann ließ Geoff sich von seiner Firma auszahlen, und alles änderte sich. Seit sie sich kannten, hatte er sich über seine Partner beklagt. Sie seien im Grunde glorifizierte Hersteller von Spielereien. Die Arbeit werde zur Routine. Er hatte genug davon.

Seine Begeisterung kehrte zurück, als er Siddhartha Chetty kennenlernte, einen genialen Professor an der Boston University, der sich auf neuromuskuläre Prothesen spezialisiert hatte. Sid hatte einen Traum: künstliche Gliedmaßen zu erschaffen, die tatsächlich *fühlen* konnten. In Alice' Ohren klang das wie grenzwertig-schauriger Sci-Fi-Kram, doch wie Geoff ihr erklärte, war diese Technologie gar nicht so weit von dem entfernt, was es schon gab. Es war bereits möglich, eine Prothese so mit dem Nerven- und Muskelsystem des Empfängers zu verdrahten, dass sie einfache Handbewegungen ausführen konnte. Die nächste Herausforderung bestand darin, Gefühle zurück zum Gehirn zu übermitteln. Das wäre besonders bei künstlichen Fingern nützlich, da der Tastsinn benötigt wurde, um zu beurteilen, wie viel Kraft aufgewendet werden sollte, wenn man ein Sonett tippte, ein Glas in die Hand nahm oder Bach spielte. Sids Traum war es, eine so feinfühlige künstliche Hand zu erschaffen, dass sie spürte, wie sie den Hals des geliebten Menschen streichelte. Für Alice klang das alles sehr chic, besonders der Teil, der besagte, dass Geoff unermesslich viel Geld verdienen würde. Es wurde sogar noch besser, als er ihr mitteilte, dass der Verkauf seines Anteils an seiner alten Firma ihm knapp zwanzig Millionen Dollar eingebracht hatte.

Diese Anfangszeit von Tactilitics war berauschend, obwohl Alice ihren Mann von nun an viel seltener sah. Sie glich das aus, indem sie sich einen Vibrator kaufte – von wegen Roboter und Nervenbahnen – und den Kabelanschluss auf premium hochstufte. Doch der versprochene Durchbruch erwies sich als viel schwieriger als erwartet. Die Nervenbahnen des Körpers waren in puncto Bewegung deutlich leichter nachzubilden als in puncto Gefühle. Termine wurden nicht eingehalten. Prototypen versagten. Die Risikokapitalgeber bei Bain wurden nervös. Der Stress forderte seinen Tribut.

Geoff wurde knurrig und grüblerisch. Die romantischen Gesten versiegten. Er erzählte ihr nicht mehr von seinen Hoffnungen und Träumen, doch er hatte kein Problem damit, seinen Frust bei ihr abzuladen. Sex war eine ferne Erinnerung. Seine Suche nach dem künstlichen Gefühl hatte seine Aufmerksamkeit für den wahren Jakob signifikant herabgesetzt. Allmählich konnte Alice nachvollziehen, warum Hannahs Mutter ohne einen Blick zurück in den Sack gehauen hatte.

Alice machte gute Miene zu bösem Spiel. Sie sagte ihm, die Welt gehe nicht unter, falls Tactilitics scheitere. Da sei doch immer noch all das Geld auf der Bank. Er könne einen Roman schreiben oder Möbel schreinern oder schnorcheln. Er könne tun, was sein Herz begehrte. Solange er nett zu ihr war. Solange er sie liebte. Oder sie wenigstens ab und an vögelte. Was sie nicht akzeptieren konnte, war, ignoriert zu werden; behandelt zu werden, als wäre ihr Bedürfnis nach zumindest einem Minimum an Intimität mit ihm irgendwie eine Störung seiner Verrückter-Wissenschaftler-Performance. Doch Geoff hörte nicht zu. Er war ein besessener Mann. Zu scheitern kam nicht infrage.

Alice war unglücklich. In Suburbia. Umgeben von Frauen, die ihre Zeit mit Indoorcyclingkursen und dem Abholen der Sprösslinge von der Schule verbrachten. Als schließlich der unfassbar gut aussehende, kultivierte Mann mit dem französischen Akzent, dem das einzige anständige Restaurant diesseits der Back Bay gehörte, sie zum Abendessen einlud, nahm sie an, weil sie spürte, dass dies für sie der beste Ausweg aus dem eiskalten Androidenuniversum war, in dem sie festsaß.

Der Nachmittag schleppte sich dahin. Die Schulabriegelung endete. Geoff fuhr, noch immer verstimmt über ihr Eindringen in seine Höhle, endlich wieder zu Tactilitics. Als er auf seinem Motorrad davonknatterte, zertrümmerte er die Stille im Viertel mit einem laut knallenden Auspuffrülpser. Hannah schickte eine Nachricht aus der Schule, es sei alles in Ordnung. Celia rief an, doch Alice nahm nicht ab. Sie war immer noch ein bisschen sauer auf ihre Freundin. Mit dieser Stiefmutter-Bemerkung die Überlegene herauszukehren war mies gewesen, zumal sie wusste, wie viel Mühe Alice sich mit Hannah gab. Allerdings hörte Alice die Voicemail ab, sobald die Benachrichtigung auf ihrem Display aufpoppte.

»Ich bin's nur. Danke noch einmal für das Mittagessen, das war nett. Bestimmt hast du gesehen, dass sie die Abriegelung aufgehoben haben. Ach, übrigens ... ist Jack bei euch? Falls ja, soll er mich anrufen. Außerdem wollte ich fragen, ob du irgendetwas darüber herausfinden konntest, was die Kinder gestern Abend getrieben haben. Ich tappe da noch im Dunkeln. Falls du etwas Licht in die Sache bringen kannst ... Okay, bis dann.«

Tut mir leid. Kein Jack. Kein Licht. Sie surfte auf ihrem Telefon durchs Internet. Auf Twitter las sie über den Mord nach. Da waren Fotos von dem Haus, wo er passiert war. Es lag an der Locust Lane, nur ein paar Straßen weiter. Das Opfer war gerade identifiziert worden. Eden Angela Perry aus Watertown. Auf dem Foto, das sie ausgegraben hatten, hatte sie ein liebes Gesicht und ein clowneskes Lächeln. Die junge Frau kam ihr irgendwie bekannt vor, aber sie konnte den Finger nicht darauf legen. Wer war sie? Es lag ihr auf der Zunge. Nicht von der Schule her. Sie sah sich Eden Perrys Facebook-Seite an. Nur für Freunde. Sie versuchte es auf Instagram. Das war auch privat. Eden war eine vorsichtige junge Frau gewesen. Nur nicht vorsichtig genug.

Durch das einen Spaltbreit geöffnete Fenster hörte sie ein

Auto vor dem Haus halten. In der Annahme, es seien Jack und Hannah, ging sie zum Fenster, doch da war nur eine Nachbarin, die sich zu einem Auto vorbeugte und mit dem Fahrer sprach. Ihr abscheulicher Boston Terrier zerrte an seiner Leine. Sie unterhielten sich etwa eine halbe Minute, dann fuhr das Auto davon, und Hund und Frau gingen weiter und waren gleich darauf außer Sicht.

Eine träge Nervenzelle in Alice' Gehirn feuerte. Natürlich. Jetzt wusste sie wieder, wo sie Eden Angela Perry gesehen hatte. Sie war der Rotschopf mit dem großen schwarzen Hund. Alice hatte sie regelmäßig am Haus vorbeispazieren sehen, mit schwungvollen Schritten und völlig sorglos, die junge Frau, die für jeden immer ein Lächeln zu haben schien.

MICHEL

Mit sieben Jahren war Michel unverhofft über die Auswirkungen einer Bombenexplosion gestolpert. Er ging zu Fuß vom Restaurant seines Vaters, dem ursprünglichen Papillon, zu dem seines Onkels, La Couple. Das tat er oft – die beiden Familien waren komplett miteinander verflochten; die Kinderbetreuung wurde aufgeteilt. Wenn Michel allein durch Beirut lief, machte sich niemand große Sorgen. Schließlich hielten die Mahouns sich für immun gegen die unzähligen Gräuel um sie herum. Zwar waren sie maronitische Katholiken, aber sie waren unpolitisch. Mit der Phalange, die sein Vater und sein Onkel insgeheim als brutale Verbrecher betrachteten, hatten sie nichts zu schaffen. Was die Hisbollah und die Drusen, die Syrer und die Palästinenser betraf – sie alle hatten sich um Wichtigeres zu kümmern als um zwei urbane frankophile Köche, deren Restaurants eine vom Rest der chaotischen Stadt losgelöste Existenz zu führen schienen.

An diesem speziellen Tag jedoch war Michel von der bewährten Strecke abgewichen, um die Abkürzung zu nehmen, die sein älterer Cousin Claude ihm vor Kurzem gezeigt hatte. Sie führte ihn dicht an die Demarkationslinie heran, die den östlichen Teil der Stadt, in dem seine Familie wohnte, von Westbeirut trennte, wo Gewalt und Chaos herrschten. Er hatte die Detonation gehört, doch sie schien weit entfernt zu sein, und aufgrund irgendeines akustischen Kuriosums klang es so, als käme sie aus einer ganz anderen Richtung. Es mochte eine fehlgegangene Granate oder eine vorzeitig detonierte Autobombe gewesen sein. Das waren schließlich die Achtziger. Eine Zeit der Explosionen. Israelische F-16 und syrische Artillerie. Die Kaserne der Marines und die US-Botschaft. Fadlallahs zertrümmerter Wohnsitz, das »Made in USA«-Banner an einem der zerstörten Gebäude. Eine Zeit der Massaker, Straßenblockaden und Vergeltungsschläge. Eine Zeit der telefonisch überbrachten schlechten Neuigkeiten, gefolgt von drückendem Schweigen. Eine Zeit der Beerdigungen.

Von wem die Bombe auch stammen mochte, sie forderte einen schrecklichen Blutzoll, denn sie explodierte direkt neben einem Café, in dem eine Gruppe alter Männer Tee trank. Es war ein Anblick, den Michel nie vergessen würde. Der beißende Rauch, der in der Luft hing; die kleinen Brände; das sich langsam drehende Rad eines auf dem Kopf liegenden Citroën. Und die Stille, so tief, als hätte die Explosion die bloße Möglichkeit von Geräuschen aus der Luft gesaugt. Krankenwagen waren noch nicht eingetroffen, die Polizei war nirgends zu sehen. Nur Opfer, darunter einige Leichen, die eher dem Fleisch ähnelten, das sein Vater in der Gefriertruhe des Papillon lagerte, denn irgendetwas Menschlichem. Die meisten der Überlebenden lagen am Boden; ihre zerstörten Glieder zuckten. Ein Mann saß wundersamerweise noch auf seinem Stuhl. Sein Körper war vom Hals abwärts blutüberströmt, doch sein Gesicht war unversehrt, und er hielt noch sein intaktes Teeglas in der Hand. Woran Michel sich am deutlichsten erinnerte, war sein Gesichtsausdruck. Er zeigte nicht Schmerz, Sorge oder Angst, sondern eher eine Art verwirrter Empörung; einen Zorn auf etwas weit jenseits von Kordit und Granatsplittern. *Ich habe damit nichts zu tun,* besagte dieser Ausdruck. *Das ist ein großer Irrtum. Würde mir bitte jemand erklären, was dieser Wahnsinn mit mir zu tun hat? Würde bitte jemand diesen Unsinn entfernen und mir noch ein Glas Tee bringen?*

Das war es, was Michel empfand, als die Polizisten vor seiner Haustür seinen Sohn sprechen wollten. Ihre Anwesenheit war ein Irrtum. Schockierend, gewiss. Aber falsch. Es mochte schlimm aussehen, es mochte Schaden und Schmerz verursachen, aber es war dennoch bloß ein Irrläufer, der beseitigt werden musste, bevor Michel sich wieder seinem normalen Leben zuwenden konnte.

»Worum geht es?«, fragte er vom Fuß der Verandatreppe aus.

»Es geht darum, dass wir mit ihm sprechen müssen«, sagte die Frau in einem liebenswürdigen Ton, der nicht zu ihren beharrlichen Worten passte. »Ist er zu Hause?«

Michel wollte diese Menschen nicht in seinem Haus haben. Er wollte nicht, dass sie mit seinem Sohn sprachen.

»Ich glaube, er ist in der Schule.«

»Tatsächlich ist er das nicht«, sagte die Frau.

»Dann muss ich aber wissen, worum es geht.«

»Sir, wir werden nicht ewig hier draußen stehen und mit Ihnen plaudern«, sagte der Mann.

Seine Stimme klang nicht wie ihre. Es lag eine Drohung darin. Michel kannte Männer wie ihn. Mit ihm zu diskutieren wäre zwecklos.

»Lassen Sie mich nachsehen, ob er da ist«, sagte er. »Warten Sie hier.«

Der Mann wollte etwas sagen, doch die Frau kam ihm zuvor.

»Das wäre sehr freundlich.«

Sie machten ihm Platz. Michel öffnete die Haustür und überlegte hastig, was er jetzt tun sollte. Wen anrufen, was sagen? Doch seine Gedanken brachen ab, als er Christopher klein und verängstigt mitten im Flur stehen sah. Er trug eine Jogginghose und ein zerknittertes T-Shirt. Seine Gequältheit schien seit der vergangenen Nacht um ein Tausendfaches zugenommen zu haben. Er begriff, dass die Polizei draußen war, und schien zu wissen, warum. Michel hätte am liebsten die Tür zugeknallt, doch die Frau sprach bereits.

»Christopher?«

In ihrer Stimme lagen Freundlichkeit und Wärme. Michel bedeutete Christopher mit einem Nicken, er solle in sein Zimmer zurückgehen, doch der Blick des Jungen ruhte auf den Polizisten. Wie schlafwandelnd kam er langsam näher.

»Also, es ist wohl am besten, wenn wir das im Haus machen«, sagte die Frau, als Christopher an die noch offene Haustür trat.

Michel zögerte. In Amerika ließ man die Polizei nicht ohne richterliche Verfügung ins Haus. Das wusste er.

»Oder wir können ihn mitnehmen«, sagte der Mann, der seine Gedanken erriet.

Michel führte alle ins Wohnzimmer. Er deutete auf die beiden Sessel gegenüber dem Sofa. Die Detectives rührten sich nicht.

»Wir würden gern allein mit ihm sprechen«, sagte der Mann.

Das war zu viel.

»Nein, ich muss dabei sein. Er ist erst siebzehn. Ich habe das Recht dazu.«

Die Detectives wechselten einen Blick. Er wartete, bis sie sich gesetzt hatten, dann führte er seinen Sohn zum Sofa.

»Ich werde das Gespräch aufzeichnen«, sagte die Frau und stellte ein kleines Gerät auf den Couchtisch zwischen ihnen.

»Christopher, ich bin Detective Gates. Ich bin bei der State Police. Das ist mein Kollege Detective Procopio. Er arbeitet hier in Emerson. Wissen Sie, warum wir hier sind?«

»Nein …«

Michel sah seinen Sohn an. Er wusste es. Michel hörte es ihm an.

»Wir möchten Sie fragen, ob Sie eine junge Frau namens Eden Perry kennen.«

In blankem Entsetzen starrte Christopher sie an. Er schüttelte den Kopf. Es wirkte eher wie ein Krampf denn wie eine Verneinung.

»Wir haben hier ihr Telefon, Christopher«, sagte Gates.

»Jede Menge Nachrichten von Ihnen«, fügte Procopio hinzu. »Darunter eine von gestern Abend, in der Sie schreiben, dass Sie gleich vorbeikommen.«

»Ja.« Christopher flüsterte beinahe. »Ich kenne sie.«

»Und haben Sie sie gestern Abend gesehen?«

Christopher zögerte. Michel hämmerte das Herz gegen die Rippen. Ein entsetzliches Wissen keimte in ihm. Die Anwesenheit der Polizei war kein Irrtum. Die Granate war am vorgesehenen Ort eingeschlagen.

»Sie müssen uns die Wahrheit sagen, Christopher«, sagte Gates. »Das ist unglaublich wichtig. Das verstehen Sie doch?«

»Was soll das?«, fragte Michel. »Wovon reden wir hier?«

Die Frau brachte ihn mit einem knappen Nicken zum Schweigen, ohne den Jungen aus den Augen zu lassen.

»Ja«, sagte Christopher, und seine Stimme klang irgendwie sanfter. »Wir haben zusammen abgehangen.«

»Wo?«

»In dem Haus, wo sie wohnt.«

»Sie wissen, was ihr passiert ist, oder?«

Christopher schüttelte den Kopf.

»Ich glaube doch.«

Gates brachte es fertig, ihre Stimme zugleich beruhigend und erbarmungslos klingen zu lassen.

»Ich bin gerade erst aufgewacht. Ich habe es so vor zehn Minuten gesehen.«

»Was soll das?«, fragte Michel. »Was geht hier vor?«

Endlich sah Gates ihn an.

»Eden Perry wurde in den frühen Morgenstunden ermordet.«

Das Hämmern in Michels Brust wurde noch mächtiger. Gates wandte sich wieder Christopher zu.

»Sind Sie sicher, dass Sie uns nichts darüber zu erzählen haben?«

Doch Worte gingen jetzt über Christophers Kräfte. Er schien nicht einmal den Kopf bewegen zu können. Gates stand auf und ging zu ihm. Sie legte ihm den Zeigefinger unters Kinn. Es war eine so intime, sanfte Geste, dass Michel gar nicht auf die Idee kam, etwas einzuwenden. Sie hob Christophers Kopf an, bis er sie ansah.

»Was ist das da an Ihrem Hals, Christopher?«

Da waren vier Kratzer, wie die Kondensstreifen von Kampfflugzeugen. Die hatte Michel heute Nacht gar nicht gesehen. Ihm fiel ein, dass sein Sohn den Kragen aufgestellt und die Jacke nicht ausgezogen hatte.

»Woher haben Sie die?«

Christopher zog den Kopf weg und legte die Hand auf den Hals.

»Ich weiß nicht. Ich muss mich gekratzt haben.«

Gates nickte, als wäre das plausibel. Der Mann stand auf.

»Sie werden mit uns kommen müssen«, sagte er.

»Sie nehmen ihn fest?«

»Niemand ist festgenommen«, erwiderte Gates. »Aber Ihr Sohn ist ein wichtiger Zeuge in einem Mordfall. Wir müssen ihn auf der Wache offiziell vernehmen.«

»Tun Sie es hier.«

»Mr Mahoun, es gibt Verfahrensweisen, an die wir uns von jetzt an alle halten müssen.«

»Dann komme ich mit.«

»Christopher? Möchten Sie das?«

Er nickte. Wie betäubt.

»Sprich es laut aus«, sagte Michel.

»Ja. Ich möchte meinen Vater dabeihaben.«

»Haben Sie Ihr Telefon bei sich?«, fragte Procopio.

»Ja.«

»Das können Sie mitnehmen.«

Sie wollten, dass Christopher mit ihnen fuhr; Michel konnte ihnen folgen. Er willigte ein, doch erst nachdem er ihnen das Versprechen abgenommen hatte, dass sie seinen Sohn nichts fragen würden, bis Michel wieder bei ihm war. Gates schien anständig zu sein, aber dem Mann traute er nicht. In ihm war eine Wut, die Michel in seiner Kindheit gesehen hatte, an Straßensperren, auf den Märkten.

Die Fahrt dauerte sehr lange. Das Denken fiel ihm jetzt schwer. Er konnte die Informationen nicht zusammenfügen. Eine junge Frau namens Eden. *Wir haben ihr Telefon.* Sein Sohn, der viel zu spät nach Hause gekommen war, sprachlos und verstört. Diese Kratzer an seinem Hals, der Umstand, dass er sie versteckt hatte. An der Polizeiwache parkte er auf dem Gästeparkplatz, während die Polizisten mit Christopher zur Rückseite des Gebäudes fuhren. Vorn hatte sich eine kleine Gruppe Menschen angesammelt. Die Presse. Als er sich näherte, beobachteten sie ihn misstrauisch. Einer hob eine Kamera.

»Sir, wer sind Sie?«, fragte eine Frau, als er vorbeiging.

»Niemand«, erwiderte er, ohne nachzudenken.

Der uniformierte Polizist hinter der Glasscheibe sagte Michel, er solle warten. Er begann, auf und ab zu laufen, voller Sorge, sie könnten ihn angelogen haben und ihn hier draußen festhalten, während sie seinen Sohn durch irgendwelche Tricks dazu brachten, alles Mögliche zu sagen. Doch dann schwang die Tür auf, und Gates winkte ihn mit einer Pappmappe zu sich. Er folgte ihr in einen kleinen fensterlosen Raum mit einem Tisch. Michel nahm neben seinem Sohn Platz. Christopher wirkte jetzt zutiefst verwirrt, genauso wie in den Tagen nach Maryams Tod. Die Welt hatte sich verändert, und er verstand nicht, warum.

»Nur damit Sie Bescheid wissen: Wir nehmen immer noch auf«, sagte Gates.

Die Kamera hing in einer Ecke der Zimmerdecke wie eine schlafende Fledermaus.

»Also, Christopher, wir werden Ihnen jetzt etwas vorlesen, was Sie wahrscheinlich schon im Fernsehen gehört haben. Aber ich möchte, dass Sie trotzdem gut zuhören und uns wissen lassen, falls Sie Fragen dazu haben.«

Procopio zog eine laminierte Karte aus der Innentasche seines Sakkos und las die vertrauten Sätze über Verteidiger und Schweigen vor. Als er fertig war, sagte Christopher wie betäubt, er habe verstanden.

»Also«, übernahm Gates. »Sie haben darum gebeten, dass Ihr Vater bei der Befragung anwesend ist, verzichten aber auf den Ihnen zustehenden Rechtsbeistand. Ist das richtig?«

»Ja.«

»Vielleicht sollte er einen Anwalt haben«, sagte Michel.

»Ihre Entscheidung. Aber wenn Sie sich eine Rechtsvertretung besorgen, wird diese Person Sie ersetzen. Sie können nicht beide dabei sein.«

»Nein, ich möchte dabei sein.«

»Also, nur damit das ganz klar ist: kein Anwalt?«

»Fürs Erste.«

Sie wandte sich wieder dem Jungen zu.

»Christopher, erzählen Sie uns doch von gestern Abend. In Ihren eigenen Worten. Nehmen Sie sich Zeit. Lassen Sie nichts aus. Wir entscheiden dann, was wichtig ist.«

»Wir haben in dem Haus abgehangen, wo sie wohnt …«

»Eden Perry.«

»Ja, Eden.«

»Wir bedeutet?«

»Da waren Jack, Hannah und ich.«

»Würden Sie uns bitte ihre vollständigen Namen nennen?«

»Jack Parrish und Hannah Holt.«

»Dann waren Sie also nur zu viert?«

»Ja.«

»Um welche Uhrzeit sind Sie dort angekommen?«

»So um acht. Es sollten noch ein paar andere Leute kommen, aber die sind nicht aufgetaucht. Ich war als Erster da, dann kamen Jack Parrish und Hannah Holt …«

»Jetzt können Sie sie einfach Jack und Hannah nennen«, sagte Gates.

»Okay. Und dann kamen Jack und Hannah, und wir haben einfach, ich weiß auch nicht, abgehangen. Musik gehört und geredet.«

»Haben Sie getrunken? Gras geraucht? Andere Drogen?«

Christopher warf seinem Vater einen prüfenden Blick zu.

»Keiner war hinüber oder so was, falls Sie das meinen.«

»Sehen Sie, ich weiß nicht, ob das ein Ja oder ein Nein ist.«

»Nein.«

»Okay. Fahren Sie fort.«

»Also, wir haben zusammen abgehangen, und dann sind Jack und Hannah gegangen.«

»Um wie viel Uhr war das?«

»Gegen Mitternacht.«

»Aber Sie sind noch geblieben?«

Er nickte.

»Warum?«

»Um bei Eden zu sein«, sagte Christopher nach kurzem Zögern.

»Lief da etwas zwischen Ihnen beiden? Hatten Sie eine Beziehung?«

»Nicht richtig. Irgendwie. Ich weiß nicht.«

»Das werden Sie erklären müssen, Christopher.«

»Bei ihr weiß man nie. Was sie so denkt.«

»Was ist mit Ihnen? Was haben Sie so gedacht?«

»Ich mochte sie.«

»Okay, fahren Sie fort«, sagte Gates, als klar war, dass Christopher nicht mehr dazu sagen würde.

»Also, wir haben eine Weile abgehangen. Und dann bin ich gegangen.«

»Haben Sie zwei rumgemacht? Sex gehabt?«

»Nein.«

»Wann sind Sie schließlich gegangen?«

»Ich weiß nicht. Spät.«

»Und Sie sind nach Hause gegangen?«

»Ja. Ich meine, kann sein, dass ich eine Weile rumgelaufen bin.«

»Warum?«

Er starrte auf den Tisch.

»Christopher? Waren Sie aufgeregt? War etwas passiert?«

»Nein.«

»Sicher?«

Er nickte. Gates beobachtete ihn einen Moment lang. Falls seine ausweichenden Antworten sie frustrierten, verbarg sie es gut.

»Also, ich bin hier ein bisschen verwirrt. Wie würden Sie Ihre Beziehung zu Eden beschreiben?«

»Ich weiß nicht.«

»Aber Sie haben auf sie gestanden?«, fragte Procopio.

Nach kurzem Zögern nickte Christopher.

»Aber sie hat nicht auf Sie gestanden.«

»Man muss Eden einfach kennen.«

»Tja, das ist jetzt nicht mehr möglich«, sagte Gates, »deshalb sind wir in diesem Punkt auf Sie angewiesen.«

»Sie ist sehr … unberechenbar.«

»Inwiefern?«

»Einfach schwer festzunageln.«

»So schwer anscheinend nicht«, murmelte Procopio.

»Also, Christopher«, sagte Gates. »Wir müssen über diese Kratzer an Ihrem Hals sprechen. Wie ist das passiert?«

»Ich weiß nicht. Muss ich selbst gewesen sein.«

»Also haben Sie die nicht von Eden?«

»Nein«, sagte Christopher in ungläubigem Ton, so als wäre das das Verrückteste, was er je gehört hatte.

»Haben Sie sich gestritten?«

»Ich habe Nein gesagt!«, antwortete er und wurde lauter.

»Christopher«, sagte Michel.

Gates sah ihn an und schüttelte den Kopf.

»Wie lange sind Sie rumgelaufen?«, fragte Procopio.

»Ich weiß nicht. Eine Weile.«

»Fünf Minuten? Zwei Stunden?«

»Er hat gesagt, er weiß es nicht«, sagte Michel.

Procopio sah ihn an, mit seiner Wut. Doch es war Gates, die darauf antwortete.

»Ich denke, es ist am besten, wenn Sie nicht stören, Mr Mahoun.« Sie wandte sich wieder dem Jungen zu. »Können Sie uns sagen, um welche Uhrzeit Sie nach Hause kamen? Genau.«

Er schüttelte den Kopf. Gates wandte sich wieder an Michel.

»Können Sie uns da weiterhelfen?«

»Jetzt darf ich sprechen?«, fragte Michel und bedauerte es sofort.

»Ja, bitte.« Gates ignorierte seinen Sarkasmus.

Sein erster Impuls war, die Wahrheit zu sagen. Um kurz vor vier Uhr morgens. Doch Christopher wusste die Uhrzeit, und er verriet sie ihnen nicht. Michel musste herausfinden, warum, ehe er etwas sagte.

»Nein, tut mir leid. Es war spät.«

»Eins macht mich allerdings neugierig«, sagte Gates. »Sie haben ihr keine Nachricht mehr geschickt, nachdem Sie gegangen waren.«

»Was?«

»Sie haben ihr oft geschrieben. Aber nicht, nachdem Sie gegangen waren.«

»Ich dachte, sie schläft«, erklärte Christopher lahm.

Gates musterte ihn, ohne zu reagieren. Mit einem Mal schien es Michel, dass dies ein Fehler war. Er sollte ihnen nicht erlauben, seinen Sohn ohne einen Anwalt zu befragen.

»Christopher, sieh mich an.« Sein Sohn wandte sich ihm zu. »Sag kein Wort mehr. Verstehst du mich? Ich werde jemanden suchen, der uns hilft, und bis dahin musst du schweigen. Sag mir, ob du mich verstanden hast.«

Christopher nickte.

»Kein kluger Schachzug, Dad«, sagte Procopio.

»Wir möchten jetzt gehen«, sagte Michel.

Keiner der Detectives antwortete. Die Tür öffnete sich, und ein großer uniformierter Mann mit silbernem Haar trat ein. Er sah Michel und seinen Sohn nicht an, sondern nickte Gates zu und stellte sich mit verschränkten Armen an die Wand. Schließlich sah er Christopher an. Seine Miene war nicht beruhigend.

»Okay«, sagte Gates. »Christopher, ich möchte, dass Sie mir zuhören, denn das ist wichtig. Gibt es noch etwas, was Sie uns über das, was gestern zwischen Ihnen und Eden vorgefallen ist, erzählen möchten? Irgendetwas?«

»Nein!«

»Haben Sie sich gestritten? Haben Sie sie geschubst? Es könnte einfach eins von beidem gewesen sein. Etwas, was Sie nicht einmal tun wollten.«

»Nein«, sagte er, und jetzt klang er traurig.

»Es reicht«, sagte Michel. »Mein Sohn braucht einen Anwalt.«

Alle sahen Christopher an. Doch der gehorchte jetzt seinem Vater.

»Dann sage ich Ihnen, was jetzt passiert«, sagte Gates schließlich. »Wir werden Sie in einen sogenannten Achtundvierzigstundengewahrsam nehmen. Und das bedeutet, dass Sie einstweilen hier bei uns bleiben.«

»Nein! Dad …«

»Einen Moment«, sagte Michel.

»Das machen wir, weil wir glauben, dass Sie wichtige Informationen über das, was Eden zugestoßen ist, haben, die Sie uns nicht mitteilen. Sie müssen hier bei uns bleiben, bis Sie bereit sind, das zu tun.«

»Ich verstehe nicht«, sagte Michel. »Ist er festgenommen?«

»Im Prinzip ja, wir nehmen ihn in Gewahrsam. Aber im Moment wird ihm kein Verbrechen zur Last gelegt.«

»Dann lassen Sie ihn mit mir nach Hause fahren. Ich sorge dafür, dass er nicht weggeht.«

»Mr Mahoun, Sie müssen jetzt gehen.«

»Ich möchte bleiben.«

»Sir, Sie müssen wirklich gehen.«

Procopio sagte das. Michel spürte, wie Wut in ihm aufstieg, aber er wusste, dass ein Konflikt mit diesem Mann Christopher nur schaden würde. Er sah seinen Sohn an, doch der wich seinem Blick aus.

»Du bist bald wieder zu Hause.«

Christopher nickte, mit einem Mal eine Million Meilen weit entfernt. Er wirkte, als wäre er in seinem eigenen Kopf noch sicherer eingeschlossen als in diesem Gebäude.

»Mr Mahoun?«

Draußen waren jetzt mehr Leute versammelt, und da standen Transporter mit Antennen auf den Dächern. Als Michel aus dem Gebäude kam, waren die Fragen aggressiver. Sie hatten begriffen, dass Michel beteiligt war. Er ging wortlos an ihnen vorbei und fuhr zügig vom Parkplatz. Erst als er auf der Centre Street war, merkte er, dass er nicht wusste, wohin er fuhr. Er hielt am Straßenrand, und mit einem Mal fiel ihm das Atmen schwer. Der Gedanke, dass sein Sohn dort eingesperrt war, war wie eine Hand um seine Kehle. Er ließ das Fenster herab, doch das half nicht.

Er musste einen Anwalt finden. Michel hatte zwei Anwälte. Der eine war für die Einwanderung, der andere für das Restaurant zuständig. Keiner von beiden nutzte ihm hier. Sofia. Sie war einmal mit einem liiert gewesen. David. Er war Staatsanwalt in Boston gewesen, doch jetzt hatte er seine eigene Kanzlei. Angeblich ziemlich erfolgreich. Er war einige

Male im Papillon gewesen. Ein bisschen arrogant, aber freundlich und natürlich höllisch clever. Sofia würde jetzt im Restaurant sein und das Abendessen vorbereiten, sich um das Chaos kümmern, das Michel durch seinen unangekündigten Aufbruch hinterlassen hatte. Sie schrieb ihm schon den ganzen Nachmittag Nachrichten und versuchte gleichzeitig, ihn telefonisch zu erreichen. Ihre letzte Nachricht – *Okay jetzt mache ich mir Sorgen* – war erst vor wenigen Minuten eingetroffen. *Wenn du wüsstest,* dachte Michel, als er den Wagen auf Fahren schaltete und sich auf den Weg zum einzigen Ort auf der Welt machte, an dem zu sein ihm jetzt sinnvoll erschien.

PATRICK

Die Schmerzen in seinem Bein weckten ihn. Wer weiß, wie lange er sonst geschlafen hätte. Am Ende hatte er den Liter Suntory, an dem er in den letzten Tagen gearbeitet hatte, noch geleert. Den Tagesanbruch hatte er mit einer Dose Hard Seltzer mit Pink-Grapefruit-Geschmack begrüßt, das einen metallischen Nachgeschmack in seinem Mund hinterlassen hatte. Daraufhin war er in ein Vergessen gesunken, das glücklicherweise frei von Stimmen, von Träumen, von allem gewesen war.

Schwankend stand er auf und untersuchte seine Bissverletzung. Das fünf Zentimeter lange Hämatom hatte sich bereits in verschiedenen Gelb- und Brauntönen verfärbt. Der Hund hatte ihn ganz schön zugerichtet. Vermutlich konnte er von Glück sagen, dass er keine offene Wunde hatte. Er erinnerte sich an Kindheitsmythen über Tollwut: lange Nadeln, die einem in den Bauch gerammt wurden, zum Zombie gewordene Väter, die an die Heizung gekettet wurden, damit sie ihren Lieben nichts antaten.

Sein Telefon war tot, daher ging er in die Küche, um auf die Uhr an der Mikrowelle zu sehen. 14:43 Uhr. Nicht gut. Immerhin blieb ihm noch reichlich Zeit bis zu seinem Fünfuhrtermin mit Ann Nichols. Das war das Einzige, was für diesen Tag in seinem Terminkalender stand. Er hatte keine große Lust, ins Büro zu fahren, wagte in Anbetracht seiner aktuellen Erfolgsbilanz aber nicht, abzusagen. Nach seinem letzten Informationsstand betreute er 80 Millionen Dollar an Kundenvermögen, wofür er eine Basisprovision von knapp einer Million bezog. Dafür konnte man sich wohl ab und an blicken lassen.

Er duschte, putzte sich die Zähne, um den Geschmack nach verdorbener Zitrusfrucht loszuwerden, dann kippte er eine Tasse Kaffee hinunter. Aus Gründen, mit denen er sich nicht befassen mochte, hatte er keinen Kater. Hunger hatte er auch nicht. Dennoch sollte er etwas essen, denn seine letzte Mahlzeit – wenn man die Handvoll Pistazien gestern Abend, deren Schalen gegenwärtig um seinen Sessel herum verstreut lagen, nicht zählte – war das Frühstückscroissant gewesen, das er gestern vor der Arbeit in der Mikrowelle aufgebacken hatte.

Er fuhr zum Whole-Foods-Biosupermarkt und stellte den Wagen in einer entlegenen Ecke des Parkplatzes ab, hinter den Lieferwagen und den zerbeulten Hondas der Mitarbeiter. Auf dem Weg zum Eingang des Markts musste er die Augen offen halten. Hier draußen herrschte häufig eine gewisse Autoscooteratmosphäre: SUVs der Zerstörerklasse wie Suburbans und Escalades setzten achtlos rückwärts aus engen Parklücken und bretterten zum Ausgang, als flöhen sie vor Jagd-U-Booten. Sein Ende mochte nahe sein, aber so sollte es nicht kommen.

Im Supermarkt herrschte Betrieb. Fast jeder telefonierte, was ihn daran erinnerte, dass sein Telefon noch auf dem Küchentisch lag und auflud. Es bestand jedoch kein Grund, umzukehren. In seinem Büro gab es ein Festnetztelefon, auf dem ihn niemand anrief. Er ging direkt in die Feinkostabteilung und schnappte sich einen in verschiedene Fächer unterteilten Behälter. Die Auswahl unter dem sorgfältig polierten Spuckschutz war riesig. Reissalat, gebratener Reis mit Garnelen und mit Käse überbackener Blumenkohl. Hackbraten, Putenhackbraten oder vegetarischer Hackbraten. Honigmöhren und Ratatouille. Pizza. Wraps.

Er wählte Chicken Tikka Masala mit Safranreis, Brokkoli mit gerösteten Mandeln und ein Stück Maisbrot. Das Plätzchen zum Nachtisch kam in die eine Jackentasche; Plastikmesser und -gabel in die andere. Er drückte den Deckel auf den Behälter, dann steuerte er auf den vorderen Teil des Supermarkts zu und blieb nur kurz stehen, um sich eine Flasche Quellwasser zu nehmen. Die Kassen umging er und verließ den Markt stattdessen direkt vor der Servicetheke. Die Frau, die dort Dienst tat – auf ihrem Schildchen stand Soo –, sah hoch und lächelte. Patrick lächelte zurück. Als er gerade an ihr vorbei war, fiel ihm ein, dass er Servietten vergessen hatte. Er kehrte zu Soo zurück.

»Wie kann ich Ihnen heute helfen?«, fragte sie.

»Haben Sie Servietten da?«

Sie sah Patrick über die Schulter. »Daniel, würden Sie diesem Herrn bitte Servietten holen?«

Sie sprach mit einem schmalen jungen Mann, dem Aussehen nach aus Mittelamerika, der gerade an der nächstgelegenen Kasse Einkäufe in eine Tüte gepackt hatte. Er ging sofort los.

»Wie ist es draußen?«, fragte Soo.

»Es erwärmt sich.«

»Der Frühling wird immer kürzer.«

»Wem sagen Sie das. Es ist erst April, aber ich stelle im Auto schon die Klimaanlage an.«

Freundlich-mitfühlend schüttelte sie den Kopf – so eine Schande aber auch, dass der Planet starb. Der Duft des Essens, das er gerade stahl, stieg zwischen ihnen auf. Soos Telefon klingelte. Patrick entfernte sich ein Stück, um ihre Privatsphäre zu respektieren. Daniel kehrte zurück. Er reichte Patrick einen daumendicken Stapel Recyclingpapier und nickte schüchtern, als Patrick ihm dankte.

»Alles Gute«, flüsterte Patrick Soo zu.

Sie wölbte die Hand um die Sprechmuschel.

»Ihnen auch«, murmelte sie herzlich zurück.

Ohne sich weiter aufzuhalten, verließ er das Geschäft. Frei und unbescholten, wieder einmal. Im unwahrscheinlichen Fall, dass ihn doch einmal jemand aufhielt, würde er einfach sagen, er habe im Café bezahlt. Niemand würde daran zweifeln. Unvorstellbar, dass er einen Ladendiebstahl begehen könnte. Er war ein weißer Mann mit einem Hundertdollarhaarschnitt und einem italienischen Zweitausenddollaranzug, der mit erhobenem Kinn und durchgedrücktem Rückgrat dahinschritt. Leute wie er begingen keinen Ladendiebstahl.

Im Kofferraum lag eine noch unangebrochene Flasche Suntory, doch er beschloss, sie einstweilen weiter reifen zu lassen. Nachdem er sich hinters Lenkrad gesetzt hatte, schaltete er Mozarts Klarinettenquintett ein und breitete auf seinem Schoß in einem symmetrischen Gitter Servietten aus. Als er den Behälter öffnete, erfüllte sofort der Duft der Gewürze vom anderen Ende der Welt die Luft im BMW. Das Hühnchen war noch warm. Er aß einen Bissen und spülte mit dem Wasser aus der Dreidollarflasche nach.

Manchmal dachte er, er müsse einen seltsamen Anblick

bieten, wenn er so zufrieden in seinem Auto aß wie ein Erste-Klasse-Passagier, der über den Atlantik jettete. Allerdings war es unwahrscheinlich, dass er hier hinten gesehen würde. Hin und wieder mochten Angestellte vorbeikommen, die gerade Feierabend hatten, aber die wollten nur weg. Einmal hatten ein Vater und seine Tochter hier mit einem sportlichen kleinen Jetta Einparken geübt. Patrick war ein dankbares Publikum gewesen, während er in seinem Chicken Parmigiana, einer panierten Hühnerbrust mit Tomatensoße und Käse, stocherte, und als die Tochter es beim dritten Versuch schaffte, hatte er ihr den erhobenen Daumen hingehalten.

Während er nun allein hier saß, eine Mahlzeit aß, die er eigentlich nicht wollte, und sein Bein immer noch schmerzte, dachte er über die Stimme nach, die er heute Nacht gehört hatte. Gabi hatte schon eine Weile nicht mehr zu ihm gesprochen. Zumindest ein paar Wochen. In den Tagen nach ihrem Tod vor zwei Jahren hatte er sie ständig gehört, oft mehrere Nächte hintereinander. Er nahm an, dass die Stimme eines Tages ganz verschwinden würde. Dann würde er sich ein altes Video ansehen müssen, wenn er sie hören wollte. Doch das wäre nicht dasselbe. Ganz und gar nicht.

Einstweilen war sie jedoch noch da. Es kam nicht überraschend, dass sie in seinem Gedächtnis fortdauerte. Gabriella hatte er sich näher gefühlt als jedem anderen Menschen in seinem Leben. Das hatte er sich nicht so ausgesucht. Es war einfach so gekommen. Sie war so ein liebes, schönes Kind gewesen. Er hatte sie im Kinderwagen über die Centre geschoben und beobachtet, wie die Gesichter der Passanten unvermittelt aufleuchteten, wenn sie ihr Lächeln sahen. Ihre ersten zwölf Jahre waren ein einziger langer Sonnentag gewesen. Alles war ihr zugefallen. Freundschaften und Schule. Die Geige. Fußball und Tanz. Falls es auch Wutanfälle und

Schmollen gegeben haben sollte, konnte Patrick sich nicht daran erinnern.

Die Verwandlung begann mit dreizehn. Plötzlich hatte sie unkontrollierbare Stimmungsschwankungen, pendelte zwischen Weinkrämpfen und fast hysterischer Begeisterung hin und her. Sie wurde heimlichtuerisch und paranoid. Ihre Beziehung zu ihrer Mutter Lily wurde regelrecht toxisch. Wenn Patrick sie berührte, reagierte sie wie ein oft ausgepeitschter Hund. Zu seiner unfassbaren Schande mied er unwillkürlich ihre Gesellschaft.

Zunächst erklärten sie sich diese Veränderung mit den üblichen Stürmen der Pubertät. Aber es wurde schlimmer. Sie aß nur noch sporadisch. Unter ihrem Bett tauchten leere Weinflaschen auf. Und dann war da das Verbrennen. Sie wurde besessen von der irrigen Überzeugung, sie habe Spliss, und beschloss, ihre Haarspitzen mit einem Feuerzeug abzufackeln. Von da an erfüllte der widerliche Gestank verbrannter Haare das Haus. Wie eine Geistererscheinung schwebte er heran, wenn sie zu Abend aßen oder fernsahen. Streichholzbriefchen und Feuerzeuge zu konfiszieren nutzte nichts. Sie lebten in ständiger Angst, Gabi könne ihren Kopf in Brand setzen oder das Haus niederbrennen. Sie stritten mit ihr, sie bestraften sie, weil sie törichterweise annahmen, dass es sich dabei bloß um schlechtes Betragen handelte, dass all dies etwas war, was sie kontrollieren könnte, dabei waren es in Wirklichkeit nur die ersten Symptome der Krankheit, die sie schließlich töten würde.

Die Therapie begann gleich nach ihrem vierzehnten Geburtstag. Sie probierten ein halbes Dutzend wohlmeinende, ineffektive Psychologen aus, die Begriffe wie Depression, Zwangsstörung und Suizidalität von sich gaben, aber anscheinend nie bis zum Kern der Sache vordrangen. Als Nächstes kamen die Psychiater und ihre Wundermittelchen.

Lexapro, Ativan und Klonopin – Namen, die aus einem fantastischen Roman stammen könnten. Die Tabletten machten sie schläfrig und lammfromm; sie trockneten ihren Mund aus, führten zu Verstopfung und brachten ihre Monatsblutung durcheinander. Das Einzige, was sie nicht zuwege brachten, war, ihren Zustand zu verbessern.

Sie war sechzehn, als sie die bittersüße Erlösung durch Opioide entdeckte. Patrick unterzog sich einem zahnchirurgischen Eingriff, und Lily hatte etwa zur gleichen Zeit einen schweren CrossFit-Unfall, was dazu führte, dass Schmerzmittel im Überfluss im Haus waren, die keiner von ihnen einnahm – Patrick hatte seinen Alkohol, Lily die ihr angeborene Zähigkeit. Sie beseitigten sämtliche Schmerzmittel, die sie noch im Haus hatten, doch da war es bereits zu spät. Gabi hing am Haken. An Tabletten heranzukommen war nicht schwer für sie. Monatelang hatten sie keine Ahnung, was da vorging, waren geblendet von ihrem mit einem Mal heiter-gelassenen Kind. Doch Gabis Rezeptoren wurden hungriger; die Agonisten führten zu Agonie; das Angebot konnte die Nachfrage nicht befriedigen. Es kam zum Scotty-Parrish-Debakel, und da ließen die Tatsachen sich nicht mehr leugnen. Gabi entglitt ihnen immer mehr. Sie verschlief ganze Tage, und dann schlief sie wieder überhaupt nicht. Mehr, rief ihr hungriges Gehirn. Mehr, mehr, mehr.

Heroin kam ihr zu Hilfe. Wie sich herausstellte, war es viel billiger und leichter zu bekommen als die Tabletten. Das war Patrick neu. Er hatte diese Droge immer mit Armut und den äußeren Rändern der Boheme assoziiert, während sie in Wirklichkeit gleichermaßen an den majestätischen Ahornbäumen und Eichen der Vororte hing, reif und bereit zum Pflücken. Die Nadeln bekam man im Drugstore.

Gabi verschwand, direkt vor ihren Augen, und an ihre Stelle trat eine gerissene Hochstaplerin, die log, stahl und tagelang fortblieb. In der Highschool humpelte sie mit letzter Kraft über die Ziellinie und schrieb sich daraufhin am Barnard College ein. Ihre Eltern drückten derweil törichterweise die Daumen und hofften, die Luftveränderung würde Wunder wirken. Nach knapp zwei Monaten rief ein Dekan an und meldete sie als vermisst. Patrick spürte sie schließlich in einem Motel auf Long Island auf, das wie aus einem B-Movie entsprungen schien. Sie zog zurück nach Hause, streifte jedoch bald darauf durch die Straßen, ein Mädchen auf Abwegen, das versuchte, sich in den Griff zu bekommen. Gott allein wusste, wo sie in diesen letzten elenden eineinhalb Jahren unterkam. Patrick wusste nur, dass sie in der Gegend blieb, nahe genug, um sich von ihm abholen und in den Entzug schleifen lassen zu können, wenn es zu schlimm wurde. Dann lief die Versicherung aus, und am Ende zahlten sie knapp vierzigtausend Dollar für zwei fruchtlose Entzüge. Es funktionierte nicht. Nichts funktionierte.

In dieser letzten Zeit erkannte er auch, dass die Schuld bei ihm lag. Dies war sein Vermächtnis an sie, mehr als ihr gutes Aussehen und ihr kluges Köpfchen, mehr als ihre Neigung zu Sonnenbränden oder ihr schneller Schritt. Das bösartige Gen, das sich durch seinen Stammbaum zog, seinen Großvater mit zweiundvierzig umgebracht, seine Onkel und zahllose entferntere Verwandte geplagt hatte – ehrlich gesagt auch ihn selbst –, war zuletzt an sie weitergegeben worden. Von ihm. Eine andere Erklärung gab es nicht. Sie war innig geliebt worden und hatte eine gute Bildung genossen; es hatte kein Trauma gegeben, keine Vernachlässigung. Sie war ein Engel gewesen. Es war eine Krankheit. Und er hatte sie ihr vererbt.

Er wollte unbedingt etwas tun, um ihren Niedergang aufzuhalten, doch es war zu spät. Das Geschwür hatte zu weit gestreut. Und so gab er zu seiner ewigen Schande dem Drang aufzugeben nach. Hatte er noch mit fieberhafter Panik reagiert, als sie die ersten Male verschwand, erfüllte ihn gegen Ende jedes Mal stille Erleichterung, wenn er feststellte, dass sie wieder fort war. Es gab Gelegenheiten, da er wusste, dass sie in eine gefährliche Situation hineinglitt, und keinen Finger rührte, um es aufzuhalten; da er sie hätte aufspüren können, aber das Haus nicht verließ. Erschöpft, schwach und feige kapitulierte er vor der Krankheit, die er ihr vererbt hatte.

Und dann kam sein finaler Verrat. Ihre Festnahme bei Whole Foods war sein letztes Gefecht. Anstatt sie in die nächste teure Entzugsklinik zu bringen, erlaubte er dem Staat, sie in einen Transporter zu verfrachten und in einer seiner düsteren Backsteinverwahranstalten für Junkies abzuladen. Er redete sich ein, es sei zu ihrem eigenen Besten, aber es waren schlicht und ergreifend völlige Erschöpfung und Schwäche. Am nächsten Abend klingelte das Telefon; der Name der Einrichtung erschien im Display. Lily und er waren gerade in der Küche und spülten das Geschirr eines weiteren, in beklemmendem Schweigen verlaufenen Abendessens ab. Sie sahen sich an, er schüttelte den Kopf, sie nickte. Dann lauschten sie, während Gabi eine Nachricht hinterließ und sie anflehte, abzunehmen. Das Telefon klingelte erneut, und eine weitere Nachricht hallte durch die Küche, diesmal noch verzweifelter. Sie flohen aus dem Haus und suchten in einem Multiplexkino bei einem absurden Actionfilm Zuflucht. Als sie nach Hause kamen, warteten sechzehn weitere Nachrichten auf sie. Patrick löschte sie, ohne sie abzuhören.

Die Polizei kam vier Tage später. Patrick lag besinnungslos auf dem Sofa – mittlerweile trank er stetig, hatte mit seinem eigenen langen Streben nach Vergessenheit begonnen. Nachdem sie ihm die furchtbare Nachricht überbracht hatten, blickte er hinab auf seine Füße und stellte fest, dass er nur eine Socke trug. Er war eindeutig über der Promillegrenze, deshalb durfte er bei den Polizisten mitfahren. Im Krankenhaus fragten die Leute, ob dies seine Tochter war. Er war versucht, zu sagen, nein, nicht einmal annähernd.

Während er in den nächsten Tagen die Beerdigung und alles, was damit zusammenhing, hinter sich brachte, gelangte er zu einer entsetzlichen Erkenntnis. Er hatte sie im Stich gelassen. Schlicht und ergreifend. Dies ging auf seine Kappe. Er war ihr Vater, und Väter retteten ihre Kinder. Väter seufzten nicht verstohlen vor Erleichterung, wenn ihre Töchter in der Wildnis verschwanden und ihre Qualen mit sich nahmen. Väter gingen ans Telefon. Und Väter schliefen nicht auf dem Sofa, wenn ihr Kind seinen bodenlosen, unergründlichen Schmerz schließlich zum Schweigen brachte, während nur wenige Schritte entfernt anderer Leute Kinder Happy Meals aßen. Er hatte sie im Stich gelassen, und niemand, gleichgültig wie kenntnisreich, erfahren oder weise, würde ihn je von etwas anderem überzeugen können.

Nach drei Bissen hatte er genug von seinem gestohlenen Essen. So lief es immer, die erste Anwandlung von Appetit verging, weil sein Körper nicht in der Lage war, mehr als ein paar Happen zu bewältigen. Er hatte seit Monaten keine ganze Mahlzeit mehr verzehrt. Patrick warf seine Abfälle in den nächsten Mülleimer und fuhr ins Büro. Unterwegs kaute er drei Pfefferminzpastillen. Die Rezeptionistin begrüßte ihn mit einem verblüfften Lächeln. Er kannte ihren Namen nicht – Griff arbeitete gern mit Leuten von der Zeitarbeitsfirma, damit er keine Sozialleistungen zahlen musste. Kara, die Assistentin, die er sich mit zwei weiteren Brokern teilte, war längst auf einen Platz in der Nähe ihrer produktiveren Bosse abgewandert.

Ann Nichols saß bereits in seinem Büro. Sie würdigte sein Eintreten mit einem Nicken und einem finsteren, kritischen Blick.

»Nun, ich hatte schon gedacht, Sie hätten mich versetzt«, sagte sie, obwohl er einige Minuten zu früh war.

Sie war seine älteste Kundin, sowohl in Bezug auf ihr Alter als auch in Bezug auf die Dauer ihrer Beziehung. Ann kam einmal im Monat vorbei, um sich zu vergewissern, dass ihr Spargroschen es sicher und warm hatte. Eigentlich wollte sie bloß plaudern. Ihr Depotstand betrug nur dreihundert Riesen – Kleingeld für Emerson Wealth Management Partners –, doch sie machte ein Gewese darum, als wäre es der Getty Trust. Sie wirkte wie eine Witwe, aber gelegentlich erwähnte sie einen nicht näher beschriebenen »Otis«, und erst bei ihrem ungefähr zehnten Besuch hatte Patrick herausgefunden, dass dies ihr Mann war, nicht ihr Hund. Er nahm an, dass sie alles über seinen Niedergang wusste, doch sie hielt an ihm fest. Nicht aus Mitleid, hoffte er, doch letztlich war ihm klar, dass es keine große Rolle spielte.

Sie war für eine halbe Stunde eingetragen, wie immer, wobei das Geschäftliche normalerweise keine zehn Minuten in Anspruch nahm. Es war eher eine aufgeblasene Präsentation ihrer Anlageaufstellung. Darauf folgte normalerweise eine deutlich längere Unterhaltung über alles Mögliche, vom Wetter bis zu ihrem Lunch damals mit Ethel Kennedy, die nicht die Heilige sei, für die alle sie hielten.

»Ich würde Sie niemals versetzen«, erwiderte Patrick, doch seine Aufmerksamkeit war auf die ominöse Haftnotiz an seiner Tastatur gerichtet. Sie war von Griff, dem geschäftsführenden Partner der Firma. Wir müssen reden.

»Haben Sie von dem Mord gehört?«, fragte sie.

»Mord?«

»Bei den Bondurants.«

Der Name klang vage vertraut.

»Sie leben hier in der Stadt«, half sie ihm auf die Sprünge. »Auf der Locust Lane?«

Locust Lane. Der Straßenname rollte in seinen Kopf wie eine Panzerdivision in eine schmale Innenstadtstraße.

»Ihr Sohn bekam Leukämie, als er auf der Waldo war«, erzählte sie weiter. »Er ist der, nach dem der Wohltätigkeitslauf benannt ist. Er war im Langlaufteam.«

Der Lauf für Rick. Natürlich. Er kannte diese Familie. EWMP hatte sich vor ein paar Jahren um ihr Portfolio bemüht, doch Bondurant hatte sich nicht von der altersschwachen Bostoner Firma trennen wollen, die vermutlich schon seine Vorfahren vor dem Unabhängigkeitskrieg in Anspruch genommen hatten.

»Jemand hat sie getötet?«

»Keiner will sagen, wer gestorben ist.«

»Wow. War es ein Einbruch?«

Sie zuckte die Achseln, verdrossen darüber, dass sie kaum tratschwürdige Fakten kannte. Jetzt kam Patricks Verstand auf Touren. Das Jaulen des Hundes; die Gestalt zwischen den Bäumen. Sein Bein begann zu pochen.

»Aber sie haben jemanden festgenommen, oder …?«

Sie wusste jedoch nicht mehr. Patrick hielt seine Präsentation im Eiltempo, dann dachte er sich einen Vorwand aus, um seine darob nicht glückliche Kundin zur Tür hinauszubugsieren. Sobald er allein war, informierte er sich auf seinem Desktopcomputer über den Mord. Es hatte eine Abriegelung der Schulen in der Stadt gegeben, doch sie war bereits wieder aufgehoben. Sie hatten ein Foto des Opfers veröffentlicht, einer jungen Frau aus Watertown, irgendeiner Verwandten der Bondurants. *Mein Gott,* dachte er, als er ihr liebenswertes Gesicht betrachtete. Mit einem Mal war sein Mund wie ausgetrocknet. Er brauchte unbedingt einen Drink.

Er fand die Adresse der Bondurants in der Firmendatenbank und ließ sie sich auf Google Earth anzeigen. Es war das Haus neben dem, vor dem er gebissen worden war, gleich hinter dem Dickicht. Mit dem Zeigefinger berührte er die Baumwipfel auf dem Monitor. *Da*, dachte er. Genau da hatte er gestanden.

Jemand musste davon erfahren. Instinktiv wollte er Lily anrufen, aber seine Ex-Frau war gegenwärtig in Asheville, auf der Jagd nach dem Glück, und ging nur selten ans Telefon. Da wäre Griff, aber ein atemloser Bericht über das, was passiert war, als er um drei Uhr morgens durch die Straßen gestreift war, mochte sich nicht gut für Patrick machen, besonders angesichts dieser Haftnotiz und der Abrechnung, die sie verhieß.

Die Polizei. Trotz seiner schlechten Erfahrungen musste es die Polizei sein. Die mussten erfahren, was er wusste. Er rief dort an, und ihm wurde gesagt, er solle sofort vorbeikommen. Er war versucht, einen Abstecher zum Kofferraum seines Wagens zu machen, wo der Suntory noch immer reifte. Keine gute Idee. Tatsächlich beschloss er sogar, das Auto stehen zu lassen. Er musste sich überlegen, was er sagen wollte, bevor er dort ankam. Während er die Centre entlangging, versuchte er, sich diese Gestalt zwischen den Bäumen vor Augen zu rufen. Hochgewachsen, breitschultrig. Stumm, gesichtslos, aber sehr real. Er wünschte, sein Kopf könnte die Erinnerung durch eines dieser Bildbearbeitungsprogramme laufen lassen, um sie schärfer zu machen, bis er die Gestalt deutlich erkennen konnte.

Vor der Wache standen Übertragungswagen, am Haupteingang drängten sich die Medien. Sie stellten ihm Fragen, aber er nickte nur freundlich. Der Officer hinter der kugelsicheren Scheibe bot ihm einen Sitzplatz an. Nach wenigen Minuten öffnete sich die innere Tür. Eine Schwarze Frau mittleren Alters in einem dunkelblauen Hosenanzug kam heraus.

»Mr Noone?«

Er stand auf und spürte wieder sein pochendes Bein.

»Detective Gates«, sagte sie und streckte die Hand aus, als er zu ihr ging. »Wie ich höre, haben Sie Informationen über den Vorfall gestern Nacht für uns?«

»Ich glaube, ich habe vielleicht jemanden auf der Locust Lane gesehen.«

Sie legte den Kopf schief. Er hatte ihre Aufmerksamkeit.

»Wann war das?«

»Spät. So um drei Uhr morgens.«

Noch eine korrekte Antwort.

»Okay, kommen Sie mit.«

Sie führte ihn durch ein Großraumbüro, in dem eine Atmosphäre gedämpfter Dringlichkeit herrschte. Im Konferenzraum war ein weiterer Detective. Als Patrick ihn sah, erstarrte er. Das war das Arschloch, das Gabi festgenommen hatte. Er war nicht mehr in Uniform, sondern trug ein zu enges Sakko und eine schlecht gebundene Krawatte. Doch er hatte noch immer diese Schlägerpräsenz – nichts als Knöchel, Stiernacken und finsterer Blick. Auch in seinen Augen blitzte Wiedererkennen auf, aber er konnte Patrick nicht recht einordnen.

»Dies ist Detective Procopio«, sagte Gates.

»Wir kennen uns, stimmt's?«, sagte Procopio.

»Sie haben meine Tochter verhaftet.«

»Richtig«, sagte Procopio, so als wären sie einmal im selben Golf-Foursome gewesen. »Wie geht's ihr?«

»Sie ist ein paar Wochen danach gestorben.«

»Das tut mir leid«, sagte Procopio nach kurzem Zögern.

Gates sah von einem zum anderen, um festzustellen, ob es hier ein Problem gab.

»Na dann, setzen Sie sich«, sagte sie schließlich. »Und nur damit Sie Bescheid wissen, wir zeichnen hier drin alles auf.«

Ihre Stimme war sanft und höflich. Sie triefte vor Besorgnis. Gates hätte eine in der langen Reihe der Psychologen sein können, denen er während des Niedergangs seiner Tochter gegenübergesessen hatte.

»Dann erzählen Sie mir doch, was Sie heute Nacht gesehen haben«, forderte sie ihn auf.

Patrick sagte die Zeilen auf, die er unterwegs geprobt hatte. Auf der Centre Street waren sie ihm plausibel erschienen, aber hier, wo zwei skeptische Augenpaare auf ihn gerichtet waren, klangen sie weniger glaubwürdig. Deutlich weniger. Gates' Miene blieb höflich, doch Procopios Gesicht verzog sich langsam zu einer ungläubigen Grimasse.

»Meinen Sie, Sie könnten uns diese Person etwas besser beschreiben?«, fragte Gates, als er geendet hatte.

»Das ist alles, was ich habe.«

»Aber Sie sind sicher, dass da jemand war«, sagte Procopio, als könnte er nicht glauben, was er hörte.

»Ja.«

»Und Sie hatten nicht das Bedürfnis, es zu melden?«

Das war keine unberechtigte Frage. Dennoch, irgendetwas im Tonfall des Mannes beschwor alles wieder herauf. Gabi, mit grauer Haut und zitternd, in sich zusammengesunken und besiegt. Der Cop, der sich weigerte, Patricks Flehen zu erhören.

Patrick sah Gates an.

»Könnte er hier wegen Befangenheit ausgeschlossen werden?«, fragte er.

»Befangenheit?«, fragte Gates überrascht.

»Ich fühle mich nicht wohl, wenn er dabei ist. Er hat meine Tochter ungerecht behandelt.«

»Ungerecht«, echote Procopio.

»Ja«, bestätigte Patrick und hielt seinem Blick stand.

Gates musterte die beiden Männer, den einen und dann den anderen.

»Detective Procopio, würden Sie uns wohl allein lassen?«, sagte sie.

Kurz blitzte Wut in Procopios Augen auf. Aber dann klappte er seinen Block zu und verließ wortlos den Raum.

»Danke«, sagte Patrick.

»So, mal sehen.« Gates ignorierte seinen Dank. »Sie haben gesagt, der Hund, den Sie angefahren haben, war ein schwarzer Labrador.«

»Labradorähnlich.«

»Wie groß war er, würden Sie sagen?«

»Mittelgroß, wissen Sie. Etwa so.«

Er hielt die flache Hand etwa sechzig Zentimeter über den Boden.

»Und bei der Uhrzeit sind Sie sich sicher? Kurz nach drei?«

»Ich weiß noch, dass ich nachgesehen habe.«

»Eins wüsste ich gern: Wie können Sie sich so sicher sein, dass da jemand war, wenn Sie ihn eigentlich nicht gesehen haben?«

»Ja, okay. Ich weiß, das klingt merkwürdig.«

»Nicht unbedingt. Ich versuche nur, mir ein Bild zu machen.«

»Ich wusste einfach, dass da jemand war. Das ist alles.«

»Wären Sie bereit, in Betracht zu ziehen, dass Sie sich das alles nur eingebildet haben?«

Rational betrachtet, lautete die Antwort Ja. Natürlich könnte er sich das eingebildet haben. Wie so vieles neuerdings.

»Nein«, sagte er.

Sie sah ihn einen Moment schweigend an.

»Hatten Sie gestern Abend etwas getrunken?«

»Nicht exzessiv.«

»Mir ist nicht ganz klar, was das bedeutet.«

»Ich war unter der Promillegrenze.«

»Nehmen Sie Drogen, Mr Noone? Oder Medikamente?«

»Nein. Na ja, Zeug für den Blutdruck. Diuretika. Aber nichts, wovon man Halluzinationen bekommt.«

»Verstanden. Also, noch mal zurück zu der Frage, warum Sie um diese Uhrzeit unterwegs waren.«

Ihr Tonfall war noch immer sanft, doch jetzt lag etwas Neues darin. Etwas Scharfes und Kaltes.

»Wie meinen Sie das?«

»Es kommt mir einfach seltsam vor, dass ein Mann wie Sie um diese Uhrzeit ziellos herumfährt.«

»Es hilft mir beim Einschlafen.«

»Sie haben Probleme, einzuschlafen?«

»Manchmal.«

»Und Sie nehmen nichts dagegen?«

»Keine Medikamente, nein. Wie gesagt.«

»Kennen Sie Bill und Betsy Bondurant?«

»Ich glaube, ich bin Bill einmal begegnet. Im Büro.«

»Waren Sie je in ihrem Haus?«

»Warum sollte ich?«

Diese Frage beantwortete sie nicht. Patrick kam der Verdacht, dass es ein Fehler gewesen war, hierherzukommen.

»Tja, ich muss dann zurück zur Arbeit …«

»Nur eins noch. Kennen Sie eine junge Frau namens Eden Perry?«

»Nein.«

»Sie ist zwanzig, ganz hübsch, rötliches Haar. Mittelgroß.«

»Ich weiß, wer das ist. Die Frau, die ermordet wurde. Ich

habe gerade online etwas über sie gelesen. Deswegen bin ich ja hier.«

Gates fixierte ihn, ihr Blick hatte vorübergehend seine Liebenswürdigkeit und das Lichte verloren. Ihre Frage blieb bestehen.

»Nein, ich kenne sie nicht.«

»Und Sie haben sie gestern Nacht nicht gesehen?«

»Nein. Nur den Hund.«

»Und den Mann.«

»Und den Mann.«

»Ich werde Ihnen meine Telefonnummer geben«, sagte sie, jetzt wieder in ihrer charmanten Art. »Falls Ihnen aus irgendeinem Grund noch etwas Genaueres einfällt, rufen Sie mich bitte sofort an.«

Sie reichte ihm eine Visitenkarte, dann führte sie ihn in den Eingangsbereich, wo schon jemand anderes wartete, eine Frau mit pechschwarzem Haar. An den Händen und am Hals hatte sie Tätowierungen, die unter ihrem Kostüm von der Stange, vermutlich ihrer Arbeitskleidung, weitere vermuten ließen. Leuchtend roter Lippenstift machte ihren fest verschlossenen Mund nicht weicher. Die dick aufgetragene Wimperntusche war klumpig und verlaufen. Da war Schönheit, doch sie schien finster entschlossen, sie zu übertünchen. Ihr Blick traf Patrick wie ein Laserstrahl.

»Ms Perry«, sagte Gates ein wenig unglücklich.

Patrick ging weiter. Perry. Das war die Mutter. Rasch blickte er sich noch einmal um, doch sie sprach bereits mit Gates, eindringlich und zornig. Er war versucht, noch zu bleiben, um zu hören, was sie sagten, ging dann aber doch weiter, verließ das Gebäude und bahnte sich einen Weg durch die weiter angewachsene Schar von Presseleuten, deren Fragen er auch jetzt ignorierte.

Wie in Trance lief er über die Centre Street zurück, stieg

ins Auto und fuhr los. Abzweigungen links, Abzweigungen rechts, Bodenschwellen, Stoppschilder. Zur Polizei zu gehen war idiotisch gewesen, besonders nach seiner Vorgeschichte mit denen. Er hätte wissen müssen, was passieren würde. Ungläubigkeit, gefolgt von Argwohn. Er hätte einen Anwalt damit betrauen sollen. Aber er *hatte* jemanden gesehen. Er hatte einen Mann gesehen. Einen Mann, der nicht gesehen werden wollte.

Die Zufahrt zur Locust Lane war von einem Streifenwagen der State Police blockiert. Patrick hielt am Straßenrand. Das Haus der Bondurants war größtenteils hinter den Bäumen im Vorgarten verborgen, doch durch die Lücken dazwischen konnte er Polizeiwagen und Transporter erkennen. Die Baumgruppe, wo er den Mann gesehen hatte, befand sich gleich neben dem Grundstück – heute Nacht war er aus der anderen Richtung gekommen. Jetzt, im grellen Apriltageslicht, wirkte sie nicht wie ein dunkler Wald. Das war bloß ein tennisplatzgroßes Fleckchen mit Bäumen. Dennoch. Da war jemand gewesen. Geduldig, unbeteiligt, irgendeiner Sache schuldig. Dessen war er sich sicher.

DANIELLE

Als sie von der Festnahme hörte, fuhr sie sofort zur Wache. Wahrscheinlich hätte sie zuerst anrufen sollen, aber Anrufe konnten ignoriert werden. Und ihr war auch nicht unbedingt danach, sich an deren Regeln zu halten. Die Wut in ihrem Inneren war endgültig übergekocht. Sie hatten versprochen, sie zu benachrichtigen, wenn es neue Entwicklungen gab. Tja, denjenigen festzunehmen, der ihr Kind getötet hatte, konnte man doch wohl als neue Entwicklung bezeichnen. Und trotzdem hatte sie das von einer Fremden erfahren müssen.

Sie würde diese Cops im Auge behalten müssen. Das war offensichtlich. Sie hatte es in dem Augenblick erkannt, als sie fragten, wo sie heute Nacht gewesen sei. Ja, der Ordnung halber mussten sie das fragen, das kapierte sie. Aber es war nicht so rübergekommen wie eine reine Formalität. Sie glaubten tatsächlich, sie hätte Eden etwas antun können.

Procopios Anruf hatte es dann noch schlimmer gemacht. Sie war zu Hause gewesen – ein nervöser junger Officer hatte sie heimgebracht. Aber nach Hause zu fahren war ein Fehler. Das begriff sie, sobald sie durch die Tür war. Sie begann zu zittern, als bekäme sie Fieber. Sie ging in die Küche und dachte: *Was zum Teufel will ich in der Küche?* Sie ging hinauf in ihr Schlafzimmer und legte ihre Arbeitskleidung ab. Etwas Schwarzes zum Anziehen zu finden war kein Problem. Es gab jede Menge Überbleibsel aus ihrer bescheuerten Zeit als schwer tätowierte Bikerbraut. Die Kleidung passte noch, selbst wenn jenes Leben es nicht mehr tat.

Am Ende stand sie vor Edens Zimmer. An der Tür klebte eine aus einer Zeitschrift ausgeschnittene Schlagzeile: *Eden Hazard.* Eden-Risiko? Was das auch bedeuten mochte. Danielle packte den Türknauf, ließ ihn aber sofort wieder los. Die Polizei hatte sie angewiesen, die Sachen ihrer Tochter nicht anzufassen – vielleicht mussten sie sie später noch durchsuchen. Eigentlich wollte sie sowieso nicht dort hinein. Stattdessen lehnte sie den Kopf an den verblichenen, zerknitterten Streifen Papier und begann zum zweiten Mal an diesem Tag zu weinen, womit sich ihre Gesamtbilanz für die letzten zwanzig Jahre verdoppelte. Eine Minute verging, und dann war sie damit durch.

Sie frischte gerade ihre Wimperntusche auf, als Procopio

anrief. Eden war überführt worden. So formulierte er es. Überführt. Danielle durfte sie jetzt sehen.

»Ich muss das noch mal sagen: Sie brauchen das nicht zu tun.«

»Doch.«

»Ich sage ja bloß – es könnte leichter sein, es nicht zu tun.«

»Ich will es mir nicht leichter machen.«

»Ihre Entscheidung«, sagte er in diesem besserwisserischen Ton, den sie so gern von Männern hörte.

»Kann ich Sie noch etwas fragen?«

Er zögerte lange genug, um sein Widerstreben anzudeuten.

»Klar.«

»Wie lange lag sie da, bevor Sie sie gefunden haben?«

»Darüber darf ich wirklich nicht reden.«

»Aber Sie haben sie gesehen. Bei den Bondurants.«

»Ja, ich habe sie gesehen.«

»Ich meine, war sie nackt?«

»Sie war bekleidet«, sagte er sehr widerstrebend.

»Sah sie, ich weiß nicht, friedvoll aus? Sah sie aus, als hätte sie gelitten?«

»Ich darf wirklich nicht … vielleicht können die Ärzte Ihnen da weiterhelfen.«

Da beschloss sie, dass sie mit Procopio fertig war. Wenn der Kerl nicht einmal den Anstand aufbrachte, ihr eine tröstliche kleine Lüge zu erzählen, dann zur Hölle mit ihm. Von jetzt an würde sie nur noch mit Gates kommunizieren, die zumindest wusste, wie man so tat, als scherte es einen.

Die Adresse, die er ihr gab, war in Boston. Ein weiteres Gebäude, ein weiterer Parkplatz, noch mehr Fremde. Sie erwarteten Danielle. Ein bärtiger junger Arzt und eine Frau hispanischer Herkunft, eine Sozialarbeiterin. *Zu spät für euch beide,* dachte Danielle. Sie gingen durch ein paar Flure und blieben vor einer Tür stehen, über der ein rotes Lämpchen brannte.

»Es gibt Verletzungen, hauptsächlich in ihrem Auge«, sagte der bärtige Arzt. »Sie sollten sich darauf einstellen.«

»Wie macht man das?«, fragte Danielle.

»Wie bitte?«

»Sich darauf einstellen?«

Der Arzt sah die Sozialarbeiterin an, die aus irgendeinem Grund nickte, als wäre die Frage bereits beantwortet worden. Der Arzt klopfte. Ein junger Mann in Krankenhausuniform öffnete die Tür. Sie gingen alle hinein. Danielle hatte mit so etwas wie diesen Lagerräumen im Keller gerechnet, die man immer im Fernsehen sah, mit Lichtschienen an der Decke und Leichen in großen Schubladen. Waschbecken und Wasserhähnen. Dem Kreischen einer Motorsäge. Doch es war bloß ein kahler Raum mit einer Krankenliege in der Mitte. Das Enthüllen übernahmen die anderen, sie schlugen das dünne grüne Tuch zurück, das Edens Körper bedeckte. Das immerhin hatten die Filme richtig hinbekommen. Ihre Augen waren halb geöffnet, und im Haar über ihrem linken Ohr klebte geronnenes Blut. Das Weiße im einen Auge hatte sich übelkeiterregend violett verfärbt, so als hätte jemand Farbe darauf getupft. Wenn das nicht gewesen wäre, hätte sie wie Eden ausgesehen, im Schlaf.

»Wie ist sie gestorben?«

»Hirnblutung«, sagte der Arzt.

»Weil sie geschlagen wurde?«

»Weil sie sich den Kopf angeschlagen hat, nachdem sie kräftig geschubst wurde, wie es scheint.«

»Und deshalb ist ihr Auge auch …«

»Richtig. Ja.«

»Wurde sie vergewaltigt?«

»Das haben wir noch nicht endgültig festgestellt.«

»Ach, kommen Sie.«

»Es scheint einen Sexualkontakt gegeben zu haben. Welcher Art, darüber müssen Sie mit der Polizei sprechen.«

Alle warteten. Danielle hatte gedacht, sie würde nicht fähig sein, ihre Tochter wieder zu verlassen, wenn sie erst einmal bei ihr war, doch schon nach wenigen Sekunden konnte sie es gar nicht erwarten, zu flüchten. Sie wollte sie nicht berühren oder riechen oder ihr intime Worte ins Ohr flüstern. Dies war nicht Eden. Dies war bloß eine Leiche, ein Körper, in dem ihre Tochter einmal gelebt hatte. Wenn sie Eden sehen wollte, würde sie anderswo suchen müssen.

»Und was passiert jetzt?«

»Sie werden ein Bestattungsinstitut beauftragen müssen«, sagte die Frau. »Wir können Ihnen dabei helfen.«

»Aber es dauert noch ein paar Tage, bis wir die Leiche freigeben«, sagte der Arzt.

»Warum das?«

»Autopsie.«

»Muss ich da nicht zustimmen?«

»In Fällen wie diesem geschieht das automatisch.«

Fälle wie dieser. Danielle drehte sich um und verließ den Raum. Sie ging immer weiter, bis die Eingangstür sich für sie öffnete. Sie hatte das überwältigende Bedürfnis, etwas zu tun, aber keine Ahnung, was das sein könnte. Auf keinen Fall würde sie wieder nach Hause fahren. Noch nicht. Und die Cops wollten sie auch nicht um sich haben. Das hatten sie deutlich genug gezeigt.

Da rief Bill Bondurant an. Er klang viel älter als bei ihrer letzten Unterhaltung. Wie sich herausstellte, waren sie für ein paar Tage zu Freunden in Albany gefahren. Sie waren gerade bei der Polizei fertig und hielten sich jetzt bei irgendjemandem in Emerson auf.

»Ich weiß nicht, was passiert sein könnte«, sagte er.

»Kann ich zu euch kommen und mit euch reden?«

Er nannte ihr die Adresse. Also hieß es zurück nach Emerson, diesmal in ihrem eigenen Auto. Unterwegs erinnerte sie sich an ihren ersten Besuch. Es war wie die Überquerung eines Ozeans zu einem unbekannten Kontinent gewesen. Sie hatte keine Lust gehabt, Zeit mit Country-Club-Typen zu verbringen, selbst wenn eine davon eine Cousine dritten Grades war oder eine Großcousine oder was auch immer. Aber zu ihrer Überraschung stellte sie fest, dass die Bondurants wirklich gute Menschen waren. Sie waren älter, als sie sie von ihrer ersten Begegnung bei der Beerdigung in Erinnerung hatte, an der Schwelle zum *Altsein*. Doch da war eine Kraft. Nicht nur durch Geld, sondern so etwas wie eine unerschütterliche Anständigkeit. Betsy war so freundlich und warmherzig, sie sprach mit ihr, als wären die wenigen Tropfen Blut, die sie teilten, ein mächtiger Strom gemeinsamer Vorfahren. Bill war reservierter, doch das war einfach seine Art. Er war gut zehn Jahre älter als seine Frau. Ein Gentleman; vornehm und höflich. Irgendwann sagte er etwas, was das ganze merkwürdige Vorhaben erklärte.

»Betsy braucht immer jemanden, um den sie sich kümmern kann. Jetzt, wo die Kinder schon lange aus dem Haus sind, nun …«

Was Eden selbst betraf, so saß sie zufrieden mit ihrem großen Glas gesüßtem Eistee da, und ihr Wanderzirkus von nervösen Ticks hatte geschlossen, jedenfalls bis auf Weiteres. Und mit dem Hund verstand sie sich auf Anhieb. Ja, die Bondurants hatten Eden sicher lieb. Aber das lag einfach an Edens Art. Menschen, die sie kaum kannten, fühlten sich zu ihr hingezogen. Es waren die, die ihr bereits nahestanden, die sie zum Wahnsinn treiben konnte.

Und so zog Eden raus nach Emerson. Sie und Danielle nahmen sich eine Auszeit voneinander, wie das heutzutage genannt wurde. Außerdem gönnte sich Eden nach eigener Auskunft eine Verschnaufpause von den Jungs, die immer eine so große Rolle in ihrem Leben gespielt hatten. Während die Tage und Wochen vergingen, wurde es immer schwerer, Betsys Einschätzung, dass alles *einfach grandios* sei, zu widersprechen. Danielle besuchte sie nur wenige Male, zuletzt vor etwas über einem Monat. Und Eden kam überhaupt nicht nach Hause. Aber das war in Ordnung. Sie musste endlich herausfinden, wie sie allein zurechtkam, und dies war ein guter, sicherer Ausgangspunkt. Alle waren zufrieden mit diesem Arrangement. Auf der Heimfahrt nach ihrem letzten Besuch hatte Danielle sich sogar gestattet, zu glauben, sie könne vielleicht endlich aufhören, sich Sorgen um ihre Tochter zu machen.

Und jetzt war sie tot. Lag auf einer Bahre, das linke Auge wie eine zerquetschte Himbeere.

Da ihr eigenes Haus plötzlich unbewohnbar war, blieben die Bondurants vorübergehend bei einem anderen älteren Paar, dessen Haus genauso groß wie ihres war. Nach zutiefst linkischen Umarmungen versammelten sich die drei in einem riesigen Wohnzimmer. Der Hund war dort. Er kam auf Danielle zu, um sie zu begrüßen.

»Thor, hierher«, sagte Betsy, die das Unbehagen der anderen Frau spürte.

Als der Hund sich zurückzog, fiel Danielle auf, dass er hinkte.

»Es tut uns einfach so leid«, sagte Betsy zum fünften Mal in zwei Minuten.

»Ich kann mir einfach nicht vorstellen, was da passiert ist«, fügte Bill hinzu.

»Was hat die Polizei euch denn gesagt? Mir sagen sie nichts.«

»Uns gegenüber waren sie auch nicht sehr mitteilsam«,

antwortete Bill. »Wir wissen allerdings, dass nicht eingebrochen wurde. Was bedeutet, dass Eden denjenigen hereingelassen haben muss.«

»Ich glaube nicht, dass sie das bei einem Fremden getan hätte.«

»Nein, mein Eindruck ist, dass sie glauben, sie hätte ihren Angreifer gekannt.«

»Hatte sie hier Freunde gefunden?«

Sie wechselten einen Blick.

»Nun ja, ich glaube schon«, sagte Betsy ein wenig steif.

»Habt ihr sie kennengelernt?«

»Sie war immer sehr zurückhaltend, was ihr Privatleben anging«, fügte Bill hinzu. »Vor allem nach dem Partyfiasko.«

»Party?«

»Hat sie dir nichts davon erzählt?«

»Nein.«

Er runzelte die Stirn.

»Ich habe sie ausdrücklich darum gebeten.«

»Okay, ich tappe sozusagen im Dunkeln.«

Die Bondurants wechselten einen weiteren Blick.

»Letzten Monat waren wir bei einem Abendessen in Boston«, erzählte Betsy. »Wir haben dort übernachtet und sind früh am nächsten Morgen zurückgefahren. Als wir hereinkamen, war klar, dass sie eine ziemlich wilde Party gefeiert hatte. Es war getrunken worden und – nun, ich glaube, sie hatten auch etwas geraucht. Es sah so aus, als wäre die Sache aus dem Ruder gelaufen.«

»Es war nichts beschädigt, aber es herrschte auf jeden Fall Durcheinander«, sagte Bill. »Nennen wir es einfach so.«

»Also haben wir uns am nächsten Tag zusammengesetzt. Wir haben ihr gesagt, dass wir nichts dagegen haben, wenn sie Freunde zu uns einlädt, aber lieber davon wissen würden, weißt du.«

»Und Alkohol bei Minderjährigen«, fügte Bill hinzu. »In diesem Punkt können die Leute heutzutage ziemlich empfindlich sein.«

Verdammt noch mal, Eden.

»Sie hat versprochen, es nie wieder zu tun«, sagte Betsy, der Danielles Zorn auffiel.

»Und ihr wisst nicht, wer diese Leute waren?«

»Nun, wir haben sie nicht persönlich gesehen, aber Eden hat angedeutet, dass es Jugendliche hier aus der Stadt waren.«

»Vermutlich werden sich einige von ihnen noch melden«, ergänzte Betsy.

»Glaubt ihr, gestern Abend hat auch so etwas stattgefunden? Eine Party?«

»Nun, das ist unmöglich, zu sagen, solange wir nicht ins Haus kommen«, sagte Bill.

»Was sagt die Polizei?«

Er breitete die Hände aus. Danielle fiel etwas ein.

»Habt ihr Überwachungskameras?«

»Nein«, erwiderte Bill wehmütig. »Sie schienen nie notwendig zu sein.«

Sie verfielen in tiefes Schweigen.

»Es tut mir so leid«, sagte Betsy. »Wir hätten uns besser um sie kümmern müssen.«

»Sag das nicht. Sie hat euch zwei geliebt. Ihr wart unglaublich großzügig.«

Betsy begann zu weinen.

»Ich muss bloß an Rick denken und wie das war, und es tut mir einfach so leid.«

Danielle hatte das Gefühl, sie sollte sie trösten, doch Bill war schon dabei. Er erhob sich mit knirschenden Gelenken, beugte sich über seine Frau, legte locker die Arme um sie und redete leise auf sie ein. Danielle beobachtete sie und wünschte sich weit weg.

»Brauchst du bei irgendetwas Hilfe?«, fragte Bill, als seine Frau sich gefasst hatte. »Ich meine, in puncto Arrangements?«

Danielle benötigte einen Moment, um zu begreifen, dass er von der Beerdigung sprach. Ihr erster Impuls war es, höflich abzulehnen, doch das würde zu einer Unterhaltung führen, für die sie nicht die Energie hatte.

»Das ist sehr lieb von dir.«

Es gab vermutlich tausend weitere Fragen, die sie stellen sollte, aber sie bezweifelte, dass sie von ihnen irgendetwas erfahren würde, was sie nicht noch mehr frustrierte.

»Sie war ein Engel«, sagte Betsy unvermittelt.

In ihrer Stimme lag eine Vehemenz, die sowohl Danielle als auch Bill überrascht zurückfahren ließ.

»Mir ist klar, dass sie ihre Eigenheiten hatte, aber sie war eine liebe Seele.«

»Bets«, sagte ihr Mann.

»Nein, es ist wahr. Ich wusste das sofort, als ich sie kennenlernte. Wie man das – das tun kann? Das ist einfach barbarisch.«

Ihr vogelähnlicher Körper bebte vor Zorn. Es war ansteckend, jedenfalls erging es Danielle so. Ihre eigene Wut kehrte zurück. Dies war falsch. Falsch, falsch, falsch.

»Tja«, sagte Bill, dem bei so vielen starken Gefühlen unbehaglich zumute war.

Die Dame des Hauses erschien an der Tür, als hätte sie gespürt, dass ein Eingreifen erforderlich war. Sie hatte etwas auf dem Herzen, das nicht warten konnte, und winkte Bill auf ein Wort zu sich. Der Hund begleitete ihn bis zur Tür und kehrte zurück, als er fort war. Erneut fiel Danielle auf, dass er einen der Hinterläufe stärker belastete.

»Er ist verletzt.«

»Ja«, bestätigte Betsy.

»Dann war er wohl dabei, als es passiert ist.«

»Thor war es, der darauf aufmerksam gemacht hat. Der Ölmann hat ihn bellen gehört, als er wegen einer Lieferung kam.«

»Dann war er die ganze Zeit bei ihr da drin.«

Betsy nickte traurig – der Gedanke war ihr auch schon gekommen. Danielle sah dem Tier in die trüben Augen. *Sag es uns,* dachte sie. *Komm schon. Spuck's aus.* Bill kam zurück. Er runzelte die Stirn und rieb über seine Kakihose.

»Was ist?«, fragte Danielle.

»Es geht ein Gerücht, von dem du vermutlich erfahren solltest.« Er verzog das Gesicht und nickte. »Anscheinend haben sie jemanden festgenommen.«

Als sie wieder an der Polizeiwache ankam, waren dort Reporter. Danielle setzte ihre große Sonnenbrille auf und ging einfach zwischen ihnen hindurch. Sie ahnten, wer sie war, doch Danielle war bereits im Gebäude, bevor sie losbrüllen konnten. Der diensthabende Officer bat sie, zu warten. Sie setzte sich unter ein Plakat, das einem erklärte, was zu tun war, wenn jemand erstickte. Nach wenigen Minuten öffnete sich die Tür, und Gates kam in Begleitung eines Mannes heraus. Er sah sehr gut aus, trug einen teuren Anzug, und jede Strähne seines gewellten braunen Haars saß. Danielle fragte sich, ob er vielleicht der Bürgermeister oder ein teurer Anwalt war, doch dann fiel ihr etwas an ihm auf. Die Art, wie er sich hielt; seine Augen. Der Gesichtsausdruck nach einem Schlag in den Magen, den sie bei so vielen ihr bekannten Männern gesehen hatte. Als er vorüberging, begegnete sie seinem Blick. Fragte sich, wer er war, was er hiermit zu tun hatte. Was er wusste.

»Ms Perry«, sagte Gates und konnte nicht verhehlen, dass sie unangenehm überrascht war. »Was kann ich für Sie tun?«

Anscheinend würden sie dieses Gespräch im Eingangsbereich führen.

»Ich habe gehört, es hat eine Festnahme gegeben?«

»Nein, wir haben niemanden festgenommen. Aber wir kommen voran.«

»Tja, die Leute sagen aber, es hätte eine Festnahme gegeben.«

»Okay, schauen Sie.« Gates senkte die Stimme, obwohl außer ihnen beiden niemand da war. »Wir reden mit einem Beteiligten.«

»War er das?«, fragte Danielle und deutete über ihre Schulter.

»Nein.«

»Wer ist es dann?«

»Darüber darf ich wirklich nicht sprechen.«

»Sie wissen von den Partys, ja?«

Wie zur Bestätigung drehte Gates den Kopf.

»Was wissen Sie darüber?«

»Nichts. Ich habe gerade mit den Bondurants gesprochen.«

»Wir haben das alles im Griff. Glauben Sie mir.«

»Aber Sie glauben, dieser Beteiligte, er war es?«

»Das wissen wir im Moment einfach noch nicht«, erwiderte Gates. »Ehrlich gesagt, würde es mir im Moment am meisten helfen, wenn Sie gehen. Ich weiß, das klingt unfreundlich, aber wir erwarten hier jeden Augenblick einen Haufen Leute, und es ist nicht sinnvoll, wenn Sie mit denen zusammentreffen. Offen gesagt, könnte es sogar schaden.«

»Ich werde keinen Ärger machen.«

»Das weiß ich, Danielle. Sie werden uns da einfach vertrauen müssen. Wir kommen *wirklich* voran. Lassen Sie uns unsere Arbeit machen. Das ist für Sie sicher schwer zu verstehen oder zu akzeptieren, aber wir kümmern uns jetzt um Eden.«

Danielle nickte. Sie würde gehen. Sie würde dieser klugen Frau mit dem sanften Auftreten und der Glock an der Hüfte vertrauen. Ihr blieb keine andere Wahl. Doch in einem Punkt irrte Gates sich. Sie waren nicht diejenigen, die sich um Eden kümmerten. Das war Danielle. Es war immer sie und nur sie gewesen. Dass das dumme Mädchen sich hatte töten lassen, änderte nichts daran. Nicht eine Minute lang.

MITTWOCHABEND

CELIA

Vom Rücksitz des Mercedes aus schienen Oliver und Jack sehr weit weg zu sein. Obwohl sie sie hätte berühren können, klangen ihre Worte, als kämen sie aus einem fernen Zimmer. Ihr war natürlich klar, dass der Wagen zügig über gut gepflasterte Straßen fuhr, doch wenn sie die Augen schloss, war ihr, als triebe sie auf einer tiefen, langsamen Strömung davon.

Es erinnerte sie daran, wie sie sich nach Jacks Geburt gefühlt hatte, als sie dieses mysteriöse Fieber bekommen hatte. Drei Tage lang hatte sie erhöhte Temperatur gehabt; einmal war sie bis auf 39,5 Grad hochgeschossen. Ein Fieber unklarer Genese hatten sie es genannt. Ein Teil von ihr begriff, dass sie beunruhigt sein sollte. Sie sah ja Olivers besorgtes Gesicht und die ernsten Mienen der über ihr aufragenden Ärzte.

Sogar ihr neugeborener Sohn erschien ihr fremd und fern. Jack wollte ihre Brust nicht nehmen. Das Fläschchen auch nicht. Er heulte bloß. Nachdem das einen Tag so gegangen war, kam er ihr allmählich vor wie das Kind einer anderen Frau, und dann überhaupt nicht mehr wie ein Kind, sondern wie irgendein kreischendes Geschöpf, das sie für den Rest ihres Lebens würde herumtragen müssen. Es wurde darüber gesprochen, ihn mit einer Sonde zu ernähren. Allmählich herrschte eine gewisse Panik auf der Entbindungsstation, während Celia weiterhin gelassen in ihrer Fiebertraumwelt lebte.

Nach drei Tagen ließ das Fieber schließlich nach. Sie war

wieder Celia Parrish, und Jack war ihr Baby. All die normalen Dinge geschahen. Er nahm ihre Brust, er legte an Gewicht zu. Er lernte zu stehen und lächelte, lief herum und sprach. Er wurde zu einem schönen Jungen und einem feinen, hochintelligenten jungen Mann mit einer wunderbaren Freundin. Doch von Zeit zu Zeit erinnerte sie sich wieder an dieses heulende Wesen, das sie im Arm gehalten hatte und das unempfänglich für die üblichen Beruhigungsmethoden gewesen war – wenn sie beobachtete, wie er mit unangemessener Wut auf etwas reagierte, oder sah, wie er frustriert die Stirn runzelte; als sie ihn dabei ertappte, wie er sich auf seinem Computer diesen grässlichen Film ansah, oder seinen Gesichtsausdruck bemerkte, nachdem Lexi Liriano fluchtartig ihr Haus verlassen hatte. Und dann fragte sie sich, ob sie ihn überhaupt wirklich kannte.

Die Geschichte, die er in der Küche erzählt hatte, nachdem er mit Oliver von der Schule nach Hause gekommen war, war zutiefst erschreckend, zumindest anfangs. Sie waren gestern Abend bei den Bondurants gewesen. Sie waren in dem Haus gewesen, in dem der Mord geschehen war. Jack, Hannah, Christopher und Eden, die Hannah ein paar Monate zuvor kennengelernt hatte. Das machten sie, wenn Bill und Betsy nicht da waren. Sie hatten diesbezüglich gelogen, weil die Bondurants nicht wollten, dass die jungen Leute dort Partys feierten. Zuerst hatten sie sich nur unterhalten. Doch zwischen Christopher und Eden hatte es Spannungen gegeben. Anscheinend wollte Christopher, dass sie ein Paar wurden, aber Eden hatte andere Vorstellungen. Es wurde ein wenig hitzig, doch als Jack und Hannah gegen Mitternacht gingen, hatte sich die Lage beruhigt. Das dachten sie jedenfalls. Und dann wurde am nächsten Tag die Schule abgeriegelt, und sie erfuhren, dass Eden tot war. Jack rief seinen Vater an, der gerade auf dem Rückweg aus Connecticut war.

An diesem Punkt übernahm Oliver die Geschichte. Er wies Jack an, hübsch in der Schule zu bleiben und mit niemandem zu sprechen. Als er am Nachmittag schließlich wieder in Emerson war, holte er ihn und Hannah ab. Sobald er sich vergewissert hatte, dass die jungen Leute nichts Falsches getan hatten, brachte er Hannah nach Hause, um ihren Eltern Bescheid zu geben. Und hier waren sie nun, Vater und Sohn, bereit, mit der Polizei zu sprechen.

»Du hättest anrufen können«, sagte Celia. »Ich war krank vor Sorge.«

»Ich weiß. Das war falsch von mir. Ich wollte alle Fakten kennen, bevor ich mit dir rede, aber – das war falsch.«

»Und was passiert jetzt? Hast du die Polizei angerufen?«

»Tatsächlich haben die mich vor einer Weile angerufen. Ich setze mich mit Elaine Otto in Verbindung, und dann machen wir eine Aussage.«

Elaine leitete die Abteilung Strafsachen in ihrer Kanzlei. Celia war versucht, zu fragen, ob es wirklich nötig war, sie anzurufen, doch Oliver würde es nicht tun, wenn es nicht nötig wäre.

»Es heißt, es gibt einen Verdächtigen«, sagte sie stattdessen.

»Das ist Christopher«, sagte Jack. »Muss wohl.«

»Christopher? Sie sagen, dass er dieses Mädchen getötet hat? Das ist unvorstellbar.«

Jack erwiderte nichts, doch sein Gesichtsausdruck deutete an, dass er es nicht so unvorstellbar fand. Olivers Telefon klingelte; es war Elaine. Er nahm den Anruf in seinem Arbeitszimmer an.

»Wie geht es dir damit?«, fragte Celia ihren Sohn.

»Ich stehe ein bisschen unter Schock. Aber okay.«

Celia musterte ihn. Irgendetwas stimmte da nicht. Sicher, seine Geschichte erklärte, warum er sie angelogen hatte, was seinen Verbleib betraf. Sie hatten an einem Ort gefeiert, wo sie es nicht hätten tun dürfen. Doch die Geschichte erklärte nicht, warum er am Morgen so verstört gewesen war. Der zeitliche Ablauf ergab keinen Sinn, denn er hatte ja gesagt, er habe erst heute Nachmittag von Edens Tod erfahren.

»Jack, was war heute Morgen mit dir los?«

»Was meinst du?«

»Als du nach Hause gekommen bist. Du warst völlig aufgelöst.«

»Ich war bloß müde.«

»Aber ich hatte den Eindruck …«

»Mom, ich war bloß müde, okay?«

Oliver kam aus dem Arbeitszimmer. Seine Miene war nicht mehr so düster wie bei seiner Ankunft. Jetzt war er in seinem Element und löste die Probleme.

»Na gut«, sagte er entschlossen. »Fahren wir.«

Als sie auf den Parkplatz der Polizeiwache fuhren, stürzte Celia von ihrer kleinen Wolke heiterer Gelassenheit zurück auf die Erde. Es war Zeit, wieder sie selbst zu sein. Vor dem Gebäude herrschte Hektik. Da waren Transporter mit Antennen und Logos; helle Lampen und erregte Menschen. Die Presse war anwesend. Ehe sie ausstiegen, erklärte Oliver, nur er würde Jack in die Befragung begleiten. Sie mussten diese Sache unkompliziert halten. Celia gefiel es nicht, dass sie außen vor blieb, aber sie wusste, dass es keinen Sinn hatte, darüber zu diskutieren. Ihr Mann hatte das Kommando. Im Moment war er ebenso Jacks Anwalt wie sein Vater.

Rasch gingen sie durch den Menschenauflauf, allen voran Oliver, der ihnen mit seinem großen Körper den Weg bahnte, und Celia und Jack in seinem Kielwasser. Sie packte ihren Sohn am Arm und hielt das Kinn hoch erhoben. Drinnen wies man sie an, zu warten. Oliver lief auf und ab; Celia setzte sich neben Jack und versuchte, die Ruhe auszustrahlen, von der sie wünschte, dass sie sie empfände. Endlich erschien Polizeichef Zorn in Begleitung einer Schwarzen, von der Celia annahm, dass sie Detective war. Oliver ging zu den beiden und schüttelte ihnen die Hände. Ernst sprachen sie ein paar Worte miteinander, dann winkte Oliver seinen Sohn zu sich. Zorn sah Celia nicht in die Augen, obwohl er bei zahlreichen gesellschaftlichen Anlässen in ihrem Haus gewesen war. Die Detective jedoch nickte ihr höflich zu. Und dann waren sie fort.

Celia saß ganz still da und konzentrierte sich darauf, sich nichts anmerken zu lassen für den Fall, dass einer dieser Reporter sie durch die Scheibe beobachten sollte. Das war etwas, was sie als Mädchen gelernt hatte. Sich in eine Statue der Gehorsamkeit zu verwandeln, die nicht die Aufmerksamkeit ihres Vaters auf sich zog. Beweg dich einfach nicht, hatte ihre Mutter gesagt, dann passiert auch nichts Schlimmes. Noch so eine Lüge.

Die Eingangstür öffnete sich, Schreie wurden hörbar, und dann war Alice da, einen Arm um die Taille der verängstigten Hannah gelegt. Sie wurden von einem uniformierten Polizisten begleitet. Von Geoff war nichts zu sehen. Der Polizist sprach mit dem diensthabenden Beamten hinter der kugelsicheren Scheibe; Hannah sank auf einen Plastikstuhl neben einem Münzfernsprecher auf der anderen Seite des Raums. Alice entdeckte Celia und kam eilig herüber.

»Was zum Teufel ist da los?«

»Hat es dir niemand gesagt?«, fragte Celia.

»Von wegen. Die Cops sind einfach aufgetaucht und haben uns hierhergeschleift.«

»Sie waren alle gestern Abend bei dieser jungen Frau, die im Haus der Bondurants ermordet wurde. Jack, Hannah und Christopher.«

Alice riss erschrocken die Augen auf.

»Himmel. Das ist ja verrückt. Ich meine – was? Wie kann das …?«

»Offenbar haben sie sich immer dort getroffen, wenn Bill und Betsy nicht da waren.«

»Aber was ist passiert?«

Celia warf einen verstohlenen Blick zu Hannah. Sie zog sich das Haar ins Gesicht und schuf so einen Vorhang, durch den sie die beiden Frauen beobachtete. Vor aller Augen versteckt.

»Es sieht so aus, als könnte Christopher es getan haben«, flüsterte sie dann. »Jack sagt, er und diese junge Frau hätten sich gestritten.«

Alice klappte tatsächlich der Unterkiefer herab.

»Kann nicht sein.«

»Ich glaube, er ist gerade jetzt da drin.«

»Christopher? Unser Christopher?«

Celia nickte.

»Jack und Hannah waren, also, sie waren nicht dabei, als es passiert ist?«

»Nein, sie waren schon gegangen«, erwiderte Celia. »Sie haben erst heute Nachmittag davon erfahren. Keiner von uns wusste etwas, bis die Polizei Oliver anrief.«

»Hast du Michel gesehen?«, fragte Alice. »Hast du mit ihm gesprochen?«

»Nein.«

»Glaubst du, er ist jetzt bei ihm da drin?«

»Alice, ehrlich, das ist alles, was ich weiß.«

»Ich fasse es nicht.«

»Kommt Geoff auch?«

Alice antwortete nicht. Es war, als hätte sie plötzlich vergessen, dass sie gerade ein Gespräch führte.

»Alice?«

»Ja, er ist unterwegs.«

»Und was weißt du über diese Eden?«

»Celia, ich weiß absolut gar nichts.«

Geoff traf ein. Alice ging ihm entgegen. Celia beobachtete sie, dieses unglückliche Paar. Ihr im Flüsterton geführter Wortwechsel wirkte verhalten unfreundlich. Und dann ging Geoff zu seiner Tochter, die aufstand und ihn umarmte. Sie unterhielten sich leise. Alice verließ derweil das Gebäude und lief an der versammelten Presse vorbei wie eine Berühmtheit, die zu spät zur Premiere ihres Spielfilms kam.

Ein paar Minuten später kam Jack wieder heraus, gefolgt von seinem Vater und der Detective. Oliver wirkte gelassen. Er nickte Celia zu, und sie spürte, wie die Anspannung, die ihre Brust seit Stunden wie eine Faust umklammert hielt, endlich von ihr abfiel. Während Oliver Jack zu Celia führte, winkte die Detective die Holts zu sich herein. Als die beiden jungen Liebenden aneinander vorbeigingen, sah Jack Hannah in die Augen und schüttelte leicht den Kopf. Eine schlichte Geste, und doch wirkte sie derart befrachtet mit irgendeiner geheimen Bedeutung, dass Celia sicher war, die Polizistin würde alles unterbrechen und eine sofortige Erklärung verlangen. Aber sie hatte es nicht gesehen. Ebenso wenig wie Oliver oder Geoff. Nur Celia.

ALICE

Geoff war bei der Arbeit, als der Cop kam. Alice schlief. Nach ihrem Streit in seinem Arbeitszimmer hatte sie die Flasche Chablis geleert. Sie sorgte sich nicht mehr wegen seiner Kritik an ihrem Alkoholkonsum. Es gab Wichtigeres zu bedenken. Sie musste Kontakt zu Michel aufnehmen. Am liebsten hätte sie ihm eine Nachricht geschrieben und eine Erklärung dafür verlangt, dass er ihr im Papillon die kalte Schulter gezeigt hatte, doch sie spürte, dass sie es damit nur noch schlimmer machen würde. So ungern sie es zugab, sie konnte nichts anderes tun, als zu warten.

Ehe sie einschlief, war sie noch einmal online gegangen. Jetzt hieß es, ein Verdächtiger sei in Gewahrsam. Ein Jugendlicher aus Emerson, namenlos, doch Alice wusste, das würde nicht lange so bleiben. In diesem Fall würde der lokale Buschfunk ausrasten. Es war gruselig, dass dieser Mord gleich in der Nähe passiert war; dass das Opfer eine Frau war, die sie mindestens ein Dutzend Mal gesehen hatte. Angeblich kam sie von auswärts und hatte hier bei entfernten Verwandten gewohnt. Alice fragte sich, ob sie sich vor einem Stalker versteckt hatte, der sie schließlich doch aufgespürt hatte. Das jedenfalls kannte Alice. Sie hatte es selbst mit einer Reihe übermäßig aufmerksamer Verehrer zu tun gehabt, darunter der charmante Nate in Nashville, der mit einer Pistole bei ihr vor der Tür stand, nachdem sie ihm vorgeschlagen hatte, sie sollten es vielleicht beide mit anderen Leuten probieren. Die Cops hatten angeboten, ihn windelweich zu prügeln, statt eine offizielle Anzeige aufzunehmen. Das hatte sie nicht gewollt. Allerdings vermutete sie, dass sie es trotzdem getan hatten. Wenn sie bedachte, dass Nate schwarz und Nashville Nashville war.

Sie schickte ihr Telefon schlafen und leerte die Flasche. Jetzt tanzte ein vertrauter Drang am Rand ihres Bewusstseins. Er hatte in den letzten Jahren geschlummert, war aber eindeutig immer noch Bestandteil ihrer DNA. *Hau einfach ab. Scheiß drauf. Du hast versucht, sesshaft zu werden. Du hast Freiheit gegen Sicherheit eingetauscht. Du hast versucht, die »gute Alice« zu sein, und es hat nicht funktioniert. Also hast du die »schlechte Alice« rausgelassen. Aber für sie ist das hier auch nicht der richtige Ort. Wie man es auch drehte und wendete, Alice sollte nicht mehr hier leben. Pack einfach deine Sachen und kassier dein Geld.*

Einsam, unglücklich und mehr als nur leicht betrunken an einem Mittwochnachmittag, fragte sich Alice allmählich, ob es ihr bestimmt war, auch wirklich alles, was sie anpackte, zu vergeigen. Jede Beziehung, jeden Job, jedes Bestreben. Würde die »schlechte Alice« immer im Schatten lauern und darauf warten, zuzuschlagen? *Hör auf damit,* sagte sie sich. *Du vergeigst nicht alles. Da sprach bloß ihr Selbstmitleid. Jetzt war es anders. Du hast Hannah. Bei ihr hast du jedenfalls Wunder vollbracht, wenn man bedenkt, was für ein hoffnungsloser Fall sie am Anfang war. Und Michel. Du liebst ihn immer noch.* Nach wie vor weiteten sich ihre Kapillaren, wenn sie an ihn dachte; ihr Herz machte bumm, bumm, bumm. Im Lauf ihres Lebens hatte sie sich von so ziemlich allem abgewandt, was sie sich vorstellen konnte, nur nicht von der wahren Liebe. Er musste bloß mit ihr reden, damit sie ihm erklären konnte, dass das Szenario, das sie neulich entworfen hatte, nur eines von vielen war. Scheidung, keine Scheidung; Geld oder kein Geld; Bett oder Sofa oder die Rückbank eines Autos. Herrgott, sie würde sogar zum Katholizismus konvertieren, egal was das nach sich ziehen würde. Falls er wirklich wollte, dass Schluss war, würde er es ihr ins Gesicht sagen müssen. Doch das wollte er nicht. Er war bloß in Panik geraten bei der Vorstellung, die Frau eines anderen Mannes zu nehmen – und seiner eigenen toten Frau endlich Adieu zu sagen. Wenn sie ihm das alles erst einmal klargemacht hatte, konnten sie wieder zusammen sein.

Nachdem sie sich für eine Vorgehensweise entschieden hatte, schloss sie die Augen und stürzte in einen tiefen, traumlosen Schlaf, der endete, als jemand ihren Namen sagte. Es war Hannah, die an der Tür stand. Sie war verängstigt, mehr noch als heute Nacht. Während Alice versuchte, den Schlaf abzuschütteln, merkte sie, dass da noch ein weiteres Geräusch gewesen war, kurz bevor ihre Stieftochter gesprochen hatte. Ein hämmerndes Klopfen, das durch die großen leeren Räume des Hauses hallte.

»Okay, ich bin wach«, sagte sie und schob sich in Sitzposition. »Warte mal, ist da jemand an der Tür?«

Wie zur Antwort ertönte ein weiteres donnerndes Klopfen, unmittelbar gefolgt von der Türklingel.

»Wer ist das, Hannah? Wer ist da an der Tür?«

»Die Polizei.«

»Was wollen die?«

Doch Hannah stand bloß da, vor Angst gelähmt. Alice sprang auf und ging zum Bedienfeld der Alarmanlage. Sie benötigte einen Augenblick, um sich darüber klar zu werden, welchen Knopf sie drücken musste, um die vordere Veranda auf den Bildschirm zu holen. Das durch die Kamera verzerrte Gesicht des Polizisten sah jung und ernst aus. Ihr erster Gedanke galt Geoff. Er hatte auf der Route 128 den Alman gemacht. Sie drückte den Sprechknopf.

»Komme sofort.«

Der Mann sagte etwas, das sie nicht verstehen konnte. Aber es klang nicht so, als hätte er ihr gesagt, sie solle sich Zeit lassen.

»Hannah, was ist los? Weißt du, worum es geht?«

Sie schüttelte den Kopf, doch ihr Blick sagte Alice, dass sie einen starken Verdacht hatte.

»Wo ist dein Vater?«

»Er geht nicht ans Telefon.«

Alice war versucht, sie weiter auszufragen, aber da stand ein Cop vor der Haustür, der nicht so aussah, als würde er noch viel länger warten, bevor er etwas anderes versuchte.

»Bleib hier«, sagte Alice, als sie an ihrer Stieftochter vorbeiging.

Der Polizist war hochgewachsen und muskulös, sein Blick ausdruckslos. Höflichkeiten sparte er sich.

»Ich muss mit Hannah Holt sprechen.«

»Okay, und warum?«, entgegnete Alice, und ihre Stimme klang, als wäre sie gerade erst aus einem zweistündigen, weinseligen Mittagsschläfchen erwacht.

»Ist sie hier?«

»Dürfte ich fragen, worum es geht?«

»Sind Sie die Mutter?«

»Die Stiefmutter.«

»Sie müssen sie holen. Sofort.«

Dass ein Emersoner Cop so mit einer Emersoner Hauseigentümerin sprach, war ungewöhnlich, und das nicht im guten Sinn. Das ging alles viel zu schnell.

»Ich sollte wirklich zuerst mit ihrem Vater sprechen.«

»Ma'am, sie muss sofort kommen.«

»Ich meine, werden wir einen Anwalt brauchen?«

»Das können Sie alles auf der Wache abklären. Aber jetzt müssen Sie sie holen.«

»Ich vermute, Nein zu sagen ist keine Option.«

»Doch. Aber keine gute.«

Das war eine gute Antwort. In einem anderen Kontext hätte sie ihren Spaß daran gehabt.

»Okay. Warten Sie hier.«

Sie wollte die Tür schließen, doch etwas hielt sie auf. Seine Hand. Sie sah ihm in die Augen, und er erwiderte den Blick. Alice stellte sich vor, dass zu einem fernen Zeitpunkt in irgendeinem unbekannten Gerichtssaal ein Richter diesem Officer die Berechtigung, das zu tun, absprechen würde. Aber einstweilen hatte er sie.

Hannah stand auf der Treppe, gerade außer Sicht, aber absolut in Hörweite. Sie sah genauso aus wie damals, als Alice sie eine Spur zu früh in ihrer Entwicklung *Der Exorzist* hatte sehen lassen.

»Du wirst mit diesem Mann reden müssen.«

»Du musst Dad holen«, flüsterte Hannah.

»Das werde ich. Aber im Moment müssen wir tun, was er sagt.«

Hannah kam herunter. An der Tür blieb sie gleich hinter Alice stehen und überließ das Reden ihrer Stiefmutter. Nach einer kurzen, knackigen Unterhaltung wurde beschlossen, dass Alice Hannah zur Wache begleiten würde. Und ab ging es mit ihnen, ins Unbekannte. Es war Alice' vierte Fahrt auf der Rückbank eines Streifenwagens. Bei der ersten war sie mit einem Fläschchen Oxy erwischt worden, auf dessen Etikett der Name einer anderen Person gestanden hatte – sie hatte nicht einmal gewusst, dass das eine Straftat war. Der Grund für die zweite war leichte Körperverletzung gewesen – so nannte man das offenbar in Key West, wenn man sich gegen ein misshandelndes Arschloch zur Wehr setzte. Und einmal war es Alkohol am Steuer gewesen – dafür gab es keine Rechtfertigung.

Sobald sie unterwegs waren, rief Alice Geoff an. Normalerweise ging er nicht ans Telefon, wenn er im Labor war und auf den Nervenhaupt- und -nebenstraßen wandelte. Zu ihrer großen Überraschung meldete er sich aber beim dritten Läuten.

»Was soll der Scheiß, Geoff? Wir haben versucht, dich anzurufen.«

»Ja, doch, mein Telefon war ausgeschaltet. Was gibt's?«

»Tja, ich sitze mit deiner Tochter auf der Rückbank eines Polizeiwagens.«

»Warum tust du das?«

»Weil die sie dringend auf der Wache befragen wollen.«

»Und du hast zugelassen, dass die sie in ein Auto setzen? Wer hat gesagt, dass du das tun darfst?«

»Der Mann mit der Knarre.«

»Du hättest auf mich warten sollen.«

»Tja, weißt du was, Geoff? Das ging nicht.«

»Worum geht es denn?«

»Ich habe keine Ahnung.«

»Na, und was sagt Hannah?«

»Nichts«, erwiderte Alice und fixierte den Stiernacken des Cops. »Was denn? Soll ich sie dir geben, gleich hier?«

Es entstand eine kurze Pause, als er begriff, was sie ihm sagen wollte.

»Ich bin in zwanzig Minuten auf der Wache. Lass sie nicht mit ihr reden, bevor ich da bin.«

Sie legte auf und sah Hannah an, die irgendetwas vor sich hin flüsterte. Alice war versucht zu sagen, dass alles gut würde, aber das erschien ihr im Moment übertrieben optimistisch.

Stattdessen probierte sie es mit: »Er kommt.«

Celia saß im Warteraum der Polizeiwache, was nur logisch war. Wenn Hannah in Schwierigkeiten war, dann Jack sicher ebenfalls. Celia ließ gleich zwei Bomben platzen. Jack, Hannah und Christopher waren im Haus auf der Locust Lane gewesen. Und dann, bevor Alice auch nur bemerkt hatte, wie sehr diese Neuigkeit sie erschütterte, erzählte Celia ihr, die Polizei beschuldige Christopher, die Frau getötet zu haben. Alice verstand die Worte, sie waren ja nicht kompliziert. Doch sie konnte sie nicht glauben. Der liebe, sanfte Christopher Mahoun wurde eines – nun, man würde es wohl Mord nennen müssen –, eines Mordes beschuldigt. Wobei es so formuliert noch unglaublicher war.

Geoff traf ein. Sie ging zu ihm und setzte ihn ins Bild, ehe er sich mit Hannah befasste.

»Sie waren bei der jungen Frau, die ermordet wurde«, erzählte sie, ehe er etwas sagen konnte. »Hannah, Jack und Christopher. Sie haben sich gestern Abend bei ihr getroffen.«

Alle Farbe wich aus seinem Gesicht. Alice hatte das immer für eine bloße Redensart gehalten, aber da hatte sie es, es passierte direkt vor ihren Augen.

»Was sagt sie?«

»Nichts. Mir jedenfalls nicht.«

»Herrgott. Okay, dann will ich mal …«

»Geoff, warte. Sie haben Christopher verhaftet.«

»Kann verdammt noch mal nicht – Moment mal, meinst du, sie werden Hannah beschuldigen?«

»Das glaube ich nicht. Celia sagt, sie und Jack sind gegangen, bevor es passiert ist.«

»Okay, ich kümmere mich darum«, sagte er und wandte sich bereits ab.

Er ging zu seiner Tochter, die sie von ihrem Stuhl aus beobachtet hatte. Sie stand auf und fiel ihm in die Arme. Alice wäre gern zu ihnen gegangen, aber Geoff hatte gerade deutlich gemacht, dass er ab hier übernahm. Und sie musste Michel sehen. Falls man Christopher wirklich die Schuld an dieser Sache gab, würde Michel völlig fertig sein. Sie fragte sich, ob er wohl gerade dort drin bei seinem Sohn war; ob sie hierbleiben und versuchen sollte, ihn abzufangen, wenn er ging. Aber das wäre wahnsinnig riskant. Egal wo er im Moment war, sie musste ihn anderswo treffen.

Also ging sie. Ohne ein Wort zu irgendjemandem. Sobald sie die Reporter hinter sich gelassen hatte, rief sie ihn an, landete aber direkt bei seiner Voicemail. Sie hinterließ eine Nachricht, in der sie ihn wissen ließ, dass sie auf der Polizeiwache gewesen war, dass Hannah und Jack gerade mit der Polizei sprachen, dass sie wissen musste, was los war, dass sie für ihn da war, dass sie ihn liebte.

Sie rief ein Uber und wies den Fahrer an, sie vor dem Papillon zu treffen. Dann begab sie sich im Laufschritt dorthin; es dauerte keine zwei Minuten. Wie sie vermutet hatte, war das Restaurant geschlossen; an der Tür klebte ein hastig hingekritzeltes Schild. Drinnen war alles dunkel.

Zu Hause holte sie ihre Autoschlüssel und fuhr direkt zu Michel. Sie konnte kaum ermessen, wie er sich jetzt fühlen musste, einsam, in der Falle und bedrängt. Sie konnte noch immer nicht fassen, was da geschah. Eine junge Frau war ermordet worden, und Jack und Hannah wussten so viel darüber, dass die Polizei sie ohne viel Federlesens auf die Wache geholt hatte. Und Christopher wurde des Verbrechens beschuldigt.

Während sie durch die Stadt raste, kam ihr ein Gedanke. Celia hatte gerade gesagt, Hannah und Jack hätten erst heute Nachmittag vom Tod des Mädchens erfahren. Sie hätten das Haus auf der Locust Lane verlassen, ehe etwas passiert war. Doch Hannah hatte gewusst, dass etwas nicht stimmte, als Alice ihr heute Nacht in der Küche begegnet war. Konnte sie da schon gewusst haben, dass Eden tot war? Und falls ja, warum hatte sie das nicht Alice oder Geoff oder den Cops erzählt? Jack hatte auch etwas gewusst. Celia hatte heute Mittag erzählt, dass ihm etwas zu schaffen gemacht habe, als sie ihn am Morgen sah. Sie hatten etwas gewusst, als sie die ganze Nacht zusammen in Hannahs Zimmer verbracht hatten. Sie wussten etwas, was sie für sich behielten.

In Michels Haus brannten hinter geschlossenen Vorhängen ein paar matte Lichter. Er war da, allein. Sie spürte es. Draußen parkten mehrere Fahrzeuge. Ein Streifenwagen der Polizei Emerson, ein SUV mit dem Logo eines Nachrichtensenders an der Tür, eine verbeulte Limousine. Ein gelangweilt aussehender Mann in einer Lederjacke und eine zu fein angezogene Frau, die einen Helm aus blonden Haaren zu tragen schien, standen neben dem Streifenwagen und unterhielten sich mit dem Cop darin. Wenn die Presse über Christopher Bescheid wusste, warum wurde dann nicht darüber berichtet? Er war noch siebzehn. Natürlich. Minderjährig. Alice kannte sich mit altersabhängiger Rechtsfähigkeit aus und wusste daher, dass Minderjährige in der Presse durch Anonymität geschützt wurden. Online allerdings nicht. Dort war nichts geschützt. Die kleine Schar auf der Smith Street würde bald Metastasen bilden. Falls sie Michel hier sehen wollte, musste sie es jetzt tun.

Sie parkte mehrere Häuser weiter. Seine Küche lag an der Rückseite des Hauses und verfügte über eine Außentür. Der Garten war klein, und sie erinnerte sich an einen Zaun. Sie nahm ihr Telefon und rief bei Google Earth ein Satellitenbild dieses kleinen Fleckchens Erde auf. Innerhalb einer Minute hatte sie sich orientiert und ihre Strecke zu ihm festgelegt.

Sie fuhr um den Block und hielt vor dem Haus, von dem sie schätzte, dass es hinten an seines angrenzte. Es war jemand da. Lichter flackerten. Sicher sahen die Bewohner fern, starrten auf Computermonitore oder Telefone, wollten unbedingt mehr über das herausfinden, was ganz in ihrer Nähe passiert war; über diese Gräueltat, die, wie sie bald erfahren würden, möglicherweise vom Sohn ihres Nachbarn verübt worden war. So beiläufig wie möglich ging sie durch die Einfahrt irgendeines Fremden, ohne eine plausible Erklärung für ihre Anwesenheit dort an einem Abend mitten in der Woche. Immerhin verbarg die Dunkelheit sie, dachte sie einen Sekundenbruchteil, bevor sie von einem blendend hellen, durch einen Bewegungsmelder ausgelösten Scheinwerfer angeleuchtet wurde. Sie ging schneller und schlich durch ein Gebüsch am Ende der Einfahrt, dann eilte sie über den Rasen und an einem Trampolin vorbei. Weitere Lampen flammten auf, und mit einem Mal war sie in einem Actionfilm über einen Gefängnisausbruch. Sie erreichte den Holzzaun, der diesen Garten von Michels abgrenzte. Er war ein bisschen höher als sie und bestand aus Palisaden. Sie blickte sich um. In einem kurzen Anfall von Wahnsinn überlegte sie, ob sie das Trampolin benutzen sollte. Dann entdeckte sie eine Schubkarre. Rasch lief sie darauf zu und geriet dadurch wieder in das grelle Licht.

»Hey!«

Ein Mann war auf die erhöhte Terrasse getreten. *Bleib einfach in Bewegung und tu so, als wäre nichts,* dachte sie, als sie die Griffe der Schubkarre packte.

»Wer ist da?«

Die Schubkarre prallte gegen den Zaun, der daraufhin wenig vielversprechend ins Wackeln geriet. Sie kletterte hinein, gewann dadurch aber weniger an Höhe, als sie gehofft hatte. Zum Glück hatte sie in ihrem Leben schon einige Zäune unter Zeitdruck erklimmen müssen. Zwischen der unerwartet auftauchenden Ehefrau und der Freiheit steht … Maschendraht. Sie packte zwei der spitzen Hölzer und steckte den rechten Fuß zwischen zwei weitere. Mit aller Kraft hievte sie sich hoch. Eigentlich hatte sie oben anmutig innehalten wollen, doch sie hatte mehr Schwung als gedacht und stürzte unvermittelt mit dem Arsch voran in Michels Garten. Dabei schürfte sie sich an irgendetwas den Unterarm auf, doch ihr Aufprall wurde von feuchter Erde und totem Laub abgepolstert.

Ich hätte doch das Scheißtrampolin benutzen sollen, dachte sie, während sie sich hochrappelte. Michels Garten war kleiner als der seines Nachbarn, ebenso wie sein Haus. Hier gab es keine Scheinwerfer. An der Küchentür spähte sie durchs Fenster. Über dem Herd brannte eine Lampe und im Flur eine weitere. Sie klopfte, dann noch einmal lauter. Dabei fiel ihr auf, dass ihr Arm ziemlich stark blutete.

Michel kam in den Flur. Er wirkte nicht glücklich. Erst als er fast an der Tür war, erkannte er, dass sie es war. Danach sah er nicht viel glücklicher aus. Einen Moment lang schien es, als würde er ihr nicht öffnen. Also hob sie den Arm und zeigte ihm ihre Verletzung.

»Bisschen Hilfe wäre gut.«

MICHEL

Beinahe wäre er gar nicht zur Hintertür gegangen. Bereits zweimal hatten Journalisten vor der Haustür gestanden. Sie waren höflich gewesen, er ebenfalls. Sie wollten einen Kommentar. Sie sagten, es wäre anonym – sie veröffentlichten die Namen von Minderjährigen nicht. Und fast hätte er ihnen gegeben, was sie wollten; hätte sie hereingebeten und ihnen erklärt, dass das alles ein schrecklicher Irrtum war. Sein Sohn würde niemals jemanden verletzen. Aber der Anwalt hatte ihm geraten, nichts zu sagen, und so hatte er sie einfach aufgefordert, zu gehen. Es hatte auch Anrufe gegeben, aber wenigstens nur auf dem Festnetztelefon, das er ausstöpseln konnte.

Er war versucht gewesen, im Papillon Zuflucht zu suchen. Doch sie würden ihm dorthin folgen. Es mochte eine Weile dauern, bis er wieder ins Restaurant ging. Allmählich dämmerte ihm, dass die Schließung des Papillon keine vorübergehende Angelegenheit war, wie er vorhin noch gedacht hatte. Beim Anblick der Polizisten, die sein Haus durchsuchten, war ihm klar geworden, wie schnell sein altes Leben ihm entglitt. Sie waren wenige Minuten nach seiner Rückkehr von der Polizeiwache eingetroffen. Er hatte gerade erst mit dem Anwalt telefoniert, der ihn gewarnt hatte, dass ihm dies bevorstand. Zwei uniformierte Polizisten und Procopio kamen zu ihm; sie hatten die Genehmigung eines Richters. Michel sah ihnen von dem Küchenstuhl aus zu, auf den sie ihn verbannt hatten. Sie schauten in sämtliche Ecken und Küchenschränke, in Wandschränke und Nischen. Sie nahmen Christophers und Michels Computer mit; sie tüteten die Zahnbürste seines Sohnes, sein Bettzeug und die Kleidung, die auf dem Boden seines Zimmers verstreut lag, ein. Draußen durchsuchten sie die Restmüll- und Recyclingtonnen. Das Einzige, was sie nicht mitnahmen, war Michels Telefon. Der Anwalt hatte ihm geraten, es zu verstecken und zu behaupten, er habe es verlegt – er wollte dafür sorgen, dass es aus dem Durchsuchungsbefehl gestrichen wurde, bevor sie das nächste Mal deswegen kamen. Michel würde es brauchen, damit sie miteinander sprechen konnten.

Er hieß David Cantor und traf ein, kurz nachdem die Polizei wieder gegangen war. Nach ihrem ersten Telefonat hatte er alles stehen und liegen gelassen und war direkt von Boston hierhergefahren. Er wollte bei Michel vorbeischauen, bevor er Christopher auf der Wache besuchte. Cantor war ein hochgewachsener Mann mit buschigen Augenbrauen und großen Händen. Er sah aus wie ein junger Elliott Gould. Seine Stimme war sanft, doch sie strahlte Autorität aus. Michel mochte ihn auf Anhieb.

»Sie sind also aus dem Libanon?«, fragte er, nachdem Michel ihm seinen Kaffee gereicht hatte.

»Ich war dort als Kind. Meine Ausbildung habe ich in Paris absolviert und da auch eine Weile gearbeitet, bevor ich nach Amerika kam.«

»Sind Sie Muslim, Michel?«

»Ich bin Katholik. Ich wurde als Maronit erzogen. Kennen Sie die maronitische Kirche?«

»Ja.«

Michel war beeindruckt. Die meisten kannten sie nicht.

»Waren Sie mal im Libanon?«

»Nein. Aber ich war ziemlich in der Nähe.«

»Israel?«

»Ich habe da vor dem Jurastudium eine Weile gelebt. Sie sollten wissen – ich habe ein Jahr in der israelischen Armee gedient.«

»Keine Sorge. Das macht uns zu Verbündeten.«

»Also. Keine Probleme?«

»Zwischen unseren Ländern oder uns zweien?«

»Versuchen wir, die Heimatländer außen vor zu lassen.«

»David, wir sind beide Amerikaner.«

Cantor deutete mit seinem Stift auf ihn.

»Richtige Antwort.« Er zog einen Notizblock aus der Tasche. »Also. In Ihren eigenen Worte, ganz in Ruhe.«

Michel erzählte ihm, was er wusste. Von der Uhrzeit, zu der Christopher nach Hause gekommen war, von seinem gequälten Schweigen, seiner Weigerung, ihm zu sagen, dass er im Haus der Bondurants gewesen war. Er erzählte ihm, was sein Sohn in den beiden Befragungen ausgesagt hatte, hier und auf der Wache. Cantor nickte zu allem mit ausdrucksloser Miene, doch als er erfuhr, dass auch Jack Parrish dabei gewesen war, merkte er auf.

»Oliver Parrishs Sohn?«

»Ja. Sie kennen den Vater?«

»Wie Tokio Godzilla kennt. Wie ist Jack so?«

»Er ist Christophers bester Freund.«

Cantor hörte den missbilligenden Unterton.

»Und?«

»Ich mag ihn nicht.«

»Versuchen Sie, ein bisschen präziser zu sein.«

»Er schubst Christopher herum. Wie er mit ihm redet, wie er ihn hänselt. Das ist nicht gut.«

Cantor notierte sich etwas auf seinem Block.

»Okay, zurück zu gestern Abend. Christopher hat gesagt, er sei erst nach Hannah und Jack gegangen.«

»Genau.«

»Und hat er angegeben, was er in der Zeit, die er mit dem Opfer allein war, getan hat?«

Mit dem Opfer, dachte Michel.

»Er hat gesagt, sie hätten sich bloß unterhalten.«

»Worüber?«

»Christopher mochte sie. Er war verliebt. Sie hat seine Zuneigung nicht erwidert.«

»Okay. Noch etwas, was ich wissen sollte?«

»An seinem Hals sind Kratzer.«

Cantor schürzte die Lippen und musterte ihn einen Moment.

»Kratzer?«

Michel formte eine Klaue mit seiner Hand und zeigte ihm an seinem eigenen Hals, wo sie sich befanden.

»Hat er gesagt, woher er die hat?«

»Er hat gesagt, er müsse sie sich selbst zugefügt haben.«

»Sich selbst.«

Michel nickte.

»Und Sie wussten nichts von seiner Beziehung zu Eden Perry?«

»Ich hatte vermutet, dass er an einem Mädchen interessiert war, aber er war da sehr verschlossen.«

»Was glauben Sie, warum?«

»Er ist siebzehn.«

»Also, Michel, gibt es noch etwas, was ich über Christopher wissen muss, für die Zukunft?«

»Was meinen Sie?«

»Verhaftungen. Schlechte Angewohnheiten. Hat er mal in einer Bar jemanden geschlagen?«

Michel lachte leise.

»Was?«, fragte Cantor.

»Sie werden es sehen, wenn Sie ihn kennenlernen.«

»Das verstehe ich als Nein.«

An diesem Punkt klopfte der erste Reporter. Nachdem Michel die Haustür wieder geschlossen hatte, nickte Cantor beifällig und sagte, das habe er genau richtig gehandhabt. Geben Sie ihnen nichts, aber tun Sie es höflich. Außerdem erklärte er ihm, er müsse damit rechnen, dass Christophers Name schon bald in den sozialen Medien auftauchen würde, falls das nicht schon geschehen war.

»Nun, dann werden die Menschen ja sehen, wie lächerlich das ist. Jeder, der meinen Sohn kennt, wird verstehen, dass das ein Riesenirrtum ist.«

»Michel, lassen Sie mich Ihnen etwas erklären. Gerade wurde in einem Dreimillionendollarhaus in einer Stadt, in der es alle zehn Jahre mal einen Mord gibt, eine weiße Frau getötet. Dafür wird ein Schuldiger gebraucht, und zwar schnell. Ungelöste Rätsel lassen diese Leute nur dann zu, wenn sie sie selbst kontrollieren.«

»Diese Leute?«

»Die, denen Sie das Abendessen servieren.«

Ein kurzes Schweigen trat ein.

»Okay, dann fahre ich mal rüber und rede mit Ihrem Jungen.«

»Was kann ich tun?«

»Sie rühren sich nicht vom Fleck und reden mit niemandem, und das schließt auch Freunde und Verwandte mit ein. Ach, und eine Frau namens Courtney wird Sie wegen des Geldes anrufen. Das müssen Sie uns so bald wie möglich überweisen.«

»Wie viel?«

»Zehntausend. Falls die Ihren Sohn nicht anklagen, bekommen Sie das meiste davon natürlich zurück.«

Beinahe hätte Michel gefragt, was geschehen würde, falls sie ihn doch anklagten, doch er brachte es nicht übers Herz.

»Glauben Sie, sie lassen ihn heute Abend vielleicht frei?«

»Darauf ziele ich ab, aber es ist unwahrscheinlich, wenn sie ihn in Achtundvierzigstundengewahrsam genommen haben. Ich werde morgen als Erstes einen Antrag bei Gericht einreichen, aber in dieser Ermittlungsphase heben Richter nicht gern die Entscheidungen der Cops auf.«

Als Cantor fort war, gab es nichts mehr zu tun, außer die Vorhänge zu schließen und auf und ab zu laufen. Reporter an der Tür hielten ihn auf Trab. Die angekündigte Frau rief an, und sie kümmerten sich ums Geld. Sofia rief an, und er sagte ihr, dass er David mochte. Und dann war er allein mit dieser furchtbaren neuen Realität.

Seine Unterhaltung mit Cantor veranlasste ihn, über die Freundschaft seines Sohns mit Jack Parrish nachzudenken. Michel hatte den Jungen nie gemocht. Ihm gefiel nicht, wie herablassend er mit Christopher sprach und wie er ihn herumkommandierte. Sein Sohn sprach ein ausgezeichnetes Englisch, doch manchmal unterliefen ihm noch immer kleine Fehler – ein Vokal zu weich ausgesprochen, eine falsche Tempuswahl –, und Jack stürzte sich erbarmungslos auf diese Fehler, egal wer sonst noch dabei war. Wenn sie herumalberten, ging Jack oft einen Schritt zu weit. Es gab eine blutige Nase; blaue Flecken. Für alles hatte er eine unschuldige Erklärung. Michel wusste, was da ablief. Christopher, der Neuankömmling, wurde von Jacks Macht und Status angezogen. Und Jack genoss es, diesen Satelliten um seinen hellen Planeten kreisen zu haben. Er war beständig, reflektierte sein Licht und würde niemals auf Abwege geraten.

Michel sprach eigentlich nie mit seinem Sohn darüber. Er hatte Christopher einsam erlebt und wollte ihn nicht wieder in diese Ödnis verbannen. Nur einmal hatte er geglaubt, eingreifen zu müssen. Das war im letzten Sommer gewesen. Christopher war mit Jack zu World Taco essen gegangen; Michel holte ihn ab, nachdem sein eigenes Restaurant geschlossen hatte. Zu seiner Überraschung fand er Christopher draußen auf dem Bürgersteig, und zu seiner noch größeren Überraschung stellte er fest, dass der Junge geweint hatte.

»Was ist denn los?«, fragte Michel, als Christopher sich auf den Beifahrersitz fallen ließ.

»Jack kann manchmal ein echtes Arschloch sein.«

»Was hat er denn getan?«

»Er hat bloß was gesagt.«

»Was denn?«

»Vergiss es«, sagte der Junge und wischte sich mit dem Handrücken zornig die gerötete Nase ab.

»Christopher …«

»Über Mom, okay? Darüber, dass ich so oft über sie spreche.«

Michel wusste, er sollte es auf sich beruhen lassen. Die Jungen würden das unter sich klären. Falls er wirklich das Bedürfnis hatte, einzugreifen, konnte er den Vorfall später bei den Eltern ansprechen. Aber Jack hatte Maryam erwähnt. Michel packte den Türgriff.

»Nein, Dad, warte …«

Jack hockte in einer Sitznische und sah auf sein Telefon. Michel trat an seinen Tisch. Er war mit käsebeschmierter Folie, eimergroßen Getränkebechern und zerknüllten Servietten übersät. Jack sah hoch.

»Was hast du zu Christopher über seine Mutter gesagt?«

»Ich habe ihm nur gesagt, dass es nicht gesund ist, wenn er so viel an sie denkt«, erklärte Jack vernünftig. »Das ist eine krankhafte Fixierung.«

»Was geht dich das an?«

Ganz kurz blitzte etwas Finsteres und Urtümliches in den

eng stehenden Augen des Jungen auf, die Wildheit eines herausgeforderten jungen Stammeshäuptlings. Michel kannte das aus seiner Kindheit. Ein Vorbote von Gewalt und Zerstörung. Doch nach wenigen Sekunden war es wieder fort.

»Hören Sie, es tut mir wirklich leid«, sagte Jack in zerknirschtem Ton. »Das war dumm von mir. Ich wollte nur helfen, aber …«

»Das ist meine Frau.«

»Doch, Sie haben vollkommen recht. Bescheuert … Soll ich mich bei ihm entschuldigen?«

Jetzt sahen Jugendliche an anderen Tischen zu ihnen her.

»Das kannst du ein andermal tun.«

»Es tut mir wirklich leid, Mr Mahoun. Manchmal habe ich eine große Klappe.«

»Vergessen wir es.«

Und dann reichte der Junge ihm die Hand. Michel nahm sie. Sein Griff war sanft, ließ aber eine zermalmende Kraft ahnen. Michel fragte sich, was Jack mit dieser Geste bezweckte. Als er das Lokal verließ, war er sich nicht darüber im Klaren, ob der Freund seines Sohns aufrichtig zerknirscht oder der beste Lügner war, der ihm je begegnet war.

Der Abend schleppte sich dahin, und Michel rang darum, ein gewisses Maß an Ordnung in seine Gedanken zu bringen. So hatte sein Vater ihn gelehrt, mit einem Ansturm umzugehen. Nimm dir ein Problem nach dem anderen vor, das größte zuerst. Jedes Problem, das du löst, macht das nächste einfacher. Und dann sind die Gäste zufrieden, und du trinkst einen Brandy.

Also. Eins nach dem anderen. Christopher war unschuldig. Der Versuch, herauszufinden, ob das stimmte, war sinnlos und reine Zeitverschwendung. Aber was war in diesem Haus passiert, in den Stunden, die er mit ihr allein gewesen war? Warum war er durch die Straßen gelaufen? Sie hatte ihn verschmäht. Das musste es sein. Sie hatte ihn zurückgewiesen, und er hatte sich gedemütigt gefühlt. Somit war es ein Problem der Wahrnehmung. Die Detectives hatten einfach voreilig die ihnen logisch erscheinende Schlussfolgerung gezogen. Wenn sie erst gründlicher ermittelten, würden sie erkennen, dass es nicht Christopher war. Er konnte es nicht gewesen sein.

Für Michel war es unfassbar, dass sein Sohn noch einmal etwas so Furchtbares durchmachen musste, etwas so Ungerechtes, etwas, das außerhalb seiner Kontrolle lag. Hatte Maryams Tod nicht gereicht? Er hatte das Leben des Jungen in zwei Teile gespalten. Vor ihrer Erkrankung war Christopher glücklich gewesen. Er war gern im L'Étoile gewesen, wo Michel Chefkoch und Maryam Maître d' gewesen war, eine der wenigen Frauen in Paris in dieser Position. Er lief allen zwischen die Füße, aber er war niemals im Weg. Michel träumte davon, dass Christopher in seine Fußstapfen trat, ebenso wie er selbst es bei seinem Vater getan hatte. Er würde Seite an Seite mit ihm arbeiten. Während der Sohn lernte, ihm ebenbürtig wurde und ihn schließlich übertraf.

Doch dann bekam Maryam einen Husten, der nicht wieder verging. Es gab Blut- und radiologische Untersuchungen und schlechte Nachrichten. Neun Monate später war sie tot. Während ihres gesundheitlichen Verfalls wurde Christopher elf. Zunächst wich er nicht von ihrer Seite. Er schlief bei ihr, half ihr zu laufen, umarmte sie ständig. Gegen Ende jedoch, als ihr körperlicher Zustand sich zusehends verschlechterte und ihr Verstand ihr entglitt, veränderte er sich. Er wollte sie nicht mehr berühren; er sprach kaum noch mit ihr, sah sie nicht einmal an. Er wurde immer stiller, bis er am Tag ihrer Beerdigung ganz verstummte. Sein Schweigen dauerte zwei Monate an. Nichts, was Michel tat, änderte etwas daran. Lehrer, Priester, Ärzte; Freunde und Verwandte – niemand drang zu ihm durch.

Eines Morgens dann kam Christopher in die Küche und bat Michel, ihm Eier zu braten. Einfach so. Weil Michel so überglücklich war, fiel ihm erst Stunden später auf, dass die Stimme seines Sohns anders klang. Es war nicht der natürliche Stimmbruch der Pubertät – bis zu dem sollte es noch ein paar Jahre dauern. Seine Stimme war nicht so sehr tiefer geworden als vielmehr hohl. Es lag ein Widerhall darin, als käme sie von ganz tief drin in seinem Körper. Als wäre der echte Christopher dort drin gefangen.

Er kam nicht mehr ins Restaurant. Wenn er doch einmal unbedingt dort sein musste, mied er die Küche. Seine Begeisterung für das Kochen legte sich. Es gab keine Lektionen zu Butter und Sahne, kein Kosten und Topfrühren mehr. Michel befürchtete, sein Traum, dass sein Sohn in seine Fußstapfen treten werde, wäre zusammen mit seiner Frau gestorben.

Die echte Heilung begann erst nach dem Umzug nach Boston. Michels Cousin Claude – Sofias Vater – brauchte für das Corniche, sein Restaurant in Back Bay, einen Küchenchef. Michel, der es müde war, an einem Ort zu leben, wo alles ihn an seine verstorbene Frau erinnerte, packte diese Gelegenheit beim Schopfe. Christopher mochte Amerika, sobald er auf dem Flughafen Logan aus dem Flugzeug stieg. Er lernte erstaunlich schnell Englisch. Seine Stimme veränderte sich erneut, aber diesmal war es der natürliche Stimmbruch in der Pubertät. Sein Interesse am Kochen lebte wieder auf. Er begann, eine Kappe der Boston Celtics zu tragen, wohin er auch ging. Er erfand sich neu. Und darum ging es in Amerika schließlich.

Dennoch sah Michel manchmal immer noch den Kummer, der ihn zwei Monate lang hatte verstummen lassen. Besonders mit Zurückweisung hatte Christopher Probleme. Kleinigkeiten – eine Beleidigung durch einen Freund, Desinteresse vonseiten eines Mädchens – konnten tagelanges Schmollen bei ihm auslösen. Aber meistens war er der gut gelaunte, zufriedene Junge, den der Rest der Welt zu sehen bekam. Michel übernahm den Emerson Grille – Claude lieh ihm das Geld für die Anzahlung –, und das Papillon wurde wiedergeboren. Französische Küche mit einem klitzekleinen libanesischen Akzent, ebenso wie im Restaurant seines Vaters. Christopher begann dort zu arbeiten, zunächst als Hilfskraft, dann als Kellner, manchmal in der Küche. In letzter Zeit hatte Michel begonnen, ihn die Zubereitung von Soßen zu lehren. Die Aussicht darauf, dass er nach dem Studienabschluss mit Michel zusammenarbeiten würde, lebte wieder auf.

Und jetzt das. Ein weiterer Schlag. Ein weiterer Albtraum. Einer, von dem man sich nicht so ohne Weiteres erholen würde, selbst wenn Christopher schnell und gründlich entlastet würde. Im Vernehmungsraum hatte Michel bereits Anzeichen dafür gesehen, dass der alte gebrochene Christopher wieder zum Vorschein kam. Er fragte sich, wie die Stimme seines Sohns gerade klingen mochte; ob sie erneut hohl und voller Widerhall war oder ob ihn das alles in einen so tiefen Abgrund treiben würde, dass Michel ihn überhaupt nicht mehr hören könnte.

Alice kam. Zuerst war er erschrocken und verärgert, als er sie an seiner Hintertür fand. Doch dann zeigte sie ihm ihren Arm, der mit Blut und Erde beschmiert war.

»Was ist passiert?«, fragte er, als er sie einließ.

Sie deutete auf seinen Garten.

»Zaun-Malheur.«

Trotz allem brachte er ein ungläubiges Lächeln zustande. Diese Frau.

Er führte sie zur Spüle und ließ heißes Wasser laufen, dann reichte er ihr eine Handvoll Küchentücher. In einer Schublade lag eine Erste-Hilfe-Ausrüstung. Nach drei Jahrzehnten in hektischen Küchen hatte Michel Erfahrung im Verbinden von Wunden. Er ließ sie am Küchentisch Platz nehmen und machte sich an die Arbeit. Der Schnitt war nicht so schlimm, wie es zuerst ausgesehen hatte. Er desinfizierte ihn großzügig und wickelte dann eine Mullbinde darum. Es fühlte sich gut an, ihr so nahe zu sein, sie zu berühren.

Währenddessen unterhielten sie sich.

»Sag, dass es nicht stimmt, dass sie Christopher tatsächlich festhalten.«

»Angeblich als Zeugen«, antwortete er. »Aber sie glauben, dass er es getan hat.«

»Das ist verrückt.«

»Das habe ich versucht, ihnen zu sagen.«

»Ich komme gerade von der Polizeiwache. Sie reden jetzt mit Hannah und Jack.«

»Dann werden sie das aufklären.«

»Aber was sagt Christopher denn, was passiert ist?«

»Sie hätten sich in diesem Haus getroffen«, erwiderte er. »Das haben sie manchmal gemacht. Diese junge Frau, Eden, hat auf das Haus aufgepasst. Jack und Hannah sind gegen Mitternacht gegangen, und später ist dann auch Christopher gegangen. Bis heute Nachmittag wusste keiner, dass ihr etwas zugestoßen war.«

»Ich glaube nicht, dass das stimmt, Michel. Ich habe Hannah um vier Uhr morgens gesehen, und sie war völlig durch den Wind. Ich meine, wirklich durch den Wind. Und Celia sagt, Jack hätte sich eigenartig benommen, als sie ihn heute Morgen ganz früh sah.«

»Bei Christopher war es genauso. Als er nach Hause kam … so habe ich ihn noch nie erlebt.«

Sie schwiegen eine Weile, während Michel ihre Verletzung behandelte.

»Da waren Kratzer an seinem Hals«, erzählte er schließlich.

»Was für Kratzer?«

»Von Fingernägeln.«

»Die Cops haben die gesehen?«

»Sie haben sie entdeckt. Er hat gesagt, die müsse er sich selbst beigebracht haben.«

»Glaubst du das?«

Er war fertig mit dem Verbinden und begegnete ihrem Blick. Es lag kein Misstrauen darin, kein Zweifel. Sie wartete einfach auf seine Antwort.

»Es ist ausgeschlossen, dass er diesem Mädchen wehgetan hat, Alice. Er … würde das einfach nicht tun. Das glaubst das doch auch, oder?«

»Natürlich.«

Und es stimmte. Sie glaubte es. Diese Frau, die er schon hatte zurückweisen wollen. Sie glaubte es von ganzem Herzen.

»Okay«, sagte sie. »Lass mich mit Hannah reden. Wenn ich sie allein zu fassen bekomme, wird sie mir erzählen, was zum Teufel da los ist.«

Sie legte ihm die Hand auf den Arm.

»Keine Sorge, Michel. Ich kriege das hin.«

Und da gab etwas in ihm nach. Die Zweifel, die er seit letzten Freitag gehabt hatte, verschwanden. Hier war sie. Die Frau eines anderen, aber auch seine. Eine Sünde, aber auch Erlösung. An dem Abend vor vier Tagen war es seltsam gewesen, sie hierzuhaben; fremd und falsch. Jetzt fühlte es sich nur richtig an. Unwillkürlich wünschte er, dass die Zeit anhalten würde und sie für immer so verharren könnten; dass das Unheil, das heute über sie hereingebrochen war, verschwinden und nie mehr etwas Schlimmes geschehen würde.

Sein Telefon klingelte. Es war Cantor.

»So. Ich bin gerade mit Christopher fertig geworden.«

»Wie geht es ihm?«

»Er hält durch. Hören Sie, ich weiß, es ist spät, aber ich komme jetzt zu Ihnen.«

»Warum, was ist los?«

»Sagen wir es so. Anscheinend war der Abend bei den Bondurants ereignisreicher als anfangs berichtet.«

PATRICK

Es hieß, es sei ein Jugendlicher aus Emerson. Ein Siebzehnjähriger. Wegen des Alters nannten die Nachrichtenmedien seinen Namen nicht, aber das hieß nicht, dass er nicht bald verfügbar wäre. Wenn er Schüler an der Waldo, wie die Ralph Waldo Emerson High School kurz genannt wurde, war, würde sein Name bis Mitternacht in aller Munde sein. Das Internet würde folgen, und dann würde er auf die falsche Art berühmt sein.

Patrick verfolgte die Geschichte, seit er nach seinem katastrophalen Besuch auf der Polizeiwache nach Hause gekommen war. Hauptsächlich auf Twitter, doch auch auf einigen lokalen Facebook-Seiten war der Teufel los. Anfangs hatten die Posts einen entschieden hysterischen Unterton gehabt, doch der klang ab, seit man wusste, dass jemand in Gewahrsam war. Panik wurde zu Tratsch. Die Gerüchte schossen so sehr ins Kraut, dass die Cops gezwungen gewesen waren, auf ihrer eigenen Facebook-Seite eine Erklärung zu veröffentlichen: »Die örtliche Polizei befragt gegenwärtig einen Jugendlichen aus Emerson zur Tötung von Eden Perry. Einzelheiten werden bekannt gegeben, sobald sie vorliegen.«

Vielleicht würde sein Foto Patricks Erinnerung auf die Sprünge helfen. Wobei er keine Lust auf eine weitere Runde bei den Gesetzeshütern hatte. Sein Besuch dort war ein Fehler gewesen. Er musste wie ein betrunkener Trottel gewirkt haben. Bislang war er stolz auf seine Fähigkeit gewesen, den äußeren Anstand zu wahren, wenn er sich in der Öffentlichkeit bewegte. Freunde und Kollegen waren besorgt, doch keiner konnte auf einen spezifischen Vorfall verweisen, der es ihm gestattet hätte, mit Bestimmtheit zu sagen, dass Patrick Noone aus dem Gleis geraten war. Wenn er ein Mal überstürzt mit einer unglaubwürdigen Geschichte zu den Cops rannte, würden sie vielleicht darüber hinwegsehen, aber falls er erneut dort aufliefe, würde ihm garantiert das Etikett »Wahnvorstellungen« anhaften.

Und dann war da Procopio. Von diesem Arschloch hatte er für den Rest seines Lebens genug. Nicht zu fassen, dass sie diesen faschistoiden Neandertaler zum Detective gemacht hatten. Andererseits dürfte ihn das vielleicht nicht so überraschen. Schlägertypen mit Polizeimarke schienen neuerdings der Hit zu sein.

Der Vorfall mit Procopio war Gabis erste echte Festnahme gewesen. Bis dahin war es immer gerade noch einmal gut gegangen, am knappsten damals, als sie in Framingham in Gesellschaft zweier langjähriger Junkies aufgegriffen worden war. Einer von ihnen hatte Gabi ein Briefchen mit Heroin in den Schoß geworfen, als sie angehalten wurden. Glücklicherweise hatte ein hochgewachsener, breitschultriger Police Sergeant namens Marquez diesen Vorgang beobachtet. Er sprach eine Stunde später im Eingangsbereich der Polizeiwache mit Patrick, während Gabi zitternd auf einer Bank saß und eine zerknautschte Plastikflasche mit Wasser aus dem Supermarkt an sich drückte. Er erklärte ihm, sie sei nicht festgenommen, stellte aber klar, dass er sie genauso anzeigen könnte wie ihre beiden Begleiter, deren Vorstrafenregister so lang wie russische Romane waren. Doch er sehe ja, dass sie ein gutes Mädchen sei, das aus einer guten Familie komme. Wenn er ehrlich sei, nehme er neuerdings zu viele Menschen wie sie fest. Sie gehöre in eine Klinik, nicht ins Gefängnis. Patrick hatte sich mit erstickter Stimme leise bedankt, sein Kind eingesammelt und in den Entzug gekarrt.

Procopio hatte sich als völlig anderes Kaliber entpuppt. Zufällig war Patrick bei der eigentlichen Festnahme zugegen gewesen. Sie fand draußen vor dem Biosupermarkt Whole Foods statt, den seine Tochter gerade mit einem 43 Dollar teuren Filetstück in der Handtasche verlassen hatte. Offenbar war ihr Dealer ein Steakfan und bereit, mit sich handeln zu lassen. Patrick war – Gott sei Dank allein – auf dem Rückweg von einem Mittagessen mit einem Kunden. Er ging zu Fuß; es war ein schöner Sommertag, heiß, aber trocken. Zuerst sah er einen Streifenwagen mit eingeschaltetem Warnlicht, dann eine kleine Menschenansammlung vor dem Supermarkt. Er wäre einfach weitergegangen, hätte er nicht seinen eigenen alten Footballpulli von der Cornell University entdeckt, der viel zu weit um Gabis schmerzhaft dünne Schultern hing. Sie stand neben ihrem neuesten Junkie-Freund, einer ausgemergelten Gestalt mit Tattoos am Hals, die wirkten, als wären sie während eines Erdbebens gestochen worden. Beide trugen Kunststoffhandfesseln. Ihnen gegenüber standen ein damals noch uniformierter Procopio und der Marktleiter, ein bärtiger Mann mit Schürze, der sich weniger wegen des menschlichen Dramas zu sorgen schien, das sich vor seinen Augen abspielte, als vielmehr um das Vierzigdollarfleischstück, das auf einer Bank in der Sonne briet.

Als Patrick zu ihnen trat, sah Gabi ihren Vater kurz an. Ihre Pupillen waren stecknadelgroß, ihre Lider geschwollen. Patrick wies sich aus. Zuerst wollte Procopio ihn nicht zur Kenntnis nehmen, doch Patrick blieb beharrlich, und schließlich verriet der Polizist ihm, dass sie wegen Ladendiebstahls festgenommen war.

»Können wir das nicht gleich hier regeln?«, fragte Patrick.

»Sie werden auf die Wache kommen müssen.«

»Aber ich stehe gerade hier vor Ihnen.«

Wieder ignorierte Procopio ihn. Patrick sah Gabi an. Er empfand keine Wut. Neuerdings waren da nur Mitleid und der Wunsch nach Schadensbegrenzung. Und die lähmende Sehnsucht, den Voodoobann des Gifts zu brechen, das in ihren Adern floss; sie in sein Auto zu packen und fünf Jahre in die Vergangenheit zu fahren. Sie spürte seinen Blick und sah ihn an, als ob sie jetzt endlich begriff, was gerade geschah.

»Dad«, sagte sie.

Patrick nickte. Er würde sich darum kümmern.

»Kommen Sie, das ist doch nicht nötig«, sagte er zu diesem Cop. »Schreiben Sie ihr einfach eine Vorladung. Ich sorge dafür, dass sie auftaucht. Wir zahlen, was gezahlt werden muss.«

Procopio antwortete nicht. Aber er machte auch keine Anstalten, sie fortzubringen.

»Dürfte ich mich darum kümmern?«, fragte der Marktleiter.

Kurz glaubte Patrick, er hätte einen Verbündeten gefunden, doch der Mann meinte nur das Steak. Procopio nickte. Der Marktleiter nahm das Fleisch, verschwand im Gebäude und hinterließ dabei einen Archipel aus rötlichen Tropfen. Diesen Augenblick wählte der tätowierte Knabe, um seinen einzigen Beitrag zu diesen Vorgängen zu leisten, ein verächtliches Lachen, das abbrach, sobald der Cop ihn ansah.

Das war doch absurd. Passanten sahen her. Seine Freunde und Nachbarn. Würden sie den ganzen Tag hier stehen? Da konnten sie auch gleich den Pranger hervorholen. Patrick fragte sich, was passieren würde, wenn er seine Tochter einfach sanft am Arm nähme und mit ihr davonginge. Dieses Kunststoffband könnte man problemlos zu Hause durchschneiden. Aber natürlich ging das nicht. Der andere Mann hatte die Waffe, die Polizeimarke und den ganzen gewaltigen Apparat des Gesetzes hinter sich. Außerdem war er ein Arschloch.

Die Verzögerung erklärte sich, als ein zweiter Polizeiwagen eintraf, mit einer Frau von der State Police. Procopio sprach ein paar Worte mit ihr, und sie übernahm den tätowierten Zombie und führte ihn zu ihrem Wagen. Procopio legte die Hand auf Gabis ausgemergelten Bizeps und brachte sie zu seinem Fahrzeug. Patrick folgte ihnen und appellierte unterdessen weiter an ihn. Als sie am Streifenwagen waren, kam er Procopio vielleicht ein bisschen zu nahe. Jedenfalls drehte der sich wütend zu ihm um.

»Sir, Sie müssen zurücktreten«, sagte er so laut, dass er in einem Radius von dreißig Metern gut zu hören war.

Patrick sah ihm einen Augenblick lang in die Augen. In diesem Ton hatte niemand mehr mit ihm geredet, seit er den Pulli getragen hatte, der seiner Tochter so um die Schultern schlotterte. Er hatte eigentlich nie ein Problem mit den Cops gehabt – warum auch? –, aber in diesem Augenblick hasste er den Mann vor sich mehr als jeden anderen in seinem Leben. Später würde seine Frau ihm unterstellen, dass er in Wirklichkeit seine eigene Ohnmacht hasste. Möglich. Aber er hasste auch diesen Scheißcop.

Patrick trat einen Schritt zurück, und Procopio schob

seine Tochter auf die Rückbank des Streifenwagens und fuhr davon; er sah dem Wagen hinterher. Auf der Wache erfuhr er, dass er bis fünf Uhr warten müsse, um die Kaution für sie zu hinterlegen, während sie in einer kleinen fensterlosen Zelle eingesperrt war. Dort geschah es – zu dieser Überzeugung gelangte er später –, dass schließlich etwas in ihr zerbrach; ein unsichtbarer Bruch, der langsam immer tiefer wurde, während sie vom Entzug in die Klinik wanderte und dann gleich wieder zurück auf die Straße; ein Bruch, der bald dazu führen würde, dass sie tot auf der Herrentoilette eines McDonald's lag, in einer gottverlassenen Ecke Bostons, in die niemand, den Patrick kannte, jemals kam.

Er schlief mit dem Telefon im Schoß auf dem Sessel ein; einige Stunden später erwachte er davon, dass sein Nachbar eine Tür zuknallte. Es war kurz nach zweiundzwanzig Uhr. Er sah auf Twitter nach. Der Jugendliche aus Emerson hatte jetzt einen Namen. Christopher Mahoun. Mit einem Mal war Patrick nüchtern und sehr wach. Michels Sohn. Er hatte ihn oft gesehen, wenn er im Restaurant seines Vaters arbeitete. Genau genommen hatte er Patrick erst letzten Monat Wasser nachgeschenkt und sein Geschirr abgeräumt. Er war ein schlanker, gut aussehender Junge, der ein bisschen an Prince erinnerte. Sein permanent abgewandter Blick ließ auf eine Schüchternheit schließen, die so gar nicht zur würdevoll-geselligen Art seines Vaters passen wollte. Patrick konnte sich nicht vorstellen, dass er gewalttätig war.

Er holte seine Schlüssel. Es war unwahrscheinlich, dass er unterhalb der Promillegrenze lag, aber es bestand keine Gefahr, dass er angehalten wurde. Nicht heute. Die Cops hatten anderes zu tun. Jetzt hinderte ihn nichts daran, in die Locust Lane einzubiegen. Die Straßensperre und das Absperrband waren fort. Die Polizei hatte ihren Mann. Ihren Jugendlichen.

Er parkte genau dort, wo er gestanden hatte, nachdem er den Hund angefahren hatte. In seinem Bein pochte die Erinnerung an den Schmerz. Er fand exakt die Stelle, an der er seiner Einschätzung nach gestern Nacht gestanden hatte, ein paar Meter vom Straßenrand entfernt auf dem Rasen. Die Beleuchtung hier war anders, aber er hatte die Silhouette des Mannes vor Augen. Nur nicht so deutlich, dass er ein Gesicht erkennen könnte. Aber deutlich genug, um sicher zu sein, dass die Person, die ihn beobachtet hatte, nicht Michel Mahouns Sohn gewesen war.

Patrick ging zurück zur Straße und dann zur Einfahrt der Bondurants zwei Dutzend Schritte weiter. Das Haus war beinahe vollständig hinter der Baumgruppe im Vorgarten verborgen. Er fragte sich, ob jemand zu Hause war, bezweifelte es jedoch. Warum auch? Erst vor wenigen Stunden hatte dort drin eine tote junge Frau gelegen.

Schritte näherten sich, und das brach den Bann. Er drehte sich um und rechnete damit, von einem Cop oder einem Nachbarn angesprochen zu werden. Doch es war die Frau, die er auf der Polizeiwache gesehen hatte, die mit dem pechschwarzen Haar und den dunklen, misstrauischen Augen. Edens Mutter. Sie blieb in sicherem Abstand zu ihm stehen.

»Ich habe Sie vorhin gesehen«, sagte sie.

»Ich erinnere mich.«

»Ja, also, ich habe eine Frage. Wer sind Sie eigentlich?«

DANIELLE

Sie hatte Gates' Rat nicht befolgt. War nicht nach Hause gefahren. Hatte nicht ihren Schlafanzug angezogen und begonnen, die Leute zurückzurufen, die ihre Mailbox mit Nachrichten füllten. Ihre Mutter, ihre Schwester und Steve Slater; ihre Freunde, Edens Freunde und irgendwelche Wildfremden. Sie blieb in Emerson, denn nach Hause zu fahren wäre das Eingeständnis gewesen, dass ihr dies aus der Hand genommen worden war, dass ihr nichts blieb, als sich zu erinnern und zu leiden.

Die Zeit dafür würde kommen. Aber noch nicht jetzt. Es gab immer noch etwas, worum sie sich kümmern musste, bevor sie damit begann, sich wehmütig alte Fotos anzusehen. Zum Beispiel, dafür zu sorgen, dass derjenige, der das getan hatte, gefasst wurde. Wie konnte sie sich darauf verlassen, dass jemand anders sich um Eden kümmerte? Das war ihre Aufgabe. Danielle hatte das gewusst, sobald man ihr ihren schleimigen, kreischenden Körper auf die zu junge Brust gelegt hatte. Sie hatte Angst gehabt, sie könne sie fallen lassen, aber nach wenigen Sekunden hatte sie erkannt, dass das nicht passieren würde. Sie klebte an ihr wie eine Klette, die man sich auf einer Brache zuzog. Sie waren immer miteinander verbunden gewesen. Immer war es Danielle gewesen, die sie anrief, wenn sie in Schwierigkeiten war. Und Danielle war immer ans Telefon gegangen.

Außer gestern Abend. Gestern Abend hatte sie versagt. Sie hatte den Anruf verpasst. Sie hatte es versäumt, einen Schalter einen Millimeter weit zu bewegen, um den Klingelton einzuschalten; sie hatte zugelassen, dass ein paar Handtücher von einer Stuhllehne gerutscht waren und die Vibration gedämpft hatten. Das hatte sie getan, weil sie irgendwo tief drinnen geglaubt hatte, dass die Welt mittlerweile sicher genug war, um mit zwei geschlossenen Augen zu schlafen. Zwanzig Jahre Wachsamkeit und Geduld hatten sie auf ein kurzes Intervall größter Not vorbereitet, aber sie hatte versagt. Doch das hieß nicht, dass sie damit aufhören konnte. Selbst wenn jeder einzelne Mensch auf Erden ihr sagte, sie könne sich entspannen, würde sie es nicht tun. Denn das wäre das Ende von Eden.

Sie konnte sich eine Welt ohne ihre Tochter nicht vorstellen. Auch während ihrer Auszeit war sie unbestreitbar überaus präsent in Danielles Leben gewesen. Was komisch war, denn sie hatte das blöde Kind nicht einmal gewollt. Als das Teststäbchen sich blau verfärbte, war ihr erster Gedanke, es loszuwerden. Sie war erst siebzehn. Und Mike McMichaels, der Erzeuger, war zwar gut im Bett und samstagabends ein herrlicher Spaßvogel, taugte aber nicht unbedingt zum Vater. Die einzige geregelte Arbeit, der er je nachgegangen war, war der Kauf von Lotterielosen. Doch nach dem ersten Schreck ließ der Gedanke, ein Baby zu bekommen, sie nicht mehr los. Etwas zu haben, das ihr gehörte, nur ihr. Etwas, das sie uneingeschränkt lieben würde.

Zuerst war es auch genau so gewesen. Eden war so ein süßes Baby gewesen. Still und weich und warm. All das, wovon die Leute ihr gesagt hatten, dass es heftig werden würde, wurde wahr, und zugleich spielte es letztlich keine Rolle. Und Mike, der Gute, gab sich Mühe. Er blieb meistens bei ihr; er war im Wesentlichen nüchtern. Er suchte sich eine richtige Arbeit: Dachdecken. Er kämmte sich, wenn der Anlass es erforderte. Wenn sie sich heute an diese ersten Jahre erinnerte, konnte sie aufrichtig sagen, dass sie glücklich gewesen war.

Aber dann verließ das Glück sie wie so häufig. Mike wurde ein Job in Texas angeboten, und er nahm ihn an, ohne mit

Danielle darüber zu reden. Anscheinend hatte er genug vom Vatersein. Da war Eden drei. Nicht lange danach wurde sie anstrengend. Mit der Zeit wurde deutlich, dass irgendetwas nicht ganz in Ordnung war bei ihr. Nicht dass sie dumm gewesen wäre. Sie war durchaus intelligent. Sie war bloß anders. Sie hatte Schwierigkeiten, die Sache mit dem Menschsein auf dem Planeten Erde zu meistern. Sie stromerte herum. Sie kam Fremden zu nahe. Ja, anfangs war es niedlich, ein Kind zu haben, das unbedingt jeden Einzelnen im Supermarkt umarmen wollte, aber es war auch besorgniserregend, wenn man diejenige war, die dafür sorgen musste, dass sie nicht als Kindbraut nach Saudi-Arabien verkauft wurde. Oft dachte Danielle, ihre Tochter sehe die Welt als eine Art psychedelischen Zauberrummelplatz voller Wunder, Abenteuer und Kuscheln. Wenn je ein Kind zur Tollkühnheit geboren war, dann Eden.

Die Leute sagten, es werde sich auswachsen. In der Schule machten sie Tests mit ihr, doch die bestand sie mit Bravour. Wenn ihre Lehrer über sie sprachen, schüttelten sie den Kopf, aber sie lächelten dabei. Alle liebten Eden. Warum auch nicht? Sie war unglaublich süß und für alles zu haben. Das war alles schön und gut, solange sie ein kleines Mädchen war. Doch Danielle wusste auch, dass da ein Tsunami heranrollte. Sie kam sich vor wie die Menschen an diesem Strand in Japan. Man konnte sich umdrehen und wegrennen, aber das bedeutete nur, dass man nicht sah, was einen gleich treffen würde.

Eden war dreizehn, als die Welle schließlich über ihr zusammenschlug. Jungen kamen ins Spiel. Sie mochten Eden natürlich. Und es wurden einfach immer mehr. Es war wie *The Walking Dead*. Nur dass sie sehr lebendig waren und keiner von ihnen zu gehen schien. Eden war nicht das hübscheste Mädchen in der Stadt, aber sie hatte etwas an sich, was die Jungen elektrisierte. Danielle versuchte, ihr die Sache mit den Bienchen und den Blümchen zu erklären, unter besonderer Betonung des Abschnitts über das Gestochenwerden und Anschwellen. Doch Eden war auf eine schlichtere biologische Tatsache fixiert. Wenn man sich von den Jungen küssen ließ, mochten sie einen. Danielle versuchte, sie die hohe Kunst zu lehren, wie man dafür sorgte, dass die Jungen sich ein bisschen ins Zeug legen mussten, doch wenn Eden schon als kleines Mädchen bereit gewesen war, jeden dahergelaufenen, widerlichen alten Obdachlosen zu umarmen, würde sie sich jetzt erst recht nicht in Zurückhaltung üben, wenn ein scharfer junger Hengst mit einem Gronk-Pulli in seinem Chevrolet Chevelle vorfuhr. Wobei Danielle eigentlich keine Beziehungsratschläge erteilen durfte. Sie trug zu dieser Zeit bereits so viele Altlasten mit sich herum, dass sie den Eindruck hatte, sie sollte jedem ein Trinkgeld geben, der kühn genug war, sich mit ihr einzulassen.

Doch Eden war keine Nutte. Danielle hatte Nymphos gekannt. Himmel, mit Anfang zwanzig hatte sie eine Phase gehabt, da sie vermutlich selbst eine gewesen war. Aber so war Eden nicht. Es gab immer nur einen Jungen gleichzeitig. Sean oder Ryan – es gab viele Seans und Ryans. Rayshard mit seinem Lächeln. Nach dem ersten Date war sie immer heillos verknallt und konnte über nichts anderes mehr reden. Die Jungen wirkten jedes Mal wie betäubt von der Zuneigung, die ihnen da entgegenbrandete. Nicht nur einer wurde davon abgeschreckt. Die meisten blieben jedoch, wie Kinder, die einen defekten Kaugummiautomaten entdeckt haben.

Aber irgendwann war der Kaugummivorrat erschöpft. Es war erstaunlich, wie schnell Eden sich abwenden konnte. Danielle hielt sich selbst für abgebrüht, aber verdammt: Dieses Mädchen verlor das Interesse so schnell, so vollständig, als litte sie unter Liebesamnesie. Das führte zu verschiedenen unerquicklichen Situationen, von denen einige damit endeten, dass Danielle bewaffnet mit irgendetwas, was gerade in der Küche greifbar war, an die Haustür ging. Es war nicht leicht, einen aufgebrachten Weltergewichtskämpfer nur mit einem Schneebesen abzuwehren.

Das alles war unglaublich anstrengend. Weshalb Edens Umzug zu den Bondurants ihr auch wie eine gute Idee erschienen war, zumal ihre Tochter den Jungs fürs Erste abgeschworen hatte. Vielleicht konnte Eden hier, weit weg von diesem ganzen Arbeiterklassetestosteron, diese Aneinanderreihung dummer Entscheidungen durchbrechen. Aber da hatte Danielle sich offensichtlich geirrt. So weit entfernt Emerson auch zu sein schien, es war nicht weit genug.

Nachdem sie eine Stunde ziellos umhergefahren war, hielt sie an einem Diner an der Route 9, gleich jenseits des nördlichen Stadtrands. Der Laden roch nach altem Qualm. Ein hochbetagtes Paar saß mit einmütig gerunzelter Stirn über seinen Partner-Salisbury-Steaks; ein dicker Sonderling mit getönter Brille betrachtete durchs Fenster den dichten Verkehr und malte sich vermutlich Heckenschützenszenarios aus. Zwei Junkies schütteten ein Päckchen Zucker nach dem anderen in bodenlose Kaffeetassen.

Danielle bestellte einen Chefsalat, einen Kaffee und einen Apfelsaft. Sie sah auf ihrem Telefon nach, ob es etwas Neues von den Cops gab. Nichts. Bloß weitere Nachrichten von Freunden und Verwandten und der Arbeit. Ihre Mutter oben in New Hampshire bot an, zu ihr zu kommen, in einem Tonfall, der deutlich machte, dass sie eigentlich nicht wollte. Ihre Schwester in Florida wollte wirklich kommen. Danielle wusste, dass sie sich vermutlich mit alldem befassen sollte. Sie trauerten sicher. Machten sich Sorgen. Sie würden sie ein bisschen aufpäppeln und dann Danielles Pflichten übernehmen. Bloß wusste sie, dass ihr Mitgefühl ihr kein bisschen guttun würde.

Und dann sah sie es auf Twitter. Der Jugendliche aus Emerson hatte jetzt einen Namen. Christopher Mahoun. Ein Highschoolschüler im Abschlussjahr. Jemand hatte ein Foto von ihm gepostet. Er war dünn und lächelte mit großen Augen. Wie ein Mörder sah er wirklich nicht aus. Genau genommen hatte er ein so harmloses, liebenswertes Gesicht, dass der Hass auf ihn auf sich warten ließ. Die ersten Kommentare verwirrten sie nur noch mehr. Trotz des nahöstlichen Nachnamens gab es offenbar nicht viel Fanatismus. Leute, die ihn kannten, schrieben, er sei ein guter Junge. Niemand konnte es glauben.

Sie sah sich seine Familie an. Wenn er in Emerson lebte, mussten sie Geld haben. Seinem Vater gehörte ein schickes Restaurant in der Stadt, wo sie einem für läppische sechsunddreißig Dollar ein Kaninchen zubereiteten. Da war ein Foto von ihm aus der Lokalzeitung – er hatte Essen für irgendeinen Wohltätigkeitslauf gespendet. Er sah sehr gut aus, sein Lächeln war zurückhaltend, aber aufrichtig. Er war aus Paris hierhergekommen, seine Wurzeln lagen allerdings im Libanon. Woher kannte Eden diesen Jungen? Hatte sie etwas mit ihm gehabt? Vom Aussehen her war er nicht ihr Typ. Er wirkte zu kultiviert.

Gates musste hierüber Bescheid gewusst haben, als Danielle nach ihrem Besuch bei Bill und Betsy mit ihr gesprochen hatte. Der Junge war vermutlich nur wenige Schritte entfernt von dort eingesperrt gewesen, wo sie gestanden hatten. Warum hatte sie es ihr nicht gesagt? Warum hatte Danielle das auf Twitter erfahren müssen? Das Misstrauen, das sie schon den ganzen Tag immer wieder empfunden hatte, regte sich erneut, und zwar stärker denn je. Ein hiesiger Jugendlicher, hiesige Cops. *Sie müssen uns da vertrauen.*

Ihr Telefon summte. Wieder ihre Mutter. Sie nahm den Anruf an.

»O mein Gott, ich dachte schon, sie hätten dich auch erwischt«, jammerte sie und brach in Tränen aus.

Es dauerte eine Weile, die alte Schachtel wieder vom Ohr zu bekommen. Der Heckenschützentyp sah aus, als nähme er seinen Mut zusammen, um es bei ihr zu versuchen. Sie zahlte und erledigte die übrigen Anrufe auf dem Parkplatz im Auto. Mit ihrer Schwester unten in Bradenton fing sie an. Danielle sagte ihr, sie solle zu Hause bleiben, bis sie einen Beerdigungstermin hatten. Steve Slater sagte ihr, sie solle sich so lange freinehmen, wie sie brauchte, was sie so verstand, dass sie bis Montag Zeit hatte. Es schien ihm übermäßig wichtig zu sein, Blumen zu schicken. Danielle versprach, ihm Bescheid zu geben. Dann rief sie ihre Freundin Jackie an, die ein bisschen gekränkt klang, als sie ihr mitteilte, ihre Anwesenheit sei nicht erforderlich. Daraufhin beschloss sie, die übrigen Anrufe aufzuschieben. Sie musste sich wirklich nicht noch mit der Trauer anderer herumschlagen.

Da sie noch immer nicht nach Hause wollte, fuhr sie durch Emerson. Linksherum, rechtsherum. Stoppschilder und Ampeln. Nicht auf der Suche nach einem Hinweis, nicht direkt. Nur nach einem Gefühl. Einer Ahnung. Der Eindruck, den sie gehabt hatte, als sie ihre Tochter hierhergefahren hatte, kehrte mit aller Macht zurück, diesmal allerdings nicht im guten Sinn. Dies war ein anderes Land. Die Häuser, die Gärten, die Schulen. Die Bodenschwellen doppelt so hoch wie dort, wo sie wohnte. Die meisten Häuser leuchteten von innen her; man sah Leute darin. Heute Abend würden sie auf den einen oder anderen Bildschirm starren und vom Tod ihres Kindes zehren.

Schließlich parkte sie gegenüber dem Haus der Bondurants. Es wurde von seiner Mauer aus Bäumen beschützt.

Kein Ort, wo man zufällig landete. Aber zugleich ein Ort, wo man von der Straße aus nicht zu sehen wäre, wenn man vor der Haustür stünde. So musste es gewesen sein, als es passierte. Still, dunkel, scheinbar sicher. Sie überlegte, wie Christopher Mahoun hierhergekommen war. Hatte Eden ihn eingeladen? Oder war er unangekündigt und unerwartet aufgetaucht, jemand, den sie nur flüchtig kannte, fast ein Fremder, der sie insgeheim begehrte?

Danielle bemerkte die Anwesenheit einer weiteren Person. Ein Mann, der am Straßenrand entlang auf das Haus zuging. Er schien weder ein Cop noch ein Reporter zu sein. Seine Kleidung war hochwertig und sein Haar gut geschnitten. An der Einfahrt blieb er stehen, und jetzt konnte sie ihn einordnen. Er war der Mann, den sie vor ein paar Stunden auf der Polizeiwache gesehen hatte.

Sie stieg aus und schloss die Autotür möglichst leise, um ihn nicht zu verschrecken. Als sie sich ihm näherte, drehte er sich um und wirkte nicht überrascht.

»Ich habe Sie vorhin gesehen«, sagte sie.

»Ich erinnere mich.«

»Ja, also, ich habe eine Frage – wer sind Sie eigentlich?«

»Nur ein neugieriger Zuschauer«, sagte er nach kurzem Zögern.

Ihre Augen gewöhnten sich an die Dunkelheit. Er war attraktiv, aber, wie ihr schon auf der Wache aufgefallen war, weich. Als wäre er in eine dünne Teigschicht aus Geld gehüllt. Sein BMW, der aus irgendeinem Grund vor dem Nachbarhaus stand, sah aus, als wäre er zwei ihrer Jahresgehälter wert. Männer wie dieser waren in der Regel keine Zuschauer bei irgendetwas. Wenn sie da waren, ging es um sie.

»Aber warum haben Sie mit den Cops gesprochen?«

»Sie sind ihre Mutter, richtig?«

»Ja. Ich bin ihre Mutter.«

»Es tut mir aufrichtig leid«, sagte er so leise, dass sie sich ein Stück vorbeugen musste, um ihn zu verstehen.

»Danke. Aber ich frage mich immer noch irgendwie, wer Sie sind und warum Sie hier sind.«

»Wirklich, ich will nicht stören.«

»Das haben Sie aber in gewisser Weise schon getan.«

Er sah immer noch zum Haus.

»Kommen Sie, helfen Sie mir«, fuhr sie fort. »Die Cops tun es jedenfalls nicht.«

»Ich würde kein allzu großes Vertrauen in unsere örtliche Polizei setzen.«

Sie nahm ein ganz leichtes Nuscheln wahr. Alles war ein bisschen zu langsam. Er hatte getrunken. Man merkte es nicht sofort, aber es war da.

»Ach ja?«, fragte sie. »Warum das?«

Er zuckte die Achseln. Sie beschloss, es anders zu versuchen.

»Wie heißen Sie?«

»Patrick.«

»Danielle.«

Sich die Hände zu schütteln wäre zu bizarr gewesen.

»Ich meine, versetzen Sie sich in meine Lage«, sagte sie. »Ich sehe Sie auf der Wache, wo Sie mit den Detectives reden. Dann sehe ich Sie hier. Dafür muss es einen Grund geben. Bitte.«

Dieses Wort kam ihr normalerweise nicht über die Lippen. In puncto Seltenheit rangierte es ganz oben, gleich neben »Entschuldigung«. Er schien das zu spüren.

»Ich habe einen Hund angefahren.«

»Okay.«

»Heute Nacht, als ich hier vorbeifuhr.«

»Was denn, etwa einen großen schwarzen Hund?«

»Sie kennen ihn?«

Sie deutete zum Haus.

»Er gehört ihnen. Den Bondurants. Meine Tochter hat sich um ihn gekümmert. Thor. Ich habe ihn erst vor ein paar Stunden gesehen.«

»Wie geht's ihm?«

»Er wird's überleben.«

»Er hat mich gebissen.«

»Wirklich? Er kommt mir nicht bissig vor.«

»Vermutlich hatte er eine heftige Nacht.« Dann zuckte er zusammen. »Tut mir leid.«

Sie tat seine Entschuldigung ab.

»Er schien nicht allzu schwer verletzt zu sein, also bin ich einfach nach Hause gefahren. Und als ich dann die Nachrichten sah, dachte ich, das wäre etwas, was die Cops wissen sollten.«

»Und jetzt sind Sie hier, weil – was? Weil Sie so ein großer Hundefreund sind?«

»Da war …«

Er brach ab. Die Worte lagen ihm auf der Zunge. Er überlegte, ob er sie aussprechen sollte.

»Was? Da war … was?«

Er schüttelte den Kopf.

»Ich wünschte, ich hätte irgendetwas tun können.«

»Ja, ich auch.«

Er sah sie an, und da erkannte sie, dass das schroffer als beabsichtigt geklungen hatte.

»Was ich meine, ist, ich wünschte auch, ich hätte etwas tun können.«

»Ich sollte gehen«, sagte er.

Verdammt, Danielle, dachte sie. *Du hast es hier nicht mit irgendeinem Trockenbauer zu tun. Bei dem brauchst du Fingerspitzengefühl.* Er griff in die Tasche und zog seine Brieftasche hervor. Einen Moment lang befürchtete sie, er wolle ihr Geld geben. Aber er nahm eine Visitenkarte heraus.

»Falls Sie reden möchten.«

»Wir reden doch jetzt«, sagte sie.

»Später könnte noch etwas hochkommen. Es könnte klarer sein.«

Also, was sollte *das* denn jetzt heißen? Er hielt ihr noch immer seine Karte hin. Sie nahm sie und musste sie zur Straßenlaterne drehen, um seinen Namen zu lesen.

»*No-one* wie *nobody?*«

»Es wird noon ausgesprochen.« Er lächelte. »Aber ich höre auf beides.«

Auch diesmal schien er seinen Witz sofort zu bereuen.

»Das mit Ihrem Kind tut mir wirklich sehr leid.«

Abschiedsworte, doch er wich nicht von der Stelle. Er begegnete ihrem Blick, und ihr kam in den Sinn, dass dieser Mann, dieser Patrick Niemand oder Patrick Mittag, nicht verrückt war, und er war auch kein Fiesling. Nein, sie nahm etwas an ihm wahr, das sie nicht verstand, wovon sie sich aber auch nicht abwenden konnte.

»Bloß weil sie tot ist, heißt das nicht, dass sie fort ist.« Mit einem Mal klang er gar nicht mehr betrunken.

»Okay«, sagte sie nach einem verdutzten Schweigen.

»Aber Sie werden feststellen, dass es Ihre Aufgabe ist, sie lebendig zu erhalten.«

»Heute Nacht wäre es meine Aufgabe gewesen.«

»Nein, ich meine das anders.«

»Wie?«

»Es ist schwer zu erklären. Aber Sie werden es sehen.«

Er lächelte sie an, dann wandte er sich ab und ging davon. Als er den Motor anließ, klang das wie drei Autos auf einmal. Im Vorbeifahren winkte er ihr zu, ohne sie anzusehen. Sie winkte mit seiner Visitenkarte zurück.

DONNERSTAG

CELIA

Jack wollte sich gerade auf den Weg zur Schule machen, als die Polizei anrief. Celia hatte nicht gewollt, dass er hinging – die Gerüchteküche würde brodeln, alle würden ein Riesentheater veranstalten. Dass die Polizei einen Waldo-Schüler wegen Mordes festhielt, war in dieser Stadt die größte Sensation seit Menschengedenken. Und Jack war mittendrin. Er musste geschützt werden, bis die Hysterie sich legte. Doch Oliver hatte sich durchgesetzt. Ihr Sohn hatte nichts Unrechtes getan, also bestand auch kein Grund für ihn, sich so zu verhalten.

Trotz ihrer Sorge hatte Celia geglaubt, das Schlimmste sei vorüber, als sie heute Morgen erwacht war. Ja, eine weitere Zeugenaussage würde erforderlich sein. Die Leute würden reden. Aber das gestrige Gefühl, mit defekten Bremsen über den Highway zu rasen, war vergangen. Oliver hatte recht. Jack traf keine Schuld. Er war längst fort gewesen, als sein Freund von allen guten Geistern verlassen worden war. Hannah hatte die Geschichte bestätigt. Celia war noch immer nicht erfreut darüber, dass er sie hinsichtlich seines Verbleibs angelogen hatte, doch Oliver war geneigt, es als Lektion zu betrachten und auf sich beruhen zu lassen.

Aber dann hatte die Polizei zum zweiten Mal angerufen. Sie erreichten Oliver im Auto – er hatte sich vor Tagesanbruch auf den Weg ins Büro gemacht, kehrte aber nach diesem Anruf zurück. Als er unverhofft hereinkam, betastete er seine Narbe.

»Detective Gates hat angerufen. Sie müssen noch einmal mit ihm sprechen.«

»Worüber?«

»Das ist nicht ganz klar. Aber es schien dringend zu sein.«

»Hast du Bart angerufen?«

»Er hat nicht viel gesagt. Außer dass die Bezirksstaatsanwaltschaft beteiligt ist.«

»Na ja, was vermutest du?«

»Ich weiß es ehrlich nicht. Soweit ich es beurteilen kann, tragen sie noch Beweismaterial gegen Christopher zusammen.«

Celia wäre beruhigter gewesen, wenn das Auftreten ihres Mannes zu seinen Worten gepasst hätte. Doch er wirkte noch besorgter als gestern. Sie ging ihren Sohn holen, der sich gerade fertig für die Schule machte. Kaum dass sie geklopft hatte, kam er an die Tür. Sie sagte ihm, was los war; er behauptete, er habe keine Ahnung, worum es da gehen könnte. Und dennoch wirkte er genauso besorgt wie sein Vater.

»Jack, was ist da los?«

»Ich bin gleich unten«, sagte er und machte ihr sanft die Tür vor der Nase zu.

Sie wollte mit ihnen auf die Wache fahren, aber Oliver hielt es für das Beste, wenn nur er dabei war. Er war jetzt vollständig im Anwaltsmodus. Elaine Otto würde ihn dort treffen. Als Celia das hörte, erschrak sie noch mehr, doch Oliver versicherte ihr, es sei eine reine Vorsichtsmaßnahme.

»Ich kann es kaum erwarten, zu dem Teil zu kommen, wo man mich nicht mehr ständig beruhigen muss«, entgegnete sie.

Die nächsten zwei Stunden verbrachte sie damit, im Haus auf und ab zu gehen. Zwischendurch informierte sie sich online, doch niemand erwähnte neue Entwicklungen, jedenfalls nichts, was ihrem Sohn schaden könnte. Sämtliche Spekulationen betrafen nach wie vor Christopher, hauptsächlich von irgendwelchen Eiferern, die nicht wussten, wovon sie redeten. Plötzlich war jedermann ein Experte für die Mahouns. Diese verwandelten sich rapide von kultivierten französischen Katholiken in fanatische Araber, die in ihrem Keller in der Smith Street Sprengstoffwesten zusammennähten.

Den Bauarbeitern hatte sie den Tag freigegeben, aber jetzt wünschte sie, die Männer würden da draußen lärmen. Celia fühlte sich sehr allein und ein bisschen panisch. Irgendetwas stimmte da nicht. Dass Oliver die Strafsachenabteilung der Kanzlei einbezog, war kein gutes Zeichen. Celia musste ständig daran denken, wie verstört Jack gestern Morgen gewirkt hatte, bevor man die Leiche der jungen Frau fand. Gestern Abend hatte sie sich mit aller Macht eingeredet, dass das nichts zu bedeuten hatte, um nicht vom Schlimmsten auszugehen. Jetzt jedoch fiel es ihr schwer, zu glauben, dass er nicht bereits etwas gewusst hatte, bevor die Polizei die Haustür der Bondurants aufgebrochen hatte.

Als ob sie ihre Sorge spürten, riefen nacheinander ihre älteren Söhne an. Scotty aus dem Dartmouth College und Drew aus seinem Büro in New York. Danach ging es ihr besser. Sie setzte die beiden über die neuesten Entwicklungen in Kenntnis. Allerdings schienen sie schon über alles informiert zu sein. Emerson war eine kleine Stadt mit großer Reichweite. Die Leute zogen zwar in die Ferne, doch sie hielten Verbindung. Keiner der beiden war sonderlich besorgt. Dad kümmerte sich darum, und wenn er beteiligt war, ging in der Regel nichts schief.

Danach kamen weitere Anrufe: Freundinnen und Bekannte, die es nach Tratsch gelüstete. Celia ihrerseits versuchte es bei Alice – seit sie gestern Abend fluchtartig die Polizeiwache verlassen hatte, hatten sie noch nichts voneinander gehört –, doch die meldete sich nicht. Was keine Überraschung war, da sie und Geoff vermutlich mit dem gleichen Problem zu kämpfen hatten wie die Parrishs. Celia würde später bei ihr vorbeischauen. Es würde guttun, mit ihr zu sprechen. Ihre Stimme hatte eine beruhigende Wirkung auf Celia.

Kurz vor dem Mittag kamen sie zurück. Jack, der bestürzt wirkte, ging an ihr vorbei, ohne ihr in die Augen zu sehen, und verschwand in seinem Zimmer. Olivers Miene war sogar noch düsterer als am Morgen. Die stilvoll wettergegerbte Haut und der kräftige Knochenbau schienen vorübergehend in sich zusammengefallen zu sein und ließen den alternden Mann darunter sehen.

»Also, Christopher hat ein paar ziemlich ernsthafte Anschuldigungen erhoben«, sagte er, sobald Jack außer Hörweite war. »Er hat einen Anwalt. Einen guten.«

»Und?«

»Er sagt, Jack hätte sich an dem Mädchen vergriffen.«

»Was? Er sagt, *Jack* hätte das getan?«

»Nicht den Mord. Nicht direkt. Er sagt, Jack hätte sich an ihr vergriffen, und dann seien er und Hannah gegangen. Christopher sei zurückgeblieben, um sie zu trösten. Offenbar war das Mädchen sehr aufgeregt. Aber sie war noch am Leben, als er am frühen Morgen ging.«

»Was genau meint er mit vergriffen?«

»Die Anschuldigungen sind sexueller Natur.«

»Aber das ist verrückt. Hannah war dabei.«

»Eben.«

»Nun, was sagt Jack?«

»Dass Christopher lügt, logisch. Es *hatte* am früheren Abend Spannungen zwischen Christopher und ihr gegeben, aber das Verhalten unseres Sohnes war von Anfang bis Ende einwandfrei.« Er lächelte schief. »Jack hat dazu natürlich eine Theorie. Er sagt, Chris projiziert.«

»Und was glaubt die Polizei?«

»Sie nehmen Christophers Aussage mit Skepsis, gelinde gesagt. Dass er seine Geschichte abgeändert hat, sobald er einen Rechtsvertreter hatte – das ist wirklich suspekt. Und wir haben das deutliche Gefühl, dass es kriminaltechnische Infos gibt, über die sie noch nicht sprechen.«

»Und Elaine?«

»Soweit sie sehen kann, besteht kaum Gefahr, dass Jack irgendeine Form von Strafverfolgung droht«, sagte er düster.

»Und warum wirkst du dann nicht zufriedener?«

»Weil es allen möglichen Schaden anrichten kann, wenn diese Anschuldigung irgendwie verfängt. Besonders wenn der Unsinn vom letzten Jahr auch herauskommt.«

»Was können wir tun?«

»Es im Keim ersticken.«

Damit ging er in sein Arbeitszimmer, um einige Anrufe zu tätigen. Celia ließ sich auf ihren Stuhl in der Nische fallen. Sie würde gern Olivers Gewissheit teilen, dass Christopher der Einzige war, der log, aber sie musste unwillkürlich an die gefesselte Frau auf dem Computermonitor ihres Sohns denken; an seinen Blick, nachdem Lexi vergangenes Jahr aus ihrem Haus geflüchtet war, und wie sehr er dem Blick bei seiner Rückkehr gestern Morgen ähnelte.

Was auch geschehen sein mochte, in einem Punkt hatte Oliver recht. Der Vorwurf der sexuellen Belästigung war eine sehr schlechte Neuigkeit, ganz gleich wie nebulös er war. Ein Beweis war nicht nötig. Es würde keine Verhandlung geben müssen. Eine kritische Masse an radioaktivem Geflüster genügte, um ihren Sohn – und die gesamte Familie Parrish – in einen endlosen Albtraum hinabzuziehen.

Oliver war in diesem Punkt besonders empfindlich. Er hatte bereits einen vernichtenden Familienskandal erlebt. Celia hatte die Geschichte erfahren, kurz nachdem sie sich kennengelernt hatten. Er studierte Jura, sie war auf dem Wellesley College. Er wollte sicherstellen, dass sie davon wusste, bevor es mit ihnen beiden ernster wurde. Celia hörte still zu und sagte ihm dann, dass es für sie nichts änderte. Sie sah bereits, was für ein Mann er war. Außerdem war sie die Letzte, die jemanden nach dem Verhalten seines Vaters beurteilen würde, nach dem, was ihr eigener ihr in seinem Arbeitszimmer in Back Bay angetan hatte.

Frederick Parrish war ein erfolgreicher Anwalt gewesen, auf Strafrecht spezialisiert. Hauptsächlich Wirtschaftsdelikte. Es war leicht, zu vergessen, dass viele seiner Mandanten Kriminelle waren, so unauffällig und vornehm war das alles. Mit ihren randlosen Brillen und schwabbeligen Wangen wirkten sie wie diese Männer, die man auf Regionalflughäfen in der Business-Lounge antraf, wo sie auf ihren Anschluss zurück zu ihren Häusern in irgendwelchen Vororten warteten.

Seine allerletzte Mandantin, Matilda Czerny, war eine der wenigen Frauen, die er verteidigt hatte. Sie war Ende dreißig und Senior Assistant des CFO einer großen Agrarversicherungsgesellschaft gewesen. Ihren Anklägern zufolge hatte sie diese Position genutzt, um gut zwei Millionen Dollar aus ihrer Firma abzuschöpfen und sie an einem derzeit unbekannten Ort zu deponieren.

Es war ein komplizierter Fall. Während der langen Besprechungen zwischen Anwalt und Mandantin geschah zweierlei. Zum einen wurde Frederick klar, dass Matilda Czerny schuldig im Sinne der Anklage war. Zum anderen verliebte er sich in sie. Die Mischung dieser beiden Faktoren erwies sich als entzündlich und sorgte dafür, dass der hoch angesehene Anwalt am Vorabend der Gerichtsverhandlung mit seiner Mandantin verschwand. Frederick wurde fünf Tage später in Mexiko-Stadt verhaftet, nachdem er bewusstlos im

Aufzug eines Hotels aufgefunden worden war. Er hatte weder Geld noch Ausweispapiere bei sich, und einer seiner Schuhe fehlte. Von Matilda hörte man nie wieder etwas.

Es war nicht nachzuvollziehen. Mit ihren breiten Hüften und den kleinen, eng stehenden Augen war Matilda nicht gerade eine Femme fatale. Doch während er diese stillen Stunden mit ihr in seinem vornehmen Büro im Chicagoer Loop-Bezirk verbrachte, kochte irgendetwas, was sich über die Jahre in Frederick angestaut hatte, mit einem Mal über. Langeweile, Angst vor dem Älterwerden, die Nähe zu all dem leichten Geld – was es auch gewesen sein mochte, es ließ ihn mehr als eine Grenze übertreten.

Er bekannte sich schuldig und wurde zu fünf Jahren in einem Gefängnis mit geringer Sicherheitsstufe in Missouri verurteilt. Oliver, der damals siebzehn war, besuchte ihn dort nur einmal. Zu seiner Überraschung fand er seinen Vater mehr oder weniger unverändert. Sie sprachen hauptsächlich über Oliver, insbesondere über seine Immatrikulation am Dartmouth College im Herbst. Als Oliver erkannte, dass sein Vater von sich aus nichts erklären würde, fragte er ihn rundheraus, warum er es getan hatte. Frederick nahm seine Brille ab und putzte sie mit einem Zipfel seines groben Jeanshemds.

»Das Leben ist vertrackt«, sagte er schließlich, und dann sagte er nichts mehr.

Anstatt sofort nach Hause zu fahren, unternahm Oliver einen dreitägigen alkoholseligen Roadtrip, der damit endete, dass die freiwillige Feuerwehr ihn mit einer Rettungsschere aus einem zerknautschten, rauchenden Blechhaufen zog. Die klaffende Kopfwunde bescherte ihm eine dauerhafte Narbe. Vier Monate später schrieb er sich am Dartmouth College ein; vier Jahre danach studierte er in Harvard Jura. Doch in vielerlei Hinsicht saß er noch immer in diesem Ford Gran Torino und fuhr, so schnell er konnte, um möglichst viel Abstand zwischen sich und die Schmach seines Vaters zu bringen. Versuchte, dessen Korruptheit wiedergutzumachen. Versuchte, der Mann zu werden, den sein Vater nur vorgetäuscht hatte.

Celia stieg leise die Treppe hinauf. Jacks Tür war geschlossen. Seit er von der Wache zurück war, hatte er keinen Mucks von sich gegeben. Sie klopfte einmal, dann noch einmal lauter, bekam aber keine Antwort. Nach jenem grässlichen Vorfall in seinem ersten Highschooljahr war sie nicht mehr einfach bei ihm hereingeplatzt, doch jetzt schienen die Umstände es zu rechtfertigen. Sie drehte den Knauf und schob die Tür auf. Er saß im Bett und bearbeitete mit den Daumen unfassbar schnell sein Telefon, den Kopf in einen schallisolierenden Kopfhörer gezwängt. Sie deutete auf ihre Ohren, und er nahm den Kopfhörer ab. Die Musik, die nun heraussickerte, klang, als ob ein wütender Nachbar seine Kinder anbrüllte.

»Wir müssen reden.«

»In letzter Zeit mache ich nichts anderes mehr.«

»Jack, dieses arme Mädchen ist tot. Du wirst so viel reden, wie man für notwendig erachtet. Und stell diese grässliche Musik aus.«

Erschrocken über den wütenden Tonfall seiner Mutter, gehorchte er.

»Was war gestern Morgen mit dir los? Warum warst du so verstört, als du von Hannah kamst?«

»Ich war nicht verstört.«

»Jack, ich schwöre, wenn du mich anlügst, hole ich deinen Vater rauf.«

Er schloss die Augen, seufzte und schüttelte den Kopf.

»Ich war müde. Ich war die ganze Nacht wach gewesen und hatte mich um Hannah gekümmert.«

»War sie krank?«

»Sie hatte irgendwas genommen.«
»Was?«
»Angeblich war es Molly. Aber das glaube ich nicht. Es war echt stark. Sie, Eden und Chris haben es genommen.«
»Warum sollten sie das tun?«
»Um euphorische Gefühle zu erleben.«
»Aber du hast nichts genommen?«
»Natürlich nicht. Ich brauch so was nicht.«
»Woher hatten sie das? Gehörte es Eden?«
»Ja«, sagte er nach kurzem Zögern.
Mit einem Mal erschien ihr die junge Frau mit dem lieben Gesicht nicht mehr so lieb.
»Hast du das der Polizei erzählt?«
Er nickte.
»Dein Vater weiß also Bescheid?«
»Er musste mir versprechen, dass er es dir nicht erzählt.«
»Warum nicht?«
»Weil ich diese Unterhaltung nicht führen wollte. Schau, ich hätte da nicht lügen dürfen. Oder darüber, wo wir waren. Es war bloß einfacher, es nicht zu erklären.«
»Aber was glaubst du, wie es dazu kam, dass diese junge Frau jetzt tot ist?«
»Ganz ehrlich? Ich glaube, nachdem wir gegangen waren, hat Chris sie angemacht, und sie hat ihn abblitzen lassen, da hat er die Nerven verloren und sie getötet.«
»Aber Christopher?«
»Er war ganz verrückt, wenn es um sie ging.«
»Und jetzt beschuldigt er dich.«
»Es ist einfach alles so verkorkst«, sagte er, jetzt kurz davor, in Tränen auszubrechen.
Mit einem Mal von Schuldgefühlen überwältigt, nahm sie ihn in die Arme. Natürlich hatte er nichts getan. Sie konnte gar nicht glauben, dass sie auch nur einen Moment daran

gezweifelt hatte. Jacks Lüge war falsch, aber verständlich. Er hatte seine Freundin nicht in Schwierigkeiten bringen wollen. Im Moment zählte nur, dass ihr Sohn in Sicherheit war.

»Ruh dich ein bisschen aus«, sagte sie. »Und stell die Musik leiser. Du wirst dir noch die Ohren ruinieren.«

Oliver war noch immer in seiner Telefonkonferenz. Irgendwann würden sie darüber reden müssen, dass er ihr nicht von den Drogen erzählt hatte. Sie hatte es allmählich satt, überall außen vor zu bleiben. Mit wem sie jetzt aber sofort sprechen *musste,* war Alice. Sie war sicher ganz verrückt vor Sorge. Sie musste erfahren, dass das, was Hannah mitten in der Nacht zu schaffen gemacht hatte, nicht so schlimm war, wie es vielleicht aussah. Celia begann eine Textnachricht, doch dann fiel ihr Blick auf die anderen, die sie in den vergangenen vierundzwanzig Stunden geschickt hatte, sämtlich unbeantwortet. Besser, sie fuhr einfach zu ihr. Sie konnten den Kaffee trinken, den sie gestern aufgeschoben hatten.

ALICE

Die Nacht war schier endlos gewesen, eine quälende Mischung aus gut und schlecht. Sie hatte Michel wieder, aber nur, weil sein Leben aus den Fugen geraten war. Er wollte mit ihr zusammen sein, doch er saß in seinem Haus fest. Hannah war nicht in ernsthaften Schwierigkeiten, aber Christopher, der Sohn des Mannes, den Alice liebte, wurde des Mordes beschuldigt. Es kam ihr so vor, als schwankte sie hin und her zwischen einem Leben, das sie immer gewollt, und einem, das sie immer gefürchtet hatte.

Als sie von Michel nach Hause kam, rechnete sie mit einer

peinlichen Befragung, aber Geoff war zu sehr von dem in Anspruch genommen, was mit seiner Tochter geschah, als dass ihm irgendetwas aufgefallen wäre. Tatsächlich war er sogar lieb. Für seine Verhältnisse. Er öffnete ihr ein Bier und teilte das Putenbratensandwich, das er sich gerade gemacht hatte, mit ihr. Seine normalerweise teilnahmslose Miene war einer besorgt gerunzelten Stirn gewichen. Mitleid stieg in ihr auf und zog Schuldgefühle nach sich.

»Also«, begann er. »Sie haben sich in dem Haus getroffen, auf das diese Eden aufgepasst hat. Du erinnerst dich an sie? Sie war die, die immer mit dem Hund hier vorbeispaziert ist.«

»Ja, ich erinnere mich. Rotes Haar, quirlig.«

»So hat Hannah sie auch kennengelernt. Eines Tages haben sie sich einfach draußen unterhalten. Anscheinend haben sie sich regelmäßig bei den Bondurants getroffen. Auch andere Jugendliche wussten davon. Aber gestern Abend waren sie nur zu viert. Offenbar hatte Chris was für Eden übrig, aber sie war nicht interessiert. Jedenfalls, Hannah und Jack sind gegen Mitternacht gegangen. Christopher ist noch geblieben, vermutlich, um es noch einmal bei ihr zu versuchen. Am nächsten Morgen wird sie tot gefunden, und Chris landet hinter Gittern.«

»Aber komm schon. Christopher?«

»Gibt Seltsameres«, sagte er und trank einen Schluck.

»Ist Hannah deshalb mitten in der Nacht so ausgeflippt?«

»Nein, bis heute Nachmittag hat sie nichts davon gewusst. Als sie ging, war alles in Butter.«

»Bist du sicher? Sie kam mir sehr verstört vor.«

»Komm schon, Alice. Wir reden hier von Hannah. Es war spät. Vielleicht hat sie sich gar nicht so komisch verhalten, wie du geglaubt hast.« Er deutete mit einem Nicken auf ihren Verband. »Und was ist mit dir passiert?«

»Hab mir beim Aussteigen aus dem Uber den Arm aufgeschürft.«

»Sieht ernst aus.«

»Ach, na ja, es ist nicht so schlimm, wie es aussieht.«

Er sah ihr in die Augen, und sie hatte den Eindruck, er überlegte, ob er noch etwas sagen sollte.

»Tut mir leid, dass ich dich damit allein gelassen habe«, sagte sie, hauptsächlich, um das unbehagliche Schweigen zu überbrücken. »Aber ich hatte nicht den Eindruck, dass meine Anwesenheit erforderlich war.«

»Nein, mir tut's leid. Aber das ist alles ein Schock.«

Ein normales Paar hätte sich jetzt umarmt. Stattdessen biss Geoff noch einmal von seinem Sandwich ab, und Alice sah nach ihrer Stieftochter. Als sie behutsam die Tür öffnete, saß Hannah im Bett und legte hastig ihr Telefon mit dem Display nach unten auf die Bettdecke. Sie weinte nicht, nicht richtig, aber die Bahn war eindeutig frei für den nächsten Schwall Tränen.

»Und wie war's?«

»Beängstigend.«

»Dein Vater hat mir erzählt, was los ist.«

»Es tut mir einfach so leid für Chris.«

Alice ging zum Bett und setzte sich auf die Kante.

»Du glaubst also wirklich, dass er es getan hat?«

»Sieht so aus.«

»Aber findest du das denn plausibel?«, fragte Alice. »Ich meine, hattest du irgendwelche Anzeichen für so etwas gesehen? Ich habe in meinem Leben ein paar ziemlich gewalttätige Männer kennengelernt. Aber Christopher Mahoun gehört nicht dazu. Nicht mal im Ansatz.«

»Er war ziemlich verrückt, wenn es um Eden ging.«

»Wie verrückt?«

»Ich glaube, sie war das erste Mädchen, das er je geliebt

hat. Und sie konnte ziemlich unberechenbar sein. Er war viel jünger als sie. Eden hatte schon heftige Sachen erlebt, und er ist eher wie Bambi, weißt du.«

»Bambi hat auch heftige Sachen erlebt.«

»Ja, klar. Na ja, du weißt, was ich meine.«

»Hannah, ich muss dich etwas fragen. Heute Nacht in der Küche. Da warst du ziemlich durch den Wind. Aber das von Eden wusstest du noch nicht. Ich meine, niemand wusste davon, richtig?«

»Ich war nicht durch den Wind.«

»Doch, irgendwie schon.«

Hannah starrte auf die Bettdecke.

»Du kannst mit mir reden, Hannah. Das weißt du doch, oder?«

»Du darfst es Dad nicht sagen.«

»Großes Ehrenwort.«

»Ich war einfach total fertig. Ich hatte was genommen, und das hat mich echt umgehauen.«

»Okay.«

»Deshalb war ich die ganze Nacht wach.«

»Weiß die Polizei davon?«

Sie schüttelte den Kopf.

»Wir wollten nicht in Schwierigkeiten kommen.«

»Also haben es alle genommen?«

»Jack nicht. Aber wir anderen ja.«

»Das war es also? Nur das hat dich gestern Nacht gequält?«

Sie nickte, sah Alice aber nicht in die Augen.

»Du weißt, wenn da noch etwas wäre, könntest du es mir sagen.«

»Ich weiß«, sagte Hannah. »Aber da war sonst nichts.«

»Na dann, komm her.«

Sie umarmten sich.

»Was hast du da übrigens genommen?«

»Es sollte Molly sein, aber das muss irgendwie schlecht gewesen sein, weil es uns nämlich für ein paar Stunden echt ausgeknockt hat.«

»Ich weiß, das klingt jetzt komisch, wenn ausgerechnet ich das sage, aber sei vorsichtig mit diesem Zeug«, sagte Alice.

»Schon klar, Lektion gelernt.«

Daraufhin ließ Alice Hannah allein, obwohl sie sich des Gefühls nicht erwehren konnte, dass da noch mehr war. Ja, was Hannah sagte, klang durchaus plausibel, soweit es ihren Ausbruch in der Küche betraf. Das Mädchen hatte nicht gerade eine robuste Konstitution. Zwei Glas Wein, und sie verwandelte sich in ein gackerndes Huhn oder ein schluchzendes Häufchen Elend. Und Alice hatte in ihrem Leben genügend Leute in Schieflage erlebt, um zu wissen, dass alles möglich war, wenn Chemikalien ins Spiel kamen. Dennoch. Es kam ihr nicht ganz koscher vor.

Michel musste davon erfahren. Sie ging nach oben in ihr Zimmer und schrieb ihm eine Nachricht, doch die wurde nicht gelesen. Alice wusste, dass er erwog, sein Mobiltelefon auszuschalten, falls seine Nummer dem Mob in die Hände fiel. Es würde immer schwieriger werden, einfach nur Kontakt zu halten, geschweige denn, sich zu sehen. Sie erwog, ihm eine Mail zu schreiben, doch dann fiel ihr wieder ein, dass die Cops seinen Computer mitgenommen hatten. Erschöpft von den letzten paar Stunden, legte sie sich ins Bett, auch wenn sie wusste, dass sie ohne medikamentöse Unterstützung wahrscheinlich nicht einschlafen würde. Aber sie musste einen klaren Kopf bewahren. Die aufgeschürfte Stelle am Arm begann zu pochen. Gott allein wusste, was für ein übler Scheiß unter dem Verband lauerte.

Ohne Alkohol oder Medikamente zerfiel die Nacht in kurze Intervalle leichten Schlafs, der von Panikattacken unterbrochen wurde. Michel schrieb nicht zurück. Und auch online gab es keine echten Neuigkeiten, allerdings jede Menge Gerüchte. Nach der ersten Welle ungläubiger Erschütterung verfestigte sich die öffentliche Meinung gegen Christopher. Die Rassisten und Trolle traten auf den Plan und boten ihre maßvollen Einsichten dar. Osama wurde die Beleidigung der Wahl; Obama folgte nicht weit dahinter. Die Kommentare ließen sich in drei Hauptdenkrichtungen einteilen. Der ersten lag die politische Linie am Herzen: *dann lassen wir diese arschlöcher wohl einfach so lange rein bis sie uns alle köpfen.* Des Weiteren waren da diejenigen, die sich mehr für das rechtmäßige Verfahren interessierten: *Tötet ihn. Keine Verhandlung. Seil + Baum. Kurzer Prozess.* Und schließlich eine nuanciertere Sichtweise, die sich auf die romantisch-erotische Seite der sich herausbildenden Geschichte konzentrierte: *Ihre eigenen frauen sind schlampen deshalb drehen sie durch wenn sie ein weißes mädchen sehen wetten er hat sie mit seinem kleinen braunen schwanz gefickt als sie tot war.*

Schlimmer war, dass sich jetzt Jugendliche aus der Stadt zu Wort meldeten und sagten, Christopher hätte sich in letzter Zeit merkwürdig verhalten. Es kam heraus, dass Eden an der Waldo bekannt war. Offenbar hatte sie aus dem Haus der Bondurants so etwas wie eine Party-Location gemacht. Hannahs Klassenkameradin Jessie Beverly, eine ausgewiesene Idiotin, schrieb: *weiß nicht warum keiner über die partys redet die dieses mädchen geschmisen hat kein wunder dass was passiert ist.* Worauf Sergei Letved, Stabhochsprungmeister des Bundesstaats, erwiderte: *Mahoun war verrückt zu glauben dass er bei ihr landen kann lol nicht deine liga bro.* Und irgendein junger Feingeist, der sich Biggusdikkus16 nannte, behauptete: *wer sich von Jack Parrish so rumschubsen lässt wie Mahoun ist ein viel zu großes weichei um jemanden umzubringen.*

Dieser letzte Kommentar brachte Alice ins Grübeln. Zwar

hatte sie nie erlebt, dass Jack Hannah schlecht behandelte, aber von seinem Umgang mit seinem besten Freund konnte sie das nicht sagen. Da war eine gehässige Unterströmung. Sie zeigte sich nur selten als offene Schikane, aber man spürte sie immer. In Christopher – wie auch in Hannah – hatte er ein dankbares Publikum für seine häufig bizarren Einsichten in die Funktionsweise der menschlichen Psyche gefunden. Jack hielt sich für den Rudelführer und untermauerte diesen Status mit Befehlen und Beleidigungen, die mit einer dünnen Schicht Witzigkeit verbrämt waren.

Der schlimmste Vorfall hatte sich letzten September ereignet. Glücklicherweise war Alice dabei gewesen, sonst hätte es wirklich ein unheilvolles Ende nehmen können. Hannah war gerade erst mit Jack zusammengekommen. An einem Samstag hatte sich am Pool im Garten der Holts eine kleine Gruppe Jugendlicher versammelt, die eine Phase frühherbstlicher Wärme genossen. Alice war gerade aus der Küche gekommen, um nachzusehen, ob sie irgendetwas brauchten, bevor sie zum Supermarkt fuhr. Die Jugendlichen lümmelten träge herum, von Sonne und Wasser gesprenkelt. Es roch nach Marihuana, und sie sah halbherzig versteckte Bierdosen. Musik lief. Ein Junge stand im flachen Teil des Pools, das Handy erhoben, bereit, den Gegenstand aller Aufmerksamkeit zu filmen: Christopher, der sich auf dem Sprungbrett zu einem Kopfsprung anschickte. Ganz untypisch für ihn genoss er die Aufmerksamkeit. Was er nicht sah, war Jack, der sich von hinten an ihn anpirschte. Die anderen sahen es allerdings. Jack trat vorsichtig aufs Sprungbrett und schlich auf Chris zu, der völlig auf sein Vorhaben konzentriert war und nichts mitbekam. Alice dachte, Jack wolle ihn einfach schubsen, doch dann wurde er langsamer, senkte die Hände und wollte ganz offensichtlich Christophers Badehose packen.

»Jack!«

Ihre Stimme gellte durch den Garten wie der Hilfeschrei einer verirrten Höhlenforscherin. Jack zog die Hände zurück; Christopher drehte sich um und begriff, was los war. Einen Augenblick lang boten die beiden einander die Stirn, beobachtet von den Übrigen, deren Lächeln erstorben war. Jack war so viel größer als Christopher, so viel stärker. Auf seinem Gesicht lag ein trotziges Grinsen, während über Christophers in rascher Abfolge Schreck, Wut und Verwirrung huschten.

Und dann schubste Jack ihn in den Pool. Alle lachten. Bloß zwei gute Kumpel, die herumalberten. Doch Alice lachte nicht. Sie war entsetzt. Vielleicht war es ihre Perspektive; vielleicht hatte sie einfach schon viel mehr üblen Männerscheiß erlebt als diese Jugendlichen, womöglich mehr, als sie jemals sehen würden. Aber Jack hatte Christopher wirklich die Badehose herunterziehen wollen, vor seinen Mitschülern, von denen einer bereit gewesen war, es auf Video festzuhalten. Ein Akt unfassbarer Grausamkeit, besonders bei einem so schüchternen Jungen wie Chris. Als sie später am Abend mit Hannah darüber sprach, beharrte diese darauf, Jack habe bloß Quatsch gemacht. Niemals hätte er Christopher tatsächlich die Hose heruntergezogen. Alice ließ es auf sich beruhen. Vielleicht hatte Hannah ja recht. Doch nun fragte Alice sich unwillkürlich, ob sie nicht doch falschgelegen hatte.

Die Zeit verging. Die Uhr tickte. Michel schrieb nicht zurück. Und dann, kurz vor Tagesanbruch, als sie zwischen Schlaf und Wachsein schwebte, hörte sie ein Auto vorfahren. Sie ging ans Fenster und fragte sich, ob der Wanderzirkus der Medien jetzt hier seine Zelte aufschlug. Ein großer Mercedes blockierte die Einfahrt. Die Beifahrertür öffnete sich. Geoff stieg aus; im Licht der Innenbeleuchtung war auch der Mann hinterm Steuer kurz zu sehen. Es war Oliver Parrish.

Rasch wich Alice vom Fenster zurück. Was zum Teufel hatte sie da gerade gesehen? Die beiden standen sich nicht gerade nahe. Seit dieser unseligen Dinnerparty konnte Geoff gar nicht genug Schlechtes über Oliver sagen, obwohl dieser der personifizierte Charme gewesen war. Und doch fuhren sie hier mitten in der Nacht zusammen durch die Gegend und hielten, nur wenige Stunden nachdem ihre Kinder in das hiesige Jahrhundertverbrechen verwickelt worden waren, ein geheimes Plauderstündchen ab.

Ihr Mann betrat leise das Haus und ging sofort ins Arbeitszimmer. Sie gab ihm eine Minute Zeit, um anzukommen, dann schlich sie die Treppe hinab. Die Tür war nur angelehnt. Alice schob sie behutsam auf. Geoff bemerkte sie nicht. Er trug Kopfhörer und war völlig auf seinen Monitor konzentriert, auf dem anstelle der üblichen Neuroglyphen ein Bild der vorderen Veranda eines Hauses zu sehen war. Dieses Hauses. Die Veranda war dunkel und verlassen. Das Bild tanzte ein bisschen, als würde der Film schnell vor- oder zurückgespult.

Alice schloss die Tür und ging wieder in ihr Zimmer. *Was zum Henker?*, dachte sie. Zuerst ein geheimes Treffen mit Oliver, und jetzt das. Warum sah Geoff sich Überwachungsbilder an? Irgendetwas stimmte da nicht. Und zwar gewaltig. Da war eindeutig etwas faul.

Mit einem Mal hellwach, beschloss Alice, nach ihrer Verletzung zu sehen. Unter der Dusche nahm sie den Verband ab und rechnete halb damit, Maden über brandiges Fleisch wimmeln zu sehen. Aber es war alles in Ordnung. Es war nur ein Kratzer mit Allüren. Als sie aus dem Bad kam, zeigte der Morgen endlich sein blödes Gesicht. Sie ging nach unten, machte sich einen Kaffee und watete erneut in den Social-Media-Sumpf, um zu sehen, ob es neue Entwicklungen gab. Aber da war nichts. Das Narrativ vom vergangenen Abend hatte sich gehalten. Es sah eindeutig nicht gut aus für Christopher. Die Schwarmintelligenz hatte über seine Schuld befunden.

Das Festnetztelefon klingelte. Sie nahm sofort ab – Hannah schlief noch. Sie würde heute später zur Schule gehen.

»Ms Holt?«

»Ja«, sagte sie und ließ das Missverständnis unkorrigiert.

»Detective Gates hier. Ist Ihr Mann zu sprechen?«

»Im Moment nicht«, erwiderte Alice, obwohl er gerade nur fünfzehn Meter von ihr entfernt saß. »Kann ich Ihnen helfen?«

»Würden Sie ihm sagen, er soll mich so schnell wie möglich anrufen?«

»Sicher. Kann ich ihm sagen, worum es geht?«

Eine Pause trat ein.

»Ich meine, es kann sein, dass er eine Weile nicht zu erreichen ist.«

»In diesem Fall müssen Sie uns helfen«, sagte Gates. »Wir müssen noch einmal mit Hannah sprechen. So bald wie möglich.«

»Soll sie Sie zurückrufen, oder …?«

»Wir möchten, dass Sie sie zu uns bringen. Sofort.«

Sie hatten das mit den Drogen herausgefunden. Das musste es sein. In Alice' Jugend war man bei Treffen wie dem vorgestern Abend davon ausgegangen, dass Drogen konsumiert wurden. Aber die braven Leute von Emerson hatten eine düsterere Meinung zu Rauschmitteln. Wenn man hier damit erwischt wurde, hatte das verheerende Folgen für diesen heiligsten aller Grale – *die Zukunft*.

Sie ging durch den Flur, und als sie an Geoffs stillem Arbeitszimmer vorbeikam, dachte sie an ihn in Olivers Auto und an die flimmernden Überwachungsbilder. Im Moment brauchte er hiervon noch nicht zu erfahren. Sie drückte

Hannahs Tür auf. Hannah lag im Bett. Ihr Körper bildete einen spitzen Winkel, wodurch sie den Eindruck vermittelte, sie wäre aus großer Höhe in den Tod gestürzt. Ihr Gesicht war halb im Kopfkissen vergraben, halb unter einer Haarwolke verborgen. Sie hatte sich teilweise in die Bettdecke gewickelt, nur ein leicht sommersprossiger Oberschenkel schaute hervor.

Alice ging zum Bett. Hannahs Telefon lud auf dem Nachttisch. Ohne sich bewusst dafür zu entscheiden, tippte Alice aufs Display, und es leuchtete auf. Auf dem Sperrbildschirm waren vier Balken zu sehen, allesamt Nachrichten von Jack. Sie waren innerhalb der letzten Minute eingetroffen. In der ersten stand: *Hannah flipp nicht aus.* Die nächste lautete: *Halt dich einfach an die Geschichte.* Dann: *Wenn du denen sagst was E gesagt hat bin ich am Arsch.* Und schließlich: *ALLES LÖSCHEN.* Mit wild klopfendem Herzen wischte Alice, die unbedingt mehr lesen wollte, über die dritte Nachricht, erkannte jedoch ihren Fehler, als sie aufgefordert wurde, das Passwort einzugeben.

Verdammt. Hannah regte sich. Alice legte ihr die Hand auf die Schulter.

»Hannah?« Sanft rieb sie ihr die Schulter. »Hanns? Liebes?«

Langsam öffnete das Mädchen die Augen.

»Zeit, aufzustehen. Die Polizei will noch mal mit dir reden.«

»Haben sie gesagt, warum?«, fragte sie, jetzt hellwach.

»Nein, aber ich nehme an, sie wissen von den Drogen.«

»Mist.«

»Mach dir deswegen keine Sorgen. Im Moment können sie nichts tun. Es sei denn, du hast noch welche.«

»Nein.«

»Aber du wirst deinem Vater davon erzählen müssen.«

»Er wird stinksauer sein.«

»Soll ich mit ihm reden?«

»Nein. Mist. Ich mach das schon.«

Hannahs Blick wanderte zum Telefon, als ob sie spürte, dass auf dem jetzt dunklen Display Nachrichten warteten.

»Ich ziehe mich lieber an«, sagte sie.

Wenn du denen sagst was E gesagt hat bin ich am Arsch. Diese Worte gingen Alice durch den Kopf, während sie zu Geoffs Arbeitszimmer ging. Sie hielt sich nicht mit Anklopfen auf. Jetzt war sein Bildschirm mit den üblichen leuchtenden Neuro-Kritzeleien bedeckt. Er nahm den Kopfhörer ab und drehte sich zu ihr um. Seine Augen waren blutunterlaufen, die Lider flatterten; seine ausgetrockneten Lippen waren mit einem dünnen milchigen Film überzogen.

»Die Cops haben gerade angerufen«, erzählte Alice. »Sie wollen noch mal mit Hannah reden.«

Er wirkte nicht überrascht über diese Neuigkeit. Nicht glücklich, aber auch nicht überrascht.

»Es klang dringend«, fügte sie hinzu.

»Okay, ich kümmere mich darum.« Seine Worte drängten sie aus dem Zimmer.

Sie war versucht, ihn mit dem, was sie gesehen hatte, zu konfrontieren: sein Treffen mit Oliver, die Überwachungsbilder und Jacks Nachrichten. Aber erneut entschied sie sich, zu schweigen. Sie ging in die Küche, wo sie auf und ab lief und vergeblich versuchte, sich einen Reim darauf zu machen. Es ging ihr alles zu schnell. Aber eins war klar. Hier ging es nicht um Drogen. Nicht nur. Das war ein Fall von DEFCON4 in Suburbia. Oder DEFCON1. Was von beidem schlimmer war.

Bald darauf kam Geoff mit Hannah, die besorgt blinzelte. Wahrscheinlich hatte sie gerade Jacks Nachrichten gelesen. Gelesen und dann gelöscht. Wie befohlen.

»Und was ist jetzt?«, fragte Alice.

»Sie wollen nur ein paar Einzelheiten abklären.«

»Geoff …«

»Alles gut.« Dann wurde ihm klar, wie schroff das geklungen haben musste. »Entschuldige. Wir müssen los. Wir unterhalten uns, wenn ich zurückkomme.«

Sobald sie fort waren, schrieb sie Michel: *MICHEL ICH BIN'S. Ich muss dich asap sehen. Da läuft irgendwas Komisches.* Wie die Nachricht gestern Abend wurde sie zugestellt, aber nicht gelesen. Und so wurde sie erneut ins Niemandsland des Wartens auf ein Lebenszeichen von ihm verbannt. Ihr blieb nichts zu tun, als durchs Haus zu laufen. Die Zeit verging, zuerst Minuten, dann eine Stunde. Sie war gerade im Obergeschoss, als es an der Tür klopfte. Zögerlich, freundlich, ganz anders als das unheilvolle Klopfen des Cops gestern. Celia lächelte strahlend und war die Liebenswürdigkeit in Person, als Alice sie begrüßte.

»Ich dachte schon, du hättest dich in Luft aufgelöst!«

»Hier ist es wie im Tollhaus«, entgegnete Alice.

»Wem sagst du das. Aber ich bringe ein bisschen Vernunft mit.«

»Na, dann komm rein. Kaffee?«

»Sehr gern.«

Sie gingen in die Küche. Celia sah sich um, während Alice die große italienische Kaffeemaschine bediente.

»Sind Geoff und Hannah hier?«

»Sie sind gerade noch mal auf die Wache zitiert worden.«

»Ja, Oliver und Jack waren auch dort.«

War da irgendetwas nicht ganz normal an Celias Stimme? Sie kam ihr zu flach und verhaucht vor.

»Weißt du, warum? Mir sagt keiner was.«

»Das muss natürlich unter uns bleiben, aber anscheinend erzählt Christopher jetzt irgendeine aberwitzige Geschichte von wegen, Jack hätte sich an dieser Eden vergriffen.«

»Echt?«, fragte Alice nach einem kurzen Zögern, während dessen sie die Versuchung bezwang, Celia davon zu erzählen, dass sie heute Morgen ihre Ehemänner zusammen gesehen hatte.

»Da spricht die Verzweiflung. Ich meine, zuerst sagt er gar nichts, und dann engagiert sein Vater einen Anwalt, und plötzlich zaubert er diese Geschichte aus dem Hut.«

Alice reichte Celia eine dampfende Tasse Kaffee und machte sich auch einen.

»Hast du mit Jack darüber gesprochen?«

»Er sagt, das sei Unsinn, natürlich.« Sie wollte einen Schluck trinken, aber der Kaffee war zu heiß. »Was sagt Hannah?«

»Sie sind um Mitternacht gegangen, alles war prima. Das ist alles.«

»Tja, Alice. Da ist noch etwas. Ich sage das nur, weil ich Hannah sehr gern mag. Aber offenbar hat sie irgendwelche ziemlich starken Drogen genommen.«

Celia mochte Hannah sehr gernhaben, doch das war nicht der Grund für ihren Besuch. Da stimmte eindeutig etwas nicht.

»Echt?« Alice spielte mit.

»Irgendetwas namens Molly? Hast du davon schon mal gehört?«

Falls du mit »davon gehört« meinst, ob ich es im Sommer 2013 praktisch täglich genommen habe, dachte Alice, *dann würde die Antwort Ja lauten.*

»Ja«, sagte sie. »Es ist wie Speed, nur nicht so … flott.«

»Anscheinend hatte diese Eden was davon.«

Diese Eden. Ständig nannte Celia sie so.

»Okay. Das ist nicht gut.«

»Jack zufolge hat es sie alle für eine Weile umgehauen.«

»Hat er es auch genommen?«

»Nein, aber das entschuldigt sein Verhalten nicht. Ich vermute, dass Hannah deshalb so komisch war, als du sie gesehen hast. Und vermutlich erklärt es auch, warum Christopher … getan hat, was er getan hat.«

Alice' Telefon vibrierte auf dem Tisch. Ein Anruf von einer unbekannten Nummer. Sie ignorierte ihn.

»Wow«, sagte sie und versuchte immer noch dahinterzukommen, was hier los war.

»Ich dachte, das solltest du wissen.« Celia seufzte. »Ich wünschte bloß, Oliver wäre zu Hause gewesen. Jack hätte sich so etwas niemals geleistet, wenn sein Vater hier gewesen wäre.«

»Tja, danke, dass du mir das erzählt hast«, sagte Alice.

Celia musste ihr etwas angehört haben, denn sie legte den Kopf ein wenig schräg, und die Haut um ihre schönen Augen kräuselte sich vor Besorgnis.

»Ist alles in Ordnung?«

Und dann begriff Alice. Der vage Verdacht wurde zu absoluter Gewissheit. Celia log. Geoff log. Sogar Hannah – auch sie log. Sie alle logen. Olivers Anwesenheit hier vor Tagesanbruch, Jacks Textnachrichten und die Überwachungsbilder, und jetzt tauchte Celia hier auf, um ihr zu versichern, dass alles paletti war. Hier ging es nicht um Partydrogen. Ihr Sohn hatte Eden etwas Furchtbares angetan, genau wie damals Lexi Liriano. *Wenn du denen sagst was E gesagt hat bin ich am Arsch.* Er hatte irgendetwas getan, und jetzt vertuschten sie es, genau so, wie sie es schon einmal getan hatten.

»Bin nur müde«, antwortete sie mit einem matten Lächeln.

»Ich lasse dich in Ruhe. Ich dachte nur, du solltest das wissen.«

»Das weiß ich zu schätzen, Celia. Wirklich.«

»Bald ist das alles vorbei, und dann können wir richtig essen gehen. Nur nicht im Papillon.«

Du Aas, dachte Alice, während sie sich umarmten. *Du totales, widerliches, gemeines Aas.*

»Das wäre schön.«

»Und lass mich wissen, falls du etwas herausfindest«, sagte Celia.

Von wegen, dachte Alice. Sobald sie allein war, sah sie auf ihr Telefon. Der unbekannte Anrufer hatte eine Nachricht hinterlassen. Vermutlich Spam. Sie hörte sie trotzdem ab. Von nun an würde sie alles überprüfen.

Es war kein Spam. Es war Michel.

»Da bin ich …«

MICHEL

Beinahe hätte er ihre Nachricht nicht gesehen. Er war erst kurz bevor er sein Mobiltelefon endgültig ausschaltete, darauf gestoßen. Gestern Abend hatte jemand seine Telefonnummer online gepostet und eine Hasslawine ausgelöst. Hunderte von Fremden schrieben ihm – manche ruhig und grammatikalisch korrekt, andere aufgebracht und in unverständlichem Gestammel –, dass sie ihm und seinem Sohn Schmerzen und den Tod wünschten. Durch diese Kloake musste er sich wühlen, um Nachrichten von Menschen, die er kannte, zu finden. Sofia hatte ihm zweimal geschrieben und eine Nachricht auf der Voicemail hinterlassen – sie musste wissen, was sie mit dem Restaurant machen sollte, aber vor allem war sie krank vor Sorge um Christopher. Freunde in Paris, die gerade erst davon erfahren hatten. Und schließlich Alice. *Da läuft irgendwas Komisches.*

So weit bin ich auch schon, dachte er. Die Geschichte, die Christopher gestern Abend Cantor erzählt hatte, unterschied sich deutlich von dem, was er in Michels Beisein ausgesagt hatte. Der Anwalt kam, kurz nachdem Alice gegangen war. Sie nahm auch diesmal die Hintertür, allerdings öffnete Michel ihr das efeuüberwucherte Gartentor und beobachtete dann, wie sie durch den Nachbargarten rannte, den Scheinwerfern immer einen Schritt voraus. Es war ein wunderschöner Anblick. Einen Moment lang konnte er alles vergessen. *Diese Frau,* dachte er.

Und dann kam Cantor, und er landete unsanft wieder in der Realität. Offenbar hatte die Unterhaltung mit seinem Sohn nicht gut begonnen. Christopher benötigte eine Weile, um zu begreifen, dass Cantor ein Verbündeter war. Außerdem befürchtete er, seine Freunde in Schwierigkeiten zu bringen. Doch nachdem Cantor ihm anschaulich geschildert hatte, wie sein Leben aussehen würde, falls man befand, dass er für Edens Tod verantwortlich war, sprudelte die Geschichte aus ihm heraus.

»Anscheinend fanden die Treffen bei den Bondurants regelmäßig statt«, erläuterte Cantor. »Es begann als offenes Haus, aber die Eigentümer wurden misstrauisch, deshalb hatte es sich bis Dienstagabend so eingespielt, dass es im Wesentlichen die vier waren.«

Er holte theatralisch Luft und erklärte dann, dass Eden Jack beschuldigt hatte, sie sexuell belästigt zu haben.

»Was soll das heißen? Belästigt?«

»Vergewaltigt.«

Die Ungeheuerlichkeit dieses Wortes ließ die Männer vorübergehend verstummen.

»Und Christopher hat das zugelassen?«

»Er und Hannah waren anscheinend nicht in der Verfassung, einzugreifen.«

»Christopher hat gesagt, sie hatten Marihuana.«

»Ich glaube, es war weit mehr als Pot. Jedenfalls, Eden

wird hysterisch und geht auf Jack los. Das weckt Christopher, und er mischt sich ein – dabei hat er sich die Verletzungen am Hals zugezogen. Jack flüchtet aus dem Haus, Hannah geht mit ihm. Christopher bleibt zurück, um sich um Eden zu kümmern. Er beruhigt sie, aber sie macht deutlich, dass sie beabsichtigt, Jack für das, was er getan hat, bezahlen zu lassen. Irgendwann geht Ihr Sohn, und dann ist sie tot.«

»Und was glaubt Christopher, was passiert ist?«

»Jack sei zurückgekommen, um sie zum Schweigen zu bringen.«

»Aber wie ist sie eigentlich gestorben?«

»Sie hat sich bei einem Sturz den Kopf angeschlagen. Gehirnblutung.«

»Also könnte es auch ein Unfall gewesen sein.«

»Nein. Sie wurde zurückgestoßen. Mit Wucht. Auf ihrer Brust war im oberen Bereich eine Prellung wie von einem kräftigen Stoß. Sie wurde eindeutig getötet.«

»Aber warum hat Christopher in der ersten Befragung nichts davon gesagt?«

»Da bin ich mir nicht sicher. Vielleicht weil Sie dabei waren und er nicht wollte, dass Sie von den Drogen erfahren. Vielleicht weil er Angst vor Jack hat.«

»Und was passiert jetzt?«

»Chris und ich haben mit den Cops gesprochen.«

»Haben sie ihm geglaubt?«

»Unmöglich, zu wissen. Sie werden Jack und Hannah gleich morgen früh erneut befragen. Wenn das gut läuft, sind wir ein Stück weiter.«

»Und was mache ich?«

»Bleiben, wo Sie sind. Ich gebe Ihnen Bescheid, sobald es etwas Neues gibt. Wir werden bald wissen, wo wir stehen. Ach, die haben Ihre Mobiltelefonnummer, oder? Ich habe es summen gehört. Oder Ihr Liefergeschäft brummt gerade.«

»Ja. Sie haben sie.«

»Okay. Schalten Sie es aus.«

»Aber wie sollen wir uns besprechen?«

Cantor griff in seine Aktentasche und holte ein Klapphandy heraus, wie Michel es seit Jahren nicht mehr verwendet hatte.

»Ist das notwendig?«

»Wenn Sie gedoxt wurden, haben wir keine Ahnung, wer bei Ihrem alten Telefon mithört. Die Cops, die Presse, irgendein Arschloch in Lettland. Haben Sie auf Twitter nachgesehen? Die Leute hängen sich da ziemlich rein.«

»Okay. Danke.«

»Danken Sir mir nicht zu sehr. Es wird auf Ihrer Rechnung stehen.«

Die Erleichterung über Cantors Neuigkeiten wich bald Verärgerung über seinen Sohn. Warum hatte Christopher so lange gebraucht, bis er die Wahrheit preisgegeben hatte? Warum hatte er es ihm nicht erzählt? Die Scham wegen der Drogen erklärte das nicht. Nein, er hatte Jack geschützt. Weil er Angst vor ihm hatte. Er wusste, was das Richtige war, und doch war er zu schwach, um es auch zu tun. Beinahe vierundzwanzig Stunden lang hatte er es für sich behalten. Was wäre passiert, wenn die Polizei ihn nicht abgeholt hätte? Würde er seinen Freund immer noch schützen? Dummer Junge. Dummer, dummer Junge.

Michel tat die ganze Nacht kein Auge zu. Sein altes Telefon schaltete er aus, weil er den Hass, der seinem Sohn entgegenschlug, nicht ertragen konnte. Er war versucht, mit dem neuen Telefon Alice anzurufen, sie zu bitten, wieder zu ihm zu kommen, aber das wäre irrsinnig unbesonnen. Als der Morgen anbrach, befand er sich in einer Art Limbus. Die Zeit existierte nicht mehr. Er selbst existierte nicht mehr. Es gab nur noch Christopher, hinter einer abgeschlossenen Tür.

Seltsam, zu denken, dass es einmal eine Zeit gegeben hatte,

da er um Hilfe gebetet hätte. Vor Maryams Tod war er gläubig gewesen. Uneingeschränkt und unerschütterlich, so hatte er jedenfalls gedacht. Dieser Glaube war in seiner Kindheit in Beirut geboren worden, wo er mehrmals pro Woche in die Kathedrale Sankt Georg gegangen war. Einige seiner frühesten Erinnerungen bezogen sich auf diesen gewaltigen Kirchenbau. Die strengen Heiligen an der Wand; der Geruch nach Weihrauch und die durch den Raum hallenden Stimmen von den Plattformen der Chöre. Gott war immer dort, ein tiefes, beruhigendes Summen, eine beständige sanfte Brise.

Doch dann wurde Maryam krank, und als er um Gnade betete, zeigte Gott sein wahres Gesicht. Gleich nach ihrem Tod ging er aus der Salpêtrière hinab zum Jardin des Plantes und dann zum Fluss. Ein zerlumpter Mann, ein Drogenabhängiger, versuchte, ihm gestohlene Blumen zu verkaufen. Michel griff nach seiner Brieftasche, dann fiel ihm ein, dass sie tot war. Der Mann, der glaubte, er mache sich über ihn lustig, verfluchte ihn, und sein Gesicht verwandelte sich in etwas Schreckliches. Blutunterlaufene Augen und scharfe, gelbliche Zähne; dicke Lippen und eine platte Nase. Der graue Bart struppig; die raue Haut ledrig und schmutzig. Und plötzlich wusste Michel, dass dies Gottes wahres Gesicht war. Eines, das einen verfluchte und nur Tod brachte. Er brachte einen dazu, an Gnade und Hoffnung zu glauben, und dann ließ er zu, dass deine Frau im Delirium vor Schmerzen schrie und nichts anderes mehr sah als die schmierigen Wände des Abgrunds, in dem sie versank; dass ihre Haut wie brüchiges Pergament wurde, auf dem sich die Kalligrafie ihrer Knochen abzeichnete. Von diesem Augenblick an gab es keine tröstende Präsenz mehr in Michels Leben, keine sanfte Brise. Da waren nur er und sein Sohn, den Gott ebenso wenig schützen würde wie Maryam. Das fiel Michel zu.

Am späten Vormittag rief Cantor endlich an und klang düster und besiegt.

»Was ist los?«, fragte Michel. »Ich habe gewartet.«

»Tja, Oliver Parrishs Sohn mitten in der Nacht auf die Wache zu holen kam nicht infrage.« Er atmete durch. »Also haben wir nicht das Ergebnis erhalten, auf das wir es abgesehen hatten. Hannah und Jack haben beide alles abgestritten. Den Übergriff, die Vorwürfe, die Auseinandersetzung zwischen Eden und Jack.«

»Aber wir wussten, dass sie das tun würden.«

»Ja, aber nicht so gut. Sie haben definitiv aus dem gleichen Lehrbuch zitiert.«

»Also hat die Polizei ihnen geglaubt.«

»Das ist jedenfalls mein Eindruck.«

»Wie steht es also für uns?«

»Nicht so gut. Im Moment steht Aussage gegen Aussage, wobei die eine Stimme viel mehr Gewicht hat als die andere. Und eine Zeugin, die ihn bestätigt. Na ja, zwei. Hannahs Vater hat auch eine Aussage gemacht, und er schwört, dass Jack zwischen Mitternacht und dem nächsten Morgen nicht das Haus verlassen hat.«

Hannahs Vater. Der Ehemann seiner Geliebten.

»Christopher hat das nicht getan«, sagte Michel.

»Nun, das ist jedenfalls unsere Position. Ich bin gerade unterwegs, um einen Antrag auf Freilassung Ihres Sohns zu stellen. Aber an Ihrer Stelle würde ich nicht den Atem anhalten.«

»Bitte. Ich habe seit zwei Tagen nicht durchgeatmet.«

Es entstand eine ominöse Pause.

»Sie machen immer noch kriminaltechnische Untersuchungen, aber die ersten Berichte sind nicht vielversprechend. Sie gehen sehr sorgfältig vor. Diese Kratzer an Christophers Hals machen sich nicht gut für uns. Michel, ich fürchte, Sie werden sich darauf einstellen müssen, dass Ihr Sohn möglicherweise wegen eines Tötungsdelikts angeklagt wird.«

Nachdem sie aufgelegt hatten, saß Michel völlig reglos auf dem Sofa. Die Luft selbst schien schwer geworden zu sein, Meilen über Meilen davon drückten auf ihn nieder. Schließlich stand er auf, ging zum Fenster und spähte durch die dünnen Gardinen. Die Reporter waren immer noch draußen. Er fragte sich, was passieren würde, wenn er einfach hinausspazierte und ihnen von Jack Parrish erzählte. Doch natürlich würde er das nicht tun. Er würde tun wie ihm geheißen. Zumindest bis es Zeit war, etwas anderes zu tun.

Und dann, als er endlich den Mut fand, mit seinem alten Telefon Nachrichten abzurufen, war da Alice, die ihm schrieb, sie habe etwas gefunden. Er rief sie an, hinterließ eine Nachricht, und dann wartete er wieder.

»Wie geht's Christopher?«, fragte sie, als sie ihn zurückrief.

»Sie halten ihn immer noch fest.«

»Es tut mir so leid, Michel.«

»Jack hat sie vergewaltigt. Er ist über sie hergefallen, und er hat die anderen gezwungen, den Mund zu halten. Und dann ist er später zurückgekehrt und …«

»Ich wusste es.«

»Ach?«

»Ich habe heute Morgen Hannahs Telefon gesehen. Jack setzt sie unter Druck, damit sie lügt. Weiß Gott, was für einen Quatsch er ihr erzählt hat. Und vor Tagesanbruch habe ich Oliver und Geoff beim Krisengespräch gesehen. Danach hat Geoff sich an den Überwachungsbildern zu schaffen gemacht. Und dann kam vor ein paar Minuten zufällig Celia vorbei. Sie hat irgendeinen Mist über Christopher erzählt, um dafür zu sorgen, dass ich nicht von der Parteilinie abweiche. Jack hat es getan, Michel. Und seine Eltern schützen ihn. Sie haben alle für sich eingespannt. Hannah und Geoff, die Cops und ihre Freunde. Das ist schon einmal passiert, weißt du.«

»Was meinst du?«

»Lexi Liriano. Du erinnerst dich doch an sie?«

»Sie war eins der Kinder aus Boston.«

»Sie hat letztes Jahr den gleichen Vorwurf gegen Jack erhoben. Sie wollte ihn öffentlich bloßstellen. Aber dann stattet Oliver Lexis Mom einen Besuch ab, und plötzlich ist die ganze Sache vom Tisch.«

»Was sollten wir also tun?«

»Ruf deinen Anwalt an. Erzähl ihm davon.«

»Er wird wissen wollen, von wem ich das habe.«

»Schau, wenn du ihm von uns erzählen musst, dann mach.« Sie hielt inne. »Aber vielleicht sagst du doch erst mal nichts. Vielleicht ist es besser, wenn sie mich für eine von ihnen halten. Auf diese Weise kann ich herausfinden, was da vorgeht.«

»In Ordnung. Du hast recht.«

»Wir lassen sie damit nicht durchkommen, Michel. Das verspreche ich dir.«

Sie schwiegen einige Sekunden, zusammengeführt von einem billigen Telefon.

»Ich muss dich sehen«, sagte sie.

»Noch nicht. Aber bald. Ich verspreche es.«

Gleich darauf rief er Cantor an. Die Verbindung war schlecht; im Hintergrund waren Stimmen zu hören.

»Ich reiche gerade den Antrag ein«, sagte der Anwalt ein wenig ungeduldig.

»Wir müssen reden. Es gibt etwas Neues.«

»Ich rufe Sie an, wenn ich hier fertig bin.«

»Kommen Sie vorbei.«

Er kam eine Stunde später und roch nach Kaffee.

»Christopher sagt die Wahrheit«, begann Michel, sobald er die Tür geschlossen und das Geschrei auf der Straße ausgesperrt hatte. »Da bin ich mir sicher.«

Der Anwalt musterte ihn einen Augenblick.

»Gibt es da etwas, was Sie mir sagen müssen, Michel?«

Michel hätte ihm zu gern von dem Treffen der beiden Väter erzählt, von den gelöschten Überwachungsbildern. Aber damit wäre klar, dass Alice die Quelle war, und er war sich noch nicht sicher, inwieweit er diesem Mann trauen konnte. Eines jedoch konnte er ihm sagen.

»Jack hat das schon einmal getan. Letztes Jahr. Da war es ein Mädchen namens Lexi Liriano. Oliver hat bezahlt, damit sie nichts sagt.«

»Und woher wissen Sie das?«

»Ich weiß es einfach.«

»Michel, ich bin der Anwalt Ihres Sohns. Alles, was Sie mir sagen, wird vertraulich behandelt.«

»Sie müssen mir einfach vertrauen.«

Cantor wirkte nicht glücklich darüber, aber er begriff auch, dass er nicht mehr erfahren würde.

»Okay, ich sehe mir das an.«

»Werden Sie der Polizei davon erzählen?«

»Michel, ich garantiere Ihnen, dass die Cops nicht daran interessiert sein werden, es sei denn, ich kann ihnen etwas Konkreteres geben. Im Moment ist es nur ein Gerücht.«

»Können wir damit nicht einfach zur Presse gehen?«

»Tut mir leid, diese Spielchen spiele ich nicht.«

»Wir könnten in Jacks Telefon nachsehen. Vielleicht findet sich da etwas.«

Der Anwalt verzog das Gesicht.

»Was?«, fragte Michel. »Ist das nicht möglich?«

»Im Prinzip schon, ja, wir könnten die Cops auffordern,

sich eine gerichtliche Verfügung zu besorgen. Aber ich kann mir nicht vorstellen, dass sie im Moment einen Richter darum bitten würden.«

»Warum nicht?«

»Zunächst weil ihnen Ihr Sohn als Schuldiger gefällt. Außerdem haben sie Oliver Parrishs Jungen schon zweimal auf die Wache geholt. Ich vermute, damit haben sie ihr Wohlwollen in diesem Punkt ausgereizt.«

»Spielt das eine Rolle?«

»Er ist geschäftsführender Teilhaber in einer der größten Anwaltskanzleien Bostons. Er ist der Anwalt der Wahl in Emerson, oder jedenfalls ist es seine Kanzlei. Er spielt mit dem Polizeichef Golf.«

»Was tun wir dann?«

»Wie gesagt, ich gehe dieser Liriano-Sache nach. Könnte es die Grundlage für eine zukünftige Verteidigung sein? Ja, falls wir das nachweisen können. Aber ich muss Ihnen sagen, ich möchte nicht an den Punkt kommen, wo das alles ist, was wir haben.«

»Aber es ist wahr.«

»Ich sage das nicht gern, aber von jetzt an ist die Wahrheit nicht mehr das, was sie einmal war.«

PATRICK

Ein Anruf seiner Ex-Frau weckte ihn. Beim Summen seines Telefons schoss Adrenalin in sein träge dahinfließendes Blut. Er bekam nicht gerne Anrufe. Die Neuigkeiten waren niemals gut. Nicht seit die Krankheit von seinem Kind Besitz ergriffen hatte.

»Hast du geschlafen?«, fragte Lily.

Es war 11:13 Uhr.

»Nein.«

»Bist du bei der Arbeit?«

»Ja.«

Darauf folgte eine kurze, kritische Pause. Es war eine Weile her, seit er seine Frau angelogen hatte. Er war wohl eingerostet.

»Also, ich habe von diesem Mord gelesen«, sagte sie und kam gleich zur Sache, wie es neuerdings ihre Gewohnheit war.

»Ja, verrückt.«

»Was hörst du so?«

Patrick zögerte. Zum ersten Mal seit einer ganzen Weile hätte er Lily tatsächlich etwas Bedeutsames zu erzählen. Aber ein Bericht über eine nächtliche Spazierfahrt und geisterhafte Visionen würde bei Lily nicht gut ankommen. Sie hatte ihre Zeit abgesessen.

»Nur dass sie Michel Mahouns Sohn vernehmen.«

»Ja, das habe ich gesehen. Du weißt also nicht, wer die anderen Jugendlichen im Haus waren.«

Das war keine Frage, sondern sollte andeuten, dass sie es sehr wohl wusste. Es überraschte ihn nicht, dass sie ihm voraus war. Er hatte seit zwölf Stunden keine Nachrichten gelesen. Nachdem er Danielle Perry vor dem Haus der Bondurants zurückgelassen hatte, hatte er ernsthaft begonnen zu trinken. Das Letzte, woran er sich erinnerte, war, dass er sich einen Filmbericht über Stalingrad angeschaut hatte. Und dann hatte sich in seinem Kopf ein russischer Winter herabgesenkt.

»Klingt, als wüsstest du es.«

»Jack Parrish zum Beispiel«, sagte sie.

»Ach was! Ist er, ich meine, darin verwickelt?«

»Anscheinend nur als Zeuge.«

»Warte mal, er war dort, als es passiert ist?«

»Das ist nicht klar.«

»O Mann, seine Eltern sind bestimmt begeistert.«

»Und wie geht's dir, Patrick?«, fragte sie nach einer Pause.

Mord und Totschlag waren abgehakt. Zeit für die wahre Horrorshow. Ihn.

»Doch, mir geht's gut.«

»Unternimmst du etwas?«

Kurz glaubte er, sie meinte, ob er sich mit Frauen verabredete. Was eigenartigerweise ein Bild von Danielle Perry vor seinem inneren Auge aufblitzen ließ. Hatte jemand sie vor dem Haus der Bondurants gesehen? Aber das meinte sie gar nicht.

»Ach, ab und zu. Hauptsächlich gehe ich zu Treffen. Hab meine Klappstuhltechnik perfektioniert.«

»Das ist gut«, sagte sie. »Helfen sie dir?«

Patrick wollte sich nicht unbedingt näher zu etwas äußern, das gar nicht stattfand.

»Auf jeden Fall. Und wie geht's dir, Lily? Wie geht's Sam?«

Sie wechselte nur zu gern das Thema.

»Es geht ihm gut. Wir fangen an, über Colleges nachzudenken.«

Darüber sprachen sie eine Weile, über Tutoren für die Zulassungstests und Campusbesichtigungen. Er bot an, ihr bei Letzterem zu helfen, und sie sagte, sie würde sich deswegen noch einmal bei ihm melden, womit sie ihm zu verstehen gab, dass sie ihrem fünfzehnjährigen Sohn garantiert nicht erlauben würde, in einem Fahrzeug zu sitzen, das sein Vater steuerte. Damit endete das Telefonat.

Er schloss die Augen und empfand eine besonders heftige Sehnsucht nach einem Drink. Die Unterhaltungen mit seiner Ex-Frau hatten nichts von ihrem Stachel verloren. Manchmal wären ihm die turbulenten letzten Tage ihrer zum Scheitern verurteilten Ehe lieber gewesen, als das Sperrfeuer seines Elends und seiner Verfehlungen immer näher an ihren Vorstadtbunker heranrückte. Aber zu dieser Art von Drama würde es niemals mehr kommen. Nachdem in der Katastrophe, die ihre Ehe nach Gabi gewesen war, endgültig der Vorhang gefallen war, war Lily auf kühle Weise zuvorkommend und größtenteils gleichgültig geworden. Er war nicht mehr ihr Problem.

Die Parrishs. Er wünschte, es täte ihm mehr leid, zu hören, dass sie in diesen Schlamassel hineingezogen worden waren. Im Gegensatz zu den meisten Bürgern dieser Stadt war Patrick kein Mitglied ihres Fanclubs. Seine Abneigung rührte von einer Begegnung sechs Jahre zuvor her, als Gabi mit Scott zusammen gewesen war. Sie waren beide im ersten Jahr auf der Waldo gewesen. Das war, bevor das Heroin auf den Plan trat, wobei Patrick später erfahren sollte, dass Gabi da bereits regelmäßig Schmerzmittel schluckte. Dennoch war niemand überrascht, dass sie einem der legendären Parrish-Jungs ins Auge gefallen war. Gabi war bei Jungen immer beliebt gewesen. Sie war witzig und meistens unglaublich lieb. Und klug – sie sammelte mühelos Bestnoten. Zudem war sie außergewöhnlich schön. Das sagte nicht nur Patrick; alle sagten das. Man nehme die Drogen weg, und sie käme dem perfekten Mädchen ziemlich nahe.

Das Problem war nur, man konnte die Drogen nicht wegnehmen, sosehr man es auch versuchte. Ihre Romanze mit Scotty endete, als sie im Haus der Parrishs eine Panikattacke bekam. Lily kümmerte sich gerade in Providence um ihre kranke Mutter, sodass Patrick allein mit allem fertigwerden musste. Als der Anruf kam, hatte er ein paar Bier intus, war aber durchaus in der Lage, ein Fahrzeug nach Emerson Heights zu lenken. Schließlich musste man ja keine echten Höhen erklimmen – das Viertel lag keine zehn Meter höher als der Rest der Stadt. Der Name beschrieb nicht die geografische Lage. Er verlieh Status.

Celia öffnete ihm die Tür; Gabi stand hinter ihr und sah aus, als käme sie gerade aus einem japanischen Horrorfilm. Das Haar hing ihr wie ein Vorhang ins Gesicht; ihr Kinn klebte am Schlüsselbein. Scotty stand mitten im Flur wie ein Free Safety, der sich noch nicht zwischen Lauf- und Passspielzug entschieden hatte. Oliver, mit dem Patrick nur telefonisch Kontakt hatte, war nirgends zu sehen.

Ehe jemand etwas sagen konnte, lief Gabi aus dem Haus und schnurstracks zum Auto; ihre Füße schienen den Boden gar nicht zu berühren.

»Es tut mir leid«, sagte Patrick.

»Seien Sie nicht albern«, erwiderte Celia, Charme und Anmut in Person. »Ich hoffe nur, es geht ihr rasch besser.«

Während er sich am Abend und am nächsten Morgen um seine Tochter kümmerte, verschwendete er kaum einen Gedanken an die Parrishs, außer dass er Celia für ihre Liebenswürdigkeit dankbar war. Das Problem stellte sich später an diesem Tag, als er bei der Arbeit war. Seine Assistentin meldete ihm, Oliver sei am Telefon.

»Wie geht's Gabriella?«, erkundigte sich Oliver.

»Ein bisschen zittrig noch, aber besser.«

»Das freut mich.«

»Danke. Nett, dass Sie deswegen anrufen.«

Damit hatten sie den Punkt erreicht, der das natürliche Ende eines Höflichkeitsanrufs gewesen wäre. Oliver Parrish war ein viel beschäftigter Mann. Er war seinen Pflichten als Gastgeber nachgekommen. Dennoch beendete er das Telefonat noch nicht.

»Also, das ist jetzt unerfreulich, aber ich wollte Sie darauf aufmerksam machen, dass bei uns im Haus einige Medikamente fehlen.«

»Okay.« Patrick wusste sofort, worauf das hinauslief, und wünschte, es wäre aus irgendeinem Grund nicht so.

»Wir können uns das nur damit erklären, dass Gabi sie genommen hat.«

»Ich verstehe. Tja, ich denke, ich kann sie ja danach fragen.«

»Hören Sie, Patrick, vielleicht steht es mir nicht zu, aber mir scheint, so etwas passiert in letzter Zeit ziemlich häufig. Ich sehe es bei Mandanten und Kollegen. Und meiner Einschätzung nach scheint ein frühzeitiges Eingreifen die beste Strategie zu sein.«

Patrick erwiderte nichts, aber seine Nerven bebten vor Scham.

»Wenn Sie möchten, kann ich Sie in Kontakt mit Leuten bringen, die helfen können. Sie haben draußen bei Stockbridge ein Haus, das wirklich nach den neuesten Erkenntnissen arbeitet.«

Patrick wusste, von hundert Personen, die diesen Anruf belauschten, würden neunundneunzig nur einen wohlmeinenden, mächtigen Mann hören, der einem Nachbarn in Nöten seine Hilfe anbot. Von Vater zu Vater. Aber Patrick war der Hundertste. Er war nicht dankbar oder beruhigt. Er fühlte sich gedemütigt. Es war, als würde er in seinen kläglichen Bemühungen, seiner Tochter ein guter Vater zu sein, vom Meister mit der perfekten Frau, dem Schloss auf dem Berg und den Ivy-League-Söhnen verbessert. Patrick murmelte einen lahmen Dank und legte auf.

Als er nach Hause kam, war Gabi in ihrem Zimmer. Die Panik hatte sich gelegt, aber in ihrem Kielwasser hatte sie sich noch mehr in sich zurückgezogen. Sie saß mit untergeschlagenen Beinen auf dem Bett, den Laptop auf dem Schoß. Als Patrick ihr erzählte, was Oliver ihm berichtet hatte, wich sie seinem Blick aus. Dann senkte sich Schweigen herab.

»Nun?«, fragte er, als das Schweigen lange genug andauerte.

»Scotty hat einfach mit mir Schluss gemacht.«

»Ach?«

»Er hat gesagt, seine Eltern würden es für das Beste halten.«

Noch nie hatte sie so hilflos gewirkt. Nicht als Kind, nicht als Säugling.

»Was *stimmt* mit mir nicht?«, fragte sie.

Der Schmerz, den er in diesem Augenblick empfand, war unerträglich. Er murmelte irgendeine dümmliche Beschwichtigung und zog sich zurück. Dann ging er nach unten, um sich etwas zu trinken einzuschenken und sich noch mehr über die Parrishs zu ärgern. Selbst da wusste er, dass seine Wut nicht gerechtfertigt war. Oliver und Celia taten nur, was alle Eltern getan hätten – ihr Kind schützen. Aber das milderte die Kränkung nicht ab. Seine Tochter, seine Familie wurden abgelehnt. Wurden von dem Gipfel verbannt, den sie törichterweise zu erklimmen versucht hatten.

Natürlich waren die Parrishs bei Weitem nicht die Schlimmsten. Doch sie waren die Ersten, die Gabi behandelt hatten, als wäre sie ein Vorstadtsukkubus, der ihre Jungen verderben wollte. Die Leute konnten einfach nicht akzeptieren, dass seine Tochter krank war. Sie glaubten, sie habe einen schwachen Charakter. Es fehle ihr an Willenskraft oder Charakterstärke. Für die Leute war es unvorstellbar, dass Gabis Problem ein Fall von synaptischem Durcheinander war, über das sie keine Kontrolle hatte. In ihren Augen war Gabi selbstsüchtig und böse. Nach dem armen Rick Bondurant war ein Fünftausendmeterlauf benannt; das einzige Rennen, das Gabi inspirierte, war das zur Tür. Zwar war Patrick dieser Haltung gegenüber irgendwann abgestumpft, aber die unterschwellige Botschaft der Parrishs würde er niemals vergessen. *Dein Kind ist weniger wert als meins. Sie ist schlecht. Halte sie von ihm fern.*

Nach dem Telefonat mit Lily informierte er sich über die neuesten Nachrichten. Die virtuelle Gerüchteküche wusste nicht nur Jack Parrish am Dienstagabend im Haus der Bondurants, sondern darüber hinaus ein weiteres Mädchen. Anscheinend waren sie längst wieder fort, bevor das Verbrechen konkret geschah. Genauer gesagt, schienen sie gerade gegen Christopher auszusagen, was ihnen ein gewisses Maß an Online-Ärger vonseiten ihrer Altersgenossen eintrug.

Patrick hievte sich aus dem Bett. Es gab noch den Tag zu organisieren – nun ja, den halben. Er hatte im Büro ein paar Termine mit Kunden, Anrufe zu erledigen, Märkte zu sondieren. Eigentlich sollte er einfach kündigen, das wusste er. Er war seit Monaten, vielleicht sogar schon seit Jahren nicht mehr mit dem Herzen bei seiner Arbeit. Und jetzt allmählich auch nicht mehr mit dem Kopf. Doch es wäre besser, wenn Griff ihn feuerte. Dann bekäme er eine Abfindung, hätte weiter Zugang zur Krankenversicherung, das volle Programm. Außerdem musste er auch an Lily und Sam denken, selbst wenn sie immer weiter auseinanderdrifteten.

Ehe er ins Büro fuhr, musste er noch die Kolonie von Kakerlaken unter Kontrolle bringen, die unter seiner Haut krabbelten. Sein üblicher Morgencocktail war Wodka mit Wasser, abgerundet mit einem Tütchen Vitamin-C-Brausepulver. Doch im Moment hatte er keinen Wodka im Haus. Dann eben Whisky.

Es gab dafür eine korrekte Vorgehensweise. Patrick schenkte sich einen Vierteltumbler Suntory ein und stellte sich an die Spüle. Nachdem er tief durchgeatmet hatte, kippte er das gesamte Glas auf einmal. Sofort brach in seiner Kehle ein Feuer aus und verbreitete sich im Nu bis in den Magen. Daraufhin befeuchtete seine körpereigene Sprinkleranlage jeden Zentimeter seiner Haut mit Schweiß. Er beugte sich vor und umklammerte den Stahlrand der Spüle, so fest er konnte, wie ein Gefängnisinsasse, dessen Rektum durchsucht wird. Er stand seinen Mann. Er hielt durch. Die ersten dreißig Sekunden waren entscheidend. Wenn er bis dahin nicht kotzte, war alles gut.

Er kotzte nicht.

Nach einem weiteren Gläschen brachte er den Kaffee auf den Weg, zog den Elektrorasierer übers Gesicht und ging duschen. Das heiße Wasser und der Alkohol lösten eine Phase schwindelerregender Klarheit aus, wie sie jemand empfinden mochte, der einen Brunnenschacht hinabstürzte, stellte er sich vor. Zum zweiten Mal an diesem Vormittag schossen ihm Gedanken an Danielle durch den leeren Kopf. Als sie heute Nacht aus den Schatten hervorgetreten war, hatte er damit gerechnet, dass sie ihn beschuldigen würde, ein Voyeur, ein Widerling, vielleicht sogar verdächtig zu sein. Doch sie hatte lediglich seine Hilfe gewollt. Er war versucht gewesen, ihr zu erzählen, was er zwischen den Bäumen gesehen hatte. Das Problem war, er verstand ja selbst noch nicht, was er da gesehen hatte. Und ihr Schmerz war eindeutig noch zu frisch, als dass sie mit einem solchen Blindgänger hätte umgehen können. Vor dieser Frau lag eine schwere Zeit. Zu allem Übel beharkten sie sie jetzt auch noch online. Sie passte nicht unbedingt ins Schema der trauernden Mutter. Sie wirkte hart. Die Wimpern so dick getuscht, als wären sie gerade aus einer Ölpest gerettet worden. Tätowierungen, die an Händen und Hals unter ihrer Kleidung hervorlugten. Die Leute hier in der Gegend würden nach dem ersten Blick auf sie denken: *Ja, klar, verstehe.* Sie war genau die Art von Person, deren Tochter ermordet wurde.

Und dann hatte er eine Erleuchtung. Er wusste nicht, woher sie kam, aber, o Mann, sie kam mit aller Macht. Er stellte das Wasser ab und wickelte sich lose in zwei Handtücher. Immer noch tropfnass, googelte er mit seinem Telefon *Jack*

Parrish Emerson. Es gab jede Menge Fotos von dem Jungen. Auf Facebook, auf Instagram; in der Schule, auf Partys, am Strand.

Er war es. Es war Jack Parrish gewesen, den er zwischen den Bäumen gesehen hatte.

Eigentlich sollte er damit zur Polizei gehen. Das Problem war nur, er wollte nicht zur Polizei gehen. Die nette Detective Gates hatte ihm ihre Visitenkarte gegeben, aber sie hatte auch absolut deutlich gemacht, dass sie ihn nie wiedersehen wollte. Nein, er würde nicht erneut zu den Hütern der öffentlichen Ordnung gehen. Jedenfalls noch nicht.

Er trocknete sich ab, kleidete sich an und fuhr zur Arbeit, weil er nicht wusste, was er sonst tun sollte. Sein Weg führte ihn am Papillon vorbei, an dessen Eingangstür jetzt ein provisorisches Schild klebte. Himmel, das musste schwer für Michel sein. Patrick kannte dieses Gefühl. Der Name des eigenen Kindes in aller Munde. Diese Mischung aus privater Hilflosigkeit und öffentlicher Schande. Er war ein guter Mann, dieser Michel. Freundlich, ohne es zu übertreiben. Er merkte sich die Namen seiner Gäste; er zog einem den Stuhl vom Tisch ab. Er gab einem ständig etwas zu probieren, Desserts und Appetithäppchen, die nie auf der Rechnung auftauchten. Und nie lag in seinem Blick auch nur der leiseste Anflug von Kritik, wenn Patrick ein wenig zu tief in den Getränketeil der Speisekarte eintauchte.

Ohne besondere Vorfälle schlüpfte er in sein Büro, gerade rechtzeitig für seinen Termin mit Benny Karim, einem Anästhesisten, der Sorgen wegen seines Portfolios zum Ausdruck gebracht hatte. Es war eine dieser Besprechungen, die Patrick daran erinnerten, dass die meisten seiner Kunden ebenso viel von seinem Geschäft verstanden wie er selbst. Es war alles online verfügbar. Um Zugang zu den wahren arkanen Geheimnissen der Märkte zu erhalten, brauchte man Milliarden und Abermilliarden. Patrick war bloß ein Pfleger, der Wildwuchs zurückschnitt, aussäte und vor allem mit Wohlfühlquatsch düngte. Das echte Wachstum fand im Dschungel statt, für den er selbst sich schon vor langer Zeit als zu furchtsam erwiesen hatte.

Während sie sich unterhielten, ahnte Patrick allmählich, dass der gute Doktor nicht so sehr hier war, um über Anlagestrategien zu sprechen, als vielmehr, um seinen Berater auf Herz und Nieren zu prüfen. Allmählich sprach es sich herum. Die Prüfungsergebnisse waren wohl schlecht, denn am Ende der Besprechung runzelte Karim erkennbar die Stirn. Patrick nahm an, dass er Griff anrufen würde, sobald er das Gebäude verlassen hatte.

Sekunden nachdem sein Kunde gegangen war, klingelte das Telefon. *Das ging schnell,* dachte Patrick.

»Da ist eine Danielle«, verkündete seine Assistentin. »Sie sagt, Sie kennen sie?«

»Das stimmt«, erwiderte Patrick und merkte, dass er diesen Anruf schon den ganzen Tag erwartet hatte. »Stellen Sie sie durch.«

DANIELLE

Sie rief ihn an, nachdem der Bestattungsmensch gegangen war. Eigentlich hatte sie das schnellstmöglich hinter sich bringen wollen, aber der Mann verstand den Wink nicht. Dabei war sie kein schwieriger Fall. Kleine Feier, keine Kirche, Einäscherung. Und kein Schnickschnack – sie bezweifelte, dass ein Kondolenzbuch etwas wäre, was sie in den kommenden Jahren in Ehren halten würde. Eigentlich hatte sie dasselbe Institut wie bei ihrer Großmutter beauftragen wollen, doch es hatte den Betrieb eingestellt. Was seltsam war, wenn man es recht bedachte. Ein Bestattungsinstitut, das dichtmachen musste. Man sollte doch meinen, dass der Nachschub an Leichen gesichert war. Dieses Institut hieß Dermot Costello and Son. Dermot war es auch gewesen, der bei ihr geklopft hatte. Er hatte die tiefsten Ringe unter den Augen, die sie je gesehen hatte – sie verliehen seinem Gesicht das Aussehen einer heruntergebrannten Kerze. Von seinem Sohn, der, darauf würde sie gutes Geld setzen, garantiert auch Dermot hieß, war nichts zu sehen. Für die Anzahlung gab sie ihm Betsys Mobilfunknummer. Die Frau hatte schon zweimal wegen der Kostenübernahme angerufen. Ein Nein ließ sie nicht gelten, also sagte Danielle nicht mehr Nein. Nur einen Termin konnte Dermot noch nicht festlegen. Das musste warten, bis Edens Leiche freigegeben wurde.

Sobald sie wieder allein war, las Danielle die Nachrichten. Sie hielten Christopher Mahoun weiter fest, aber nur als Zeugen. Danielle erwog, Gates anzurufen und sie zu fragen, weshalb das so lange dauerte, doch sie hatten bereits heute Morgen kurz miteinander gesprochen, als Danielle sich bei ihr gemeldet hatte, und die Polizistin hatte nicht einmal bestätigen wollen, dass es Mahoun war. Nur dass sie einen ungenannten Jugendlichen als Tatzeugen festhielten, während sie weitere Ermittlungen durchführten.

Online gab es allerdings eine große neue Entwicklung. Zwei weitere Namen waren aufgetaucht. Jack Parrish und Hannah Holt, beide wie auch Mahoun im Abschlussjahrgang auf der Emerson High. Danielle recherchierte die zwei. Der Junge sah aus wie jemand, nach dem die Heldin eines Achtzigerjahre-Films schmachten würde, bis sie merkte, dass in Wirklichkeit der nerdige Star für sie bestimmt war. Er hatte ein abfälliges, überhebliches Lächeln und einen schlanken, muskulösen Körper. Auf einem Foto posierte er neben einem neuen GTI-Modell; auf einem anderen schlug er einen Tennisball, als wollte er ihm eine Lektion erteilen. Hannah Holt hatte einen misstrauischen Blick und ein zaghaftes Lächeln. Danielle zog die Fotos der beiden auf ihren Desktop, dazu das eine von Mahoun, das die Runde machte. Sie arrangierte sie nebeneinander, dann betrachtete sie sie lange und versuchte dahinterzukommen, was zum Henker Eden mit dieser Clique zu tun gehabt haben könnte.

Sie dachte an Patrick Noone und fragte sich, wie er da hineinpasste. Irrte um drei Uhr morgens durch die Straßen seiner eigenen Stadt. Betrunken vermutlich; vielleicht sogar verrückt, aber Danielle verstand noch nicht, inwiefern. Seine Geschichte über den Hund wäre schwer zu glauben gewesen, wenn sie nicht selbst gesehen hätte, dass Thor hinkte. Sie sollte alles, was dieser Mann ihr erzählte, mit gewaltiger Vorsicht genießen, aber aus irgendeinem Grund vertraute sie ihm. Und doch war da etwas, was er sich nicht überwinden konnte zu sagen. Zum tausendsten Mal, seit sie entgegen aller Wahrscheinlichkeit am späten Abend vor dem Haus der Bondurants zusammengetroffen waren, hatte sie diesen abgebrochenen Satz im Kopf. *Da war …*

Die Visitenkarte, die er ihr gegeben hatte, steckte in ihrer Handtasche. Sie war schwarz-weiß, schien aber irgendwie zu strahlen. Die Buchstaben waren ein wenig erhaben – sie bekam Lust, mit dem Daumen darüberzustreichen, als wäre sie blind. Sie deuteten eine Welt an, in der sie nie gelebt hatte – die Position im Leben, wo alles einfach war. Zu ihrer Überraschung wurde sie direkt durchgestellt. Zu ihrer noch größeren Überraschung willigte er ein, sich mit ihr zu treffen. Aber dass er eine Bar an der Route 9 vorschlug, war keine große Überraschung.

Die Royal Lounge sah aus, als gäbe es sie ohne Unterbrechungen seit Erfindung des Alkohols. Danielle traf als Erste ein. Eine freie Sitznische zu finden stellte keine Herausforderung dar. Der REO-Speedwagon-Song, der leise aus billigen Lautsprechern tönte, klang, als saugte im Nebenzimmer jemand Staub. Ein dicker Trinker an der Bar drehte sich mühsam um, um sie zu mustern. Sie kniff die Augen zusammen, und er drehte sich mühsam weiter, bis er wieder zur Bar blickte, eine erstaunlich anmutige Pirouette des Rückzugs.

Dann kam Patrick Noone in einem teuren Anzug und mit einer Sonnenbrille, für die die Jungs, mit denen sie aufgewachsen war, eine Gefängnisstrafe wegen Diebstahls riskiert hätten. Was dieser Mann auch sonst noch sein mochte, er war jedenfalls attraktiv. Und er besaß den Anstand, sie nicht anzulächeln, als er in die Nische rutschte. Als er die Brille abnahm, war das Weiße in seinen Augen so klar wie das seiner Visitenkarte, und er roch nicht nach Alkohol, jedenfalls nicht mehr als die rissigen Kunstledersitze.

»Wie halten Sie sich?«, fragte er.

»Ich weiß nicht. Ich funktioniere.«

»Zu funktionieren ist gut. Jedenfalls besser als das Gegenteil.«

»Wirklich?«

Er fragte sie, was sie trinken wolle. Sie sagte, einen Chardonnay, denn sie wollte etwas trinken, aber nicht allzu viel. Er ging zur Bar, um ihre Getränke zu holen. Die Barkeeperin, eine kleine Frau zwischen sechzig und siebzig, die wirkte, als würde sie lieber an so ziemlich jedem anderen Ort auf Gottes grüner Erde arbeiten als in der Royal Lounge, begrüßte Patrick Noone wie einen alten Bekannten. Er starrte auf die Theke, während er auf die Getränke wartete. Danielle nutzte die Gelegenheit, um ihn zu mustern. Zu sagen, dass er nicht hierherpasste, war eine Untertreibung. Er sah aus, als gehörte er in einen dieser Clubs in der Innenstadt, wo die schweren Eingangstüren von Männern bewacht wurden, die gekleidet waren, als sollten sie die Königin von England schützen.

»Der könnte kälter sein«, sagte er entschuldigend, als er das Glas vor sie stellte.

Sie zuckte die Achseln. Sie war nicht wegen des Chardonnays hier. Er trank irgendetwas Klares mit einer Limettenscheibe. Ein Schweigen trat ein, das normalerweise mit Small Talk gefüllt würde. Doch er schien sich in diesem Schweigen mit ihr wohlzufühlen.

»Also, ich frage mich, warum sie diesen Mahoun-Jungen nicht verhaftet haben«, sagte sie schließlich.

»Was hat die Polizei Ihnen darüber gesagt?«

»Nichts. Was wissen Sie über ihn?«

»Ich kenne seinen Vater. Er hat ein Restaurant in der Stadt.« Er hielt inne. »Die Leute sind überrascht.«

»Und Sie?«, fragte sie.

»Mich überrascht neuerdings nicht mehr allzu viel. Aber doch. Ich auch. Es passt einfach nicht. Es tut mir leid, falls Sie das nicht gerne hören, aber so ist es nun mal.«

Er trank, als ob er das brauchte. Wobei er sein Getränk nicht unbedingt herunterkippte, sondern es auskostete.

»Gestern Abend haben Sie etwas gesagt. Na ja, Sie haben angefangen, etwas zu sagen.«

Er beobachtete sie. Nicht unfreundlich. Nur auf der Hut.

»Sie haben gesagt, da *war*. Aber dann haben Sie sich unterbrochen.«

»Ach ja?«

»Ja. Als hätten Sie da vor dem Haus außer dem Hund noch etwas gesehen.«

Er blickte in sein Glas und ließ das Eis und die Limette darin kreisen. Dieser Mann hatte ihr etwas zu sagen, und sie hatte keine Ahnung, wie sie ihn dazu bringen sollte, es zu tun, außer indem sie ihm Zeit ließ.

»Ich habe eine Tochter verloren«, sagte er schließlich. »Vor zwei Jahren.«

»O nein. Das tut mir leid.«

»Sie hatte mit Drogenabhängigkeit zu kämpfen.«

»Ach, verdammt.«

»Die Situationen sind wohl nicht wirklich vergleichbar.«

»Tot ist tot. Das kommt mir ziemlich vergleichbar vor. Wie alt war sie?«

»Zwanzig. Genau wie Eden.«

Er sah ihr in die Augen. Dieser verlorene Mann.

»Wie hieß sie?«

»Gabriella. Gabi.«

»Schöner Name.«

»Genau wie Eden. Wie sind Sie darauf gekommen?«

»Ach, wissen Sie, ich dachte an Unschuld. Ich war jung. An die Sache mit dem Apfel und der Schlange habe ich nicht gedacht.«

Er trank einen Schluck. Sie betrachtete ihren Wein. Er erinnerte sie an eine Urinprobe. Sie ließ ihn stehen.

»Also haben Sie mir Ihre Karte deshalb gegeben?«

Er trank aus.

»Wollen Sie noch einen?«

»Ich sollte wohl erst mal den hier trinken.«

Er ging sich Nachschub holen. Wieder beobachtete sie ihn an der Bar. Wenn dies ein Date wäre, wäre er der bestaussehende Mann, mit dem sie je ausgegangen war. Außerdem der reichste. Und der netteste. Sie dachte darüber nach, über ein Date mit Patrick Noone. Er würde zweihundert Dollar für das Abendessen ausgeben und ihr wie ein Gentleman eine gute Nacht wünschen, und dann wäre sie eilig nach Hause gefahren, damit sie Eden davon erzählen konnte. Aber dies war kein Date, und sie würde nie wieder eilig nach Hause fahren, um mit ihrer Tochter zu reden.

Als er zurückkehrte, widerstand sie dem Drang, die Stille zu füllen. Dieser Mann hatte seinen eigenen Rhythmus, den sie besser nicht störte. Mit halbem Ohr lauschten sie dem Song über Sister Christian, der aus dem nächsten Lautsprecher gurgelte.

»Sie werden ihre Stimme hören.«

Danielle musste sich diesen Satz ein paarmal vorsagen, bis sie sicher war, dass sie sich nicht verhört hatte.

»Okay«, sagte sie dann.

»Ist das schon passiert?«

Danielle wusste, wenn sie jetzt etwas sagte, könnte sie die Fassung verlieren. Also schüttelte sie bloß den Kopf.

»Das kommt noch. Sie wird nichts Wichtiges sagen. Ich meine, sie wird Ihnen nicht erzählen, wer sie getötet hat. Keine Lottozahlen. Es wird bloß irgendwas Normales sein.«

»Damit könnte ich vermutlich leben.«

»Deshalb war ich so spätnachts draußen und bin durch die Gegend gefahren. Ich hatte geschlafen, und dann habe ich Gabi gehört, die mich bat, sie abzuholen. Ich meine, ich wusste natürlich, dass das nicht real war. Aber es hat mich … verstört.«

»Also war es ein Traum.«

»Eigentlich nicht. Ihre Stimme kam nicht von innerhalb des Schlafs, falls Sie verstehen, was ich meine. Sie kam von woanders. Und nein, ich glaube nicht an Geister.«

Danielle wünschte, das würde nicht alles so verdammt plausibel klingen.

»Das Komische war, ihre Stimme klang nicht wie damals, als sie noch lebte. Zumindest nicht wie in diesen letzten schlimmen Jahren. Aber sie war auch kein Kind. Ihre Stimme klang, wie sie jetzt klingen würde.«

Er starrte immer noch in sein leeres Glas. Schließlich sah er sie an.

»Also. Nachdem ich den Hund angefahren hatte. Da habe ich jemanden gesehen.«

Mit einem Mal wurde alles in dieser Bar viel deutlicher und viel leiser.

»Wie meinen Sie das, Sie haben jemanden gesehen?«

»Als ich ausstieg, um nach dem Hund zu sehen. Da war jemand. Zwischen den Bäumen am Rand des Grundstücks. Ich wollte mit ihm reden, aber er gab keine Antwort. Er stand einfach da. Als ob er sich unsichtbar machen wollte. Und dann hat der Hund mich angegriffen, und – als ich wieder hinsah, war er weg.«

»War es Christopher Mahoun?«

»Tja, sehen Sie, das ist es ja. Der war es nicht.«

»Wissen Sie, wer es war?«

»Ich bin mir ziemlich sicher, dass es ein Jugendlicher namens Jack Parrish war.«

FREITAG

ALICE

Sie nannte den Twitter-Account Emerson Depths – Emersoner Niederungen, im Gegensatz zu Emerson Heights. Als Icon benutzte sie ein Foto des malerischen Holzschilds vor der Abzweigung der Straße nach Emerson Heights. Bei der Einrichtung des Accounts achtete sie sorgfältig darauf, ihre Spuren zu verwischen. Für die Verifizierung verwendete sie eine temporäre E-Mail-Adresse; Ortungsdienste schaltete sie aus. Ein VPN hatte Geoff ihr schon nach der Hochzeit eingerichtet, daher musste sie sich keine Sorgen machen, dass jemand ihre IP-Adresse zurückverfolgen konnte. Man würde eine Schiffsladung an gerichtlichen Verfügungen benötigen, um herauszufinden, dass sie es war. Falls es dazu käme, hätte sie ihr Ziel bereits erreicht.

Der Thread bestand aus sieben Tweets. Sie feilte lange und gründlich am ersten, um ihn genau richtig hinzubekommen.

»Wer glaubt, Jack Parrish sei ein unschuldiger Zuschauer gewesen an dem Abend, an dem Eden Perry getötet wurde, sollte wissen, dass er letztes Jahr im Privaten sexuelles Fehlverhalten gegenüber einer Waldo-Mitschülerin eingeräumt hat.«

Danach schrieb die Geschichte sich von allein. Sie hielt sich einfach an die Fakten, mit ein paar Ausschmückungen hier und da. Es war eine beeindruckende Auflistung von Details. Ein Vorfall in einem Jungenzimmer. Ein verängstigtes Mädchen weit weg von zu Hause. Eine wütende Mutter. Ethnie und Klassenzugehörigkeit. Tausende an Schweigegeld.

Eine Schweigevereinbarung, unterzeichnet und beglaubigt. Und jetzt geschah es erneut.

Obwohl sie den Thread schon Donnerstag am späten Abend schrieb, wartete sie mit der Veröffentlichung bis Freitagmorgen um kurz vor sieben, wenn ihre Zielgruppe den Tag begann. Sie taggte vier Tratsch-Superspreaderinnen: Milly Williams, Cassandra Nilsen-Shapiro, Jean Feddes und die Theatergruppe der Highschool. Alice wollte auf Nummer sicher gehen. Diese Info musste schnellstmöglich unters Volk. Eine halbe Stunde nach dem Posten war der Thread bereits über fünfhundertmal angesehen worden. Es gab Likes und Retweets. Bald würde die Entwicklung exponentiell sein. Es war unaufhaltsam.

Auf den ovalen blauen Button zu klicken gab ihr das Gefühl, eine dieser radikalen maoistischen Aktivistinnen aus den Siebzigern zu sein, die einen Sprengzünder herunterdrückten und die Limousine irgendeines Kapitalistenschweins in den Orbit schossen. Aber mal abgesehen von diesem Kick war das Posten dieses Threads dennoch ein großes Wagnis. Trotz aller Vorsichtsmaßnahmen konnte ihr das auf unvorhergesehene Weise um die Ohren fliegen. Außerdem war es ziemlich mies, so etwas zu tun. Doch sie musste etwas unternehmen, besonders nachdem sie es gestern Morgen in Hannahs Zimmer versäumt hatte, Jacks belastende Textnachrichten zu bewahren. Das war eine einmalige Gelegenheit gewesen, Michel dabei zu helfen, seinen Sohn nach Hause zu holen. Aber sie hatte es verpeilt, sodass Christopher noch immer hinter Gittern saß und ihr Geliebter durch die Hölle ging.

Gestern Abend schien sich dann auch ihre andere vielversprechende Information – die Lexi-Vertuschung – als nutzlos zu erweisen. Michel hatte um kurz vor zehn angerufen und berichtet, Cantor habe nicht bestätigen können, dass die

Parrishs die Lirianos gekauft hatten. Öffentlich zugängliche Dokumente darüber gab es logischerweise nicht, und als der Anwalt bei Gloria Liriano, der Mutter, anrief, stritt diese es rundheraus ab. Was Lexi selbst anging, so studierte sie jetzt im ersten Jahr an der Bucknell University, und Gloria wäre dankbar, wenn Cantor sie in Ruhe ließe. Er hatte sie trotzdem angerufen. Sie hatte nicht abgenommen. Falls es da eine Schweigevereinbarung gab, funktionierte sie.

Als Alice das hörte, wurde sie richtig sauer. Es war schrecklich falsch, dass Christopher in einer Gefängniszelle saß. Noch wütender wurde sie, als sie sich vergegenwärtigte, dass Oliver in seinem Benz durch die Gegend fuhr wie ein Gott in seinem Streitwagen und Leute kaufte und einschüchterte. Oliver, den sie immer für den Inbegriff der Integrität gehalten hatte. Gott allein wusste, was er um fünf Uhr morgens mit Geoff zu besprechen gehabt hatte. Alice sah vor sich, wie Jack ihre Stieftochter herumkommandierte, während Eden Perry tot im Haus der Bondurants lag. Sie konnte nicht fassen, dass die das tun konnten und niemand sie aufhielt.

Sie hätte das kommen sehen müssen. Spätestens ihre Auseinandersetzung mit Jack im Dezember hätte sie warnen müssen. Es war in den Weihnachtsferien gewesen; bei ihrer Rückkehr aus dem Fitnessstudio hatte sie Hannah und Jack in der Küche angetroffen.

»Na kommt«, sagte sie, ganz die coole Mom. »Ich lade euch zum Essen ein.«

Sie ging mit ihnen in ein griechisches Restaurant. Jack bestritt das Gespräch allein, indem er sein Projekt im Begabtenkurs Psychologie beschrieb, eine zugegebenermaßen clevere, in der Hauswirtschaftslehre angesiedelte Variante des Stanford-Gefängnis-Experiments. Anscheinend kamen inmitten misslungener Soufflés die schlimmsten Seiten der Menschen zum Vorschein. Als die Bedienung kam, bestellte

Jack für sie beide. Spanakopita für Hannah, Gyros für ihn selbst.

»Seit wann isst du Feta?«, fragte Alice. »Und Spinat?«

Hannah warf ihr einen panischen Blick zu und schüttelte kaum merklich den Kopf. Als das Mittagessen kam, steckte sie sich eine Gabel voll in den Mund und kaute angeekelt darauf herum. *Was soll der Scheiß?*, dachte Alice.

»Warum hast du ihr das bestellt?«, fragte sie Jack. »Ich kapiere es nicht.«

»Sie kann sich nie entscheiden«, antwortete er.

Alice blieb die Spucke weg. Wenn ihr jemals ein Mann Essen bestellt hätte, das sie nicht mochte, hätte sie es ihn essen lassen. Vom Boden.

»Frauen sind viel weniger entscheidungsfreudig als Männer«, fuhr Jack im Brustton der Überzeugung fort. »Wir müssen die Entscheidungen für sie treffen. Das ist eine feststehende Tatsache.«

Alice wusste, sie sollte es auf sich beruhen lassen. Es bestand kein Grund, mit dem Freund ihrer Tochter zu streiten. Außer dass er sich wie ein Arschloch aufführte.

»Derweil landet Hannahs Essen im Müll. Nicht gerade ein Sieg für den männlichen Teil der Spezies.«

»Ich sage ja nur, es gibt erwiesenermaßen Unterschiede zwischen den Geschlechtern.«

»Ganz deiner Meinung. Und Männer haben keine Ahnung, worin die bestehen.«

»Für Sie treffen also niemals Männer die Entscheidungen?«

»Nur wenn ich ihnen sage, welche.«

»Nicht mal Mr Holt?«

Diese Frage stellte er mit einem wissenden Grinsen. Alice war versucht, ihn mit einem der Plastikspießchen, die sein Gyros zusammenhielten, zu erdolchen. Unterdessen gab

Hannah, die den Mund immer noch voll hatte, leise Warngeräusche von sich.

»Soll heißen?«

»Ach, ich meine ja nur, er arbeitet circa zwanzig Stunden am Tag und verdient das ganze Geld und ist total im Stress, und Sie sitzen nach dem Fitnessstudio hier beim Mittagessen, es ist also nicht so, als wäre das die große gleichberechtigte Partnerschaft.«

Das war eine so erstaunlich gehässige Bemerkung, dass Alice unwillkürlich auf den Nachsatz wartete, es sei nur ein Scherz gewesen. Aber der kam nicht. Denn das war es nicht.

»Beziehungen sind Verhandlungssache, Jack. Erlaube dir kein Urteil, es sei denn, du sitzt am Tisch, wenn der Deal abgeschlossen wird.«

Falls er die Anspielung auf seine eigene Verstrickung mit Lexi erfasste, ließ er es sich nicht anmerken. Stattdessen zuckte er die Achseln und schlug die Zähne in sein mit Fleisch gefülltes Sandwich. Alice begriff, dass es zwei mögliche Fortsetzungen gab. Entweder sie wischte den klebrigen Boden mit ihm auf, oder sie ließ die Sache auf sich beruhen.

»Hier, iss was von meinem Salat«, sagte sie zu Hannah und entschied sich damit für die zweite Variante. »Die Portionen sind hier sowieso zu groß.«

Und warum hatte sie es auf sich beruhen lassen? Weil sie gewusst hatte, welchen Schaden ein offener Streit bei Hannah anrichten würde. Weil sie gedacht hatte, ein arroganter, verwöhnter Schnösel sei besser als gar kein fester Freund. Doch sie hatte sich geirrt. Die Wut, der Wille, zu kontrollieren – das alles war so deutlich zu sehen gewesen wie die Soße in seinem Mundwinkel, die ihn nicht kümmerte. Dieser Knabe bedeutete Ärger. Er bedeutete Ärger, und sie hatte es auf sich beruhen lassen.

Also war es an ihr. Sie musste Christopher helfen, ehe ihm

nicht mehr zu helfen war. Sie musste die Aufmerksamkeit dorthin richten, wohin sie eigentlich gehörte. Auf Jack. Wenn die Parrishs Christopher den Wölfen zum Fraß vorwerfen wollten, würde Alice die Löwen auf sie hetzen.

Anfänglich hatte Alice' Zorn sich gleichmäßig auf die gesamte Familie verteilt, aber auf Celia war sie besonders wütend. Mit diesem Strahlelächeln hier anzukommen, obwohl sie die schmutzige Wahrheit kannte. Alice war nie mehr als eine Ablenkung für sie gewesen; die schrullige Freundin, deren Geschichten und unkonventionelle Art ihr einen schnellen Kick gaben wie ein mittäglicher Espresso oder ein zweiter Cocktail. Diese abschätzige Bemerkung, dass Alice keine richtige Mutter sei, hätte sie warnen müssen. Celia nahm Alice in keiner Rolle ernst. Aber dies würde sie ernst nehmen müssen. So ernst wie nur etwas.

Celia würde niemals erfahren, dass dieser Twitter-Thread von Alice stammte, das war das Schöne daran. Sie ahnte nicht, dass Alice die gesamte Geschichte über Jack und Lexi kannte. Ihres Wissens gehörte Alice noch immer zum Team Parrish. Und wenn es nach Alice ging, würde sie das so lange denken, bis ihr Sohn von den Cops festgenommen wurde.

Gegen zwei Uhr morgens war sie fertig und hätte am liebsten sofort alles gepostet. Aber damit hätte sie riskiert, dass es von der Nacht verschluckt wurde. Besser sie wartete, bis das helle Morgenlicht darauf fallen konnte; bis die koffeingesättigten Vorstadtaugen weit offen wären und Celias Herrschaft als Königin dieser miesen kleinen Stadt endlich endete.

Vierzig Minuten nachdem sie den Thread gepostet hatte, ging sie nach unten. Trotz allem war es Zeit, Hannah für die Schule zu wecken. Vor der Zimmertür ihrer Stieftochter blieb sie stehen, um ihr Telefon zum Fotografieren bereit zu machen. Die Parrishs würden den Thread mittlerweile gesehen haben. Jack würde wahrscheinlich weitere Anweisungen erteilen. Behutsam öffnete sie die Tür. Hannah schlief tief und fest; ihr Telefon lag an der üblichen Stelle. Alice schlich hin und berührte den Home-Button. Der Sperrbildschirm leuchtete auf. Da war nichts.

»Hey«, sagte Hannah, einen Sekundenbruchteil nachdem Alice die Hand zurückgezogen hatte.

Ihr Blick war noch verschlafen-unscharf. Rasch setzte Alice sich auf die Bettkante und verwehrte dem Mädchen die Sicht auf das noch leuchtende Display des Telefons.

»Wie geht's dir?«, fragte sie.

»Ach, ganz okay, glaube ich.«

Alice strich Hannah eine Haarsträhne aus dem Gesicht.

»Es tut mir so leid, dass du das alles durchmachen musst, Hanns.«

»Wird schon werden.«

»Ich kann es immer noch nicht fassen. Christopher. Hast du je Anzeichen dafür gesehen? Er kam mir immer so sanft vor.«

Hannah drehte sich auf den Rücken und sah an die Decke.

»Weiß nicht.«

»Aber kannst du dir wirklich vorstellen, dass er so was tut?«

»Eigentlich nicht. Aber er muss es wohl getan haben. Ich meine, wir sind gegangen, er ist dageblieben, und hinterher war sie tot.«

Einen Moment lang sah es so aus, als wollte sie noch etwas hinzufügen. Doch dann riss sie sich zusammen. *Halt dich an die Geschichte.*

»Hannah, falls es irgendetwas gibt, worüber du sprechen möchtest, ich bin für dich da. Das weißt du doch, oder?«

Hannah sah weiter an die Decke.

»Ich weiß, wie nahe ihr euch steht, du und dein Vater, und

natürlich liebst du Jack, aber ich kann vielleicht ein bisschen objektiver als sie sein.«

»Es ist nicht so, wie die Leute glauben.«

Alice spürte, wie ihr Herz zu rasen begann.

»Nein?«

»Ich meine, Eden war nicht … alle glauben, sie wäre so ein unschuldiges Mädchen gewesen, aber das war sie nicht.«

»Inwiefern?«

»Sie hat sich alles Mögliche ausgedacht. Diese schrägen Fantasiegeschichten. Man hat gemerkt, dass die Hälfte von dem, was sie erzählt hat, nicht stimmt. Du weißt doch, wie solche Mädchen sein können.«

»Ja. Na ja, ich weiß auch, wie Männer sein können.«

»Und sie hatte diese schrägen Launen. Die hat man kaum je zu sehen bekommen, aber wenn, dann war sie … außer Kontrolle.«

»Also hat sie neulich die Beherrschung verloren?«

Hannah nickte. *Na komm,* dachte Alice. *Raus damit.*

»Also ist doch etwas passiert, bevor ihr gegangen seid.«

Hannah nickte kaum wahrnehmbar.

»Zwischen Jack und Eden?«

Ein weiteres Nicken, noch schwächer als das letzte.

»Hey«, ertönte Geoffs Stimme hinter Alice.

Sie schloss kurz die Augen, dann drehte sie sich um. Er war offensichtlich ebenfalls gerade erst wach geworden. Weder Vater noch Tochter hatten den Thread bisher gesehen.

»Was gibt's?«, fragte er.

»Wir unterhalten uns bloß«, sagte Alice.

»Gehst du heute zur Schule?«

»Ja, denke schon«, antwortete Hannah.

»Ich fahr dich rüber.«

Alice tätschelte ihrer Stieftochter liebevoll das Schienbein und versuchte, Blickkontakt mit ihr aufzunehmen, um ihr zu bedeuten, dass sie diese Unterhaltung fortsetzen würden. Doch Hannah hatte sich wieder in sich selbst zurückgezogen. Und so ging Alice aus dem Zimmer und erwiderte Geoffs fragenden Blick im Vorbeigehen mit einem freundlichen Lächeln.

Sie wartete, bis die beiden fort waren, dann rief sie Michel an. Sie musste ihn sehen. Sofort. Sie musste ihm den Twitter-Thread erklären und ihn wissen lassen, dass Hannah sich ihr *um ein Haar* geöffnet hätte. Zwischen Eden und Jack war ganz eindeutig irgendetwas passiert. Noch eine weitere Sitzung mit dem Mädchen allein – und diesmal würde sie Alk mitbringen –, dann hätte sie es. Vor allem aber wollte sie ihn einfach sehen. Wollte seine Stimme hören und von ihm gehalten werden.

Er willigte ein, allerdings nicht bei sich zu Hause. Sie schlug vor, sich irgendwo draußen an der Route 9 zu treffen, doch er wollte die Stadt nicht verlassen, da jeden Moment über das Schicksal seines Sohns entschieden werden konnte. Also schlug sie die United-Unitarian-Kirche vor, wo sie mal an diesem komplett überflüssigen Lyrik-Workshop teilgenommen hatte. Der Parkplatz dahinter war groß genug für eine texanische Megakirche – ein eklatantes Beispiel sektiererischer Selbstüberschätzung – und hinter dem großen steinernen Gebäude von der Straße aus nicht einzusehen. Dort hinten kam niemand hin, vermutlich nicht einmal sonntags.

Als sie eintraf, war er bereits da. Sie stieg zu ihm ins Auto. Seine Augen waren vor Erschöpfung blutunterlaufen. Sie hätte ihn gerne umarmt, doch seine Körpersprache machte deutlich, dass sie zuerst miteinander reden mussten. Sie fragte, ob er am Morgen den Twitter-Thread über Jack gesehen habe.

»Cantor hat mir davon erzählt«, sagte er.

»Das war ich«, erklärte Alice.

»Okay«, sagte er nicht sonderlich überrascht.

»Bist du sauer?«

»Nein. Ich frage mich nur, was das nutzen soll. Die Polizei hat sich schon entschieden.«

Sein mutloser Tonfall gefiel ihr nicht. Mit erschrocken, frustriert und traurig konnte sie umgehen. Stinksauer konnte sie definitiv unterschreiben. Doch bei mutlos wusste sie nicht, was sie tun sollte.

»Heute Morgen habe ich mit Hannah geredet«, preschte sie weiter. »Sie verheimlicht eindeutig etwas.«

»Aber was?«

»Geoff hat uns unterbrochen, bevor ich sie dazu bringen konnte, es zu sagen. Aber zwischen Jack und Eden ist eindeutig irgendwas vorgefallen.«

Plötzlich traten ihm die Tränen in die Augen. Das kam so unerwartet, dass sie kurz nicht wusste, wie sie reagieren sollte. Doch dann beugte sie sich zu ihm und umarmte ihn.

»Ach, Liebster.«

»Ich fühle mich einfach so machtlos.«

»Michel, hör mir zu. Ich werde Hannah dazu bringen, mir zu erzählen, was sie weiß. Sie wird mir die Wahrheit sagen, und dann entlasten wir Christopher, wir bekommen ihn frei und bringen diesen Scheißvergewaltiger hinter Gitter.«

Sie küssten sich. Sanft, nicht lange. Es war nichts Sexuelles daran. Nach wenigen Sekunden legte sie ihm die Arme um die Schultern und den Kopf an seine Brust. Sie konnte seinen Herzschlag hören, langsam und traurig. Sie wünschte, sie könnten für immer hierbleiben, unsichtbar für die Welt.

»Ich bin ja da«, sagte sie.

Sein Telefon klingelte, so laut, dass sie sich vor Schreck den Ellbogen am Lenkrad stieß.

»Cantor«, sagte er, nachdem er auf das kleine Display des Klapphandys gesehen hatte.

Sie zog sich auf ihre Seite des Autos zurück. Am Tonfall des Anwalts erkannte sie, dass er schlechte Nachrichten hatte. Michel legte auf, ohne etwas zu erwidern, und starrte aus dem Fenster. Es waren die längsten fünf Sekunden in Alice' Leben.

»Wenn du mit Hannah reden willst, solltest du es bald tun.« Er sah sie an. »Sie haben Christopher gerade verhaftet.«

Als Alice wieder nach Hause kam, war Hannah in ihrem Zimmer. Geoff war im Labor. Sie sah ihre Gelegenheit, klopfte und trat ein. Hannah legte sofort ihr Telefon mit dem Display nach unten aufs Bett.

»Ich dachte, du wärst in der Schule«, sagte Alice, während sie sich neben sie setzte.

»Ich musste da weg. Diese Sache auf Twitter.«

»Ja, das habe ich gesehen.«

»Jack sagt, das muss Lexi gepostet haben.«

»Klingt plausibel«, sagte Alice und merkte sich die Selbstverachtung für später vor.

»Ich meine, der einzige Grund, warum Jacks Eltern dem dummen Mädchen Geld gegeben haben, war, damit sie aufhört zu lügen. Und jetzt macht sie es trotzdem! Das ist so unfair. Er hat nichts *getan*. Und diese ganzen anderen Sachen. Das im Einkaufszentrum war ein Streich! Das ist totaler Mist.«

»Ich weiß, ich weiß.« Alice ließ einige Sekunden verstreichen. »Hannah, vorhin hast du von Edens Launen gesprochen. Worum ging es da?«

Hannah starrte die Rückseite ihres Telefons an. Alice berührte sie am Unterarm.

»Hey, na komm, Hanns. Ich bin's.«

»Kann ich dich was fragen?«

»Natürlich.«

»Wenn etwas passiert wäre, das eigentlich nicht wichtig ist, und ich habe es den Cops nicht gesagt, das ist doch okay, oder?«

»Na ja, das kommt irgendwie drauf an.«

»Ich meine, wenn es etwas gäbe, was uns schlecht aussehen lassen könnte, aber für Chris nichts ändern würde, wenn man es den Leuten erzählen würde, dann ist es okay, es ihnen nicht zu erzählen, oder?«

»Hannah, erzähl mir doch einfach, was bei den Bondurants passiert ist. Fangen wir damit an.«

»Okay, aber du darfst niemandem sagen, dass ich dir das erzählt habe.«

»Du kannst mir vertrauen. Das weißt du.«

Hannah tat einen tiefen, gedächtnisstärkenden Atemzug.

»Nachdem wir diese Pillen genommen hatten – ich meine, die haben wirklich heftig reingehauen. Ich war total weggetreten und bin in einem der Schlafzimmer im ersten Stock gelandet. Das von ihrem Sohn. Von dem, der gestorben ist. Sie haben da diese ganzen Fotos von ihm. Ich habe mich ein bisschen in denen verloren, und dann habe ich mich auf sein Bett gelegt und mich gefragt, ob er da gestorben ist und wie es wohl ist, tot zu sein. Ich meine, na ja, was, wenn da neue Farben wären, die du noch nie gesehen hast? Und dann war ich eine Weile weggetreten, bis ich jemanden schreien hörte. Einen Moment lang dachte ich, es wäre der tote Junge, aber dann habe ich gemerkt, dass es Eden war, und bin nach unten gerannt. Sie stand mitten im Zimmer und war total hysterisch. Sie hatte sich in eine Bettdecke gewickelt wie in einen Umhang oder so. Ich meine, plötzlich ist sie so eine grimmige Göttin. Jack und Christopher haben bloß dagestanden, so als ob sie nicht wüssten, was sie tun sollten.«

Halb staunend, halb entsetzt schüttelte sie den Kopf.

»Du hättest ihr Gesicht sehen sollen. Sie war verrückt. Immer wieder hat sie gesagt: *Dafür wirst du bezahlen.* Immer wieder.«

»Wer sollte bezahlen?«

»Jack. Aber das ergab keinen Sinn. Sie hat gesagt, er wäre über sie hergefallen. Wir haben versucht, vernünftig mit ihr zu reden, aber sie war total durchgedreht. Irgendwann meinte Jack so, scheiß drauf, ich bin raus, die hat sie doch nicht mehr alle. Er sagt Chris, dass er das in Ordnung bringen muss, und dann gehen wir.«

»Christopher ist geblieben?«

»Ja. Du musst wissen, Chris war *total* in Eden verknallt. Es hat wehgetan, das mit anzusehen, weil er für sie im Grunde ein kleiner Junge war. Manchmal hat sie mit ihm rumgemacht, wenn sie betrunken oder stoned genug war. Aber sie hätte ihn niemals gefickt. Christopher hat das bloß einfach nicht kapiert. Er hat nicht gerade viel Erfahrung mit Mädchen. Jedenfalls, bis wir zu Hause waren – schlafen konntest du vergessen. Hast mich ja gesehen. Deshalb war ich so durch den Wind, dieses verrückte Zeug, das Eden da erzählt hat. Ich habe mir einfach solche Sorgen gemacht, was mit Jack passiert, wenn das rauskäme. Und dann haben wir am Nachmittag gehört, dass sie gestorben war, weißt du. Wir hatten keine Ahnung, was da los war. Es war total unwirklich.«

»Was meinst du, wieso sie so ausgeflippt ist?«

»Von den Drogen. Jack hat gesagt, sie war völlig weggetreten, und dann ist sie plötzlich durchgedreht. Er meint, vielleicht war das ein Flashback von einem früheren Übergriff von einem der Freunde ihrer Mutter. Jedenfalls, nachdem wir rausgefunden hatten, dass sie tot ist, wollte Jack nicht, dass ich jemandem davon erzähle, dass sie so ausgeflippt ist. Und ich wollte auf keinen Fall über die Drogen reden, weil …«

»Warum?«

»Du darfst das niemandem erzählen.«

»Mache ich nicht.« Alice wünschte, das dumme Mädchen würde aufhören, sie zum Lügen zu zwingen.

»Es waren Dads.«

»Moment mal, Geoff hat dir Drogen gegeben?«

»Nein. Ich habe sie ihm geklaut.«

»Hannah …–«

»Ich dachte, es wäre das Molly, das er immer nimmt! Er hätte es mir nie gegeben, deshalb habe ich mich einfach bedient. Aber ich habe wohl die falschen Pillen genommen, denn die waren wie Anti-Mollys. Die haben uns für ein paar Stunden echt ausgeknockt.«

»Weiß er davon?«

»O ja. Er war stinksauer. Besonders als er erfahren hat, dass Jack es seinem Vater erzählt hat.«

»Warte mal, Oliver wusste, dass ihr Geoffs Drogen genommen habt?«

»Ja.«

Das war es also. Deshalb half Geoff dabei, alles zu vertuschen. Deshalb die Lüge zu Jacks Gunsten, deshalb das Herumpfuschen an den Überwachungsaufnahmen. Weil Oliver sonst bekannt machen würde, dass es Geoffs Stoff war, der die Ereignisse am Dienstag in Gang gesetzt hatte. »Mann aus Emerson liefert Edens Mörder Drogen« war nicht unbedingt die Presse, die man sich im Vorfeld der Markteinführung seines neuen Unternehmens wünschte.

»Jetzt ist es nicht mal mehr wichtig, weil die Cops wissen, dass wir was genommen haben. Christopher hat es ihnen erzählt, und sie haben bei Eden Untersuchungen gemacht.«

»Aber sie wissen nicht, dass die Pillen von deinem Vater sind?«

»Das meine ich ja! Ihnen das zu sagen würde nichts ändern. Außer Dad fertigzumachen.«

»Was habt ihr den Cops erzählt, woher ihr sie habt?«

»Von Eden.«

»Aber wusste Christopher nicht Bescheid?«

»Nicht dass ich sie von Dad hatte.«

»Hannah …«

»Jack hat nichts *getan!* Wenn wir den Cops sagen, was sie für einen Mist erzählt hat … Ich meine, du siehst doch, was heute Morgen los ist. Alle hacken voll auf ihm rum. Die sind bloß total neidisch.«

»Aber warum hat Eden das dann gesagt? Das ist ein ernster Vorwurf. Meinst du wirklich, dass sie da gelogen hätte?«

»Mädchen lügen.« Hannah schüttelte den Kopf. »Es ist auch meine Schuld.«

»Inwiefern ist es *deine* Schuld?«

»Ich habe sie auf die Idee gebracht. Ich habe ihr erzählt, dass die Parrishs Lexi Geld gegeben haben. Wir waren da ziemlich stoned, fürchte ich, und sie hat mir von dem ganzen kaputten Scheiß erzählt, der ihr mit Typen passiert ist. Und da habe ich ihr von Lexi und Jack erzählt. Sie hat gestaunt, wie viel Geld das war.«

»Aber Hannah, mal im Ernst, ist es nicht plausibler, dass wirklich etwas passiert ist? Ich sage ja nicht, dass Jack über sie hergefallen ist, aber manchmal missverstehen Leute die Signale.«

Hannah sah Alice an und kniff die Augen zusammen.

»Was? Du meinst, er wollte mich mit Eden betrügen, während ich gleich nebenan war?«

»Nein, nein, ich meine nicht …«

Alice brach ab. Es war ziemlich genau das, was sie meinte.

»Jack hat Eden nichts getan, Alice. Er hat sie im Haus nicht angefasst, und er ist nicht hinterher noch mal zurückgegangen und hat sie umgebracht, wie Chris und dieser beschissene Quatsch auf Twitter behaupten.«

»Okay. Tut mir leid. Natürlich.«

»Dann ist es okay, dass ich den Cops nichts davon gesagt habe, ja?«

»Ja«, bestätigte Alice, da heute anscheinend der Tag der Lügen war.

Beruhigt ließ Hannah sich zurück aufs Bett sinken und sah zur Decke.

»Ich liebe ihn einfach so sehr.«

Alice widerstand der Versuchung, ihrer Stieftochter mit dem nächstbesten stumpfen Gegenstand eins überzuziehen. Auch wenn man in dieser Stadt anscheinend mit so etwas davonkam.

»Das weiß ich, Liebes«, sagte sie stattdessen.

»Ich meine, ich würde alles für ihn tun.«

Offensichtlich, dachte Alice. Und dann summte Hannahs Telefon. Sie sah aufs Display und ging sofort dran.

»Hey.« Sie setzte sich auf.

Es war Jack. Beim Aufsetzen war ein Ärmel von Hannahs sackartigem T-Shirt ein Stückchen hochgerutscht und hatte einen schmalen halbmondförmigen blauen Fleck am Bizeps freigelegt. Er schien Teil eines deutlich größeren Hämatoms zu sein; es wirkte frisch und sah übel aus. Alice war versucht, den Ärmel weiter hochzuschieben und Hannah zu fragen, was sie da verdammt noch mal sah. Aber sie wusste, was sie da sah, und sie spürte, dass es ein Fehler wäre, das jetzt zu erkennen zu geben.

Hannah, die davon nichts mitbekommen hatte, gab ihr mit einem Blick zu verstehen, sie sei lieber allein. Draußen vor der Tür blieb Alice noch eine Weile stehen und lauschte, aber – Überraschung – Jack bestritt das Gespräch allein. Also ging sie nach oben.

Jack war schuldig. Er hatte Eden vergewaltigt, während seine Freundin von neuen Farben träumte, und hinterher war er aus Angst vor den Folgen zurückgekehrt und hatte sie getötet. Und jetzt schüchterte er die arme, verlorene Hannah so ein, dass sie ihn verteidigte. Dieses Hämatom war frisch; davon gab es zweifellos noch mehr, innen wie außen. Und aus Gründen, die Alice nun verstand, half Geoff dem Jungen ebenfalls. Ein abgekartetes Spiel.

Sie ging in ihrem Zimmer auf und ab. Sie musste Hannah dazu bringen, der Polizei von Edens Vorwurf zu erzählen. Christopher hatte das bestimmt getan, aber sie glaubten, er lüge, um seinen Arsch zu retten. Wenn Hannah es ihnen erzählte, müssten sie Jack daraufhin unter die Lupe nehmen. Und dann wäre alles möglich. Doch es würde nicht leicht sein, Hannah dazu zu bringen, dass sie die Wahrheit sagte. Dieses Mädchen hatte es schwer erwischt. Sie war eine wahre Gläubige.

Alice hatte keine Ahnung, wie oft sie das Zimmer durchquert hatte, bis das Donnern des Indian Chief die Fenster erbeben ließ. Sie ging zum Treppenabsatz. Geoff war unten und redete in eindringlichem Ton auf Hannah ein. Alice ging zu ihnen hinab und kam sich – erst zum millionsten Mal – wie ein Eindringling im eigenen Haus vor. Als sie in die Küche kam, hatte Hannah sich bereits in ihr Zimmer verzogen. Geoff stand am Kühlschrank und kippte einen Energydrink.

»Also, Hannah verbringt das Wochenende bei Jacks Großmutter«, sagte er, nachdem er den Flaschenhals aus dem Mund gezogen hatte.

»Echt? Warum?«

»Du hast diese Twitter-Sache gesehen, oder?«

»Ich weiß. Verrückt.«

»Genau, tja, wir hielten es für das Beste, wenn sie sich eine Weile bedeckt halten.«

»Wer ist wir?«

Sie sah etwas in seinen Augen aufblitzen.

»Was?«

»Na ja, du hast ›wir‹ gesagt, da habe ich mich gefragt …«

»Wir«, sagte er wie zu einem Kind. »Hannah und ich.«

»Ah, okay. Sorry. Ja, natürlich.«

Aber er hatte nicht Hannah und sich gemeint. Er hatte Oliver Parrish und sich gemeint. Seinen neuen besten Kumpel. Seinen Herrn und Meister. Nachdem Geoff in seinem Arbeitszimmer verschwunden war, blieb sie in der Küche und hoffte, Hannah vor der Abfahrt noch einmal zu erwischen. Doch als diese aus ihrem Zimmer kam, mochte sie ihr nicht einmal in die Augen sehen, sondern ging schnurstracks zur Haustür. Als sie sie öffnete, sah Alice Jacks GTI mit laufendem Motor am Straßenrand stehen. Und hinterm Steuer saß der Junge, der Eden Perry getötet hatte und glaubte, damit durchzukommen. *Von wegen,* dachte Alice. *Aber so was von.*

CELIA

Celia sah den Thread erst eine Stunde nach Erscheinen. Sie hatte beschlossen, sich einen Tag von den sozialen Medien freizunehmen, denn sie hatte genug von Kurzmeldungen und Unterstellungen. Doch dann rief Milly Williams an, ein wenig zu begierig, ihr die Neuigkeit zu überbringen, dass Jack verleumdet wurde. Und so versank sie wieder in der Kloake und musste lesen, dass ihr Sohn über ein Mädchen hergefallen und die Sache dann vertuscht worden sei.

Ihr graute davor, Oliver davon zu erzählen. Genau das hatte ihm solche Sorgen gemacht, als sie vergangenes Jahr die Vereinbarung schlossen. Der Ruch der Unterstellungen.

Aber es war besser, er erfuhr es von ihr als von einem Kollegen oder Mandanten. Er war in der Kanzlei; noch im Dunkeln war er aufgebrochen, um sich um die zunehmend verstimmten Deutschen zu kümmern. Seine Assistentin sagte, er sei in einer Telefonkonferenz, versprach aber, er werde zurückrufen, sobald er frei sei.

Während Celia in der Küche auf und ab lief, musste sie unweigerlich an Lexi Liriano denken. Sie war ein kluges dominikanisches Mädchen aus dem Bostoner Stadtteil Dorchester und gehörte zu dem Dutzend benachteiligter Schülerinnen und Schüler aus Boston, die jährlich im Rahmen des schulischen Förderprogramms METCO auf die Waldo kamen. Sie waren hoch motiviert und hatten tadellose Manieren, doch sie blieben unter sich. Man sah sie fast nie bei gesellschaftlichen Veranstaltungen oder auf der Centre Street. Es war eine lange Heimfahrt bis dorthin, wo sie lebten.

Dass Jack Parrish mit einem METCO-Mädchen zusammen war, kam daher gelinde gesagt überraschend. Celia hatte nie gewusst, was sie von Lexi halten sollte. Sie war sicherlich schön mit ihren großen braunen Augen, ihrer samtigen Haut in der Farbe von Earl-Grey-Tee und ihrem lockigen, dichten schwarzen Haar. Selbstverständlich war sie auch intelligent. Sie wollte Anwältin werden, was Oliver, der ganz vernarrt in das Mädchen war, sehr freute. Nach ihrer ersten Unterhaltung bot er ihr mehr oder weniger einen Job an, sobald sie ihren Abschluss in Harvard hätte, wo er ein gutes Wort für sie einlegen wollte.

Und dennoch war es ihr unmöglich, sich in Gegenwart der Parrishs zu entspannen. Celia verstand, dass manche Menschen sich in ihrem Haus überwältigt fühlten. Sie tat alles, was in ihrer Macht stand, damit das Mädchen sich bei ihnen wohlfühlte. Doch Lexi blieb reserviert und misstrauisch, behandelte Fragen wie Fallen, sezierte jedes Kompliment im Hinblick auf Spott. Sie war wie ein Wachtposten im Ausguck, der den Horizont nach Vorurteilen absuchte. Ein, zwei Mal sah Celia Empörung in ihrem Blick aufblitzen, während sie sich unterhielten, konnte aber beim besten Willen nicht nachvollziehen, warum. Und dann hörte sie einmal mit an, wie sie sich leise auf Spanisch mit der guatemaltekischen Haushälterin Estrella unterhielt. Als Celia die Küche betrat, verstummten die beiden und wichen ihrem Blick aus. Ein weiterer Stein in der Mauer zwischen Celia und der ersten festen Freundin ihres Sohns.

Der bewusste Vorfall ereignete sich, etwa einen Monat nachdem die beiden zusammengekommen waren. Jack und Lexi waren nach der Schule in seinem Zimmer. Celia war in der Küche und überlegte, was es zum Abendessen geben sollte. Oliver war in Boston und wollte länger arbeiten, sie würden also zu dritt sein. Sie war mitten in der Inventur des Kühlschrankinhalts, als sie jemanden eilig die Treppe herunterkommen hörte. Die Haustür wurde geöffnet und wieder geschlossen. Also holten sie sich wohl etwas auf der Centre Street, bevor Celia Lexi nach Hause brachte – Jack hatte seinen Führerschein gerade erst bekommen und durfte zwar in Emerson, aber nicht bis nach Boston fahren.

Zwanzig Minuten später rief ihre Mutter an. Sie hatte sich den Knöchel *schlimm* verstaucht, Celia müsse *sofort* kommen und ihr helfen. Normalerweise hätte sie sich entschuldigt – diese Frau war schon ohne Verletzung anstrengend. Aber da sie Lexi sowieso in die Stadt fahren würde, beschloss sie, dem humpelnden alten Schlachtross zu helfen. Sie schrieb Jack gerade eine Nachricht, er solle nach Hause kommen, da hörte sie Schritte auf der Treppe. Verwirrt hielt sie inne. Da oben hätte jetzt niemand sein dürfen. Dann kam Jack mit einem verwirrten Lächeln in die Küche.

»Ich dachte, ihr wärt ausgegangen«, sagte Celia.

Er schüttelte den Kopf. Aus irgendeinem Grund wollte er ihr nicht in die Augen sehen.

»Aber wo ist Lexi?«

»Sie ist nach Hause gefahren.«

»Wie denn? Ich dachte, ich fahre sie.«

»Ihre Mutter hat sie abgeholt.«

Celia wartete auf weitere Erläuterungen.

»Ist alles in Ordnung?«, fragte sie, als keine folgten.

»Ja, klar. Was gibt's zum Abendessen?«

»Was du dir selbst machen kannst«, gab sie zurück, nunmehr verärgert.

Sie ging zu ihrem Auto – Katharine wartete sicher schon –, doch als das Garagentor sich öffnete, blieb sie wie angewurzelt stehen bei dem gänzlich unerwarteten Anblick, der sich ihr bot. Lexi stand an der Straße, reglos wie eine Statue, mit dem Rücken zum Haus. Sie schien die letzte halbe Stunde in dieser Position zugebracht zu haben. Sie drehte sich nicht um, obwohl sie das erdbebenartige Rattern des Tors gehört haben musste. Celia wollte gerade zu ihr gehen, um zu erfahren, was um alles in der Welt los war, da hielt ein Auto am Straßenrand. Lexi stieg ohne einen Blick zurück ein. Der Wagen blieb noch stehen, und einige Sekunden später stieg an der Fahrerseite eine Frau aus. Sie war groß, trug medizinische Bekleidung und hatte ein längliches, ernstes Gesicht. Lexis Mutter. Sie musste es sein. Als sie Celias Blick begegnete, blitzten ihre Augen zornig. Sie sah aus, als wollte sie gleich auf Celia losgehen. Doch dann stieg Lexi wieder aus. Nach einem kurzen scharfen Wortwechsel setzte sich die Mutter zurück hinters Steuer, doch vorher warf sie Celia noch einen letzten wütenden Blick zu.

Als sie fort waren, ging Celia zurück ins Haus, um ihren Sohn zu fragen, was um alles in der Welt da los war. Ihre Unterhaltung fand über dem rauchenden Kadaver einer gerade in der Mikrowelle erhitzten Teigtasche statt. Doch Jack sagte nur, es sei keine große Sache. Sie hätten sich gestritten, mehr nicht. Und dann rief Katharine an.

»Ich leide hier buchstäblich *Höllenqualen …*«

Celia blieb nichts anderes übrig, als es dabei zu belassen. Vierzig Minuten später kümmerte sie sich um ihre Mutter, deren Verletzung sich, nicht überraschend, als nicht lebensbedrohlich erwies. Erst nach neun Uhr war Celia wieder zu Hause. Oliver stellte sie mit grimmigem Blick zur Rede, sobald sie zur Tür hereinkam.

»Was ist heute Nachmittag zwischen Jack und Lexi vorgefallen?«

»Sie hatten irgendeinen Streit.«

»Ihre Mutter rief an, kaum dass ich zu Hause war«, sagte er. »Sie hat Jack unangemessenes Verhalten vorgeworfen.«

»Unangemessenes Verhalten?«

»Sie hat Jack beschuldigt, ihre Tochter körperlich misshandelt zu haben.«

Celia musste an Jacks verwirrtes Lächeln denken.

»Na, und was hat er gesagt?«, fragte sie.

»Er sagt, er habe sie am Arm gepackt, aber nur, um sie zu beruhigen, nachdem sie ihn geohrfeigt hatte. Was er für deutlich schlimmer hält als das, was er getan hat.«

»Na, und ist es das nicht?«

»Komm schon, Cee. Du weißt, dass es nicht so ist.«

Sie wusste es. Niemand würde glauben, die zierliche Latina aus Dorchester mit ihren Bestnoten und ihren Chorsoli sei fähig, den großen kräftigen weißen Jungen zu verletzen. Celia wusste, welchen Schaden eine solche Anschuldigung anrichten konnte. Jacks Wort stand gegen Lexis. Das war kein Kampf, den sie im Gerichtssaal der öffentlichen Meinung führen wollte.

»Was können wir also tun?«, fragte sie.

»Wir können Jack sagen, er soll sich entschuldigen. In aller Form.«

»Meinst du, das würde die Mutter besänftigen?«

»Ganz ehrlich? Nein. Diese Frau war sehr … unnachgiebig.«

»Okay, also was dann?«, fragte Celia.

»Wir können alles abstreiten. Lexi als Anstifterin hinstellen.«

»Meinst du, das würde funktionieren?«

»Das hängt davon ab, was du darunter verstehst. Würde es Jack vor einer gerichtlichen Auseinandersetzung bewahren? Ja. Aber in jeder anderen Hinsicht …«

In jeder anderen Hinsicht, dachte Celia. Jetzt sah sie es vor sich. Die Blicke, die Andeutungen, die Gespräche, die abrupt abbrächen, wenn sie dazukäme.

»Können wir sie entschädigen?«

»Entschädigen?«

»Ja, Oliver. Sie kaufen. Ihr Schweigegeld zustecken.«

Er sah sie gelassen an. Sie hätte geschworen, dass er selbst nicht einmal auf diese Idee gekommen war.

»Schau, wenn wir anfangen, uns gegenseitig Anschuldigungen um die Ohren zu hauen, verlieren alle dabei«, sagte sie. »Ja, Jacks Ruf wird beschädigt, aber was haben sie davon? Wenn wir ihnen allerdings etwas geben, sagen wir, für ihre Ausbildung, dann haben am Ende alle etwas gewonnen.«

Oliver runzelte die Stirn und strich über seine Narbe.

»Wir könnten es versuchen.«

Also taten sie das. Am nächsten Tag traf er Gloria in einem Café in der Nähe der Zahnarztpraxis, in der sie als Dentalhygienikerin arbeitete. Es wurde vereinbart, dass 50 000 Dollar auf Lexis Ausbildungssparkonto eingezahlt würden, nachdem Mutter und Tochter eine Schweigevereinbarung unterzeichnet hatten, in der sie versprachen, nie wieder über die Sache zu reden.

Celia beschloss, es zu vergessen, es alles hinter sich zu lassen. Und das gelang ihr auch größtenteils. Eines jedoch konnte sie nicht vergessen. Den verdutzten Gesichtsausdruck, mit dem Jack die Treppe heruntergekommen war. Als ob er gerade etwas gesehen hätte, was er nicht verstehen konnte.

Oliver rief zurück. Sie las ihm den Twitter-Thread vor.

»Wusste sonst noch jemand von der Zahlung?«, lautete seine erste Frage.

»Nur Jack und ich. Was ist mit deiner Seite?«

»Ich habe die Schweigevereinbarung selbst geschrieben.«

»Also glaubst du, die Lirianos haben das gepostet?«

»So muss es sein. Lexi, vermute ich. Sie war nicht begeistert über diese Vereinbarung.«

»Was tun wir also?«, fragte Celia.

Es gab jemanden in seiner Kanzlei, der sich um Social-Media-Probleme kümmerte – vielleicht konnten sie erreichen, dass der Thread gesperrt oder gelöscht wurde. Außerdem würde er versuchen, einen eindeutigen Beweis für die Autorschaft zu finden. Dann konnte Oliver die Lirianos mithilfe der Schweigevereinbarung dazu zwingen, allen zu sagen, dass es nicht stimmte.

Wobei das keine Rolle spielte. Der Schaden war bereits angerichtet. Nachdem sie aufgelegt hatten, sah Celia nach: Der Thread hatte 62 Likes und acht Retweets. Kommentiert hatte noch niemand, aber das würde garantiert noch kommen. Mehrere Hundert Aufrufe mochten global betrachtet nicht viel sein, aber für Emerson mit seinen 24 000 Einwohnern war das sehr viel. Das Kind war in den Brunnen gefallen, das ließ sich nicht ungeschehen machen, auch wenn Olivers

Social-Media-Expertin noch so schlau war. Den Parrishs wurde hier in der Stadt viel Wohlwollen entgegengebracht, doch es gab auch Leute, die es freuen würde, sie mit Schmutz beworfen zu sehen. Das war unvermeidlich. Man erreichte eine gewisse Stellung im Leben, und plötzlich verspürten die Leute das Bedürfnis, einen schlechtzumachen, als ob der Niedergang anderer sie selbst erhöhen würde.

Es war zum Verrücktwerden und deprimierend. Beim Aufwachen war Celia überzeugt gewesen, der Albtraum sei vorüber. Nun, vielleicht nicht ganz und gar. Es würde trotzdem noch Gerichtstermine und leise Gerüchte geben. Doch am Ende würde es ihrem Sohn gut gehen. Er würde die Highschool abschließen. Sie würden den Sommer am Cape Cod verbringen, und er würde aufs Dartmouth College gehen. Sie würden diese Sache hinter sich lassen.

Und jetzt das. Ehe er auflegte, versicherte Oliver ihr, dass zumindest die Polizei nicht viel auf die Twitter-Beiträge geben würde. Sie hatten ihren Hauptverdächtigen, und das war nicht Jack. Christopher hatte ein Motiv und die Gelegenheit gehabt; es gab überzeugendes Beweismaterial, das ihn mit der Tat in Verbindung brachte, und weiteres, das noch nicht öffentlich bekannt gemacht worden war. Seine Verhaftung war eine ausgemachte Sache. Alles Übrige waren bloß Störgeräusche.

Celia wünschte, sie könnte mehr Trost aus seinen Worten schöpfen. Aber sie konnte sich des Eindrucks nicht erwehren, dass es da doch irgendeine furchtbare verborgene Wahrheit gab. Sie dachte daran, wie Lexi vor ihrem Haus an der Straße gestanden hatte; sie dachte an den Blick, mit dem Jack am Mittwochmorgen nach Hause gekommen war, während die noch unentdeckte Leiche dieser jungen Frau im Wohnzimmer der Bondurants erkaltete. Sie dachte an die kajalverschmierten Augen und den flehenden Blick der Frau auf Jacks Computermonitor.

Sie musste mit Alice reden. Bei ihr würde sie Beruhigung und einen anderen Blickwinkel finden. Celia schrieb ihr eine Nachricht. Als diese nicht gelesen wurde, beschloss sie, einfach bei ihr vorbeizufahren, ebenso wie gestern. Durch die Stadt zu fahren fühlte sich eigenartig an, jetzt wo diese abscheulichen Verleumdungen in der Welt waren. Plötzlich empfand sie alle diese Wohnhäuser, Geschäfte und Schulen nicht mehr als beruhigend. Sie stellte sich vor, dass die Leute in diesen Gebäuden den Twitter-Thread lasen und das glaubten, was er sie glauben machen sollte.

Als sie auf die Crescent einbog, sauste Alice' sportlicher kleiner Land Rover in der entgegengesetzten Richtung an ihr vorbei. Im Rückspiegel sah Celia, wie der Wagen langsam an einem Stoppschild vorbeirollte und rechts in Richtung Stadtzentrum abbog. Wohin sie auch fahren mochte, sie hatte es eilig.

Die Polizeiwache. Da passierte etwas. Celia vollführte die erste Dreipunktwende seit ihrer Fahrprüfung und fuhr Alice hinterher, raste einfach über die Rüttelschwellen hinweg, um Alice einzuholen, ehe sie die Wache erreichte. Oliver war sicher bereits unterwegs, nachdem er erneut beschlossen hatte, vor seiner Frau geheim zu halten, was geschah. Es würde hilfreich sein, zum ersten Mal vorher zu wissen, was los war.

Wenige Blocks von der Centre Street entfernt holte sie Alice ein, als diese gerade unverhofft links abbog. Sie fuhr gar nicht zur Wache, sondern Richtung Emerson Heights. Vielleicht hatte sie ja den Twitter-Thread gesehen und wollte ihrerseits Celia besuchen. Doch dann fuhr sie auf das Gelände der Unitarian Church. Verwirrt bremste Celia ab. Warum um alles in der Welt ging Alice an einem Freitagvormittag in die Kirche? Irgendein Treffen? Doch sie würde es wissen, falls ihre Freundin eine Entwöhnung machte. Bei allem anderen in ihrem Leben war sie jedenfalls immer sehr mitteilsam gewesen.

Celia fuhr in die Einfahrt und hielt vor der Kirche an. Alice war nirgends zu sehen. Sie musste um das Gebäude herumgefahren sein. Celia stieg aus und überlegte, was sie jetzt tun sollte. Sie war versucht, einen Blick in die Kirche zu werfen. Aber sie wollte nicht irgendeiner Flachschuhträgerin erklären müssen, was sie hier tat. Stattdessen ging sie um die Kirche herum und folgte einem schmalen Rasenstreifen zwischen Ahornbäumen und den bunten Kirchenfenstern. Das Spiel von Licht und Schatten hier hinten war so schön, dass es wie nicht von dieser Welt wirkte, so als käme sie gerade in den Himmel. Wäre das nicht lustig, wenn die Unitarier die ganze Zeit richtiggelegen hätten?

Am Ende des Gebäudes blieb sie stehen, dann streckte sie den Kopf um die Ecke. Alice' Rover und ein dunkler Lexus standen auf dem weiträumigen Parkplatz. Im Lexus saßen zwei Personen. Die eine war Alice, die andere Michel. Jetzt küssten sie sich. Celia stand ganz still da und beobachtete ihre Umarmung. Alice' unbändiges kastanienbraunes Haar, ihre weichen Hände überall auf ihm. Abrupt lösten sie sich voneinander; Michel telefonierte. Alice beobachtete ihn und strich sich dabei durchs Haar. Sogar aus dieser Entfernung war ihr verliebter Blick unverkennbar.

Celia hatte genug gesehen. Ihre Hände auf dem Lenkrad zitterten tatsächlich, als sie die Kirche hinter sich ließ und noch immer zu begreifen versuchte, was sie gerade mit angesehen hatte. Die Heimfahrt dauerte nicht lange. Fünf Minuten, in denen ihr Kopf keinen einzigen zusammenhängenden Gedanken zustande brachte. Erst als sie in ihrer Einfahrt hielt, wurde ihr etwas klar. Sie nahm ihr Telefon, öffnete Twitter und begann zu lesen. Im vierten Tweet fand sie das Gesuchte.

»Würde ein Mädchen wie Lexi sich so etwas einfach gefallen lassen? Von wegen. Würde ihre Mutter das einfach so durchgehen lassen, wenn es sich nicht für sie lohnt? Von wegen.«

Von wegen. Alice sagte das ständig. Sie hatte den Twitter-Thread verfasst, nicht die Lirianos. Jetzt hörte Celia ihre Stimme darin. Nicht nur in diesem einzelnen verräterischen Ausdruck, sondern bei jedem Wort. Sie hatte Jack in aller Öffentlichkeit verleumdet. Und jetzt saß sie da und feierte es mit ihrem Geliebten, dem Vater eines Mörders. Wie brünstige Tiere begrapschten sie sich.

Celia rief Oliver an. Ihr Mann war in einer Besprechung; sie befahl seiner Assistentin, ihn da herauszuholen, das allererste Mal, dass sie das tat. Er hörte schweigend zu und sagte dann, er komme sofort nach Hause. In der Zwischenzeit solle Celia Jack unverzüglich aus der Schule holen und nach Boston verfrachten. Als sie einwandte, es könne sich als schwierig erweisen, ihn von Hannah loszueisen, sagte Oliver, sie solle Hannah mit ihm schicken.

Celia rief Katharine an, um alles vorzubereiten. Sie hatte gehofft, die Social-Media-Aversion der alten Frau werde verhindern, dass sie den Thread sah, doch eine Freundin hatte ihn ihr nur allzu gern am Telefon vorgelesen. Nach einer vielsagenden Pause, die andeutete, das alles sei wahrscheinlich Celias Schuld, erklärte sie sich gern bereit, Jack und seine »kleine Freundin« aufzunehmen, während Oliver diesen Schlamassel wieder in Ordnung brachte. Sie würde dafür sorgen, dass ihr Enkel sich nicht blicken ließ. Und Gott helfe dem Reporter, der bei ihr an die Tür klopfte.

Kurz nachdem Jack aufgebrochen war, um Hannah zu holen, kam Oliver nach Hause. Er wirkte eher entschlossen denn wütend. Sie berichtete ihm, was sie gesehen hatte, und schilderte ihm in allen Einzelheiten das ganze Ausmaß von Alice' Verrat.

»Was werden wir also unternehmen?«, fragte sie dann.

»Was wir unternehmen werden?«, wiederholte er grimmig und ungläubig. »Wir werden diese Frau als das bloßstellen, was sie ist.«

MICHEL

Michel rief Cantor zurück, sobald Alice vom Parkplatz fuhr. Christopher würde um zwei Uhr am Nachmittag vor Gericht erscheinen. Zuvor würde die Polizei eine Pressekonferenz abhalten, um seine Verhaftung bekannt zu geben. Verwirrt und wie betäubt fragte Michel, ob er dort sein sollte, doch Cantor sagte, das sei keine gute Idee. Es sei am besten, wenn er sich weiterhin nicht blicken lasse.

Noch mehr Unsichtbarkeit also. Gefangen in seinem Haus, das Telefon ausgeschaltet, das Restaurant geschlossen. Er wagte sich nur hinaus, um sich klammheimlich mit der einen Person zu treffen, die er nicht sehen dürfte. Seine Welt schrumpfte stündlich weiter zusammen. Allmählich hatte er den Verdacht, dass er bald einen Punkt erreichen würde, an dem er gar nicht mehr existierte.

Während er so allein in seinem Auto saß, sie noch immer spürte und roch, hallte ein schrecklicher Verdacht in seinem Kopf wider. Diese Affäre war der Grund. Sie war die Wurzel des Ganzen. Man musste sich nur die Fakten ansehen. Christopher ging, ungefähr seit er sich mit Alice traf, heimlich ins Haus der Bondurants. Der Mord war wenige Tage nach ihrem Vorschlag, ihre Ehe zu zerstören, geschehen. Und gerade jetzt war die Nachricht über die Verhaftung seines Sohns eingetroffen, als er buchstäblich in ihren Armen gelegen hatte. Diese Affäre war der Grund. Was bedeutete, er durfte sich nicht mehr mit ihr treffen. Solange er sie traf, würde die Bestrafung sich fortsetzen.

Doch das würde ihn seiner besten Verbündeten berauben. In den letzten beiden Tagen war Alice zu dem geworden, was sie die ganze Zeit hatte sein wollen und wogegen er sich gesträubt hatte. Zu seiner Partnerin. Sie glaubte uneingeschränkt. Sie war ihre Rettung. Was sie heute Morgen auf Twitter gepostet hatte – das war nur der Anfang. Sie war seine Spionin, klug und gerissen, die sich frei hinter den feindlichen Linien bewegte. Sie log und betrog, weil sie es tun musste, um zur Wahrheit vorzudringen. Ihre Liebe hatte von Anfang an auf Betrug basiert. Es war an der Zeit, die Lügen einzusetzen, um zu überleben.

Das Gericht befand sich in einer Stadt westlich von Emerson, wo die Häuser kleiner waren und man den Autos ihre Meilen ansah. Er traf Cantor in einem nahe gelegenen Café.

»Wie geht es Christopher?«, fragte er, als er ihm gegenüber Platz nahm.

»Der Junge ist zäh.«

»Ist er das?«, fragte Michel zweifelnd.

»Okay«, sagte Cantor und kam zur Sache. »Heute wird er also offiziell angeklagt. Wir plädieren auf nicht schuldig, dann entscheidet der Richter über die Kaution.«

»Ich kann an einhunderttausend in bar herankommen.«

»Nun, fangen wir damit an.«

»Sie meinen, die werden mehr verlangen?«

»Möglich. Oder der Richter setzt gar keine Kaution fest.«

»Kann er das machen?«

»Er kann machen, was er will. Ich muss Ihnen sagen, ich wünschte, Ihr Sohn wäre kein französischer Staatsbürger.«

»Ich wünschte allmählich, wir wären niemals nach Amerika gekommen.«

»Diese Empfindung behalten Sie lieber für sich.«

»Kann ich ihn vorher sehen?«

»Leider nicht. Das ist ein großer Fall, Michel. Alle halten sich an die Regeln.« Cantor betrachtete ihn prüfend. »Also, diese Sache auf Twitter – was wissen Sie darüber?«

»Nur, was ich gelesen habe.« Michel zuckte die Achseln. »Vielleicht haben das Lexi und ihre Mutter geschrieben.«

»Ich habe mit der Mutter gesprochen. Diese Frau postet überhaupt nichts.« Cantor musterte ihn eingehender. »Seien Sie vorsichtig, Michel. So was kann einem um die Ohren fliegen.«

Es wurde Zeit. Sie gingen über einen Parkplatz zu einer Tür an der Rückseite des Gerichtsgebäudes. Ein Wachmann ließ sie ein und führte sie durch einen Metalldetektor. Das Licht im Flur war zu grell. Da war ein traumgleiches Summen – Michel wusste nicht, ob es vom Gebäude ausging oder nur ein Ohrgeräusch war. Cantor blieb stehen, um mit einem anderen Anwalt zu reden, und Michel verstand kaum ein Wort von dem, was sie sagten, obwohl er sie deutlich hörte. Schließlich landeten sie in einem Gerichtssaal, der auch ein Vorlesungssaal in einem der Colleges hätte sein können, die er sich mit Christopher angesehen hatte. Cantor führte ihn zur vordersten Bank auf der linken Seite. Das Holz war hart, wie das einer Kirchenbank.

Cantor ging zu Christopher, der im Raum nebenan festgehalten wurde. Michel wurde sich der Menschen im Gerichtssaal bewusst. Die Bänke hinter ihm waren bereits voll besetzt. Zuerst dachte er, sie seien gekommen, um seinen Sohn zu sehen, doch die meisten hatten eigene Probleme. Direkt vor ihm auf der anderen Seite der Abtrennung liefen Anwälte und Justizangestellte umher. Michel wünschte, Alice wäre hier, und dann hätte er beinahe laut aufgelacht, so absurd war dieser Gedanke.

Zu seiner Rechten tat sich etwas. Zwei Anwälte, ein Mann und eine Frau, betraten den abgetrennten Bereich. Beide trugen schwere Umhängetaschen, die sie auf dem Tisch gegenüber von Cantors Tisch ablegten. Hinter ihnen kam eine schwarzhaarige Frau, die von Michel aus gesehen gleich auf der anderen Seite des Gangs Platz nahm. Edens Mutter. Er erkannte sie aus den Nachrichten wieder. Sie hatte etwas Wildes an sich, das ihn an Frauen in Beirut erinnerte. An Witwen. Kämpferinnen. Gläubige. Noch vor wenigen Tagen waren ihrer beider Kinder – was gewesen? Liebende? Freunde? Die Anwältin sprach über die Abtrennung hinweg mit ihr; Edens Mutter nickte grimmig, während sie ihre Umgebung betrachtete. Michel spürte, wie ihr Blick unaufhaltsam auf ihn zuwanderte. Er wusste, er sollte wegsehen. Doch das wäre, als gäbe er die Schuld seines Sohns zu. Und dann sah sie ihn mit ihren schwarzen Augen an. Michel rechnete mit Wut und Hass, doch stattdessen war da tiefe Neugier. Als stellte sie ihm eine Frage. Ohne nachzudenken, schüttelte er einmal den Kopf. Sie sah ihm noch einen Moment mit unergründlicher Miene in die Augen, dann wandte sie den Blick ab.

Cantor kehrte zurück.

»Wir sind zuerst dran«, sagte er. »Michel – es ist wichtig, dass Sie im Beisein des Richters nichts sagen oder tun.«

Michel nickte. Cantor nahm am Tisch vor Michel Platz und zog diverse Mappen aus seiner Aktentasche. Durch eine Seitentür kam Christopher in Begleitung zweier Wachen herein. Er trug einen orangefarbenen Overall. Seine Hände waren vor dem Körper gefesselt. Er wirkte sehr klein. Sein Blick war gesenkt. Er machte sich unsichtbar wie damals, als seine Mutter krank war. Michel war versucht, seinen Namen zu sagen, doch er erinnerte sich an seine Anweisungen. Die Wachen führten Christopher zu dem Stuhl neben Cantor. Aber anstatt sich zu setzen, drehte er sich zu seinem Vater um.

Michel stand auf und breitete die Arme aus, und sein Sohn ließ sich hineinfallen. Er roch nach Kernseife. Sein Körper bebte ganz leicht wie eine Maschine im Leerlauf. Die Wachen sagten etwas zu ihnen; Michel spürte eine Hand auf seinem Arm.

»Ich hole dich da raus«, sagte er.

Er ließ seinen Sohn los und setzte sich. Auf seinem Gesicht waren Tränen, und er wischte sie wütend ab. Edens Mutter sah sie mit ihren dunklen Augen an, ihr Blick war noch immer unergründlich.

Der Richter kam herein, ein hochgewachsener Mann mit dünnem grauem Haar. Er sprach mit einem Justizangestellten, dessen Schreibtisch gleich unterhalb der Richterbank stand. Als sie fertig waren, stand der Justizangestellte auf und sagte, Christopher Paul Mahoun werde des Mordes an Eden Angela Perry angeklagt. Christopher stand auf und erklärte beinahe unhörbar, er sei nicht schuldig. Dann wurde lange über die Kaution diskutiert. Cantor sprach über Michels Platz in der Gemeinschaft, Christophers Noten, seine Annahme am Boston College. Die Staatsanwältin sprach über seine Verwandten in Paris und Beirut, seinen französischen Pass. Schließlich sagte der Richter, es werde keine Kaution festgesetzt, stellte allerdings klar, dass sie diese Entscheidung bald erneut prüfen würden. Und dann war es vorbei. Der Richter verließ den Saal; die Wachen führten Christopher durch eine Seitentür hinaus. Er drehte sich nicht um.

Cantor versuchte, Michel Mut zu machen. Er sagte, es sei ungewöhnlich, dass der Richter eine so baldige erneute Kautionsanhörung in Aussicht stelle. Es bestehe immer noch die Chance, dass Christopher bald wieder draußen sei. Michel nickte, hörte aber nicht richtig zu. Er wollte nur weg, damit er Alice anrufen und sie beide sich an die Aufgabe machen konnten, seinen Sohn freizubekommen.

DANIELLE

Als sie ihn endlich sah, empfand sie nicht das, was sie erwartet hatte. Sie hatte das Gericht in dem Glauben betreten, wenn sie Christopher Mahoun gegenüberstand, werde ihr das Gewissheit verschaffen. Eigentlich wusste sie, dass sie diese Gewissheit jetzt schon haben müsste. Die Fakten legten das jedenfalls nahe. Er war in diesem Haus mit Eden allein gewesen, der letzte Mensch, der sie lebend gesehen hatte. Er war irgendwie auf sie fixiert gewesen. Jetzt sagte die Polizei auch noch, die Hautfetzen unter den Fingernägeln ihrer Tochter stammten eindeutig von seinem Hals. Er war es.

Doch als sie den Vater des Jungen sah, kehrten die Zweifel, die Patrick gestern Abend in ihr geweckt hatte, zurück. Er war nicht, was sie erwartet hatte. Überhaupt nicht. Bei diesem Namen hatte sie ihn sich wie einen der Großhändler vorgestellt, mit denen Slater Geschäfte machte. Vulgäre Männer mit wulstiger Stirn, schriller Stimme und misstrauischem Blick. Doch Mahoun senior wirkte eher wie ein Europäer mit seinem dunklen Anzug und den fein geschnittenen Gesichtszügen. Natürlich hatte das nichts zu bedeuten. Reiche europäische Typen taten ständig Böses. Man musste sich nur die Geschichte ansehen. Und dennoch, als er sie anblickte und den Kopf schüttelte, konnte sie sich des Eindrucks kaum erwehren, dass sie beide in derselben Hölle festsaßen.

Ihre Zweifel verstärkten sich noch, als Christopher erschien, verängstigt und mit Handschellen. Sie hatte Fotos von ihm gesehen, doch die hatten sie hierauf nicht vorbereitet. Er war ja noch ein Baby. Ihr ganzes Leben lang war Danielle von Gewalt umgeben gewesen, aber an ihm war nichts davon. Sie konnte sich das einfach nicht vorstellen. Eden hatte auf sich aufpassen können. Sie war schon mit einschüchternderen Jungs fertiggeworden. Irgendetwas musste Danielle da entgehen.

Sie war versucht, den Detectives und der Staatsanwaltschaft von ihren Zweifeln zu erzählen, doch sie wusste, dass ihre Worte auf taube Ohren stoßen würden. Bei der Pressekonferenz hatten sie so sicher gewirkt. Was für eine Qual das gewesen war. Danielle hatte gar nicht teilnehmen wollen. Vor all diesen Kameras zur Schau gestellt zu werden, die ihr Gesicht noch bekannter machen würden, als es sowieso schon war – der Gedanke hatte ihr Angst gemacht. Doch Gates war wie immer sehr überzeugend gewesen. Sie brauchten sie dort, sie musste für ihr totes Kind einstehen. Also ging es zurück nach Emerson. Danielle trug die große Sonnenbrille, die Eden ihr zum Geburtstag geschenkt hatte. Vor der Polizeiwache hatte sich eine Menschenansammlung gebildet. Es war ein echtes Spektakel. Mikrofone, Cops und Anzugträger, die Presse, Horden von Bürgern, die nichts Besseres zu tun hatten. Gates begrüßte Danielle herzlich. Sie wurde der zuständigen Bezirksstaatsanwältin vorgestellt, einer korpulenten Frau namens Penny. Penny wirkte wie jemand, der mit einer Katze und der Mutter zusammenlebte und ein Leben voller Kränkungen an den Arschgeigen ausließ, die er wegsperrte.

»Also, wir werden die Verhaftung bekannt geben und dann ein paar Fragen beantworten«, erläuterte Gates.

»Sie wollen aber nicht, dass ich etwas sage, oder?«

»O nein«, erwiderte Penny ein bisschen zu hastig, als ob Danielle sich gerade freiwillig zum Poledance gemeldet hätte. »Sie sind wunderbar, wie Sie sind.«

Sie fingen pünktlich an. Der Polizeichef sprach als Erster. Wie Danielle schon bei ihrer ersten Begegnung vermutet hatte, war er ein aufgeblasener Schwätzer, der sich mehr darum zu sorgen schien, welchen Schaden diese *schreckliche Tragödie* der Gemeinde zugefügt hatte, als darum, dass ihre Tochter gegenwärtig steif und reglos im Leichenschauhaus lag. Auf den Polizeichef folgte Gates, die vor laufender Kamera sogar noch besser war als im persönlichen Gespräch. Als Erstes sprach sie Danielle ihr Beileid aus. Es gab ein paar mitfühlende Blicke aus dem einfachen Publikum; die stechenden Blicke der Presseleute fühlten sich übergriffiger an. Jetzt wäre sie gern geflüchtet, aber sie hatten recht. Sie musste hier sein.

Und dennoch, trotz der Schmierentheateratmosphäre besänftigte diese Veranstaltung ihre Zweifel. Es war eine Show, aber eine professionelle, gut finanziert und reibungslos im Ablauf, für ihr Kind inszeniert. Während sie hier stand, auf diesem Vorplatz oder Hof oder wie man das nennen sollte, mit dem Brunnen, den eingezäunten jungen Bäumchen und der Bronzestatue eines Cops, der einem kleinen Jungen half, war Danielle unwillkürlich überzeugt. Wie konnte das alles falsch sein? Christopher Mahoun hatte Eden getötet.

Doch dann, im Gerichtssaal, sah sie die Mahouns, und ihre Zweifel kehrten zurück, stärker als zuvor. Die Show war nicht mehr gewesen als das: eine Show. Vielleicht hatte Patrick recht. Dieser Sechzig-Kilo-Hänfling war nur ein Prügelknabe. Die einfachste Lösung. Wenn sie irgendeinen feixenden Kerl aus South Boston mit verrotteten Zähnen und dem Tattoo eines keltischen Kreuzes am Hals anklagen würden, hätte sie wenigstens den zweifelhaften Trost, dass dieser Fall wirklich abgeschlossen war. Aber dieser Junge? Mit seinem Vater? In ihren vierzig Jahren hatte Danielle gelernt, dass das Einzige, worauf sie sich verlassen konnte, das ungute Gefühl war, das sie manchmal in der Brust spürte. Und dieses Gefühl setzte ihr gerade zu wie ein Herzinfarkt. Das hier war falsch.

Nachdem die Kaution verweigert worden war, arrangierten die Anwälte und Wachleute ihren Abgang so, dass sie nicht mit Mahoun senior in Kontakt kam, obwohl sie ihn zu gern gefragt hätte, was er wusste. Doch Danielle hatte ihren Zweck erfüllt. Jetzt durfte sie wieder nach Hause fahren und die Wände hochgehen, bis die sie wieder brauchten. Nachdem sie den ganzen Tag wie ein Filmstar behandelt worden war, war sie mit einem Mal allein. Sie fragte sich, ob die eigentliche Gerichtsverhandlung auch so sein würde, ein schwindelerregendes Wechselbad von öffentlicher Zurschaustellung und Einsamkeit.

Auf der Heimfahrt dachte sie über Patrick nach. Den Mann mit den Zweifeln. Jemanden wie ihn hatte sie noch nie kennengelernt. Sanft und freundlich, intelligent und berauscht. Er trug seine Beschädigung wie einen Maßanzug und war sich sicher, etwas zu wissen, das sonst niemand wusste. Sie hatte gedacht, sie sei fertig mit ihm, als sie sich auf dem Parkplatz dieser miesen Bar eine gute Nacht gewünscht hatten, aber jetzt hatte sie plötzlich das Gefühl, das sei bloß ein Anfang gewesen. Anstatt nach Hause zu fahren, fuhr sie daher in der Nähe von Emerson von der Route 9 ab und rief die Nummer an, die er ihr gegeben hatte.

»Sie haben gesehen, dass sie ihn verhaftet haben«, sagte sie, als er sich meldete.

»Es ist überall in den Nachrichten.«

»Ich komme gerade vom Gericht.«

»Was glauben Sie also?«

»Irgendetwas kommt mir komisch vor.« Sie sah den Verkehr vorüberziehen. »Wissen Sie, es gibt eine Version dieser Geschichte, in der Sie dieser Verrückte sind, der eine trauernde Mutter ausnutzt.«

»Tja, ich erhebe keinen Anspruch auf geistige Gesundheit. Aber ich garantiere Ihnen, dass ich Sie nicht ausnutzen will. Falls Sie das wirklich denken, legen Sie auf. Ich werde Sie nicht noch einmal belästigen.«

»Sind Sie jetzt betrunken?«

»Nein.«

»Können wir uns treffen?«

»Ja, natürlich.«

»Aber nicht in dieser Bar. Kann ich in Ihr Büro kommen?«

»Das ist vielleicht nicht die beste Idee.«

»Bei Ihnen. Bei mir. Am Fenway. Mir egal. Aber wir müssen uns unterhalten.«

»Kommen Sie zu mir. Aber Sie müssen das Durcheinander entschuldigen.«

Wenn ich ein Problem mit Durcheinander hätte, dachte sie, *würde ich nicht mit Ihnen reden.*

PATRICK

Der Tag der Abrechnung bei der Arbeit war schließlich gekommen. Griff hatte ihm gestern am späten Abend eine Nachricht geschickt. Schlicht, aber darum umso ominöser. *Treffen wir uns morgen um zehn. Wichtig. Sei da.* Patrick hatte nur einen erhobenen Daumen zurückgeschickt. So viel Kommunikation traute er sich in seiner Verfassung gerade noch zu. Nach seiner Rückkehr aus der Royal Lounge hatte er ernsthaft zu trinken begonnen und war von Tanqueray zu Suntory übergegangen. Das Ergebnis war das gleiche wie immer. Phasen des Vergessens, die blitzartig von niederschmetternden Albträumen durchbrochen wurden. Allmählich wurden seine Nächte vorhersagbar gleichförmig. Das war das Besondere am Alkohol. Man wusste immer, wie man sich nach genug davon fühlen würde. Seine Tage würden bald genauso sein. Eine von Gabis Therapeutinnen hatte einmal gesagt, dass alle Süchtigen am Ende zu der gleichen Person wurden, egal wie ihre Vorgeschichte war. Ein Arm auf der Suche nach einer Nadel; ein ausgetrockneter Mund auf der Suche nach einer Flasche. Manchmal fragte Patrick sich, wie lange er benötigen würde, um alle seine persönlichen Eigenheiten abzuschleifen und die Sache an sich zu werden. Reine, giftige Bedürftigkeit. Vielleicht nicht so lange, wie er glaubte.

Er hatte keine Ahnung, wann er das Bewusstsein verloren hatte, doch wann er wach wurde, wusste er genau. Um 4:13 Uhr. Wenige Augenblicke nachdem Gabi ein weiteres Mal in Erscheinung getreten war. Ihre Stimme jedenfalls. Diesmal war es noch kürzer als in der Nacht von Edens Ermordung. Ein einzelnes Wort, eine Frage. *Dad?* Wie eine Aufforderung ausgesprochen. Sie musste noch immer abgeholt werden.

Wenigstens war er diesmal so vernünftig, nicht das Haus zu verlassen. Damit würde er das Schicksal herausfordern. Nunmehr endgültig wach, widerstand er der Versuchung, weiterzutrinken. Für diese Besprechung musste er nüchtern sein. Er bezweifelte, dass er gefeuert würde. Griff war ein guter Mann. Aber Patricks Verhalten war eindeutig untragbar. Da kam irgendein Ultimatum auf ihn zu, und er wollte die bittere Pille mit klarem Kopf schlucken.

Er war vor sieben im Büro und machte sich mit dem Eifer eines Trainees von Mitte zwanzig, der sich an der Wall Street seine Sporen verdienen will, an die Arbeit. Er ließ eine Flut von Memos auf Kollegen und Kundinnen los und setzte Griff in allen in Kopie. Die Entwicklungen im Fall Eden ignorierte er, denn er wusste, dass das ein Kaninchenloch war, das seine Bemühungen, den braven Mitarbeiter zu spielen, verschlucken würde.

Doch er konnte sich nicht davon abhalten, an Danielle zu denken. Allmählich befürchtete er, er sei zu weit gegangen.

Als er ihr erzählt hatte, dass er Jack Parrish dort zwischen den Bäumen hatte stehen sehen, hatte er halb damit gerechnet, dass sie ihm diesen ungenießbaren Chardonnay ins Gesicht kippen würde. Aber zu seiner Überraschung schien sie willens zu sein, ihm zuzuhören, als er von Oliver und Celia und der kurzen, unglücklichen Beziehung seiner eigenen Tochter zu den Parrishs erzählte. Danielle Perry, wurde ihm allmählich klar, war nicht die Frau, für die er sie gehalten hatte. Sie war tough, ja, aber unter der Kriegerinnenuniform verbargen sich eine Verletzlichkeit und eine Intelligenz, die andeuteten, dass ihr Leben anders hätte verlaufen können, wenn sie mehr Glück gehabt hätte. Sie hatte mit einer kritischen Offenheit über Eden gesprochen, die selten war in Emerson, wo die Leute dazu neigten, mit der atemlosen Begeisterung über ihre Kinder zu reden, der man normalerweise begegnete, wenn es an die Auswahl der Nachwuchsspieler für die NFL ging. Offensichtlich liebte sie dieses Mädchen über alles, aber auf eine schroffe, fordernde Art, die deutlich machte, dass sie Eden als Person und nicht als Schmuckstück betrachtete.

Sie saßen schon deutlich über eine Stunde zusammen – Patrick hatte seinen dritten Gin ausgetrunken, und sie betrachtete ihren Chardonnay noch immer, als gehörte er zu einem Initiationsritus –, da sagte sie, sie sollten wahrscheinlich gehen. Er willigte ein – ungern. Trotz der entsetzlichen Umstände war die Unterhaltung mit ihr ungezwungen. Wie sie ihm in die Augen sah, wenn er sprach, und sich nicht von seiner unübersehbaren Alkoholabhängigkeit abschrecken ließ. Die Töchter, die sie verloren hatten, stellten eine Verbundenheit zwischen ihnen her, die unerträglich und unzerbrechlich war und zugleich intimer als alles, was er seit sehr langer Zeit erlebt hatte. Und sie besaß eine eigentümliche Schönheit. Hart und desinteressiert, aber zugleich unübersehbar. Er unterbrach diesen gedanklichen Ausreißer, als er merkte, dass er sich fragte, wie es wäre, sie zu küssen. Stattdessen gab er ihr seine Mobilfunknummer und begleitete sie zu ihrem Auto. Sie trennten sich im Ungewissen – Patrick würde nach Hause fahren, um sich ins Vergessen zu trinken, Danielles Weg würde sie in eine undurchdringlichere Finsternis führen. Er fragte sich, ob sie je wieder miteinander sprechen würden. Die Vorstellung, dass es vielleicht nicht dazu kommen würde, war ein weiterer kleiner Felsblock auf dem Schlitten der Traurigkeit, den er durch die gefrorene Tundra seines Lebens zog.

Um Punkt zehn – dies war keine Besprechung, bei der man zu früh oder zu spät kam – ging Patrick die zehn Schritte von seinem Büro zu dem seines geschäftsführenden Partners. Griff war nicht allein. Außer ihm waren der Anwalt der Firma, Lance Avagyan, und eine freundlich blickende Frau anwesend, die eine Kunstledermappe auf dem Schoß hatte. Griff stellte sie als Wendy Umans vor. Sie war eine Fremde, doch Lance kannte Patrick gut. Er war von Anfang an in der Firma gewesen, ein spöttelnder, durch und durch anständiger Kerl, der sich normalerweise wie der hauptamtliche Scherzbold einer Studentenverbindung aufführte. Heute jedoch wirkte er bedrückt, und zwar so sehr, dass er Patrick nicht in die Augen sah, als er ihm die Hand schüttelte.

»So«, sagte Griff. »Von mir aus können wir uns den Teil, in dem wir über deine Performance in letzter Zeit reden, sparen. Können wir uns einfach darauf einigen, dass sie suboptimal war?«

»Stipuliere«, sagte Patrick.

Lance lächelte, sah ihm aber noch immer nicht in die Augen. Dieses Wort war ein Insiderwitz bei ihnen dreien, damit stimmten sie einer weiteren Runde Martinis zu oder würdigten die Attraktivität einer Frau in ihrer Nähe.

»Patrick, du kennst mich«, fuhr Griff fort. »Du kennst diesen Mann hier. Wir mögen es, wenn die Leute zufrieden sind.«

»Und das sind sie nicht«, sagte Patrick, halb als Frage, halb als Zugeständnis.

»Du bist es nicht. Richtig? Deshalb sind wir im Prinzip hier. Seit Gabi bist du eindeutig nicht mehr bei der Sache. Was verständlich ist. Ich meine, verdammt! Aber trotzdem. Wir verwalten ein paar mächtige Vermögen, und unser Kundenstamm ist ziemlich auf Zack. Das Trinken …«

»Hör mal, können wir einfach zur Sache kommen?«

Es klang schroffer, als Patrick beabsichtigt hatte. Griff sah ihn gleichmütig an. Wartete ab, welche Richtung das hier nahm.

»Tut mir leid«, sagte Patrick. »Ich wollte kein Kotzbrocken sein.«

»Du bist kein Kotzbrocken. Du bist in Schwierigkeiten. Und wir wollen dir helfen.«

Er wandte sich Wendy zu. Patrick ebenfalls. Lance starrte weiter sehr interessiert auf den Teppich.

»Zunächst möchte ich Ihnen mein herzliches Beileid aussprechen, Patrick«, sagte Wendy.

Patrick nickte zum Dank, während sie die Mappe in ihrem Schoß öffnete und aus einem der Fächer darin eine Hochglanzbroschüre zog.

»Ich bin Therapeutin in einer Einrichtung namens Brook Farm. Wir sind in Vermont. Nahe Brattleboro.« Sie reichte ihm die Broschüre. »Wir bieten ein umfassendes Genesungsprogramm an.«

Ihr Blick drängte ihn, sich die Broschüre anzusehen. Er fügte sich. Der Name war ihm vage vertraut. Es war eine der wenigen Einrichtungen, in die er sein Kind nicht geschleppt hatte. Sie sah toll aus. Erstklassig. Fünf Sterne.

Blockhäuser, Volleyball, Menschen, die, in tiefsinnige Gespräche vertieft, über Waldwege spazierten. Bärte, Lächeln und Flanell. Hände, die auf Schultern ruhten. Vermont. Scheiß-Vermont.

»Was wir für Sie im Sinn hatten, ist ein dreißigtägiges ganzheitliches Behandlungsprogramm. Es würde mit einem sorgfältig überwachten Entzug beginnen, und danach würden Sie in eines unserer Programme überwechseln. Es entspricht vollständig dem neuesten Stand der Wissenschaft und ist durch und durch patientenfreundlich. Wir erzielen echte Erfolge. Ich glaube, es wird Ihnen dort gefallen.«

Gefallen ging vermutlich zu weit. Patrick sah Wendy an. Es wäre so leicht, sie zu verabscheuen mit ihrem mittellangen Haar und dem Stoffarmband, das vermutlich ein besonderer Patient gewebt hatte. So leicht. Er hatte so viele der Fachleute verachtet, die gedacht hatten, sie könnten seiner Tochter helfen. Aber das war damals falsch gewesen, und das wäre es jetzt auch. Es waren gute Leute, besonders verglichen mit den Scharen von eklatanten Arschlöchern, die in diesem Land unterwegs waren. Doch sie waren zum Scheitern verurteilt. Sie waren leicht bewaffnete Soldaten, die eine dreißig Meter hohe, Laserstrahlen verschießende Echse bekämpfen sollten. Sie hatten keine Chance.

»Also fahre ich da hin oder …«

»Komm schon, Patrick«, sagte Griff. »Vergiss das Oder. Du fährst da hin. Du besiegst diese Sache. Du kommst zurück. Alle sind glücklich, alle werden reich.«

Patrick sah wieder in die Broschüre und stellte sich vor, er wäre dort. Bekäme das große Zittern in einem malerischen Wäldchen. Während die Stimme seiner Tochter zwischen den Kiefern hervorriefe.

»Wann?«

»Na ja, wir dachten an jetzt.«

»Ich kann Sie hinfahren«, fügte Wendy hinzu.

Patrick sah Griff an.

»Ich weiß, du willst nicht darüber sprechen, aber nur damit wir den Rahmen kennen – was ist, wenn ich da nicht hinfahre?«

»Ach komm, Patrick. An diesem Punkt sind wir nicht.«

»Und was macht er dann hier?«, fragte Patrick und deutete mit dem Kopf auf Lance.

Wieder wünschte er sofort, er könnte seine Worte zurücknehmen. Wusste, dass *er selbst* einfach nur gemein war.

Endlich sah Lance ihm in die Augen.

»Ich bin hier, weil du mein Bruder bist und ich dich liebe«, sagte er leise.

»Tut mir leid.« Die kleine Reserve an Trotz, die Patrick sich bis ins Büro bewahrt hatte, war aufgebraucht. »Ich kann mir einfach nicht vorstellen, nicht zu trinken. So erbärmlich das klingt.«

Wendy hatte den Anstand, nichts Unterstützendes zu sagen. Ein langes Schweigen trat ein. Er war am Zug. Sie hatten recht. Offensichtlich. Unbestreitbar. Er musste seinen Arsch ASAP nach Vermont schaffen. Aber die Vorstellung, in Wendys Subaru zu steigen, fühlte sich nicht an wie der erste Schritt auf dem Weg zur Heilung. Sie fühlte sich an wie das Ende von etwas. Wie sein Ende. Sie fühlte sich an wie der Tod.

»Montagmorgen«, sagte er.

Unglückliche Blicke wurden gewechselt.

»Bitte. Gesteht mir wenigstens das zu.«

»Montag kann ich eigentlich nicht«, sagte Wendy. »Sie fahren, meine ich.«

»Um Himmels willen, ich kann selbst nach Vermont fahren. Zugegeben, Maine wäre heftig.«

Sie lächelten gezwungen.

»Schaut mal«, sagte Patrick. »Gebt mir nur dieses Wochenende. Ich muss da noch etwas regeln.«

»Okay«, stimmte Griff zu. »Aber ich fahre dich hin. Und wir müssen früh los. Ich hab Gott weiß was zu erledigen.«

»Nach 4:13 Uhr kann ich jederzeit los.«

Den Rest des Tages nahm er sich frei. Allerdings blieb ihm auch keine andere Wahl, denn nachdem Wendy gegangen war, bestand der zweite Akt der Besprechung darin, dass er ein von Lance aufgesetztes Dokument unterzeichnete, in dem festgehalten wurde, dass er bei vollen Bezügen freigestellt war, bis seine Partner feststellten, dass er in der Lage war, Kundengeld zu verwalten. Sollte man zu dem Schluss kommen, dass er nicht zurückkam, würden sie nach Treu und Glauben darüber verhandeln, wie mit Patricks Firmenanteilen zu verfahren war. Niemand war darauf aus, ihn übers Ohr zu hauen. Das wusste er. Sie hatten nur die besten Absichten.

Die Besprechung endete mit Umarmungen, guten Mienen und ein bisschen Galgenhumor. Alle taten so, als wäre es bloß eine dreißigtägige Auszeit. Patrick spielte mit. Und dann holte er sein Telefon und seinen Laptop aus seinem Büro und ging, ohne sich von jemandem zu verabschieden.

Der Himmel draußen war von einem reinigenden Blau, doch Patrick fand diese Pracht wenig tröstlich. Das Licht fühlte sich so grell und gnadenlos an wie die Lampe eines Augenarztes auf der entblößten Hornhaut. Er fuhr direkt nach Hause, wo er sich endlich gestattete, Nachrichten zu lesen. Sie hatten Christopher Mahoun des Mordes angeklagt. Unter seinen Freunden und Nachbarn wurde ausgiebig und befriedigt geschnattert. Die vorherrschende Meinung schien zu sein, dass der Gerechtigkeit Genüge getan wurde.

Und dann entdeckte er den Twitter-Thread. In der Flut der Posts zu Mahouns Verhaftung hätte er ihn beinahe übersehen. Er stammte von Emerson Depths, einem neuen Account, der eigens angelegt worden war, um diese Geschichte zu erzählen. Anscheinend hatte sich Jack Parrish letztes Jahr bei einer METCO-Schülerin zu viel herausgenommen. Und seine Eltern hatten sich beträchtliche Mühe gegeben, das unter den Teppich zu kehren. Die Schlussfolgerung war klar. Er war derjenige, der Eden getötet hatte.

Patrick sah sich noch einmal Fotos von Jack an. Jetzt erkannte er es, es war so klar wie die Sonne, vor der er gerade geflüchtet war. Die Schultern, das Kinn, das Haar. Er war es. Dieser Twitter-Thread zementierte es für Patrick. Jack Parrish war der, den er mitten in der Nacht zwischen den Bäumen vor dem Haus verborgen gesehen hatte.

Er sah sich die Pressekonferenz an, die die Bostoner Sender live in ihren Mittagsnachrichten übertrugen. Detective Gates von der State Police leitete die Show, umringt von einem Haufen düster dreinblickender Staatsdiener. Procopio war auch dabei, ließ die Muskeln spielen und guckte grimmig. Danielle stand am Ende der Reihe, das Gesicht hinter einer großen Sonnenbrille verborgen. Sie sah aus wie ein Racheengel. Patrick fragte sich, was sie wirklich dachte; ob sie denen das alles abkaufte.

Er sollte die Cops anrufen. Die mussten erfahren, dass sie einen Fehler machten. Doch er konnte vorhersagen, wie das laufen würde, wenn er dort auftauchte und Einwände gegen ihren großen Coup vorbrachte, nur wenige Stunden nachdem er wegen Trinkens von seiner Arbeit freigestellt worden war. Gates hatte bei der Pressekonferenz von entscheidenden kriminaltechnischen Beweisen gesprochen, der Polizeichef von der Heilung der Gemeinde. Sie hatten ihren Jungen. Wenn Patrick versuchte, ihnen mit einer Gegendarstellung zu kommen, würden sie ihn wahrscheinlich in eine weit weniger angenehme Einrichtung als Brook Farm stecken.

Außerdem musste er sich mit seiner eigenen Abrechnung auseinandersetzen. Er hatte drei Tage herausgeschlagen. Vernünftig wäre es, diese Zeit zu nutzen, um die Kurve zu kriegen. Lily anzurufen. Zum ersten Mal seit Wochen mit seinem Sohn zu sprechen. Sich bei den wenigen langjährigen Kunden zu melden, die bei ihm geblieben waren, damit sie nicht ausflippten, wenn er plötzlich nicht mehr da war. Packen. Rasieren. Zahnseide benutzen. Ein Mensch sein.

Doch was er im Büro gesagt hatte, hatte er ernst gemeint – er bezweifelte, dass er mit Nüchternheit umgehen konnte. Vergangenen Oktober hatte er zehn Tage geschafft, und es hatte ihm eine Scheißangst eingejagt. Die Entzugserscheinungen waren kein Zuckerschlecken gewesen, am dritten Tag hatte allerdings das Zittern der Hände nachgelassen, und die Scharen von Läusen unter seiner Haut hatten Ruhe gegeben. Er hatte sogar schon erste körperliche Vorteile gehabt. Sich nicht mehr jeden Morgen die Seele aus dem Leib zu kotzen war eine willkommene Abwechslung gewesen, ebenso wie ein Stuhlgang, der nicht der ersten explosionsartigen Entladung eines verstopften Gartenschlauchs glich. Geistig und psychisch fühlte er sich am Ende allerdings viel, viel schlechter. Was objektiv betrachtet ein atemberaubender New-England-Herbst war, schien plötzlich mit einer Membran der Sinnlosigkeit verklebt. Seine Stimmung schwankte zwischen rasender Wut und Verzweiflung. Und dann die Träume. Autounfälle, fallen gelassene Säuglinge, klägliche Faustschläge, chronische Hosenlosigkeit. Alle zwei Stunden wurde er mit dem Gefühl wach, in einer Badewanne zu liegen, aus der gerade das Wasser abgelaufen war. Der schlimmste war ein immer wiederkehrender Traum, in dem er einen Whisky nach dem anderen kippte, bis er so betrunken war, dass er sich beim Aufwachen grässlich verkatert fühlte, obwohl er völlig nüchtern war. Der dumpfe Schmerz ließ niemals nach, wurde nur unterbrochen durch kurze Ausbrüche von Angst und Grauen. Nüchternsein *tat weh.* Davon stand in ihren Flyern nichts. Das stand ihm jetzt wieder bevor. Und nicht nur zehn Tage lang. Sondern dreißig. Theoretisch für immer. Das war ihr Plan. Ein Gewaltmarsch an einen Ort, wo keine süße Erlösung mehr zur Hand war.

Aber was alle Wendys nicht verstanden: Es war zu spät. Letztes Jahr hätte er vielleicht noch eine Chance gehabt. Vor zehn Jahren, bevor alles den Bach runtergegangen war, garantiert. Er hatte immer vorgehabt, aufzuhören. Schon seit dem Studium ahnte er, dass seine Beziehung zum Alk ein bisschen zu kuschelig war. Aber zugleich hatte er geglaubt, er hätte es im Griff. Er hatte ein System. Nicht tagsüber, es sei denn, es war eine Hochzeit und Lily hatte die Autoschlüssel. Nüchterne Tage, trockene Monate. Und es hatte funktioniert. Er hatte nie pusten müssen. Er war nie in eine Schlägerei geraten. Er war bei der Arbeit nie betrunken gewesen. Niemand hatte ihm je nahegelegt, er solle es ein bisschen langsamer angehen lassen. Allerdings erkannte er nicht, dass er ein Fundament legte. Oder vielmehr es unterspülte, mit jedem Tropfen Alkohol. Er war wie ein großspuriger Boxer, der eine Gerade nach der anderen einsteckte und nicht merkte, dass sein Gegner nur Maß nahm für den gewaltigen linken Haken, der ihn dauerhaft zu Boden schicken würde.

Dieser Schlag war selbstverständlich die Abrechnung, die seine Tochter in einer Toilettenkabine bei McDonald's ereilte. Patrick hatte sich diese Kabine immer verdreckt vorgestellt, mit Scheiße und Graffiti beschmiert, doch sie hätte genauso gut blitzsauber sein können. In der Zeit nach ihrem Tod gelobte Patrick sich feierlich, nie wieder zu trinken. Eine

Rückkehr zu seinen alten Gewohnheiten war undenkbar. Was sich als zutreffend erweisen sollte, wenn auch anders als von ihm beabsichtigt. Drei Tage nach diesem furchtbaren Schicksalsschlag trank er einen großen Schluck aus einer Flasche Grey Goose, von der er nicht mehr abließ, bis er in einem Zustand war, den Koma zu nennen sich niemand so recht überwinden konnte. Der Damm war gebrochen. Sein ausgeklügeltes System von Kontrollmechanismen gab nach. Schlimme Meilensteine blieben hinter ihm zurück. Der erste war, sich an einem Arbeitstag zu betrinken – ausgerechnet im Papillon, wo Michel Mahoun selbst ihm den Rest eines hervorragenden Burgunders einschenkte.

»An manchen Tagen trinkt man Wein«, sagte er mit levantinischer Gastlichkeit.

Der erste Blechschaden. Die erste in seinem Büro versteckte Flasche. Der erste Blackout. Das erste Ultimatum seiner Frau. Die erste Scheidung von selbiger. Das erste Bettnässen. Das erste Insbettscheißen. Das erste Mal, dass er Gabis Stimme hörte. Und jetzt das erste Mal, dass er von dem einzigen Job freigestellt worden war, den er beherrschte.

Man sollte meinen, mittlerweile wäre die Botschaft angekommen. Aber das war es ja, was die Leute nicht verstanden. Der Alkohol funktionierte. *Das* war die Botschaft. Die Leute sagten einem, man solle nicht trinken, weil man sich dadurch nicht besser fühlte. Das war falsch. Wenn man trank, fühlte man sich durchaus besser. Und wenn man genug trank, fühlte man nichts mehr, und das war das beste Gefühl von allen. Wenn das Beste, was die Welt einem zu bieten hatte, darin bestand, dass man in einem bequemen Sessel saß und den torfigsten Single Malt trank, der zu haben war, während Pollinis Aufnahme von Chopins *Etüden* den Raum erfüllte, dann sollte man um Himmels willen zuschlagen, Mann! Mag sein, dass man sich in sein Verhängnis stürzte, aber aus großer Höhe; ein laues Lüftchen im Gesicht, eine ziemlich schöne Aussicht von so weit oben.

Doch allmählich kam der Boden in Sicht. Drei Tage bis zum Aufprall.

Eines war klar. Egal wie seine Entscheidung ausfiele, wenn Griff am Montagmorgen an die Tür klopfte – er würde seine Abstinenz auf keinen Fall vorher beginnen. Er holte den Grey Goose aus dem Eisfach und schenkte sich einen großen Tumbler ein. Als er gerade das Spiel der Spätnachmittagssonne durch die ölige Flüssigkeit bewunderte, klingelte sein Telefon. Es war Danielle, frisch aus dem Gericht. Sie nahm seine Einladung, zu ihm zu kommen, ohne zu zögern an. Er stellte den Tumbler unangetastet ins Eisfach. Dann brachte er die Wohnung und sich selbst, so gut er konnte, auf Vordermann. Nach einer Viertelstunde war sie da.

»Ich hatte es mir irgendwie größer vorgestellt«, sagte sie, als er sie zum mitgemieteten Sofa führte.

»Die größere Bude haben wir nach der Scheidung verkauft.«

»War sie wie bei den Bondurants?«

»Mehr oder weniger.«

»Junge, Junge, Sie beide wollten wohl wirklich nicht mehr verheiratet sein.«

»Es war meine Frau.«

»Der Alk?«

»Und die Tochter.«

»Na los, trinken Sie was, wenn Sie wollen«, sagte sie. »Sie sehen aus, als würden Sie es brauchen. Mir ist das scheißegal.«

»Nicht allein. Sie werden mir Gesellschaft leisten müssen.«

»Sie trinken nicht allein?«, fragte sie ungläubig.

»Nicht, wenn jemand dabei ist.«

Er zeigte ihr die bereifte Flasche. Sie zuckte die Achseln. Er schenkte ihr ein Glas ein und holte seines wieder aus dem Eisfach. Letzteres ließ sie kurz stutzen, doch sie ließ es unkommentiert.

»Ich will ja keiner dieser anspruchsvollen Gäste sein, aber kann ich wenigstens eine Limettenscheibe haben?«

Er fand eine Limette, die wie etwas aussah, was man zur Gewebeentnahme ins Labor schickte, zog ein Messer aus dem Block und wartete dann übers Schneidebrett gebeugt darauf, dass die Klinge nicht mehr wie eine Stimmgabel vibrierte. Gleich darauf war sie neben ihm, ihre Hand lag auf seiner.

»Ich mache das schon«, sagte sie.

»Sie waren also im Gericht«, sagte er, als sie saßen.

Danielle starrte ins Glas.

»Sie haben mich gegenüber von seinem Vater platziert. Eigentlich wollte ich ihn böse ansehen, aber es fühlte sich nicht richtig an. Nichts von allem. Die Pressekonferenz, der Gerichtssaal. Und der Junge. Er ist ja noch ein Baby.«

»Trotzdem. Menschen können einen überraschen.«

»Ich glaube, da könnten Sie recht haben, Patrick. Christopher Mahoun hat das nicht getan.«

»Okay.«

»Ich kann mir das einfach nicht vorstellen. Aber alle sind sich so sicher. Außer Ihnen.«

»Waren Sie heute schon online?«

»Nein, mir reicht es mit online. Wenn ich herzlose Schlampe genannt werden will, kann ich auch einen meiner Ex-Typen anrufen.«

»Anscheinend hatte Jack letztes Jahr Schwierigkeiten mit einem Mädchen.«

»Echt? Was für Schwierigkeiten?«

»Er war übermäßig aggressiv. Und es sieht so aus, als hätten die Parrishs dem Mädchen und seiner Mutter ein kleines Vermögen gezahlt, um das unter den Teppich zu kehren.«

»Und haben Sie den Cops erzählt, dass er derjenige war, den Sie da gesehen haben?«

»Es gibt ein Problem zwischen den Cops und mir. Mit einem der Detectives hatte ich schon zu tun. Procopio.«

»Ja, der nervt.«

»Er war es, der Gabi festgenommen hat, bevor sie starb. Er war da ein echt harter Hund.«

»Ah, okay. Mist.«

»Ich glaube, bei denen gelte ich nicht als besonders verlässliche Quelle.«

»Trotzdem.«

»Sie haben recht. Ich rufe da an. Ich muss mich nur erst sammeln.«

»Ich möchte wirklich, dass derjenige, der das getan hat, dafür bezahlt. Ich glaube, das könnte es ein kleines bisschen erträglicher machen.«

»Sie wollen Gerechtigkeit. Sie wollen damit abschließen.«

»Ich will Gerechtigkeit, klar. Aber ich will nicht damit abschließen.«

»Nicht?«

»Sie haben es auch nicht getan.«

»Ich bin nicht gerade das ideale Vorbild.«

»Tja, im Moment sind Sie alles, was ich habe.« Sie sah in ihr Glas und ließ die ölige Flüssigkeit darin sanft kreisen. »Was Sie da gesagt haben – dass Sie ihre Stimme hören.«

Sie trank ihren ersten Schluck. Und dann war das Glas leer.

»Meine Tochter zu hören ist eine akustische Halluzination, Danielle«, sagte er. »Das ist nicht ungewöhnlich bei Menschen in meiner Verfassung.«

»Aber was für eine Verfassung ist das? Der Alk oder das tote Kind? In einer davon bin ich nämlich auch.«

Patrick breitete die Arme aus. Er hatte keine Ahnung.

»Was wäre, wenn Gabi, als sie am Montag zu Ihnen gesprochen hat, Ihnen eigentlich sagen wollte, dass Sie bei den Bondurants diesen Hund anfahren und aussteigen sollten, um zu sehen, wer es getan hat?«

»Das meinen Sie nicht …?«

»Nein, warten Sie, ich habe darüber nachgedacht. Es ist plausibel, oder?«

»Was wollen Sie von mir, Danielle?«

Sie reichte ihm ihr Glas.

»Zuerst noch einen Drink. Sparen Sie sich die Limette. Und dann möchte ich, dass Sie mir helfen, herauszufinden, wer mein Kind getötet hat.«

MONTAG

CELIA

Sie hätte den Artikel im Internet lesen können. Dort wurde alles zeitgleich mit der Printausgabe veröffentlicht. Aber sie wollte eine Papierzeitung lesen, wollte sie in Händen halten. Die letzten Tage hatten sie davon überzeugt, dass es stimmte, was sie immer vermutet hatte: Das Internet war eine schwärende Wunde, aus der Hass und Lügen quollen. Je weniger Zeit sie dort verbrachte, desto besser. Daher fuhr sie zur Tankstelle, während ihr Mann schlief, las den Artikel jedoch erst, als sie wieder zu Hause war, in ihrer Nische, einen dampfenden Kaffee neben der Zeitung. Obwohl da kein einziges unerwartetes Wort stand, war es trotzdem erschütternd. Und dann war da das Titelfoto, ein körniges Nachtbild eines Paars, das sich in einem Pkw auf einem leeren Parkplatz umarmte. Als sie zu Ende gelesen hatte, hatte sie das Bedürfnis nach einem Beruhigungsmittel. Und einem Bad.

Der Artikel war Olivers Idee gewesen. Er hatte alles in die Hand genommen. Sobald sie ihm erzählt hatte, was sie hinter der United-Unitarian-Kirche gesehen hatte, wusste er, was zu tun war. Die Fotos, die Nachforschungen, die Interviews. Er bezog kein Vergnügen daraus. Er war eine Art Herkules in Anzug und Fliege, der die Vorortställe ausmistete. Doch das hielt ihn nicht davon ab. Es war notwendig, um die Sicherheit seiner Familie und das Wohlergehen der Gemeinde zu gewährleisten. Das Maß war voll! Das musste ein Ende haben.

Sobald die Kinder am Freitag sicher in Back Bay verwahrt waren, verwandelte sich das Haus der Parrishs in eine Kommandozentrale. Obwohl Celia schon sechsundzwanzig Jahre mit Oliver verheiratet war, staunte sie noch immer darüber, wie effizient er handelte und wie schnell er Ergebnisse erzielte. Er plante wirklich, Alice zu vernichten. Mehrmals war sie in Versuchung, ihn zu fragen, ob er sie wirklich so heftig attackieren wollte. Doch dann erinnerte sie sich daran, dass diese Frau, diese vermeintliche Freundin, beabsichtigt hatte, ihrem Kind zu schaden, und da konnte ihr Mann gar nicht hart genug reagieren.

Als Erstes tätigte er in seinem Arbeitszimmer bei geschlossener Tür einen Anruf. Dem folgte am Freitagabend der Besuch zweier Männer mit einem weißen Transporter. Oliver sprach allein mit ihnen. Bis Sonntag hatten sie ein Dossier über Alice Ann Hill angelegt. Es war ein beeindruckendes Dokument. Zuvorderst kam eine Reihe Fotos von ihr und Michel in liebender Umarmung, aufgenommen am Samstagabend. Wieder fand ihr Stelldichein in seinem Auto statt, diesmal auf einem leeren Parkplatz an der Route 9. Die Bilder ließen keinen Zweifel daran, dass sie ein Liebespaar waren. Genau genommen war das eine, auf dem sie rittlings auf dem Beifahrersitz auf ihm saß, nicht für eine Zeitung geeignet. Doch falls nötig, konnte man es online verwenden. Celia konnte nicht fassen, dass sie diese Frau jemals Freundin genannt hatte.

Das Dossier enthielt auch eine umfassende Auflistung von Alice' früheren Verfehlungen. Plötzlich erschien Celia das alles deutlich weniger charmant und spitzbübisch als die Geschichten, die sie ihr beim Mittagessen im Papillon erzählt hatte. Diese vage geschilderten Zusammenstöße mit dem Gesetz erwiesen sich als eine Festnahme wegen Drogenbesitzes, die ein Jahr auf Bewährung zur Folge hatte, eine Anklage wegen Körperverletzung, die erst fallen gelassen wurde, als das Opfer seine Anzeige zurückzog, und einmal Trunkenheit am Steuer, wofür Alice einige Nächte hinter Gittern hatte zubringen müssen. Am verdammungswürdigsten war die Sache mit Leander und Jill Quade in Santa Fe. Sie hatten eine ungeheuerliche Geschichte über eine bösartige junge Frau zu erzählen, die sich in ihre Ehe geschlängelt und beinahe irreversible Verwüstungen angerichtet hatte. Die Verstrickungen mit Alice begannen mit einer Begegnung in Jills Galerie, dann wechselte der Schauplatz zum Pool-Haus, wo Alice sich niederließ. Sie wurde die Geliebte der Frau, dann des Mannes, dann von beiden zusammen. Das Ganze endete mit Tränen. Geld wurde vermisst; Schlösser wurden ausgetauscht; eine Eheberatung war vonnöten.

»Sie ist nicht die, für die man sie hält«, erklärte Leander.

»Sie ist eine meisterhafte Manipulatorin«, ergänzte Jill.

Am Sonntagmorgen führte Celia ein Telefonat mit zwei Reportern des *Herald,* die die Empfänger der von den Männern im weißen Transporter zusammengetragenen Informationen waren. (Oliver erklärte ihr, der *Globe* hätte in journalistischer Hinsicht mehr Gewicht gehabt, doch er fürchte, dass man dort die plastischeren Fotos nicht verwenden würde.) Hauptsächlich wollten sie, dass Celia die Fakten ihrer Freundschaft mit Alice bestätigte und ihre Überzeugung zum Ausdruck brachte, dass sie die Verfasserin der anonymen Twitter-Posts über Celias Sohn war. Erst am Ende fragten sie sie nach ihren persönlichen Gefühlen.

»Sie ist sehr gut darin, einem die Freundin vorzuspielen, aber jetzt sehe ich, dass sie immer ihre eigenen Ziele verfolgt hat. Sie ist ein sehr unglücklicher und verstörter Mensch, für den in einer Gemeinschaft wie dieser kein Platz ist.«

Auch wenn Celia anfangs Bedenken hinsichtlich dieses Artikels hatte, konnte sie es am Sonntagabend kaum erwarten, dass er endlich erschien. Es war kein gutes Wochenende für die Parrishs gewesen. Hatte Christopher anfangs die finsteren Ressentiments eines gewissen Bevölkerungssegments bedient, so brachte Jack bei denen eine Saite zum Klingen, die eine progressivere Paranoia hegten. Plötzlich stellten die Leute ihn auf Twitter und Facebook als Paradebeispiel für rücksichtslose Privilegierung hin. Irgendjemand erdreistete sich sogar, den Begriff Affluenza zu verwenden. Weitere Vorfälle aus Jacks Vergangenheit wurden wieder ausgegraben, mutmaßlich von Klassenkameraden und sogenannten Freunden, die allesamt anonym schrieben. *Jeder weiß*, lautete der Refrain. Der Lexi-Vorfall wurde weiterhin unverhältnismäßig aufgeblasen. Und dann die Fotos, ganz normales Teenagerzeug, das nun etwas unterschwellig Unheilvolles bekam. Mit den Zweifeln, die Celia insgeheim zu Beginn dieser ganzen Angelegenheit an ihrem Sohn gehegt hatte, war es vorbei. Jetzt waren sie hinter Jack her. Es gab nur eins zu tun: ihn zu schützen.

Am beunruhigendsten war der Vorfall am Samstagabend, als jemand bei ihnen vor dem Haus stand. Unterwegs nach oben, um ins Bett zu gehen, warf Celia zufällig einen Blick durchs Esszimmerfenster. Vor dem Grundstück parkte eine schnittige dunkle Limousine, und neben der Fahrertür stand verdächtig still ein Mann. Zuerst dachte sie, er hätte etwas mit Olivers Nachforschungen zu tun, aber irgendetwas an ihm irritierte sie. Wie er einfach bloß so dastand. Und es schien noch jemand im Auto zu sitzen. Eine Frau. Celia ging zu Oliver, der in seinem Arbeitszimmer war. Als sie ihm von den beiden erzählte, verzog er besorgt das Gesicht. Er erwartete niemanden. Er ging ins Esszimmer, um nachzusehen.

»Ruf die Polizei«, sagte er.

»Was passiert da?«

»Ruf einfach an.«

Während sie 911 wählte, tat sich draußen etwas. Der Mann kam aufs Haus zu. Oliver ging in den Flur und schaltete die Außenbeleuchtung ein. Da blieb der Fremde wie angewurzelt stehen, gerade außer Reichweite des Lichtkegels. Er kam ihr vage vertraut vor, doch sie konnte ihn nicht einordnen. Nach einer gefühlten Ewigkeit machte der Mann kehrt und stieg wieder in sein Auto.

»Oliver, was ist das?«, fragte Celia.

»Der Preis der Berühmtheit.«

Bald darauf traf ein Streifenwagen ein, doch da war der Eindringling längst fort. Die Polizisten nahmen ihre Aussage auf und versprachen, die Augen offen zu halten. Nach diesem Vorfall war Celia erst recht wütend auf Alice und machte sich noch größere Vorwürfe. Sie hatte ihre Familie in Gefahr gebracht, indem sie diese Frau so nahe an sich herangelassen hatte. Obwohl sie nur lautere Absichten gehabt hatte, war sie getäuscht worden. Denn Alice war eine Hochstaplerin. Sie war böse. Sie gehörte nicht hierher. Sie musste weg.

Nachdem Celia den Artikel im *Herald* gelesen hatte, schrieb sie Jack eine Nachricht, er solle sofort von seiner Großmutter zurückkommen. Oliver war noch zu Hause – er wollte mit seinem Sohn sprechen, ehe er in die Kanzlei fuhr. Jack traf um kurz nach neun ein. Als er sich ihr gegenübersetzte, zuckte sein Blick zu der Zeitung, die ausgebreitet auf dem Tisch lag.

»Ich vermute, du hast das gelesen«, sagte Celia.

»Ja. Als Oma davon erfahren hat, hat sie sich circa zehn Exemplare liefern lassen.«

Oliver kam aus seinem Arbeitszimmer.

»Wusstest du davon?«, fragte er seinen Sohn und deutete auf das Foto auf der Titelseite.

»Nein. Ich meine, ich wusste, dass sie eine Spinnerin ist, aber ich hatte keine Ahnung, dass sie Christophers Vater bumst.«

»Hast du je mit ihr über Lexi gesprochen?«

»Nein! Herrgott, ich bin doch nicht blöd.«

»Aber mit Hannah hast du darüber gesprochen?«

Jacks Gesichtsausdruck beantwortete diese Frage.

»Das war ein Fehler, Jack.«

»Ich weiß. Dieses dumme Mädchen.«

»Sie hatte also auch keine Ahnung von dieser Affäre?«

»Himmel, nein. Sie ist total erschrocken darüber, mehr als sonst jemand.«

»Ich nehme an, sie wird ihrer Stiefmutter nichts mehr erzählen.«

»Mach dir deswegen keine Sorgen.« Jack stieß ein ominöses leises Lachen aus. »Sie könnte es gar nicht, selbst wenn sie wollte. Hannahs Dad hat sie rausgeworfen.«

»Tja, weg mit Schaden«, sagte Celia. »Was passiert jetzt?«

»Was jetzt passiert, ist, dass die Leute das da lesen und wieder zur Vernunft kommen«, sagte Oliver. »Sie werden begreifen, dass dieser ganze Unsinn, der da über uns geschrieben wurde, nur ein Haufen Mist ist, und ihre Aufmerksamkeit wieder dem wahren Schuldigen zuwenden. Das ist jetzt vertraulich, aber – sie sind mit Christophers Anwalt im Gespräch über ein Geständnis.«

»Gott sei Dank«, sagte Celia.

»Ende der Woche könnte alles in trockenen Tüchern sein.«

Sie beschlossen, dass Jack sich diesen Tag schulfrei nehmen würde. Aber das würde seine letzte Fehlzeit sein. Morgen würde er wieder am Start sein. Normalität würde einkehren. Die Zeit des Versteckens war vorbei.

Oliver fuhr in die Kanzlei. Celia machte sich fertig für ihr monatliches Treffen mit dem Lenkungsausschuss für die Renovierung der Bibliothek. Sie war versucht gewesen, abzusagen, doch als Jack verkündete, er gehe wieder ins Bett, beschloss sie, doch teilzunehmen. Es würde sich nicht gut machen, wenn sie nicht hinging.

Eine knappe Stunde verbrachte sie damit, sich mit den Konsequenzen der Enthüllungen im Zeitungsartikel zu befassen. Zuerst ihre Mutter. Katharine nahm kein Blatt vor den Mund. Celia müsse von Sinnen gewesen sein, einer so bösartigen Person so nahezukommen. Fünf Minuten lang ertrug Celia die Beschimpfungen ihrer Mutter, dann gab sie vor, es sei jemand an der Tür. Daraufhin kümmerte sie sich um ihre Freunde. Dieser Austausch erfolgte Gott sei Dank in Form von Textnachrichten. Niemand hatte Alice je gemocht. Tatsächlich kritisierten mehrere Leute Celia milde wegen ihrer Freundschaft mit ihr. Sie schluckte die bittere Pille. Die Kritik würde vergehen. Das alles würde bald vorbei sein.

Ehe sie das Haus verließ, sah sie noch nach Jack. Er schlief tief und fest. Sie hinterließ ihm in der Küche eine Nachricht, sie sei zum Mittagessen zurück. Sie konnten etwas bestellen. Chinesisch, mexikanisch, was er wollte.

Während der Fahrt in die Stadt versuchte Celia, sich auf die bevorstehende Besprechung zu konzentrieren. Ehrlich gesagt, musste die große Stadtbibliothek, die Margaret Fuller Memorial Library, gar nicht renoviert werden. In architektonischer Hinsicht war sie ein wenig antiquiert – sie war 1979 errichtet worden –, doch das Bauwerk selbst war in gutem Zustand. Aber irgendjemand hatte eine Studie in Auftrag gegeben, der zufolge die Einrichtung »zu bücherorientiert« sei. Der Änderungsvorschlag erinnerte an das interaktive Museum, in das sie mit den Jungen gegangen war. Der Stadtrat bewilligte den Umbau unter der Bedingung, dass die Hälfte des Budgets von 41 Millionen Dollar privat eingeworben wurde. Celia wurde gebeten, die stellvertretende Leitung des Komitees zu übernehmen. Ständig bot man ihr die stellvertretende Leitung von irgendetwas an. Sie witzelte dann immer, das werde noch auf ihrem Grabstein stehen. Mutter, Ehefrau, stellvertretende Vorsitzende.

Auf dem Weg zum Besprechungsraum ging sie zur Toilette. Nicht auf die Damen-, sondern auf die Behindertentoilette – sie wollte keine Unterhaltung am Waschbecken riskieren. Als sie sich gerade neben dem Haltegriff niedergelassen hatte, vibrierte ihr Telefon. Es war Alice. Sie war versucht, die Nachricht mit einem Wischen zu löschen, aber das wäre unklug. Alice mochte angeschlagen sein, doch sie stellte noch immer eine Gefahr für ihre Familie dar.

»Jetzt hasst du mich also. Schon klar. Aber ich konnte nicht einfach dasitzen und zusehen, wie Chris vernichtet wird. Dein Sohn hat das getan, Celia. Er hat Eden Perry vergewaltigt, und dann hat er sie getötet. Und er zwingt Hannah dazu, ihm beim Vertuschen zu helfen. Ich habe Textnachrichten gesehen, die er ihr geschickt hat, und am Freitag hat sie mir das im Grunde gesagt, bevor ihr sie nach Boston verschleppt habt. Du glaubst mir nicht. Na schön, ist klar. Du schuldest mir nichts. Aber tu dir selbst einen Gefallen. Frag Jack, was wirklich passiert ist. Mach das einfach. Frag ihn, warum Eden gesagt hat, sie würde ihn bezahlen lassen. Sieh ihm in die Augen und schau, ob du ihm glaubst. Denn ich werde weiter davon erzählen, bis man mir den Mund mit Erde vollstopft.«

Celia klappte das Etui mit ihrem Telefon zu. Mein Gott, diese Frau wusste wirklich nicht, wann man aufgeben musste. Sie betätigte die Toilettenspülung und wusch sich die Hände. Als sie sich im Spiegel betrachtete, kehrte es zurück, das Gefühl, das sie in diesen Fiebertagen nach Jacks Geburt gehabt hatte. Das Gefühl, dass die Welt von ihr forttrieb; was sonst zum Greifen nahe war, lag mit einem Mal weit außer Reichweite. Sie erinnerte sich an den Gesichtsausdruck, mit dem Jack am Mittwochmorgen nach Hause gekommen war, als noch niemand wusste, dass an der Locust Lane eine junge Frau gestorben war; derselbe perplexe Ausdruck wie damals, kurz nachdem Lexi ihr Haus verlassen hatte. Als hätte er etwas Beängstigendes gesehen, etwas, das er nicht verstehen konnte.

Als sie die Tür öffnete, stand sie einem verhutzelten Mann im Rollstuhl gegenüber, der sie mordlustig ansah.

»Oh, tut mir leid«, sagte sie.

»Ich vermute, Sie können lesen«, entgegnete er.

»Natürlich kann ich lesen. Warum wäre ich sonst in einer Bibliothek?«

Zu Hause ging sie schnurstracks in Jacks Zimmer. Er schlief noch.

»Jack, wach auf.«

Er benötigte einen Moment, um zu begreifen, wo er war.

»Was hast du Eden getan?«, fragte sie, als er sich aufsetzte.

»Was? Nichts.«

»Du hast diesem Mädchen etwas getan, oder?«

»Herrgott, Mom. Du klingst wie diese Leute im Netz.«

»Nein, Jack, ich klinge wie deine Mutter.«

Ihr Tonfall war scharf, schärfer als je zuvor. Sie würde seine Unbeherrschtheit und seine großspurige Art nicht dulden. Nicht heute.

»Hannah glaubt, du hast Eden etwas angetan.«

»Wer hat dir das gesagt?«, fragte er.

»Alice.«

»Und du hast ihr geglaubt?«

»Jack, du musst mir die Wahrheit sagen. Sofort.«

Jetzt war er wach. Er begriff, wie ernst es ihr war. Die Wut und der trotzige Sarkasmus waren fort. Sein Tonfall bekam etwas Flehendes, beinahe Klägliches.

»Mom. Hör mir zu. Christopher lügt. Hannahs durchgeknallte Mutter lügt. Ich habe Eden nichts getan.«

»Schwörst du das?«

»Ich schwöre bei allem, was du willst.«

Sie streckte die Hand aus.

»Schwöre bei mir.«

Bei dieser eigenartigen Forderung verzog er das Gesicht. Oder vielleicht hatte das auch einen anderen Grund, etwas Besorgniserregenderes – das Ausmaß der Lüge, die er ihr gleich auftischen würde. Doch dann ergriff er von unten ihre Hand und hielt sie so behutsam, als wäre sie ein verletzter Vogel.

»Mom, ich sage die Wahrheit.«

Sie glaubte ihm. Sie musste. Er war ihr Sohn. Sie hatte ihn in einem Fieber zur Welt gebracht, das sie beinahe umgebracht hätte. Sie hatte ihn aufgezogen. Er war ihr Sohn, und man durfte seine Kinder nicht verurteilen. Man schuldete der Welt keine Gerechtigkeit, wenn es um sie ging. Man glaubte ihnen einfach. Man beschützte sie. Um jeden Preis. Was Jack auch sein mochte – das war ihre Aufgabe.

»Du glaubst mir doch, oder?«, fragte er.

»Natürlich«, sagte Celia.

ALICE

Während sie auf ihr Zimmer wartete, schrieb sie Celia eine Nachricht. Normalerweise konnte man erst ab sechzehn Uhr einchecken, aber anscheinend war sie Vorzugskundin. Das hatte etwas mit den Kreditkarten zu tun. Sie versprachen, in höchstens einer Stunde eine Junior Suite für sie bereitzuhaben. Alice wartete in der Hotellobby. Seit sie so plötzlich zu trauriger Berühmtheit gelangt war, waren ihr die meisten Orte, an denen sie sich üblicherweise die Zeit vertrieb, verschlossen. Auf irgendeiner perversen Borderline-soziopathischen Ebene mochte es zwar amüsant sein, zum Spinning oder zu Starbucks zu gehen, aber mit Chai Latte übergossen zu werden oder eine Kugelhantel auf den Fuß zu bekommen konnte sie jetzt wirklich nicht brauchen. Und Michels Haus kam erst recht nicht infrage. Sie konnte gar nicht ermessen, wie wütend und beschämt er war, nachdem er diesen Artikel entdeckt hatte. Vermutlich sah er sie jetzt als eine Art Sukkubus, beschworen, um ihm alles zu nehmen.

Sie ließ sich neben einem Kübelbaum nieder und schrieb ihrer ehemals besten Freundin, auch wenn Celia die Nachricht wahrscheinlich ungelesen löschen würde. Mittlerweile wusste sie bestimmt, dass Alice hinter Emerson Depths steckte; dass ihre liebe Freundin in Wirklichkeit ihre Nemesis war. Dennoch musste Alice versuchen, zu ihr durchzudringen. Sonst würde Christopher für sehr lange Zeit hinter Gitter wandern.

Bis zum Anruf dieses Reporters am Vorabend hatte sie wirklich geglaubt, sie könnten das Ruder herumreißen. Es war ein gutes Wochenende gewesen. Der Thread hatte besser gewirkt, als sie gehofft hatte. Die Kommentare bewiesen, dass sie einen tiefen Brunnen der Abneigung gegen Jack angezapft hatte. Die Leute mochten den Jungen wirklich nicht. Er hatte im Einkaufszentrum ein paar Niedriglöhner gedemütigt. Er hatte sich zahlreichen Klassenkameraden gegenüber mies verhalten. Am schlimmsten schien jedoch zu sein, dass er beim Tennis gemogelt hatte.

Der Lexi-Vorfall hatte die Gemüter am meisten erhitzt. Mehrere Waldo-Schülerinnen behaupteten anonym, seit sie Anzeichen seiner dunklen Seite entdeckt hätten, hielten sie sich von Jack fern. Eine schrieb: *Lexi ist nur mit ihm ausgegangen, weil sie eine Metco war und ihr niemand was gesagt hatte.* Worauf eine andere Namenlose ergänzte: *und Hannah ist nur mit ihm zusammen, weil sie voll die Memme ist.*

Nicht nur eine Memme, dachte Alice. Es ging noch tiefer. Jetzt hatte sie es kapiert. Hannah duldete Jacks Sadismus nicht nur. Vielmehr war es dieser Sadismus, der sie zu ihm hinzog. Und ihn zu ihr. *Das* war das Band zwischen ihnen: Grausamkeit und Schmerz. Hannah nahm, was er geben wollte. Sie nahm es nicht nur. Sie brauchte es.

Alice hatte gedacht, die Selbstzerfleischung hätten sie hinter sich. Die Schnittverletzungen und unerklärlichen Prellungen. Die ausgerissenen Haare auf dem Bettlaken. Die unerklärlichen Stürze, darunter einer auf der Kellertreppe, bei dem sie sich das Handgelenk gebrochen hatte. Und am schlimmsten der schreckliche Augenblick, als Alice ins Zimmer ihrer Stieftochter gekommen war und sie dabei ertappt hatte, wie sie sich mit einer Spitzzange einen Niednagel abzog. Ihr Handrücken war blutüberströmt. Als Alice eingriff, war sie beim ersten Knöchel. Obwohl Alice keineswegs zimperlich war, schwankte sie doch am Rande der Ohnmacht, als sie die Hand des Mädchens im Bad unter kaltes Wasser hielt. Hannah hatte kein Problem mit dem

Blut; ihre einzige Sorge war, dass Alice es ihrem Vater sagte. Und das hatte sie nicht getan. Weil sie gedacht hatte, sie könne es in den Griff bekommen. Närrin, die sie war.

Sie musste an das Hämatom denken, das sie am Freitag gesehen hatte, und fragte sich, wie viele da noch waren, wie viele es bereits gewesen waren. Jetzt war es sonnenklar. Jack verletzte Hannah. Sie nahm es hin, weil sie glaubte, das sei der Preis seiner Liebe. Jack verletzte Hannah, und Alice hätte es wissen müssen, doch sie war zu sehr damit beschäftigt gewesen, ihrem eigenen Kick hinterherzujagen, um es zu bemerken. Den meisten Menschen machte Sorgen, welchen geheimen Vergnügungen ihre Kinder womöglich hinter verschlossenen Zimmertüren nachgingen, wohingegen Alice sich Gedanken um geheime Schmerzen hätte machen sollen.

Es war noch nicht zu spät, um es zu unterbinden. Natürlich bedeutete das, Hannah zu verraten. Doch sie hatte keine andere Wahl. Die Alternative war undenkbar: Christopher im Gefängnis, Michel ruiniert, Hannah zu einem Leben voller Misshandlungen verdammt. Alice war keine Anhängerin des Prinzips »*Wer nicht hören will, muss fühlen*«, da sie mehr als genug Härte im Namen der Liebe zu spüren bekommen hatte. Doch mit einem Mal wurde ihr klar, dass hier genau das vonnöten war.

Und es schien auch zu funktionieren. Jack wurde als der Sadist, der er war, entlarvt. Überdies konnte Alice Michel am Samstagabend auf einem Parkplatz an der Route 9 sehen. Zunächst war er niedergeschlagen. Christopher war in schlechter Verfassung gewesen, als er ihn einige Stunden zuvor besucht hatte. Er hatte Schwierigkeiten gehabt, zu verstehen, was Michel ihm sagte. Es war beinahe, als hätte er unter Drogen gestanden. Alles, was er hervorgebracht hatte, war, er habe Eden nicht getötet.

Alice versuchte, Michel aufzumuntern, indem sie ihm erklärte, sie habe Hannah fast so weit, dass sie ihr die Wahrheit sagte. Sie brauche nur noch eine weitere Unterhaltung mit ihr.

»Aber wie bringen wir sie dazu, zur Polizei zu gehen?«, fragte er, nachdem sie ihm berichtet hatte, was das Mädchen erzählt hatte.

»Ich arbeite daran.«

Irgendwann gestattete ihr Michel, ihn zu trösten. Sie strich ihm übers Haar, sie küssten sich, und bald gewann ihr Verlangen die Oberhand. Sie führte ihn zum Beifahrersitz, und dann waren sie an einem verborgenen Ort, eingehüllt in ihre Liebe und ihr Begehren.

Der Sonntag erschien ihr endlos. Für den Nachmittag erwartete sie Hannah aus Boston zurück, doch Geoff teilte ihr mit, sie bleibe bis zum nächsten Morgen fort. Und dann klingelte ihr Telefon. Es war eine Bostoner Nummer. In der Annahme, es sei Telefonmarketing, nahm sie das Gespräch nicht an. Zu ihrer Überraschung sah sie jedoch, dass eine über dreißig Sekunden lange Nachricht hinterlassen wurde. Sie hörte sie ab, und ihre Welt brach zusammen. Es war eine Reporterin von irgendeinem Boulevardblatt. Gegen Alice seien schwerwiegende Anschuldigungen erhoben worden, zu denen Stellung bezogen werden musste. Sie müsse sofort zurückrufen – morgen würden sie irgendetwas bringen. Alice atmete tief durch und drückte die Anruftaste.

»Was soll das?«

»Würden Sie uns die Art Ihrer Beziehung zu Michel Mahoun beschreiben?«

Die Frau wusste alles. Michel, der Twitter-Thread. Sie hatten Fotos von ihrem Zusammensein am Samstagabend. Außerdem kannten sie Alice' Vergangenheit. In allen Einzelheiten. Da hatte jemand deutlich mehr als nur eine Google-Suche unternommen. Ob sie einen Kommentar abgeben wolle?

»Es ist nicht wahr.«

»Welcher Teil?«

»Nichts davon.«

»Aber Ihre Zusammenstöße mit dem Gesetz sind dokumen…«

Alice legte auf. Ein objektiver Beobachter hätte ihr vielleicht gesagt, dass das ein Fehler war, aber es war gerade keiner in der Nähe. *Nur wir Hühner,* dachte sie. Darüber musste sie kurz lachen.

»Nur wir Hühner«, wiederholte sie laut.

Sie begann zu weinen. Leise, aber aus tiefster Seele. Das Festnetztelefon klingelte. Es war noch einmal diese Reporterin, diesmal für Geoff. Alice lauschte, während ihre Stimme durch die große Küche hallte, machte sich deswegen aber keine Sorgen; Geoff war im Labor. Nach dem Piepton löschte sie die Nachricht. Seine Mobiltelefonnummer hatten sie bestimmt nicht. Niemand hatte die. Geoff und seine Geheimnisse.

Wie?, war alles, was sie denken konnte. Jemand musste Michels Telefon angezapft haben. Oder in seinem beschlagnahmten Computer war irgendetwas aufgetaucht. Sie waren ihm gestern Abend gefolgt. Oder ihr. Alice hatte geglaubt, sie seien so vorsichtig gewesen, aber da hatte sie sich offensichtlich geirrt.

Sie nahm einen Marmorstößel und schleuderte ihn mit aller Kraft quer durch die Küche. Er segelte direkt durch die Tür ins Wohnzimmer, wo er harmlos von der Rückseite des Sofas abprallte. Alice sah sich in der Küche um. Ihr Blick landete auf dem Messerblock, und sie erwog, sich vom Nabel bis zum Brustbein aufzuschlitzen. Vermutlich sollte sie Michel besser wegen des Zeitungsartikels vorwarnen. Aber sie konnte sich diese Unterhaltung nicht vorstellen. *Tut mir leid, Schatz, sieht so aus, als hätte ich jede Aussicht deines Sohnes darauf, einem Leben im Knast zu entgehen, zunichtegemacht. Sehen wir uns nachher? Auf deinem Parkplatz oder auf meinem?* Am Ende schickte sie ihm keine Nachricht. Er sollte ruhig noch eine Nacht hoffen dürfen. Sie erwog auch, Hannah anzurufen, doch die würde bereits Bescheid wissen. Jede Aussicht darauf, dass sie sich Alice öffnete, war dahin.

Stattdessen holte sie den Wodka aus dem Eisfach, ging hinauf in ihr Zimmer und trank einen großen Schluck. Hallo, Dunkelheit, meine neue Freundin. Sie sollte einfach abhauen. Der Ehevertrag war in Bezug auf Ehebruch ziemlich dehnbar. Geoff würde dagegen angehen, aber am Ende würde sie trotzdem ein paar Milliönchen bekommen. Sie könnte New York endlich eine Chance geben, jetzt, wo sie die beiden fehlenden Zutaten ergänzt hatte, die man brauchte, um dort Erfolg zu haben: materielle Sicherheit und moralischer Bankrott.

Aber im Moment ging sie nirgendwohin. Die Vorstellung, Michel zu verlassen, war einfach zu schmerzlich. Die Nacht torkelte dahin. Sie saß am Computer und leerte die Flasche etwa zu einem Drittel, während sie die Website der Zeitung alle paar Sekunden neu lud. *Typisch,* dachte sie. Ihr Nachbar Hawthorne war seit fast zweihundert Jahren tot, und sie schaffte es trotzdem, dass man ihr einen scharlachroten Buchstaben an die Strickjacke heftete. Der Wodka machte sie nicht schläfrig, sondern bewirkte bloß eine viel anstrengendere Art von Wachheit. Es war zwei Uhr morgens, dann drei. Einmal nickte sie kurz ein, doch das versetzte sie in einen freien Fall, der nach sechzig Sekunden damit endete, dass sie auf den Asphalt eines Parkplatzes knallte. So weit zum Schlaf.

Sie veröffentlichten den Artikel um fünf. »Eine Affäre zur

Unzeit: Geheime Liebelei erschüttert Mordfall Eden Perry«. Das Foto sagte alles. *Eine verhängnisvolle Affäre,* in den Hauptrollen Michel Mahoun und Alice A. Hill. Der Artikel begann mit den reinen Fakten. Der Vater des Verdächtigen wurde an einem abgelegenen Ort in einer intimen Situation mit der Stiefmutter einer der Hauptzeuginnen der Staatsanwaltschaft gesehen. Dann wechselten sie zu Andeutungen: »Es bleibe abzuwarten«, ob Alice die Verfasserin des Twitter-Threads sei, der die Stadt am Freitag »aufgewühlt« hatte. Und dann kam ihre Vergangenheit, die in Leander und Jill gipfelte, damals in New Mexico alias Land der Verzaubeerung. Sie klangen wie Opfer, als hätten sie sich nicht großartig amüsiert im Pool-Haus, wo sie sich Alice wie eine große Tüte Popcorn im Kino geteilt hatten. Celia kam ebenfalls zu Wort, sie klang traurig und betrogen. Michel hatte man nicht erreichen können; sein Anwalt hatte keinen Kommentar abgegeben. Alice' einziger kleiner Trost war, dass sie Roman, den Aktfotografen in South Beach, nicht ausgegraben hatten. Noch nicht.

Geoff wurde um kurz nach sechs wach. Sie hörte ihn zuerst im Bad und dann in seinem Arbeitszimmer. Nach einer Minute hörte sie ihn wieder herauskommen. Und dann stand er an ihrer Tür. Sie hatte Geoff nur selten wütend gesehen. Es war kein schöner Anblick. Sein Gesicht war so verkniffen, als befände er sich in einem Bereich mit erhöhter Schwerkraft.

»Du hast meine Tochter verletzt.«

»Es musste sein.«

»Es musste sein? Bist du noch ganz dicht? Du hast ihr öffentlich vorgeworfen, zu lügen, um Jack zu helfen.«

»Jack hat Eden Perry vergewaltigt, und später ist er zurückgegangen, um sie zum Schweigen zu bringen.«

»Du irrst dich. Er war die ganze Nacht hier.«

»Das konntest du überhaupt nicht wissen. Du hast tief und fest geschlafen. Ich hätte deine Trainingshose anzünden können, und du hättest es erst gemerkt, wenn deine Beine extraknusprig gewesen wären. Du lügst, Geoff. Du lügst mich und die Cops an. Weil Oliver Parrish es dir befohlen hat.«

»Warum sollte ich für ihn lügen?«

»Weil er weiß, dass es deine Smarties waren, die die Kinder genommen haben. Er weiß, wenn er das allen erzählt, würdest du scheißviel Geld verlieren.«

»Wer hat dir erzählt, dass es meine Drogen waren?«

»Hannah.«

Das nahm ihm kurz den Wind aus den Segeln.

»Und du hast auch die Überwachungsbilder manipuliert. Leugne es nicht, Geoff. Ich habe dich dabei gesehen. Das weißt du. Ich habe euch beide sogar mitten in der Nacht in seinem Auto sitzen sehen.«

Er starrte sie an, und sie dachte schon, sie hätte ihn. Wirklich. Doch dann lächelte er bitter und schüttelte den Kopf.

»Mein Gott. Du und deine blühende Fantasie. Du hast das total falsch verstanden.«

»Ach ja? Inwiefern?«

»Ja, Oliver war am Donnerstag früh hier, um mich zu sprechen. Und ja, er wollte, dass ich den Cops sage, Jack sei die ganze Nacht hier gewesen. Er hat befürchtet, dass sie Hannah allein nicht glauben würden, aber wenn ich ebenfalls sage, dass Jack hier war, wäre er aus dem Schneider. Es war ihm wirklich wichtig, dass Jack nicht verdächtigt wird, auch wenn er unschuldig ist. Schon der Verdacht könne ihm Schaden zufügen. Aber da sage ich dir wohl nichts Neues, oder?«

Alice schwieg. Ihr Triumphgefühl verpuffte.

»Aber ich konnte nicht einfach sagen, er sei hier gewesen, denn du hast recht, ich habe eine Weile geschlafen. Dann hat er gefragt, ob wir eine Überwachungskamera haben, und als ich Ja gesagt habe, hat er mich gebeten, in den Aufnahmen nachzusehen. *Er hat mich gebeten, nachzusehen,* Alice. Denk mal darüber nach. Er wusste, dass sein Sohn unschuldig ist. Es gab keine Drohungen. Die Drogen kamen überhaupt nicht zur Sprache. Er war einfach ein besorgter Vater. Also habe ich nachgesehen. Und weißt du was? Jack war die ganze Nacht hier. Er ist mit Hannah zusammen um 23:57 Uhr hier angekommen und erst um 6:58 Uhr wieder gegangen. Dazwischen ist niemand rein oder raus. Vorn, hinten, Garage. Insofern ja, ich habe dem Mann einen Gefallen getan. Aber ich habe immer die Wahrheit gesagt.«

»Dass Hannah es dir gesagt hat, hat also nicht gereicht?«

»Hat es dir denn gereicht?«

Treffer, dachte Alice.

»Hast du die Bilder den Cops gezeigt?«

»Klar, ich habe denen eine Kopie geschickt. Jack ist nicht verdächtig, Alice. Sie haben ihren Mann. Alles, was du mit diesem Thread erreicht hast, war, einer unschuldigen Familie Kummer zu bereiten.« Er deutete auf sein Arbeitszimmer. »Ich kann es dir zeigen, wenn du willst.«

»Aber die Drogen«, sagte sie und hörte selbst, wie verzagt sie klang.

»Das waren Schlaftabletten, die noch nicht offiziell zugelassen sind. Sid hat sie mir gegeben. Sie sind in etwa wie Halcion, nur viel zielgenauer. Sie haben eine wirklich kurze Halbwertszeit, etwa eine Stunde. Ich habe in der fraglichen Nacht selbst eine genommen.« Geoff erweckte seine Wut zu neuem Leben. »Niemand erpresst hier irgendjemanden. Der Sohn deines Lovers hat Eden getötet. Die Polizei weiß das, und jetzt kommt er hinter Gitter.«

Sie schwieg.

»Der Koch«, sagte Geoff. »Unfassbar. Mit seinem Kittel. Du bist erledigt. Ich will, dass du gehst. Sofort. Pack deine

Sachen und hau ab. Geh zu deinem Koch. Zieh unter eine Brücke. Was auch immer. Aber wenn du dich Hannah noch einmal näherst, schlitze ich dir deine Scheißkehle auf.«

Eine theatralische Drohung, aber man durfte den Messerblock nicht vergessen. Da Geoff seinen Standpunkt deutlich gemacht hatte, drehte er sich um und wollte aus dem Zimmer gehen.

»Geoff, warte.«

Mit kühler, entschlossener Miene wandte er sich noch einmal um, bereit, jede Nachsicht zu verweigern, um die sie vielleicht bitten mochte.

»Nur aus Neugier: Während das alles lief – bist du je auf die Idee gekommen, mit *mir* darüber zu sprechen?«

»Ja. Mittwochabend. Als wir von der Wache zurückkamen. Da wollte ich mit dir reden. Aber du warst nicht hier. Weil du bei ihm warst, stimmt's?«

Sie antwortete nicht.

»Ich habe vermutlich schon eine Weile irgendwas geahnt«, fuhr er fort. »Ich meine, ich bin kein Idiot. Aber erst als ich diesen Verband an deinem Arm sah, war ich mir sicher.«

»Den Verband?«

»Den konntest du unmöglich selbst angelegt haben. Und dass der Uber-Fahrer es getan hatte, konnte ich mir irgendwie nicht vorstellen. Ich wollte dich eigentlich daraufansprechen, aber bei all dem, was gerade los war … Ich wäre allerdings nie darauf gekommen, dass er es ist.« Seine Stimme klang jetzt so betrübt, wie sie es von ihm gar nicht kannte. »Du bist einfach total kaputt, Alice. Du hältst dich für so ein wildes Enfant terrible, aber letztlich bist du einfach nur ein schlechter, egoistischer Mensch.«

»Aber hast du mich nicht genau deswegen geheiratet? Wegen der Wildheit? Hast du gedacht, du könntest mich bändigen?«

Darauf hatte er keine Antwort. Als er fort war, tat sie wie ihr geheißen. Sie packte ein paar Sachen und schlich zum nächsten akzeptablen Hotel. Erst nachdem sie eingecheckt hatte, drangen die Angst und die Demütigung richtig zu ihr durch. Das war's. Sie hatte alles verloren. Michel und ihr Haus und Hannah. Diesmal war sie zu weit gegangen, und jetzt würde sie dafür bezahlen.

Das Zimmertelefon klingelte. Sie nahm ab.

»Was?«

Es war eine Stimme vom Band, die fragte, ob sie an einer kurzen Umfrage zu ihren Erfahrungen mit diesem Hotel teilnehmen wolle.

»Ich bin gerade erst angekommen!«, brüllte sie und knallte den Hörer so fest auf die Gabel, dass er nur wie durch ein Wunder nicht zerbrach.

MICHEL

Als Cantor ihm von dem Zeitungsartikel erzählte, war er nicht überrascht. Das ganze Wochenende über hatte er eine neue Katastrophe auf sich zurollen gespürt. Ja, nachdem Alice ihre Anschuldigungen getwittert hatte, hatte es eine kurze Phase der Hoffnung gegeben. Es schien, als könnte Jack Parrish tatsächlich zur Verantwortung gezogen werden. Doch die Polizei hatte Christopher trotzdem verhaftet, und der Niedergang setzte sich fort. Das ganze Wochenende waren die Leute in den sozialen Medien über Jack und seine Familie hergezogen, aber sein Sohn blieb hinter Gittern. Der Artikel im *Herald* war lediglich ein weiterer Abwärtsruck in dem Fahrstuhl zur Hölle, in dem er festsaß.

Nach dem Gerichtstermin am Freitag hatte Michel den

Rest des Tages überlegt, wie er an eine Viertelmillion Dollar herankommen sollte. Das war die Summe, die er nach Cantors Schätzung benötigen würde, sollte der Richter eine Kaution festsetzen. Er würde die Kreditlinie auf seinem Haus ausschöpfen, die vorhandenen Kreditkarten bis zum Limit belasten und noch weitere beantragen. Das Ausbildungssparkonto auflösen und sich Geld bei Familie und Freunden leihen. Alles zusammengenommen würde gerade reichen. Hinterher wäre er hoch verschuldet. Wahrscheinlich würde er einen Job in einem Fast-Food-Restaurant annehmen müssen. Aber darüber konnte er jetzt nicht nachdenken. Er musste Christopher einfach nach Hause holen.

Erst am Samstag ließen sie ihn endlich mit ihm sprechen. Seit Christopher als Erwachsener angeklagt worden war, hielten sie ihn im County-Gefängnis fest. Zufälligerweise war samstags Besuchstag für Insassen, deren Nachnamen mit M bis Z begannen. Als Michel das Haus verließ, fiel ihm auf, dass die Reporter verschwunden waren. Christopher war verhaftet worden. Das Warten hatte ein Ende. Jetzt würde das Drama sich im Gerichtssaal abspielen.

Das Gefängnis war alt; Backstein, Stacheldraht, neogotische Fenster mit Eisengittern davor. Der Raum, in dem sie sich trafen, war beklemmend und feucht, das Einzige, was auch nur ansatzweise menschliche Wärme ausstrahlte, war das abgegriffene Kinderspielzeug in einer Ecke. Christopher schlurfte mit den übrigen Insassen herein. Er sah noch schlechter aus als im Gerichtssaal. Obwohl Körperkontakt nicht erlaubt war, berührte Michel seinen Sohn kurz an der Wange. Sie war so kalt, als wäre er durch winterliche Wälder gewandert.

»Ist dir kalt?«

»Ich weiß nicht, wie mir ist.«

Sie setzten sich einander gegenüber auf harte Plastikstühle. Menschen hatten versucht, etwas in den Tisch zwischen ihnen zu ritzen, waren jedoch an der unverwüstlichen Oberfläche gescheitert.

»Wir bekommen dich auf Kaution frei.«

»Die Männer hier sagen, man kommt nie auf Kaution frei, wenn man eine Weiße getötet hat.«

»Du hast sie nicht getötet.«

»Ich glaube, darum geht es hier nicht, Dad.«

»Cantor redet mit den Staatsanwälten. Du darfst deinen Glauben nicht verlieren.«

»An was?«

Michel hatte keine Ahnung.

»Behandeln sie dich schlecht?«, fragte er.

»Meistens sehen wir einfach fern.«

»Hast du gesehen, was man über Jack sagt?«

»Da war nichts in den Nachrichten.«

»Es heißt, er hätte letztes Jahr ein anderes Mädchen belästigt und seine Familie hätte ihr Geld geben müssen.«

»Lexi, richtig?«

»Ja.«

»Das hatte ich mich gefragt.«

»Wirklich? Weißt du irgendetwas, was uns nutzen könnte?«

»Er hat nie darüber geredet.«

Michel beugte sich ein Stück vor und senkte die Stimme.

»Christopher, was ist da in diesem Haus passiert?«

»Es wird dir nicht gefallen.«

»Ich weiß über die Drogen Bescheid. Das spielt jetzt keine Rolle.«

»Ja, das stimmt wohl.«

Christopher betrachtete die Kratzer auf dem Tisch. Als stünde er kurz davor, herauszufinden, was sie bedeuten sollten.

»Wir haben nur abgehangen. Wie immer. Die Mädchen hatten diese Pillen dabei, sie wollten, dass wir die nehmen, sie meinten, die wären toll. Jack wollte nicht, Drogen waren noch nie sein Ding. Ich wollte auch nicht, aber Eden hätte mich ausgelacht, wenn ich es nicht getan hätte, also habe ich mir eine genommen und sie später ins Klo geschmissen. Die Mädchen waren irgendwann völlig hinüber. Es war nicht gut. Sie sind total müde geworden, aber sie haben beide dagegen angekämpft, und das hat sie voll zu Zombies gemacht. Hannah ist losgezogen, um sich irgendwo hinzulegen, und Eden ist am Ende auf dem Sofa eingeschlafen. Irgendwann habe ich wohl zu Jack gesagt, wie sehr ich mir wünschte, ich wüsste, wie ich mit ihr zusammenkommen könnte. Ich meine, ich habe sie geliebt, Dad. Sie war bloß …«

Er verstummte.

»Christopher.«

Er riss sich zusammen.

»Und dann hat Jack gesagt: Du solltest es dir einfach nehmen, Mann. Und ich so, wovon redest du da? Mittlerweile war sie völlig weggetreten. Da fing er wieder mit seinem ganzen Jack-Scheiß an, von wegen, man darf ihnen nicht das Kommando überlassen, sie wissen gar nicht, dass sie es wollen, bis du es ihnen gibst.«

»Und du hast darauf gehört?«

»Nein! Aber dann meinte er so, ich zeig's dir. Er ging rüber zu ihr, und ich dachte, er macht bloß Quatsch. Aber dann hat er die Hand zwischen ihre Beine geschoben. Ich meine, sie hatte eine Schlafanzughose an, mit kleinen Kätzchengesichtern drauf, und er schiebt einfach die Hand darunter. Ich sage ihm, er soll aufhören, und dann packe ich ihn, und plötzlich ist sie wach und schreit Zeter und Mordio. Und dann geht sie auf Jack los, ich meine, so als wenn sie ihn wirklich umbringen will. Er hält sie an den Handgelenken fest, und ich versuche, dazwischenzugehen, und da packt sie mich am Hals und gräbt mir die Fingernägel voll in die Haut. Jetzt ist Hannah auch da und mischt sich ein. Irgendwann reiße ich mich los, und jetzt droht Eden Jack, sie sagt, dass er dafür bezahlen wird. Hanns flippt total aus, also beschließt Jack, abzuhauen. Er sieht mich an und sagt, du regelst den Scheiß hier besser. Und dann gehen sie.«

»Was ist dann passiert?«

»Ich wollte mit ihr reden, aber sie hat einfach dichtgemacht. Sie hat ihre Mutter angerufen, aber die ist nicht rangegangen, und da war die Luft irgendwie raus bei ihr. Sie hat eine Weile geschlafen, und ich habe einfach dagesessen. Irgendwann wurde sie wach und hat mich angesehen und nur gesagt: *Hau ab.* Richtig kalt, weiß du? Also bin ich gegangen. Ich bin eine Weile rumgelaufen und dann nach Hause gegangen.«

»Christopher, sieh mich an.«

Er tat es.

»Bist du sicher, dass du diesem Mädchen nichts getan hast?«

Christopher zögerte. Nur eine Sekunde lang. Nicht einmal eine Sekunde. Einen Sekundenbruchteil lang. Aber es war da, ein kaum merkliches Stocken im Fluss der Zeit.

»Ich schwöre bei Gott, Dad. Du glaubst mir doch, oder?«

»Natürlich glaube ich dir«, erwiderte Michel.

Danach forderten sie ihn auf, zu gehen. Auf der Heimfahrt dachte er an seinen Sohn allein in diesem großen Haus mit einem Mädchen, das er liebte, aber nicht haben konnte. Er erinnerte sich daran, wie Christopher sich verhalten hatte, als er um vier Uhr morgens nach Hause gekommen war; an Detective Gates' Blick, als sie die Kratzer an seinem Hals entdeckte. An dieses sekundenbruchteillange Zögern gerade eben, ehe Christopher geschworen hatte, er habe nichts Unrechtes getan. Über diese Dinge dachte Michel nach, aber er konnte nicht darüber hinausdenken. Sein Verstand weigerte sich, in Erwägung zu ziehen, was diese Gedanken nahelegten. Denn Christopher konnte das nicht getan haben. Das war ausgeschlossen.

Er rief Alice an; sie trafen sich im Dunkeln. Es tat so gut, sich in ihrem Körper zu verlieren. Wie sie sich beinahe gewichtslos auf ihm bewegte, die Hitze ihrer nackten Haut. Nachdem sie gekommen war und er gekommen war, hielten sie einander noch lange umschlungen. Er wollte für immer hierbleiben, auf diesem dunklen, leeren Parkplatz, umgeben von Schatten und Bäumen. An diesem Ort, der gar kein Ort war.

Dann war er wieder allein. Der Sonntag zog sich endlos dahin, während er darauf wartete, dass sie anrief und ihm berichtete, sie habe Hannah überzeugt, die Wahrheit zu sagen. Am späten Nachmittag klingelte das billige Mobiltelefon endlich, doch es war Cantor. Er war unterwegs zu ihm. Michel hörte ihm die schlechte Neuigkeit an. In den zwanzig Minuten, die der Anwalt bis zu ihm benötigte, ging sein Verstand eine Reihe schrecklicher Möglichkeiten durch. Christopher war im Gefängnis verletzt worden. Noch belastendere Beweise waren aufgetaucht.

»Haben Sie mit denen geredet?«, fragte Cantor beim Eintreten.

»Mit wem?«

»Mit der Zeitung, Michel. Mit dem *Herald*.«

»Warum sollte ich mit denen reden?«

»Erzählen Sie mir von Alice Hill.«

»Was wissen sie?«, fragte Michel schließlich.

»Alles. Es gibt ein Foto von Ihnen beiden in leidenschaftlicher Umarmung.«

»Ich weiß nicht, was ich sagen soll.«

»Nun, vielleicht erzählen Sie mir mal, wie lange Sie schon zusammen sind.«

»Drei Monate.«

»Und sie steckt hinter dem Twitter-Thread?«

»Ja.«

»Was hat sie sonst noch getan?«

»Sie hat versucht, Hannah dazu zu bringen, es einzugestehen.«

»Was einzugestehen?«

»Dass die Behauptung, Jack sei die ganze Nacht in ihrem Zimmer gewesen, gelogen ist.«

»Aha, tja, ich habe so das Gefühl, davon ist nicht mehr auszugehen.« Der Anwalt seufzte. »Hören Sie, Michel, zunächst: Ich habe nichts gegen das alles. Theoretisch. Falls wir konkrete Beweise dafür bekommen könnten, dass Hannah und Jack die Polizei angelogen haben, wäre das Gold wert für uns. Aber wir müssen klug vorgehen. Wenn Sie Oliver Parrishs Sohn attackieren wollen, dann müssen Sie es richtig anfangen. Und mit Hannahs Mom zu schlafen ist nicht richtig.«

»Dieser Gedanke ist mir auch schon gekommen.«

»Dann ist das also … was? Ein unwiderstehlicher Drang?«

»Ich liebe sie.«

»Läuft aufs Gleiche raus.«

»Und was geschieht jetzt?«

»Sie dürfen sich nicht mehr mit Alice Hill treffen. Falls sie versucht, mit Ihnen Kontakt aufzunehmen, weil sie weitere Informationen zum Fall Ihres Sohns hat, soll sie mich anrufen. Keine Ausnahmen.«

»Ich verstehe.«

»Eigentlich sollte ich Sie feuern«, sagte Cantor.

»Können Sie das?«

»Das ist Amerika. Jeder kann gefeuert werden.«

»Mir wäre lieber, Sie täten es nicht.«

Cantor nickte, doch seine Freundlichkeit war verschwunden, und Michel bezweifelte, dass sie je zurückkehren würde.

»Eins kann ich Ihnen sagen. Die Kaution können wir vergessen.«

»Aber ich bin es doch, der etwas falsch gemacht hat, nicht er.«

»Ja, Michel. *Sie* sind das. Und Sie sind der verantwortliche Erwachsene, in dessen Obhut das Gericht jemanden entlassen soll, der des Mordes angeklagt ist. Sie sollten der Mann sein, der nichts Unüberlegtes tun würde, wie seinen Sohn außer Landes zu schmuggeln. Es wird schwer sein, den Richter davon zu überzeugen, dass Sie dieser Mann sind.«

Michel vergrub das Gesicht in den Händen.

»Und was geschieht jetzt?«

»Ich werde morgen früh mit ein paar Leuten reden, und dann sehen wir, wo wir stehen.«

»Was kann ich tun?«

»Nichts. Meinen Sie, das bekommen Sie hin?«

Mitten in der Nacht kehrten die Reporter zurück. Sie wussten, dass der Artikel kam. Bis zum Morgen war die ganze Straße verstopft. Es war schlimmer als vorher. Die alten Regeln galten nicht mehr. Sie kamen vor bis ans Haus; sie riefen seinen Namen.

»Kommen Sie, Michel. Reden Sie mit uns. Wir brauchen einen Kommentar. Michel …«

Ein Streifenwagen parkte vor dem Haus, doch der Officer darin machte keine Anstalten, einzugreifen. Kurz nach Tagesanbruch schob jemand eine Ausgabe des *Herald* durch den Briefschlitz. Michel betrachtete das Foto auf der Titelseite und las dann den Artikel. Die Verhaftungen, das Paar in

New Mexico, Celias gequälte Worte. Er kannte diese Frau überhaupt nicht. Ihren Körper, ja. Aber nicht mehr.

Cantor kam später am Montagvormittag, begleitet von den Rufen der Reporter auf der Straße. Er wirkte sogar noch grimmiger als am Abend zuvor und kam zur Sache, noch ehe Michel ihm einen Kaffee anbieten konnte.

»Der Richter hat die Kautionsanhörung verschoben, wie erwartet. Was wahrscheinlich nur gut ist. Sie wollen diesen Gerichtssaal in nächster Zeit nicht betreten. Er hat mir gerade den Arsch aufgerissen, und auf Sie ist er offenbar *richtig* sauer.«

»Und?«

»Ich glaube, es ist Zeit, über ein Geständnis zu sprechen.«

»Was? Nein.«

»Es wäre pflichtvergessen von mir, das nicht wenigstens mit Ihnen zu prüfen.«

Michel nickte bedrückt.

»Na schön, also, so würde es laufen. Jeder, der noch halbwegs bei Verstand ist, kann sehen, dass die Anklage zu schwer ist. Dass Christopher Eden Perry vorsätzlich getötet hat, ist kaum zu beweisen. Mein Eindruck ist, wir können wahrscheinlich mit Totschlag davonkommen. Das bedeutet fünf, sechs Jahre bei guter Führung.«

»Gibt es keine andere Möglichkeit?«

»Klar. Wir lassen es zur Verhandlung kommen. Aber ich denke, wir können davon ausgehen, dass weder Jack noch Hannah ihre Geschichte ändern werden. Und wir wissen jetzt auch, dass Hannahs Vater sagt, der Junge hätte sein Haus nicht mehr verlassen, und das mit seinen Überwachungsbildern belegen kann. Die kriminaltechnischen Erkenntnisse sind solide und sprechen gegen uns, und wie es aussieht, kommt da noch mehr. Ich weiß nicht, wie Ihre Verstrickung mit Alice Hill da hineinspielen wird, aber ich bezweifle, dass es zu unserem Vorteil sein wird. Ich bin ein ziemlich guter Anwalt, Michel, aber ich sehe nicht, dass ich hier noch Spielraum habe.«

»Kann ich Ihnen eine Frage stellen?«

Cantor nickte unglücklich. Er wusste, was nun kam.

»Glauben Sie, mein Sohn ist schuldig?«

»Ich glaube wirklich nicht, dass es hilfreich ist, darüber zu spekulieren.«

»Bitte. Inoffiziell.«

Cantor sah ihm gelassen in die Augen. Ihm ging etwas durch den Kopf, was er sich nicht überwinden konnte auszusprechen. Michel dachte an Christophers Zögern bei der Frage, ob er etwas Unrechtes getan habe, an diesen Sekundenbruchteil, der eine gefühlte Ewigkeit gedauert hatte.

»Meine Aufgabe ist es, Ihren Sohn in Anbetracht der Gesamtheit der Beweise bestmöglich zu verteidigen.«

»Sie wollen meine Frage also nicht beantworten.«

»Ich denke, das habe ich gerade getan, Michel. Sie haben es bloß nicht gehört.«

Eine Stunde nachdem Cantor wieder gegangen war, kam Sofia. Er hätte beinahe nicht die Tür geöffnet, doch dann sah er durch die kleinen Fenster in der Haustür ihre unverkennbare schwarze Mähne. Ihre Umarmung war flüchtig, ihre Miene grimmig. Sie hatte den Artikel gesehen.

»Sind wir allein?«, fragte sie und blickte sich misstrauisch um.

»Keine Sorge. Sie ist fort.«

»Wir müssen reden.«

»Hat David dich geschickt?«

»Er hat mir erzählt, dass du völlig fertig bist, also bin ich gekommen.«

Michel sah sie an, und sie sagte, ja, David und sie seien wieder zusammen.

»Ist das ein Problem?«, fragte sie.

»Nein. Es wäre schön, wenn irgendjemand in alledem ein bisschen Glück fände. Also – hält er Christopher für schuldig?«

»Das würde er niemals sagen. Aber er hat seine Zweifel. Starke Zweifel. Er sagt, irgendetwas zerreißt Christopher innerlich.«

»Das Mädchen, das er liebt, wurde getötet, und er wird fälschlich beschuldigt, es getan zu haben.«

»Es ist mehr als das, Michel.«

»Das hat Cantor gesagt?«

»Nicht direkt.«

»Sag nicht, *du* glaubst, dass Christopher das getan hat«, sagte Michel.

»Glaube ich, dass mein kleiner Cousin vorsätzlich jemandem wehgetan hat? Vorsätzlich eine Frau getötet hat? Natürlich nicht. Das ist verrücktes Geschwätz. Aber er war verliebt, und Verliebte verlieren manchmal den Verstand. Glaub mir. Ich habe das Pfefferspray nicht für fremde Männer dabei.«

»Ich kann meinem Sohn nicht sagen, er soll sich schuldig bekennen.«

»Dann hast du keine Zweifel? Du hältst es für ausgeschlossen, dass er einen Moment lang ausgeflippt ist?«

»Ich weiß es nicht«, bekannte Michel irgendwann.

»Ich wusste von ihr«, sagte sie. »Dass zwischen euch was lief.«

»Ach?«

»Michel. Mein Lieber. Sie war von Anfang an hinter dir her.«

»So war das nicht.«

»Bitte. Ich habe es doch gesehen. Wie sie dich beobachtet hat. Allein zum Mittagessen kam. Welche Frau isst allein auswärts? Man bleibt zu Hause, man isst einen Joghurt, man weint.«

»Also war ich ein Narr.«

»Weil du einsam warst. Nach Maryam hast du dich völlig zurückgezogen. Du bist verwundbar geworden. Du warst eine leichte Beute für eine Frau wie sie. Die mit ihren Haaren!«

»Du schätzt sie falsch ein.«

»Was schätze ich falsch ein? Den Teil, in dem sie ihren Mann betrügt? In dem sie ihre Stieftochter beschuldigt, Komplizin bei einem Mord gewesen zu sein? Irre ich mich bei der Kriminellen in diesem Zeitungsartikel? Waren das etwa Fake News?« Sie atmete tief durch. »Du hast einiges aus dem Blick verloren, Michel. Besonders deinen Sohn. Du warst so mit deinem Püppchen beschäftigt, dass du Christopher keine Grenzen gesetzt hast. Vielleicht wusste er Bescheid – hast du daran schon mal gedacht?«

Er schloss die Augen und lehnte den Kopf an die Rücklehne des Sofas.

»Ich habe gesündigt. Das weiß ich.«

»*Gesündigt?* Bitte. Sei nicht so aufgeblasen. Wir sind hier in Amerika. Hier gibt es keine Sünde. Du hast es vergeigt.« Sie hatte gesprochen, ohne zwischendurch Luft zu holen. Jetzt atmete sie tief durch. »Hör mir zu. Dein Sohn ist im Gefängnis. Du musst eine weitreichende Entscheidung treffen. Hör auf, darüber nachzugrübeln, was du getan hast, und denk endlich darüber nach, was du jetzt tun kannst.«

Ihr Telefon vibrierte. Verärgert sah sie aufs Display.

»Okay. Ich muss zur Arbeit. Ich mache diese Woche Vertretung im Antonelli's.« Seinem überraschten Gesichtsausdruck begegnete sie mit einem bitteren Lachen. »Was denn? Es ist ja nicht so, als würdest du für mich sorgen.«

Dann ging sie, ohne ein weiteres Wort, ohne eine Umarmung oder einen Kuss, nahm ihr Mitgefühl mit und ließ ihm ihren Zorn da.

DANIELLE

Das heiße Wasser schien überhaupt nicht auszugehen. Bei ihr zu Hause hatte man fünf Minuten, bis es zu Eisregen wurde. Patricks Dusche dagegen schien einen unerschöpflichen Heißwasservorrat zu haben. Dieser Mann schien überhaupt einen unerschöpflichen Vorrat an allem Möglichen zu haben. Geld. Geduld. Worte. Traurigkeit. Auch seine Aufnahmefähigkeit für Alkohol schien bodenlos. Seine Zeit war allerdings definitiv endlich. So konnte er auf keinen Fall noch lange weitermachen.

Sie hatte das Wochenende mit ihm verbracht. Nun ja, den Großteil davon. Aber jetzt war es Montagmorgen, Zeit, das Nimmerland, das sie bewohnt hatten, zu verlassen. Am Freitag hatte sie sich erlaubt, sich zu betrinken. Das war nichts, was sie normalerweise tat. Sie hatte in ihrem Leben zu viel alkoholseligen Scheiß miterlebt. Aber plötzlich hatte es sich richtig angefühlt. Vielleicht war es ein Fehler, aber jetzt durfte sie Fehler machen. Also lehnte sie sich auf seinem tiefen Sofa zurück und hörte zu, während er die Luft mit Worten füllte. Er sprach über seine Heimatstadt. Die Familie Parrish und Mahouns Restaurant. Seine Tochter. Warum die Highschool Waldo genannt wurde. Während sie ihm zuhörte, dachte sie immer wieder: *Dieser Mann hat alles Glück der Welt gehabt, und dann hat ihn dieser beschissene Schicksalsschlag getroffen.* Er hatte es nicht kommen sehen. Er war unvorbereitet gewesen. Er war weich gewesen, wo er hätte hart sein sollen, und es hatte ihn vernichtet. Er erzählte ihr, dass er am Montag in den Entzug gehen sollte, doch sie bezweifelte, dass er das tun würde. Und selbst wenn sie ihn da hinbekamen, würde er keine Woche durchhalten. Seine Reise führte ihn nicht nach Vermont, und sie würde kein gutes Ende nehmen. Danielle musste darauf achten, dass sie das nicht vergaß für den Fall, dass er sie einlud, mitzufahren.

Einstweilen jedoch war sie hier genau richtig. Er wusste einiges, was sie wissen musste, zum Beispiel, wie die Polizei und die Gerichte hier draußen funktionierten. Jede weitere Sekunde, die sie in Emerson verbrachte, überzeugte sie erst recht davon, dass sie abgewimmelt wurde. Dieser zartgliedrige Junge hatte das nicht getan. Es war Jack Parrish mit seinem GTI und seinem abschätzigen Grinsen gewesen. Doch das vertuschten sie – aus Korruptheit oder Gleichgültigkeit oder einfach aus dem Wunsch heraus, den Fall schnell abzuschließen.

Da war noch etwas. Schwerer greifbar, aber vielleicht sogar noch wichtiger. Patrick kannte den Schmerz. Nicht Verlust, sondern diese quälend-verlockende *Präsenz.* Für ihn war seine Tochter nicht tot. Irgendwie hatte er sie am Leben erhalten. Sie sprach noch immer zu ihm. Vielleicht zerriss ihn das innerlich, aber zugleich hielt es ihn aufrecht. Wenn sie zu viel darüber nachdächte oder mit jemandem, der auch nur einen Funken gesunden Menschenverstand besaß, darüber spräche, würde sie den Wahnsinn darin erkennen, das wusste Danielle. Dieser Mann war ein schwerer Alkoholiker, in dessen teuren Anzügen ebenso gut ein Schildchen mit der Aufschrift »Verlorene Seele« eingenäht sein könnte. Doch solange sie bei ihm, nur ihm, blieb, konnte die furchtbare Tatsache von Edens Tod durch die Möglichkeit ersetzt werden, dass sie nicht vollständig verschwinden musste. Also blieb sie bei ihm.

Nachdem er mit Emerson fertig war, erzählte er ihr auch

anderes. Er erklärte ihr, wie Geld funktionierte, und zwar – Überraschung! – ganz anders, als Steve Slater dachte. Er erzählte ihr von einer Fernsehsendung über die Belagerung Stalingrads, die er gerade gesehen hatte; er erklärte, warum Brahms eigentlich besser als Beethoven war. Aber es ging nicht nur um seine Welt. Er fragte auch nach ihrem Leben und hörte zu, hörte wirklich zu, als sie ihm von den Männern und den Jobs und der Kindheit erzählte, in der Gewalt einfach die Sprache gewesen war, in der die Menschen sich ausdrückten. Er fragte sie nach ihren Tätowierungen, und sie erzählte ihm, dass sie als junges Mädchen das Gefühl gehabt hatte, nicht die Kontrolle über ihren eigenen Körper zu haben. Ständig fassten Leute sie an oder betrachteten sie auf eine Weise, die ihr das Gefühl gab, fremdes Eigentum zu sein. Und manchmal war da noch anderes, worüber sie lieber nicht sprechen wollte. Aber bei den Tattoos hatte sie das Sagen. Dies war nicht die Haut, die ihr gegeben worden war, sondern die Haut, die sie sich genommen hatte. Sie schrieb sich selbst. Wenn man sie berührte, berührte man die Haut, die sie erschaffen hatte.

»Zeig's mir«, sagte er.

Normalerweise eine ohrfeigenwürdige Bitte, aber bei ihm fühlte sie sich ganz natürlich an. Und so zog sie ihre Bluse aus und zeigte es ihm. Sie wusste, dass sie unbekleidet mittlerweile nicht mehr so scharf aussah, jedenfalls kein Vergleich zu damals, als sie in Edens Alter gewesen war. Aber sie spürte auch, dass ihm das egal war. Er wollte ehrlich lesen, was sie geschrieben hatte.

»Was ist das?«, fragte er und streifte ihre linke Schulter mit den Fingerspitzen.

»Das ist ein Ouroboros.«

»Dieses Herz ist toll«, sagte er und hätte beinahe die Haut über ihrem BH berührt.

»Hat allerdings höllisch wehgetan.«

Er fuhr mit den Fingerspitzen über ihren rechten Trizeps.

»Und diese römischen Zahlen?«

»Edens Geburtstag.«

Sie hätte wohl auch ihren Rock und die Nylons ausziehen und ihm zeigen können, was sich dort unten befand, die Halbmonde und Ranken, die Schädel und die Rosen an den Knöcheln. Aber er hatte bereits verstanden.

»Okay, und jetzt das Meisterstück.«

Sie griff nach hinten, öffnete den BH und verschränkte rasch die Arme vor der Brust, damit der BH nicht herunterfiel. Dann wandte sie ihm den Rücken zu und stellte sich vor, was er sah. Die noch immer leuchtenden Farben und den nach oben gerichteten Schnabel. Die ausgebreiteten Flügel und die Flammen.

»Wow.«

»Für das da musste ich nach New York. Der Mann, der es mir gestochen hat, war ein echter Promikünstler. Es ist auf seiner Website. Mein Anspruch auf Berühmtheit.«

Er berührte das Tattoo mit beiden Händen wie ein Blinder.

»Mach mir den BH zu«, sagte sie, bevor etwas anderes daraus wurde.

Dann drehte sie sich wieder um.

»Jedenfalls«, sagte sie dann. »Das bin ich. Die illustrierte Ausgabe.«

Sie schliefen zusammen, aber sie vögelten nicht. Das war keine bewusste Entscheidung. Es ergab sich einfach so. Er zog sich bis auf seine Boxershorts aus, sie legte schließlich doch noch Rock und Nylons ab. Doch keiner von ihnen ging weiter. Er strich über ihren Körper, so sanft, dass sie seine Fingerspitzen stellenweise kaum spüren konnte. Sein Körper war wie alles an ihm. Schmal, schön, weich. Sie küssten sich, doch es waren keine Küsse, die zu irgendetwas führten, außer zum Schlaf. Irgendwann in der Nacht stand er auf und lief umher; sie forderte ihn schläfrig auf, zurück ins Bett zu kommen. Am Samstagmorgen fuhr sie nach Hause, um frische Kleidung anzuziehen und zu entscheiden, ob sie das, was sie da taten, wirklich wollte. Tiere hatten sich über die Aufläufe hergemacht, die ihre Nachbarn ihr vor die Tür gestellt hatten. Auf dem Anrufbeantworter waren Nachrichten, die sie nicht abhörte. Der Wasserhahn in der Küche tropfte mit einem Mal. Bereits jetzt nistete sich eine entsetzliche Leere im Haus ein. Sie spürte, wie ihre Tochter hinaustrieb wie Rauch durch ein geöffnetes Fenster.

Danielle schlief bis zum Nachmittag, und als sie erwachte, wollte sie ihn sehen. Am Abend holte er sie ab. Er hatte bereits getrunken, fuhr aber einwandfrei. Er lud sie in ein teures Restaurant in Brookline ein. Sie bestellten Sushi für hundert Dollar und rührten es kaum an. Stattdessen tranken sie heißen, milden Sake. Jetzt war er in irgendeinem komischen Zustand, er redete und redete, webte mit seinen Worten Netze und verstrickte sich in seinen eigenen Gedanken. Irgendetwas brachte ihn aus dem Konzept und machte ihn zugleich aufgeregt. Es fühlte sich gefährlich an, aber sie hätte nicht sagen können, inwiefern.

Als sie wieder im Auto saßen, drehte sich ihr der Kopf. Sie kehrten nach Emerson zurück, in einen Teil der Stadt, in dem sie bisher nicht gewesen war. Die Häuser hier waren noch größer als das der Bondurants. Er bog in eine Straße namens Fox Chase Lane ein und parkte vor einem besonders grandiosen Haus. Bevor er etwas sagen konnte, wusste sie, wer hier wohnte.

»Warst du da schon mal drin?«, fragte sie.

»Vor ein paar Jahren. Da war eine Party. Es ist so, wie man es erwarten würde.«

»Wir werden diesem Jungen nie etwas anhaben können, oder?«

»Gehen wir und reden wir mit ihnen. Erzählen ihnen, was wir wissen.«

»Irgendwie glaube ich nicht, dass das gut ankommen würde.«

Sie sagte das mit einem wehmütigen Lachen, aber Patrick meinte es ernst, das sah sie.

»So geht das nicht, Patrick.«

»Ich denke, vielleicht doch.«

»Bitte. Lass uns fahren.«

Einen Augenblick lang dachte sie, sie hätte ihn überzeugt. Und dann war er ausgestiegen. Er betrachtete das Haus. Er hatte etwas gesehen. Sie folgte seinem Blick. An einem der Fenster entdeckte sie die Silhouette einer Frau. Sie und Patrick sahen einander an wie zwei Katzen, bevor der Ärger losgeht. Und dann verschwand die Frau. Danielle beugte sich zur Seite und klopfte mit einem ihrer Ringe ans Fahrerfenster, aber Patrick ignorierte sie. Sie sah wieder zum Haus; jetzt standen zwei Gestalten am Fenster. Patrick lief über den Rasen aufs Haus zu, erstarrte aber, als Licht anging. Danielle packte den Türgriff, bereit, dem ein Ende zu setzen, doch genau da machte Patrick kehrt und kam zurück zum Auto. Auf seinem Gesicht lag der Anflug eines toten Lächelns, das ihr gar nicht gefiel.

»Wir fahren«, sagte sie, als er wieder einstieg. »Sofort.«

Dann schwieg sie, bis sie mehrere Blocks entfernt waren.

»Wenn du so was noch mal machst, sind wir fertig mit dem, was wir hier tun.«

»Tut mir leid.«

Er bot an, sie nach Hause zu fahren, doch sie konnte ihn jetzt nicht allein lassen. Also verbrachte sie eine weitere Nacht in seinem Haus, eine sehr andere Nacht. Die Show-Einlage am Haus der Parrishs hatte ihn in eine ungute Stimmung versetzt. Kaum waren sie eingetreten, schenkte er sich einen Whisky ein, kippte ihn und schenkte sich nach. Danielle trank nichts. Sie versuchte, ihn zum Reden zu bringen, doch er war jenseits von Sprache. Schließlich schlief er auf einem Lehnsessel ein. Sie deckte ihn mit einer Häkeldecke zu und ging zu Bett.

Am Sonntagmorgen wurde sie davon wach, dass er sich erbrach. Sie hielt ihn eine Weile im Arm und kam dann zu dem Schluss, dass sie keine Lust dazu hatte. Also zog sie los, um etwas zu essen zu besorgen. Er sagte ihr, sie solle sich etwas von dem Geld nehmen, das er sehr schlau in einem Umschlag mit dem Namen seiner Bank versteckt hatte, der auf der Küchentheke lag. Sie zählte das Geld. Es waren gut zweitausend Dollar darin. Im Biosupermarkt kaufte sie Lebensmittel, die so teuer waren, dass sie an der Kasse beinahe laut aufgelacht hätte. Als sie zurück in seine Wohnung kam, schlief er wieder, also rief sie ein Uber und fuhr nach Hause. Sie brauchte ihr eigenes Auto. Egal was als Nächstes geschah, sie wollte Patrick Noone nicht am Steuer haben.

Zu Hause sah sie online nach, was sich so tat. Die vorherrschende Meinung schien zu sein, dass Jack Parrish ein ziemlich übler Bursche war. Das stimmte sie Patrick gegenüber milder. Vielleicht war er doch nicht so verrückt. Sie dachte daran, was sie empfunden hatte, als sie Christopher Mahoun und seinen Vater bei Gericht gesehen hatte. Sie erinnerte sich an den rötlich-violett verfärbten Augapfel ihrer Tochter auf dem Edelstahltisch. Nur weil Patrick die Kontrolle verlor, bedeutete das nicht, dass er nicht derjenige sein konnte, der die Wahrheit kannte.

Am Nachmittag rief er an.

»Bist du nur kurz weg oder endgültig?«

»Du musst so lange aufhören zu trinken, dass wir mit dieser Situation umgehen können, ohne am Ende Handschellen zu tragen.«

»Ich glaube, das bekomme ich hin.«

Zur Abendessenszeit fuhr sie zu ihm. Er kochte mit den Lebensmitteln, die sie eingekauft hatte, etwas für sie. Sie hatte noch nie einen Mann kennengelernt, der kochen konnte. Er machte Hühnchen mit Reis und einer Zitronensoße. Beim Kochen trank er aus einem Weinglas mit einer klaren Flüssigkeit. Ohne zu fragen, probierte sie einen Schluck. Es war Wasser.

Sie aßen. Es war köstlich. Dieser Mann.

»Und wo hast du kochen gelernt?«

»Meine Ex-Frau und ich haben in Italien einen Kurs gemacht.«

»Ja, daran habe ich auch mal gedacht.«

»Tatsächlich?«

Sie warf ihm einen kurzen Blick zu, und er lächelte dümmlich. Sein Hals wurde tatsächlich rot, und sie dachte, sie könnte sich in diesen Mann verlieben, wenn bloß alles, aber auch wirklich alles, anders wäre.

»Du und ich, wir sind wirklich von zwei verschiedenen Planeten«, sagte sie.

»Und trotzdem sitzen wir hier, am selben Tisch.«

»Wie lautet also der Plan, Patrick?«

»Wie hättest du ihn denn gern?«

»Ich glaube, du solltest mit der Polizei sprechen. Den Parrish-Jungen eindeutig als den identifizieren, den du gesehen hast. Es aktenkundig machen.«

»Ich weiß nicht, wie wasserdicht das wäre.«

»Na gut. Dann gehen wir damit zu Mahouns Anwalt. Er wird dir zuhören.«

»Ich gehe zur Polizei. Wenn du mitkommst.«

Sie wollte, dass er die Polizei sofort anrief, aber er war

noch nicht bereit dafür. Sie einigten sich darauf, dass er das am nächsten Morgen als Erstes tun würde.

»Das ruft nach Wein«, sagte er und meinte das Essen.

»Solange wir nicht zu dem härteren Zeug übergehen.«

»Na ja, Wein kann das härtere Zeug sein. Aber es ist angekommen.«

Die drei Glas, die er trank, schienen gerade auszureichen, damit er nicht aus der Haut fuhr. Danielle machte nach einem Schluss. Irgendwann gingen sie ins Bett und schliefen endlich miteinander. Anfangs war es ein bisschen verkrampft. Doch er war sanft, geduldig und beharrlich, und nach einer Weile begann sie sich zu entspannen, und dann ging die Post ab. In beiden wurde eine Menge freigesetzt. Einmal rangen sie regelrecht miteinander. Sie biss ihn in die Schulter und schmeckte seinen Schweiß. Er beklagte sich nicht. Er hielt dagegen. Hinterher weinte sie zum dritten Mal in einer Woche, und er hielt sie fest, bis sie still war. Und dann war da Schlaf, aber es kamen keine Träume, und das gehörte zum Besten, was ihr passiert war, seit die beiden Cops Slaters Laden betreten hatten.

Sie erwachte als Erste. Er schlief friedlich. Sie konnte ihre Zahnabdrücke an seiner Schulter sehen. Einfache Vertiefungen wie die, die man in einem Apfel hinterließ, wenn man sich in letzter Sekunde entschied, ihn doch nicht zu essen.

»Ich habe dir meinen Stempel aufgedrückt«, flüsterte sie.

Er hörte sie nicht.

Zu ihrer milden Überraschung ging das heiße Wasser in der Dusche irgendwann doch aus. Als sie in einem flauschigen weißen Bademantel, den er in dem einen oder anderen Urlaub geschenkt bekommen hatte, aus dem Bad kam, war er wach. Die Küche roch nach Kaffee. Er sah mit einem reuigen Lächeln auf seinen Computermonitor.

»Irgendwelche Neuigkeiten?«, fragte sie, da es Montag war, ein Tag für Neues.

»Tja, ich bin gefeuert.«

»Im Ernst?«

»Ich hätte heute Morgen in der Entzugsklinik einchecken sollen, weißt du noch? Mein Partner ist sogar hier vorbeigekommen, um mich hinzufahren.«

Jetzt erinnerte sie sich. Vor Tagesanbruch hatte jemand an die Tür geklopft. Sie hatte nicht reagiert, da sie gespürt hatte, dass auf der anderen Seite nichts Gutes wartete.

»Vielleicht kannst du das tun, wenn wir fertig sind.«

»Vielleicht.« Er klappte den Laptop zu. »In einer halben Stunde treffen wir uns mit den Detectives.«

Das ließ ihr gerade genügend Zeit, um sich anzukleiden und präsentabel zu machen. Sie sah auf ihr Telefon – da war eine Textnachricht von Steve Slater, der fragte, wie es ihr gehe, was sie übersetzte als: *Wann zum Teufel kommst du zurück?*

»Ich rufe nachher an«, antwortete sie ihm, obwohl sie keine Ahnung hatte, wann das sein würde.

Auf der Wache war Procopio unangenehm überrascht, Danielle zu sehen. Er führte sie beide in einen Vernehmungsraum und bat sie zu warten. Kurz darauf kehrte er mit Gates zurück, die ebenfalls überrascht war, Danielle zu sehen, es aber besser verbarg.

»Was gibt's?«, fragte sie, sobald alle saßen.

»Es war Jack Parrish, den ich vor dem Haus der Bondurants gesehen habe«, sagte Patrick.

Ein langes Schweigen trat ein, das Procopio brach.

»Und das ist Ihnen gerade erst eingefallen?«

»Ich habe seinen Namen und dann sein Foto gesehen, und das hat meinem Gedächtnis auf die Sprünge geholfen.«

Jemand klopfte an die Tür. Es war die Frau aus dem Büro des Bezirksstaatsanwalts. Penny.

»Könnten Sie das bitte für meine Kollegin wiederholen?«, bat Gates.

Während Patrick sprach, konnte Danielle sehen, dass sie ihm nicht glaubten.

»Okay«, sagte Penny. »Das ist Ihnen also wieder eingefallen, als Sie auf Twitter Fotos von Jack sahen.«

»Na ja, ja«, bestätigte Patrick nach einem Augenblick.

»Sie sehen das Problem dabei, oder?«

»Eigentlich nicht.«

»Ich versetze mich hier an Ihre Stelle als Augenzeuge«, sagte die Staatsanwältin. »Sie können denjenigen, den Sie angeblich gesehen haben, nicht identifizieren, und dann sehen Sie ein Foto von jemandem, über dessen Schuld die Leute spekulieren, und plötzlich erinnern Sie sich daran, dass er es ist. Das ist ziemlich schwer zu glauben.«

»Funktionieren Gegenüberstellungen nicht auch so?«

»Mit Fotos meinen Sie«, sagte Procopio. »Und sie funktionieren ziemlich genau entgegengesetzt.«

»Ich habe gesehen, was ich gesehen habe.«

Die Staatsanwältin nickte, allerdings nicht zustimmend.

»Hatten Sie Jack Parrish schon einmal gesehen?«, fragte Gates.

»Als er jünger war.«

»Unter welchen Umständen?«

»Da war eine Party im Haus seiner Eltern.«

»Eine Party? Sie sind also mit der Familie befreundet?«

»Befreundet würde ich nicht sagen. Sein älterer Bruder war kurz mit meiner Tochter zusammen.«

»Mit der, die gestorben ist?«, fragte Gates.

»Es gibt nur eine Tochter«, erwiderte Patrick mit einer Trotzigkeit, die hohl klang.

»Sie waren nicht zufällig Samstagabend am Haus der Parrishs?«, fragte Procopio.

»Nein. Was? Nein.«

»Da sind Sie sich sicher?«, beharrte Procopio.

»Natürlich bin ich mir sicher.«

Der Detective sah ihn ungläubig an, dann wandte er sich an Danielle.

»Was ist mit Ihnen?«

»Nein«, erwiderte sie. »War ich nicht.«

»Okay.« Gates klopfte einmal auf den Tisch. »Ich danke Ihnen beiden dafür, dass Sie zu uns gekommen sind. Wir werden das alles in unsere Überlegungen einbeziehen.«

»Was bedeutet das?«, fragte Patrick.

»Einfach das, was ich gesagt habe«, erwiderte Gates überaus liebenswürdig.

Procopio öffnete die Tür. Patrick wirkte frustriert, doch mehr konnte er nicht tun. Die Unterredung war beendet. Er stand auf, Danielle ebenfalls.

»Ms Perry, könnte ich Sie kurz sprechen?«, fragte Gates.

Sie setzte sich wieder. Patrick sah sie an. Er wollte sie hier nicht allein lassen.

»Kommen Sie, Patrick«, sagte Procopio wie zu einem Kind oder zu jemandem, den er gerade hochgenommen hatte.

Patrick hatte keine andere Wahl, als ihm zu folgen. Die Staatsanwältin blieb zurück.

»Wie kommen Sie zurecht, Danielle?«, fragte Gates.

»Ich schlage mich so durch.«

»Also, was ist da los?« Gates meinte den Mann, der gerade gegangen war.

»Ja, ich weiß, wie das aussieht. Aber ich glaube, er hat recht.«

Darüber dachte Gates kurz nach.

»Na schön, ich komme gleich zur Sache. Dieser Fall wird allmählich ziemlich schräg, aber das muss nicht so sein. Haben Sie heute Morgen die Nachrichten gelesen?«

»Nein. Ich meine, welche Nachrichten?«

»Es sieht so aus, als unterhielten Christophers Vater und Hannah Holts Stiefmutter eine Liebesbeziehung. Damit haben sie ordentlich Aufsehen erregt.«

»Im Ernst?«

»Ja, im Ernst. Wir sind uns ziemlich sicher, dass sie sich diesen Twitter-Thread über Jack Parrish, den Sie bestimmt gelesen haben, ausgedacht haben, um den Verdacht von Michels Sohn abzulenken.«

»Das soll sie ihrer eigenen Tochter angetan haben? Sie als Lügnerin zu brandmarken?«

»Stieftochter. Und die Antwort auf Ihre Frage lautet Ja.«

Patrick hatte das gewusst. Er hatte es gelesen, während sie das endlose heiße Wasser genossen hatte. Aber er hatte es ihr nicht gesagt, obwohl sie ihn eigens gefragt hatte, ob es etwas Neues gebe. Gates sah Penny an und hob die Augenbrauen.

»Okay«, sagte die Staatsanwältin. »Ich möchte, dass Sie das für sich behalten, aber Sie verdienen es, das zu wissen. Wir haben mit Christophers Anwalt Gespräche über ein Schuldeingeständnis aufgenommen.«

»Wirklich?«, fragte Danielle und klang so verzagt wie noch nie.

»Ja«, bestätigte Gates. »Er hat Ihr Kind getötet, Danielle. Nicht Jack Parrish oder Jack the Ripper oder irgendein anderer Jack. Sicher, zuerst haben wir ihn uns angesehen, natürlich, aber jetzt nicht mehr. Die Beweise gegen Mahoun sind erdrückend. Aber selbst ohne das … Ich mache das schon sehr lange. Wenn Leute schuldig sind, das merkt man einfach. Sie haben etwas an sich. Und bei Christopher – weiß ich es. Er ist an irgendetwas schuldig, und ich kann mir nicht vorstellen, was es sonst sein sollte. Das nagt an ihm. Nicht mehr lange, und er wird gestehen, und dann ist dieser ganze Wahnsinn vorüber.«

Danielle fühlte sich plötzlich sehr allein.

»Wenn man ihn ansieht, kommt es einem unwahrscheinlich vor, das weiß ich. Aber er hat es getan. Liebe Kinder tun manchmal schlimme Dinge. Er hat es getan, und alles andere ist nur dummes Geschwätz.«

»Aber was ist denn passiert?«

»Ich darf Ihnen noch immer nicht alles sagen, bis die Verhandlungen abgeschlossen sind, aber anscheinend war Christopher wütend auf Eden, nachdem sie ihm gesagt hatte, dass sie nicht an einer sexuellen Beziehung mit ihm interessiert war. Ein Streit brach aus. Er griff sie an, sie ist gestürzt, und ...«

»Sie wurde also nicht vergewaltigt?«

»Wir haben keine Beweise, um ihm das zur Last zu legen.«

Eine merkwürdige Art, Nein zu sagen, aber mittlerweile kannte Danielle diese Polizistin gut genug, um zu erkennen, dass sie nicht mehr sagen würde.

»Was Patrick Noone angeht, er hat Probleme. Seine eigene Tochter und das Trinken. Das sehen Sie ja. Sie sind eine kluge Frau.«

»Aber ...«

Danielle merkte, dass sie nichts mehr zu sagen hatte.

»Die Leute reden immer davon, mit etwas abzuschließen, aber eigentlich wollen sie das nicht«, fuhr Gates fort. »Die meisten jedenfalls. Als mein Vater starb, brauchte meine Mutter ein Jahr, bis sie seine Ansage auf dem Anrufbeantworter ersetzt hat. Meine Brüder und mich hat das wahnsinnig gemacht, aber auf diese Weise konnte sie ihn festhalten.«

»Wie kam es, dass sie seine Stimme am Ende doch gelöscht hat?«

»Das Band ging kaputt.« Gates schüttelte diese Erinnerung ab. »Ich glaube, Sie versuchen zu verhindern, dass Eden ganz fort ist, wenn wir Mahoun erst weggesperrt haben. Solange es noch etwas anderes zu tun gibt, können Sie diesen Tag aufschieben.«

»Er sagt, er hört noch immer die Stimme seiner Tochter.«

»Ich könnte mir vorstellen, dass dieser Mann so einiges hört«, sagte Gates traurig.

Danielle nickte. Gates hatte natürlich recht.

»Fahren Sie nach Hause und schlafen Sie ein bisschen. Und dann sollten Sie sich bereit machen, Ihre Tochter zu bestatten, denn wir werden sie sehr bald zu Ihnen nach Hause schicken.«

PATRICK

Beide sprachen sie kein Wort, bis sie in der Eingangshalle standen.

»Sie machen einen Fehler«, brach Patrick das Schweigen.

»So, ich möchte, dass Sie mir zwei Gefallen tun«, sagte Procopio und gab sich betont vernünftig. »Erstens möchte ich, dass Sie sich von Danielle Perry fernhalten. Diese Sache zerreißt ihr das Herz, und Sie sind ihr keine Hilfe.«

Patrick wollte ihm antworten, doch der Detective hob die Hand.

»Nummer zwei ist nicht optional. Sie halten sich gefälligst vom Haus der Parrishs fern. Wenn Sie sich da noch mal blicken lassen, dann sehen wir uns unter ganz neuen Voraussetzungen wieder. Haben Sie mich verstanden?«

Patrick antwortete nicht. Procopio sah ihm in die Augen. Trotz des Anzugs und der Beförderung war er noch immer derselbe Schlägertyp wie Gabi gegenüber.

»Wir bleiben hier so lange stehen, bis Sie mir sagen, dass Sie mich verstanden haben.«

»Ich habe Sie verstanden.«

Procopio verzog das Gesicht und gab sich jetzt keine Mühe mehr, seine Verachtung zu verbergen.

»Ich meine, haben Sie denn nichts zu *tun?*«

Ohne eine Antwort abzuwarten, machte er kehrt und ging zurück durch die Tür. Patrick stand reglos da, bis ihm bewusst wurde, dass der diensthabende Beamte ihn beobachtete. Besser, er wartete draußen auf Danielle.

Es war ein prachtvoller Frühlingstag. Vögel, Sonne, eine leichte Brise. Patrick versuchte, sich daran zu erinnern, wie es war, wenn man das genoss. Er stellte sich vor, in Vermont einen schattigen Weg entlangzuspazieren und den Schmerz hinter sich zu lassen. Bloß war mittlerweile so vieles unmöglich geworden. Das, was er nicht mehr tun konnte, schob ihn auf das zu, was übrig blieb.

Danielle kam aus dem Gebäude. Obwohl ihm klar war, was sie ihr erzählt haben würden, war er auf ihre grimmige Miene nicht gefasst.

»Was ist?«

Doch sie ging schweigend an ihm vorbei und setzte sich auf den Beifahrersitz.

»Christopher Mahoun wird sich schuldig bekennen«, sagte sie, als er neben ihr saß.

»Das bedeutet nur, dass sie ihn weichgekocht haben.«

»Oder dass er meine Tochter getötet hat.«

»Danielle …«

»Sie halten dich für einen durchgeknallten Alkoholiker, Patrick.«

»Ja, das habe ich mehr oder weniger kapiert.«

»Wie besoffen warst du in dieser Nacht? War es so schlimm wie am Samstag?«

»Ich weiß, was ich gesehen habe.«

»Warum hast du mir das mit Christophers Vater und Hannahs Mutter nicht gesagt? Du hast das doch heute Morgen gesehen, oder?«

»Weil es keine Rolle spielt.«

Sie deutete mit dem Kopf auf das Gebäude.

»Für die schon.«

»Ich weiß, was ich gesehen habe.«

»So, wie du weißt, was du hörst?«

Es war eine grausame Bemerkung, die ihn tief zu treffen schien. Einen Augenblick lang wirkte sie, als ob sie sie bereute, doch dann wurde ihre Miene sogar noch grimmiger. Schweigend fuhren sie zurück zu seiner Wohnung.

»Ich fahre jetzt nach Hause«, sagte sie, nachdem er den Wagen auf dem für ihn reservierten Platz abgestellt hatte. »Bitte ruf mich nicht an.«

»Du musst das nicht tun.«

»Doch. Wir müssen das beide tun.«

Sie stieg aus und ging zu ihrem Auto. Als sie an ihm vorbeifuhr, sah sie ihn nicht an. Es war kurz nach zehn Uhr vormittags. In zwei Stunden würde es Mittag sein, und dann, danach, käme der Rest seines Lebens. Er ging hinein und weckte seinen Computer auf. Griffs E-Mail war noch geöffnet.

Patrick,
ich weiß, dass du da warst, als ich heute Morgen vorbeikam. Ob du mich gehört hast oder nicht, ist irrelevant. Offensichtlich müssen wir uns vollständig von dir trennen. Alle haben sich richtig ins Zeug gelegt, aber wir können es uns schlicht nicht mehr erlauben, dass du mit dem Fonds in Verbindung gebracht wirst. Lance wird sich wegen der Abfindung mit dir in Verbindung setzen. Sie wird fair sein. Ich wünsche dir Glück. Wirklich.

G

Trennen. Er warf einen Blick in die Nachrichten, aber da war nichts über das bevorstehende Schuldeingeständnis. Damit war allerdings auch nicht zu rechnen. Von nun an würde alles hinter den Kulissen geschehen. Er las einige der Reaktionen auf die Nachricht von der Affäre zwischen Michel Mahoun und Alice Hill. Die öffentliche Meinung hatte sich ins Gegenteil verkehrt. Jack Parrish war jetzt unschuldig. Er war ein Sündenbock, ein Strohmann. Christopher Mahoun war der Schuldige.

Er trank etwas. Der Alkohol stieg ihm sofort zu Kopf, wie es manchmal geschah. Patrick hatte den Punkt erreicht, an dem er nicht mehr absehen konnte, wie es laufen würde. Er schenkte sich nach und ließ sich auf dem Lehnsessel nieder. Er dachte daran, wie Danielles Körper sich heute Nacht angefühlt hatte, kleiner, als er ihn sich vorgestellt hatte, zerbrechlicher. Er dachte an das, was Procopio gesagt hatte: *Sie sind ihr keine Hilfe.* Er leerte das zweite Glas und schenkte sich ein drittes ein.

Und dann war es Nachmittag. Er fuhr zum Biosupermarkt. An einer Kreuzung hupte ihn jemand an, aber er wusste nicht, ob wegen etwas, das er getan, oder wegen etwas, das er nicht getan hatte. Als er einparkte, hörte er ein lautes Schrammen. Der Bordstein.

Im Supermarkt stieß er gegen eine schräge Auslage mit Limetten. Ein paar fielen herunter. Er beobachtete, wie sie über den glänzenden Boden rollten, und ging dann weiter. *In Gang P aufräumen,* dachte er, oder vielleicht sagte er es auch laut. Die Behälter mit den duftenden warmen Gerichten beachtete er gar nicht, sondern pflückte aufs Geratewohl ein Sandwich aus der Kühltheke. Das Zellophan fühlte sich wie die Haut von etwas Totem an. Als er den Ausgang schon fast erreicht hatte, hörte er hinter sich eine Stimme.

»Entschuldigung?«

Eine Frau, schüchtern, aber beharrlich. Er ging weiter.

»Sir?«

Jetzt war sie neben ihm. Er konnte sie nicht ignorieren. Patrick drehte sich um. Sie war jung. Auf ihrem Namensschildchen stand RAE. Sie hatte ein rundes Gesicht; ihr Haar war in einem hellen Gelbgrün gefärbt und um das rechte Ohr herum ausrasiert. Auf ihren nackten Armen waren Tätowierungen, geometrische Formen in unregelmäßigen Abständen, wie die Kritzeleien eines frühen Astronomen, der noch herauszufinden versuchte, wie das da oben alles zusammenpasste.

»Ich habe schon bezahlt«, sagte Patrick.

»Was? Nein, ich wollte bloß ... geht es Ihnen gut?«

Patrick rang um Worte. Es war keine einfache Frage.

»Sie sind Gabis Vater, oder?«

»Haben Sie sie gekannt?«

»Wir waren im selben Jahrgang. Es ist einfach so ...«

»Ja«, sagte er. »Das ist es.«

»Jedenfalls, Sie sehen aus, als könnten Sie ein bisschen Hilfe brauchen.«

Andere beobachteten sie jetzt, Angestellte und Kunden. Ein Gesicht erkannte er wieder, eine Mutter oder Kundin oder Nachbarin. Alle hatten die gleiche Mimik: Er sah aus, als könnte er ein bisschen Hilfe brauchen.

»Nein, es ist nur ... nicht mein Tag.«

Als wäre damit alles erklärt, stieß Rae den angehaltenen Atem aus. Er reichte ihr das Sandwich. Nach einem Augenblick der Verwirrung nahm sie es. Es war Cranberry-Thunfisch, etwas, das er sowieso niemals essen würde.

Zu Hause trank er. Die Zeit verhielt sich wie ein Bumerang. Stunden vergingen, und dann war es erst wenige Minuten später. Er erinnerte sich daran, wie Danielle ihn angesehen hatte, als sie die Polizeiwache verließ; er erinnerte sich an die Limetten, die über den glänzenden Boden gerollt waren, kleine grüne Monde, die dem Sog der Schwerkraft entkamen. Er erinnerte sich an die beiden Silhouetten, die ihn angestarrt hatten, als er vor dem Haus der Parrishs gestanden hatte. Oliver und Celia. Oder vielleicht auch Celia und Jack. Besorgt vielleicht, aber zugleich wussten sie, dass sie da drinnen sicher waren.

Er musste eingeschlafen sein, denn plötzlich war es dunkel. Wieder hatte sich etwas verändert. Ein Abtrennungsprozess in seinem Inneren, der mit dem Tod seiner Tochter begonnen hatte, war jetzt abgeschlossen. So hatte er sich zuletzt auf dem College gefühlt, als er bei einem Lauf quer übers Spielfeld eine Gehirnerschütterung davongetragen hatte. Ein Linebacker hatte den Kopf gesenkt; Helm war auf Helm getroffen. Er hatte gewusst, dass er sich gerade verletzt hatte, womöglich sogar schwer, aber es war auch ein gewisses Hochgefühl dabei gewesen, eine Freiheit. Diesmal fühlte es sich dauerhaft an. Er war nicht mehr Teil seines Lebens. Die Bereiche seines Körpers, die sprachen, fühlten und sich bewegten, unterlagen nicht mehr seiner Kontrolle. Er war lediglich ein Passagier. Er konnte nicht mehr tun, als zuzusehen und abzuwarten, was geschehen würde.

Patrick suchte sein Telefon, rief Danielles Nummer auf und tippte: *Ich kümmere mich jetzt darum.*

Er drückte auf Senden und holte seine Schlüssel. Sein Wagen gab beim Losfahren ein unheilvolles Geräusch von sich. Er musste ziemlich hart gegen den Bordstein geprallt sein. Sein Körper fuhr vorsichtig. Bis zur Fox Chase Lane dauerte es nicht lang. Diesmal parkte er ein Stück die Straße hinunter. Auf dem Weg zu den Parrishs kam er an drei weiteren Häusern vorbei, allesamt wuchtig und still. Ohne zu zögern, ging er über den unkrautfreien Rasen. Er umrundete das Haus und kam dabei an einem erleuchteten Fenster vorbei.

Durch die Scheibe sah er ein großes, von Büchern gesäumtes Arbeitszimmer, ein Heiligtum in Weinrot und Kastanienbraun. Oliver saß mit dem Rücken zum Fenster an seinem massiven Schreibtisch und telefonierte; die dicke Verglasung dämpfte seine Stimme.

Hinter dem Haus befand sich eine Terrasse, die mit einem niedrig hängenden Flatterband abgesperrt war. Auf dem Rasen daneben stapelten sich Gartenmöbel. Patrick stieg über die unzulängliche Barriere hinweg und ging über frisch verlegte Steine zur Terrassentür. Sie stand einige Zentimeter weit offen, doch die Fliegengittertür war abgeschlossen. Mit seinen Schlüsseln riss er ein Loch in das Drahtgeflecht, griff hindurch und öffnete die Tür.

Die Küche war verlassen. Eine Geschirrspülmaschine lief; Olivers Stimme tönte durch den Flur. Patrick wartete ab, was sein Körper als Nächstes tun würde. Und dann donnerten Schritte die Treppe herab. Patrick ging weiter in die Küche hinein, an der Spüle vorbei, aus deren Abfluss ein leichter Gemüsegeruch aufstieg, und weiter, bis er in einer Nische stand, von der aus man auf den Rasen blickte.

Jack betrat die Küche. Er trug eine Trainingshose und ein Van-Halen-T-Shirt. Sein Haar war zerzaust, als hätte er gerade geschlafen. Er öffnete den Kühlschrank und sah hinein. Patricks Hand zog sein Telefon aus der Jackentasche. Seine Finger bewegten sich übers Display, und dann war da ein Foto von Eden, das, welches alle gesehen hatten, mit rotem Haar und diesem Lächeln. Patrick verließ die Nische und umrundete geräuschlos die Kücheninsel, sodass er Jack den Weg sowohl zum Flur als auch zur Gartentür versperrte. Der Junge schloss den Kühlschrank wieder und entdeckte ihn im selben Moment. Er hielt ein Stück Käse in der Hand.

»Was soll der Scheiß?«

»Du musst es den Leuten sagen.« Patrick drehte das Telefon so, dass der Junge ihr Gesicht sehen konnte. »Du musst ihnen die Wahrheit sagen, du musst ihnen sagen, was du ihr angetan hast.«

Der Junge begriff, dass er in der Falle saß. Selbst wenn er hinten um die Kücheninsel herumliefe, könnte Patrick ihm mit wenigen Schritten den Weg abschneiden. Und dann weiteten sich Jacks Augen, und er schüttelte den Kopf. Patrick drehte sich um. Celia war hereingekommen. Er hatte sie nicht kommen hören. Sie versteifte sich und wich einen Schritt zurück.

»Patrick? Was machen Sie hier?«

»Ihr Sohn muss die Wahrheit sagen.«

Irgendwo im Haus ertönte ein Geräusch, es läutete an der Tür, dann wurde energisch geklopft.

»Sie sollten gehen.«

»Nicht bevor er die Wahrheit gesagt hat.«

Sie drehte den Kopf Richtung Flur, ließ ihn aber nicht aus den Augen.

»Oliver!«

»Nein …«

»Oliver!«

Patrick erwog, durch die Gartentür zu flüchten, doch Jack musste die Wahrheit sagen. Er ging auf den Jungen zu. Jack wich zurück, aber Patrick bewegte sich jetzt schnell, so flink wie damals als junger Mann. Er packte Jack am Arm und hielt dem Jungen das Telefon vors Gesicht, sodass ihm nichts anderes übrig blieb, als hinzusehen.

»Sieh sie dir an.«

Hinter ihm ertönten weitere Geräusche. Er drehte sich um und ließ dabei das Telefon sinken, hielt den Arm des Jungen jedoch weiter fest. Oliver stand jetzt in der Küche. Er sah Patrick in die Augen, und Patrick sah ihm in die Augen.

»Moment …«, sagte Patrick.

Da war noch ein Mann. Procopio. Er zog seine Pistole aus dem Hüftholster, richtete sie auf Patrick und begann zu schreien. Patrick hob das Telefon, um ihnen Eden zu zeigen. Ehe er noch etwas sagen konnte, ehe er es erklären konnte, schrie Oliver etwas, ein einzelnes Wort, und dann war da ein Geräusch, das alle Stimmen übertönte, und wieder sah Patrick den Schlag nicht kommen. Gleich darauf lag er am Boden und wusste, dass er verletzt war, doch ihn erfüllten ein Hochgefühl und die Möglichkeit der Freiheit. *Das war's also,* dachte er. Und dann kamen die Schmerzen und trugen ihr eigenes Ende in sich.

DIENSTAG

MICHEL

Cantor rief um kurz nach Mitternacht an. Er musste die Geschichte zweimal erzählen, ehe Michel, der seit dem *Herald*-Artikel vom Morgen noch immer unter Schock stand, begriff, was ihm da mitgeteilt wurde.

»Aber warum?«

»Er war auf einer Mission. Er hat behauptet, er habe Jack in der Nacht von Edens Tod gesehen.«

Es war unvorstellbar. Ein Einbruch, Schüsse, Blut. Patrick Noone. Michel sah nur einen makellos gekleideten Mann mit guten Manieren vor sich, der allein an einem Ecktisch saß und beim ersten Schluck Grand Cru, den er im Folgenden friedlich leeren würde, die Augen schloss.

»Und was bedeutet das für uns?«

»Es erweckt den Anschein, als würden nur Verrückte Jack Parrish für schuldig halten. Schauen Sie, Michel, im Moment ist alles im Fluss. Gelinde gesagt. Ich muss ein paar Gespräche führen, Bilanz ziehen. Morgen komme ich vorbei, und dann sehen wir, wo wir stehen.«

Diese Nacht wurde zu einer endlosen Abfolge von Stunden, Minuten und Sekunden. Jedes Mal wenn er kurz davorstand, einzuschlafen, schossen ihm ungebetene Bilder durch den Kopf. Das kaputte Spielzeug im Besuchsraum des Gefängnisses. Das Foto von Alice und ihm in der Zeitung. Patrick Noone, der Sofia anlächelt, als sie ihm Wein nachschenkt. Ihm graute vor der Klarheit des Morgens, vor dem fahlen Licht und den vorbeifahrenden Autos.

Cantor traf kurz vor Mittag ein. Er sah nicht glücklich aus.

»Und?«, fragte Michel.

»Es ist so, wie ich befürchtet habe. In den Augen der Leute entlastet es Jack.« Frustriert schüttelte er den Kopf. »Und da ist noch etwas. Ich habe endlich erfahren, was sie außer den Kratzern noch an kriminaltechnischen Erkenntnissen haben. Es steht nicht gut für uns.«

»Okay.«

»Sie haben Spuren von Christophers DNA in der Vagina des Opfers gefunden.«

»Das ist unmöglich.«

»Mir gehen hier die Alternativen aus, Michel. Letzten Endes wird die Staatsanwaltschaft der Jury einfach Fotos einer toten jungen Frau präsentieren, die aussieht, als hätte Gott die Sonne nur erfunden, damit sie auf sie herabscheint. Daran werden sie jemandem die Schuld geben wollen, und ich fürchte, wenn die Flasche aufhört, sich zu drehen, wird sie auf Ihren Jungen zeigen.«

Er hielt inne. Wählte seine Worte jetzt mit Bedacht.

»Und da ist noch etwas, und ich sage das mit allem gebotenen Respekt. Ihr Sohn ist nicht unbedingt weiß. Manche Leute werden ihn ansehen und an den Boston-Marathon denken. Sie werden an die Twin Towers denken.«

»Wir sind katholisch. Er ist Franzose.«

»Tja, wir sind hier in Massachusetts. Es gibt solche und solche Katholiken. Und was das Französischsein angeht: Lassen wir das im Moment mal beiseite. Michel, sehen Sie sich um. Wir leben nicht gerade im Zeitalter der Aufklärung. Da draußen laufen eine Menge Verrückter herum, die keine großen Anhänger von begründeten Zweifeln sind. Oder überhaupt von Vernunft. Und die sitzen *für ihr Leben gern* in Jurys.«

»Was geschieht, wenn wir vor Gericht verlieren?«

»Schlimmstenfalls? Lebenslang. Bestenfalls fünfzehn Jahre.«

»Was tun wir also?«

»Gemeinhin würde man denken, dass der DNA-Fund und die gestrigen Vorfälle ihre Position stärken. Aber wir sind hier in Emerson. Diese Sache wird allmählich zu einem peinlichen Spektakel, und ich garantiere Ihnen, die Leute, die in dieser Stadt das Sagen haben, von denen einer zufälligerweise Parrish heißt, die wollen kein peinliches Spektakel. Es hat ihnen in den letzten paar Jahrhunderten gute Dienste geleistet, nicht im Rampenlicht zu stehen. Sie werden sich auf einiges einlassen, damit das so bleibt.«

»Was bedeutet das? Speziell für uns?«

»Ihr Sohn bekennt sich des Totschlags im Affekt schuldig. Die DNA-Spuren erklären wir damit, dass sie rumgemacht hätten. Sieht so aus, als würden sie das akzeptieren. Es ist kein Sperma, das hilft uns sehr. Sie standen sich nahe, das ist bekannt. Die Leute hatten schon mal gesehen, dass sie sich küssten. Aber an diesem Abend kommt es zum Vorspiel, und dann sagt sie ihm, sie fährt nicht darauf ab. Sie streiten sich, es wird hitzig. Er ist jung und unerfahren in Herzensdingen, und er verliert für ein paar Sekunden die Beherrschung. Er hatte gar nicht die Absicht, sie zu töten. Es war kein stumpfer Gegenstand, keine geballte Faust im Spiel. Es war nur ein Schubser. Was Eden zugestoßen ist, war größtenteils ein Unfall.«

»Und wenn sie akzeptieren?«

»Erst mal fünfzehn Jahre. Das ist vorgeschrieben. Aber das würde auf fünf herabgesetzt, sobald der Zirkus weiterzieht. Wenn Christopher rauskommt, ist er Mitte zwanzig.«

Michel konnte sich das nicht vorstellen. Und dennoch wusste er, er musste es tun.

»Reden Sie mit Ihrem Sohn, Michel. Er muss begreifen, was auf dem Spiel steht.«

»Wie lange haben wir Zeit für die Entscheidung?«

»Die Tür steht bis Ende der Woche offen.«

»Ich rede mit ihm«, sagte Michel. »Aber ich bin nicht glücklich damit.«

»Klar, Glücklichsein ist bei uns allen im Moment ein bisschen viel verlangt.«

Ehe Cantor ging, rief er noch bei der Bezirksstaatsanwaltschaft an und vereinbarte für Michel einen Besuch bei seinem Sohn an diesem Nachmittag. Das lag außerhalb der üblichen Besuchszeiten, doch man war bereit, eine Ausnahme zu machen. Michel war kein streitbarer Vater mehr. Er war jetzt ein potenzieller Verbündeter.

Im Gefängnis gaben sie ihnen einen für Anwälte reservierten Raum. Es gab keinen Wachmann, keine zeitliche Begrenzung. Die Dekoration des Raums beschränkte sich auf ein Plakat, das alles auflistete, was sie nicht tun durften. Als sie Christopher hereinführten, trug er keine Handschellen. Sie umarmten sich und verstießen damit gegen Regel Nummer eins. Christophers Körper fühlte sich schlaff an, substanzlos.

»Bei Jack zu Hause wurde also jemand erschossen?«, fragte er, ehe Michel etwas sagen konnte.

»Er hieß Patrick Noone. Er war einer unserer Gäste. Du würdest dich an ihn erinnern. Er sagte, er hätte Jack etwa um die Zeit, als Eden starb, draußen vor dem Haus gesehen.«

»Verdammt. Aber das ist gut für uns, oder?«

»Die Leute sagen, er war verrückt.«

»Klar. Natürlich.« Zum ersten Mal sah er seinem Vater in die Augen. »Also. Du und Hannahs Mom.«

»Es tut mir so leid.«

»Sie ist verheiratet, Dad. Was glaubst du, was Mom sagen würde?«

»Es würde ihr nicht gefallen. Ganz und gar nicht.«

Sein Sohn starrte ihn an und nahm eine weitere Nachjustierung an seiner Weltsicht vor.

»Und warum haben sie dich heute zu mir gelassen? Es ist nicht unsere Zeit.«

»Ich werde dir etwas erzählen, aber vorher möchte ich …«

»Cantor meint, ich soll mich schuldig bekennen.«

Überrascht prallte Michel zurück. Wer war dieser hellsichtige, weltverdrossene junge Mann, der da vor ihm saß?

»Sie haben DNA-Spuren in ihr gefunden. Deine.«

»Ja, okay.«

»Es ist für ihn einfach schwer zu verstehen, wie er dich verteidigen soll.«

Christopher sah auf den Tisch, sein Blick wurde leer.

»Es ist schlimm hier drin«, sagte er. »Ich wünschte, ich könnte sagen, dass es das nicht ist. Meistens ist es langweilig, und dann ist es total beängstigend. Und der nächste Laden soll tausendmal schlimmer sein.«

Der nächste Laden.

»Tun sie dir weh?«

»Bis jetzt nicht.«

Michel wollte ihn fragen, wie er das meinte, aber er war sich nicht sicher, ob er die Antwort ertragen konnte. Christopher sah ihm in die Augen.

»Und was sagt er, wie lange?«

»Fünf Jahre.«

Christopher dachte darüber nach, dann stieß er ein freudloses Lachen aus.

»Wie College. Wenn ich vorher ein Auslandsjahr einlege.«

Er senkte den Blick wieder auf den Tisch.

»Okay. Ich nehme an.«

»Christopher, warte …«

»Bitte, lass uns das einfach hinter uns bringen.« Er schüttelte verbittert den Kopf. »Ich hab's sowieso verdient.«

»Wie meinst du das?«

»Ich habe dich am Samstag angelogen«, sagte Christopher. »Bei dem, was passiert ist.«

Er legte die Hände offen auf den Tisch und blickte hinein, als läse er aus einem unsichtbaren Buch vor.

»Du weißt einfach nicht, wie Jack ist. Ja, er kann die meiste Zeit dein bester Freund sein. Er schenkt dir Sachen und nennt dich Bro. Aber dann geht er plötzlich auf dich los. Sorgt dafür, dass du dich scheiße fühlst. Als wärst du nichts.« Er verstellte seine Stimme, ließ sie schroff und verächtlich klingen. »Du bist ein Schlappschwanz. Du wirst niemals bei ihr landen. Wenn du diese wertlose Schlampe nicht ficken kannst, kommst du niemals zum Zug.«

»Warum warst du mit diesem Ungeheuer überhaupt befreundet?«

Christopher blickte hoch.

»Weil ich ohne ihn niemand war.«

»Das stimmt nicht.«

»Doch. In der Schule war ich unsichtbar. Du weißt nicht, wie das ist, weil du dieser angesagte Koch bist, den alle toll finden. Aber ich bin nur irgendein kleiner, braunhäutiger Teenager. Klar, alle sind höflich. Niemand beschimpft einen. Aber das liegt nur daran, dass niemand irgendwas zu einem sagt. Und dann fängt Jack an, mit mir abzuhängen. Ich weiß, dass er vor allem jemanden rumkommandieren will, aber egal. Es war wie eine Initiation. So habe ich es jedenfalls betrachtet.«

»Initiation? Christopher, er hat dich *schikaniert.*«

»Das war es wert.« Er lächelte bitter. »Dachte ich.«

Er senkte den Blick wieder auf dieses unsichtbare Buch in seinen Händen.

»Also, sie liegt da und ist weggetreten, und er sagt: ›Du fängst das total falsch an, Mahoun. Bräuten wie der, denen muss man es zeigen. Wenn du sie respektierst, halten sie dich bloß für eine Schwuchtel. Du musst sie auf Touren bringen, bis ihr Widerstand weg ist. Sie wird es geil finden.‹ Dann zieht er ihr die Schlafanzughose runter und packt mich im Nacken. Du ahnst nicht, wie stark sein Griff ist. Scheiße, der ist wie aus Eisen. Er sagt: ›Wenn du diese Schlampe nicht sofort fickst, erzähle ich allen, was für ein Schlappschwanz du bist.‹ Dann hält er mir den Mund dicht ans Ohr und sagt so: ›Fass sie einfach an, Mann. Damit du mal siehst, wie verdammt gut sich das anfühlt.‹«

Christopher kämpfte mit den Tränen.

»Ich war … ich weiß auch nicht. Vor allem erschrocken. Aber auch irgendwie so: Vielleicht läuft das ja wirklich so. Alles andere funktioniert nicht. Und ich hab mich so nach ihr gesehnt. Ich hab sie so geliebt. Also habe ich es einfach getan. Ich habe ihr die Finger reingesteckt. Erst einen, dann zwei. Ich hab versucht, sanft zu sein, weil ich ihr nicht wehtun wollte. Sie fing an, sich zu bewegen, und ich habe mir gesagt, es gefällt ihr.«

»Christopher …«

Er schüttelte den Kopf. Er wollte das jetzt loswerden.

»Jack hält immer noch meinen Nacken fest, ich kann ihn gleich hinter mir atmen hören, und dann er so: ›Okay, Mann, sie ist bereit. Na los. Fick sie. Tu's.‹ Er schiebt mich vor, drückt mich gegen sie, und da spüre ich – ich kann spüren, dass ich einen Ständer habe. Da wusste ich, das ist total falsch. Ich nehme die Hand weg, und da beschimpft Jack mich, er sagt: ›Wenn du das jetzt nicht tust, tu ich's.‹ Er stößt mich zur Seite und holt … er holt ihn raus. Ich kann mich nicht rühren. In diesem Augenblick wird sie wach. Sie sieht Jack mit dem Schwanz in der Hand und daneben mich, und sie sieht, dass ihre Hose runtergezogen ist. Du hättest ihre Augen sehen sollen, Dad. Sie hatte solche Angst. Er stürzt sich auf sie, und sie tritt um sich und dreht sich weg. Da packe ich ihn und ziehe ihn von ihr weg. Sie geht auf ihn los, und ich versuche bloß, das alles zu beenden, und das war, als sie mich gekratzt hat. Irgendwann bekomme ich sie auseinander. Sie haben es irgendwie geschafft, die Hosen hochzuziehen, bevor Hannah runterkommt. Wir versuchen, Eden zu beruhigen, aber es hat keinen Zweck. Sie kreischt herum, dass die Leute dafür bezahlen werden, dass sie ihre Mutter anrufen wird. Ich glaube, sie dachte, er hätte sie schon vergewaltigt. Also gehen wir einfach. Aber als wir draußen sind, sagt Jack zu mir, ich soll wieder rein und sie zum Schweigen bringen.«

Jetzt hatte er Tränen in den Augen.

»Und dann was? Christopher – was ist dann passiert?«

»Ich bin wieder reingegangen.«

»Und?«

Zornig wischte Christopher sich die Tränen ab.

»Reicht das nicht, was ich dir gerade erzählt habe? Wie schuldig willst du mich haben, Dad? Sag Cantor einfach, ich gestehe.«

Er stand auf, ging zur Tür und hatte kaum geklopft, da wurde ihm bereits geöffnet. Die Wache brachte ihn fort. Er sah sich nicht noch einmal um.

DONNERSTAG

ALICE

Sie hatte keine Ahnung, ob Hannah auftauchen würde. Die Nachricht, die Alice ihr geschickt hatte, war gelesen worden, doch sie hatte nicht geantwortet. Bei Hannah konnte das alles Mögliche bedeuten. Zum Beispiel: »Okay, ja, ich komme heute Nachmittag um drei zum Frozen-Yogurt-Laden, und wir klären das und sind wieder beste Freundinnen.« Oder sie könnte damit sagen: »Du machst wohl Witze, du hinterhältiges Biest.« Sehr wahrscheinlich bedeutete es jedoch bloß, dass sie keine Ahnung hatte, was sie tun sollte. Was schließlich Hannahs Default-Einstellung war.

Der Treffpunkt, den Alice ausgesucht hatte, war eine kleine, von Spalieren eingefasste Terrasse am Einkaufszentrum an der Centre. Sie wurde sowohl von dem Frozen-Yogurt-Lokal als auch von der Salatbar genutzt. Die ein Dutzend sechseckigen, halb vom Efeu verborgenen Metalltische waren um diese Jahreszeit normalerweise nicht besetzt; heute allerdings saßen dort schnatternde Jugendliche, die gerade aus der Schule freigelassen worden waren. Alice beschloss, im Auto zu bleiben, bis Hannah auftauchte. Falls sie denn auftauchte.

Sollte das nicht geschehen, dann sei es so. Es wäre nicht das Ende der Welt. Das schien bereits stattgefunden zu haben. Die letzten drei Tage waren eine trostlose Hölle gewesen. Bereits am Boden zerstört von Geoffs Enthüllung, dass die Überwachungsbänder Jack entlasteten, hatte sie nur ohnmächtig zusehen können, wie die schlechten Nachrichten sich häuften. Der Montag hatte eine Flut von Onlineschmähungen gebracht. *Nutte* schien die Beschimpfung der Wahl zu sein, aber es gab noch jede Menge andere. Geoff schickte ihr eine E-Mail, in der er ihr detailliert erklärte, in welcher Weise sie aus seinem Leben verbannt war. Auch von Hannah kam eine Nachricht: *Wie konntest du das tun?* Der Einzige, der sich nicht meldete, war der eine Mensch, von dem sie etwas hören wollte.

Und dann kam die Nachricht, im Haus der Parrishs sei ein Mann erschossen worden. Zuerst war sie sicher, dass es Michel war. Er war tot, und es war ihre Schuld. Sie ließ sich aufs Bett fallen und rührte sich eine Stunde lang nicht. Als sie sich schließlich doch aufrappelte, erfuhr sie, dass es irgendein Verrückter hier aus der Gegend war. Ihre Trauer und ihre Panik ebbten ab, aber ihr Schuldgefühl blieb. Ihr Thread hatte die Lawine ins Rollen gebracht, und jetzt war irgendeine arme Seele ausgelöscht.

Danach saß sie im Grunde in Zimmer 217 fest und hoffte, dass Michel sich bei ihr meldete. Roman aus South Beach veröffentlichte schließlich seine Nacktfotos von ihr. Wenigstens war sie darauf allein, auch wenn er gern mit von der Partie gewesen wäre. Sie las über Patrick Noone nach. Er hatte ein Gesicht, das vermutlich niemals geboxt oder angespuckt und ignoriert worden war. Unvorstellbar, dass ein Cop ihn erschossen hatte. Medienberichten zufolge war es nach dem Drogentod seiner Tochter, einer Waldo-Absolventin, immer weiter bergab gegangen mit ihm. Zwei Fotos von ihr machten die Runde. Eines zeigte ein echtes Klasseweib mit einem durchtriebenen Millionendollarlächeln. Das andere war ein erkennungsdienstliches Foto; ausgemergelt, schlechte Haut, tote Augen, das ungewaschene Haar ein Medusennest. Vorher und nachher. Sehr lange nachher.

Alice verfolgte auch die Wiederauferstehung des Jack Parrish nach. Die Flutwelle der Anschuldigungen, die ihn am Wochenende überrollt hatte, hatte sich zurückgezogen. Jetzt war er in der Rolle des Opfers; ein unschuldiger Junge, der aufgrund der Verleumdungen in den sozialen Medien beinahe auf der Schlachtbank gelandet wäre. Dieser grundlegende Sinneswandel spiegelte sich auch in der Mainstreampresse, wo seine Behandlung den Kommentatoren jetzt als Lehrstück galt, am auffälligsten in einem ausführlichen Kommentar im *Globe,* in dem sein Fall als Paradebeispiel für die Gefahren der sozialen Medien dargestellt wurde.

Und um dem allen die Krone aufzusetzen, ging nun das Gerücht, dass Christopher Mahoun sich anschicke, sich schuldig zu bekennen. Anscheinend wurde ihm jetzt nur noch Totschlag vorgeworfen. Für Freitag war ein Gerichtstermin angesetzt. Die Leute waren zuversichtlich, dass die ganze grausige Angelegenheit bis zum Wochenende erledigt sein würde.

Da beschloss Alice, die Stadt zu verlassen. So opulent das Frühstücksbüfett im Hilton auch sein mochte, es war Zeit, zu gehen. Sie würde ohne einen Blick zurück fortgehen. Dieses Vorstadtrefugium war zu viel für ihre Nerven. Man musste einfach zu viel opfern. Die Ecken und Kanten abzuschleifen schien ein kluger Spielzug zu sein, bis man so glatt, langweilig und tot wie ein Strandkiesel war und erkannte, dass die Kanten der Grund waren, weshalb man morgens aus dem Bett kam.

Also hieß es ab nach New York. Sie war ein bisschen spät dran für die Party, aber sie hatte ja noch ihr gutes Aussehen, größtenteils. Und jetzt würde sie auch Geld haben. Nicht die vollen fünfzig Prozent, doch Geoff würde so viel herausrücken, dass es für die absehbare Zukunft reichte, wenn auch nur, damit er seine Ruhe hatte. Und sie wäre endlich von ihren irrigen Vorstellungen in Sachen Liebe geheilt. Die Suche nach dem perfekten Mann war vorbei, denn sie hatte ihn bereits gefunden, und man sehe sich bloß an, was ihr das eingebracht hatte.

Dann erhielt sie Michels Textnachricht. Sie traf ein, als sie gerade packte. *Wir müssen reden.* Sie schrieb zurück, sie sei noch in der Stadt, und er antwortete, er sei gleich bei ihr. Einen kurzen Augenblick gestattete sie sich zu glauben, er wolle eine Versöhnung. Die Liebe habe alle Hindernisse überwunden. Doch dieser Gedanke war nicht von Dauer. Sie hatte das Leben dieses Mannes ruiniert. Es würde kein Knutschen, keine Aussöhnung geben.

Es klopfte leise an der Tür, und da war er. Er sah furchtbar aus. Bleich und mit geröteten Augen. Seine normalerweise makellose Frisur zerzaust; sein normalerweise makelloses Hemd zerknittert und voller Kaffeeflecken. Als er eintrat, sah er ihr nicht in die Augen. Sie hätte ihn gerne umarmt, wusste aber, dass das nicht ging. Er setzte sich auf die Kante des breiten Bettes, und sie hockte sich neben ihn. Zwei Spieler in einem Team, das gleich vom Platz gefegt werden würde.

»Du hast gehört, dass er sich schuldig bekennt.«

»Ja.«

Sie wartete darauf, dass er weitersprach. Er blickte auf ihre verzerrten Spiegelbilder auf dem Fernsehschirm.

»Ist er es?«, fragte sie schließlich. »Schuldig?«

»Ich weiß es ehrlich gesagt nicht.«

»Was soll ich für dich tun, Michel?«

»Rede mit Hannah. Du hast gesagt, sie würde dir die Wahrheit sagen, wenn du noch einmal mit ihr sprichst.«

»Leider ist sie im Moment wohl nicht mein größter Fan.«

»Aber sie war es einmal«, entgegnete er. »Vielleicht kannst du die Geschichte trotzdem aus ihr herausbekommen.«

»Ich versuch's. Natürlich versuche ich es.«

Schweigend saßen sie da und blickten weiter auf ihre verzerrten Abbilder. Alice legte Michel die Hand aufs Knie. Sie berührten einander, und dennoch war da nichts. Sie staunte darüber, wie schnell es unmöglich geworden war. Wie schnell es verschwunden war.

»Es tut mir leid. Ich wusste, dass es falsch war, was wir getan haben, aber ich dachte, wenn wir uns lieben, uns wirklich lieben, dann würde dadurch alles andere richtig.«

»Dann haben wir wohl beide den gleichen Fehler gemacht.«

Sie nahm die Hand fort und gestattete ihm, zu gehen. Er stand auf, schenkte ihr ein hilfloses Lächeln und ging aus dem Zimmer.

Hannah kam genau pünktlich. Sie sah sich an den Tischen um, dann warf sie einen Blick in das Frozen-Yogurt-Lokal. Alice stieg aus; Hannah entdeckte sie durchs Spalier. Sie versuchte, verächtlich zu blicken, bekam es aber nicht richtig hin. Alice winkte sie zu sich. Nach einem theatralischen Zögern kam Hannah zu ihr.

»Lass uns im Auto reden.«

Hannah willigte ein. Sie wollte nicht mit Alice gesehen werden.

»Ich fasse es nicht, dass du Dad betrogen hast«, sagte sie, sobald sie im Auto von der Außenwelt abgeschottet waren.

Diesen Satz hatte sie eindeutig geprobt. Dennoch lagen echte Bitterkeit und Verletzung darin.

»Ich liebe Michel«, erwiderte Alice. »Deinen Vater liebe ich nicht.«

»Aber du hast ihn angelogen.«

»Ich fürchte, das ist die Zwickmühle dabei. Man muss die Affäre erst haben, um zu wissen, dass es das Richtige ist. Du kannst ja schlecht zu deinem Gatten gehen und sagen: ›Schatz, ich überlege, ob ich mich mit einem anderen Mann einlassen soll, aber vielleicht klappt es nicht mit ihm, also warte ab, ich melde mich wieder bei dir.‹«

»Das ging monatelang.«

»Ich weiß. Und das war mies. Du wirst es wahrscheinlich nicht glauben, aber Michel und ich standen kurz davor, es offiziell zu machen, bevor das alles passiert ist.«

»Ja, klar.«

Aber Hannah konnte ihre Entrüstung nicht aufrechterhalten. Sie hatte ja gesehen, wie es zwischen den beiden Erwachsenen im Haus gestanden hatte.

»Also tut ihr zwei euch jetzt zusammen?«

»Nein. Michel geht zurück zur Jungfrau Maryam.«

»Zu wem?«

»Egal. Nein, wir tun uns *nicht* zusammen.«

»Und dieser Twitter-Thread. Das war einfach furchtbar Jack und mir gegenüber.«

»Ich weiß. Ich habe wohl geglaubt, damit könnte ich dich aufrütteln, weil du da einen großen Fehler machst.«

»Jack hat es nicht getan. Er war die ganze Nacht bei mir.«

Schweigend saßen sie da und sahen den fröhlichen Jugendlichen beim Tratschen und Flirten zu.

»Aber bist du dir da auch wirklich sicher, Hannah? Er und seine Eltern haben nicht irgendetwas ausgeheckt, um die Wahrheit zu vertuschen? Du kannst es mir sagen. Ich bin erledigt. In dieser Stadt wird mir niemand mehr zuhören.«

»Wenn ich glauben würde, dass Jack Eden getötet hat, meinst du nicht, ich würde es den Leuten sagen?« Jetzt klang sie betrübt. »Ich weiß, du hältst mich für einen Waschlappen, aber so was würde ich niemals tun. Aber Jack hat das nicht getan. Als wir gingen, hat sie noch gelebt. Er war bei mir, als sie getötet wurde.«

»Vielleicht hatte er gar nicht vor, sie zu verletzen. Vielleicht wollte er nur mit ihr reden, und dann ist die Sache …«

»Aber er hatte gar keinen Grund, zurückzugehen. Sein Vater wollte alles regeln.«

»Wie meinst du das?«, fragte Alice nach kurzem Stocken.

»Sein Vater hat gesagt, er würde sich darum kümmern, wenn er wieder da wäre. Er wollte, dass wir uns von ihr fernhalten.«

»Warte mal, wann war das?«

»Als Jack ihn anrief.«

»Ja, klar, aber *wann?*«

»Gleich nachdem wir bei Eden raus waren. Jack hat ihn angerufen und ihm alles erzählt. Mr Parrish hat uns gesagt, wir sollten zu mir nach Hause fahren und da bleiben. Er hat gesagt, er würde alles regeln, wenn er nach Hause käme. Bis dahin sollten wir mit niemandem reden. Und als er dann nach der Schulabriegelung kam, hat er uns erzählt, was Chris getan hatte. Er ist gar nicht mehr dazu gekommen, mit ihr zu reden.«

»Und ihr habt das Haus der Bondurants wann verlassen? Vor Mitternacht?«

»Ja.«

»Und Jack hat ihn sofort angerufen?«

»Wir waren noch im Auto auf dem Weg nach Hause«, sagte Hannah.

»Aber Mr Parrish ist doch erst am nächsten Nachmittag zurück nach Emerson gekommen, richtig?«

»Ja, er war verreist. Wir haben ihn erst nach der Abriegelung gesehen.«

»Habt ihr das der Polizei erzählt? Ich meine, dass Jack ihn angerufen hatte?«

Hannah schüttelte den Kopf.

»Warum nicht?«

»Weil er uns gesagt hat, wir sollten das nicht tun.«

»Hat er erklärt, warum?«

»Ich glaube nicht. Was macht das schon?«

Jetzt erkannte Alice es. Es war so offensichtlich. Von einem auf den anderen Moment wurde ihr alles klar. Hannah log nicht. Natürlich log sie nicht. Jack war unschuldig. Jedenfalls an Edens Tod. Geoff hatte den Beweis; er hatte ihn den Cops gegeben. Aber Christopher hatte es auch nicht getan. Er konnte es nicht getan haben. Er hatte einfach nicht das Zeug dazu. Keiner von beiden log. Sie sagten beide die Wahrheit. Sie sagten alle die Wahrheit. Hannah und Jack, Christopher und Geoff. Sie sagten alle die Wahrheit. Das wenige, das sie davon kannten.

Hannahs Gesichtsausdruck hatte sich ebenfalls geändert. Sie sah aus, als ob sie das Gleiche wie Alice dächte. Das Mädchen war ein bisschen schräg, aber nicht dumm. Doch ihre Zweifel hielten nur wenige Sekunden an. Gleich darauf wurde ihr Blick hart. Sie lebte wieder in der Welt der Parrishs.

»Lass es auf sich beruhen, Alice. Es ist vorbei.«

»Doch, du hast recht.«

Hannahs Augen füllten sich mit Tränen. Alice breitete die Arme aus, und das Mädchen schmiegte sich an sie, wie sie es schon tausendmal getan hatte. Alice war versucht, die Türen zu verriegeln und davonzufahren, das arme Mädchen so weit von diesem bösen Ort fortzubringen, wie sie nur konnte, sie wegzusperren, bis sie es ihr begreiflich machen konnte.

»Wann fährst du?«, fragte Hannah, als sie sich von Alice löste.

»Nachher. Da ist noch etwas, was ich vorher erledigen muss.«

CELIA

Die Türklingel ertönte, kurz nachdem Jack zur Therapie aufgebrochen war. In den letzten Tagen hatte Celia ihn hingebracht, doch heute Nachmittag hatte er darauf bestanden, allein zu fahren. Er hielt es ohnehin für eine große Zeitverschwendung. Von seiner Mutter dorthin begleitet zu werden machte es regelrecht demütigend.

»Komm danach sofort nach Hause«, sagte sie, weil sie befürchtete, er könne vorhaben, zurück nach Emerson zu fahren, um Hannah zu treffen.

Zu ihrer Überraschung umarmte er sie.

»Du musst aufhören, dir Sorgen um mich zu machen.«

»Vergiss es.«

Als er fort war, lief Celia rastlos in dem großen Haus auf und ab. Sie war nicht gerne hier. Das Haus barg nicht gerade ein Füllhorn schöner Erinnerungen. Dass sie nichts zu tun hatte, machte es nicht leichter. Im Moment kümmerte Oliver sich um alles, setzte sich mit der Polizei, der Presse und den Tatortreinigern auseinander. Celia sollte sich erholen. Geplant war, dass sie wieder an den Start ging, wenn sie am Sonntag nach Hause fuhren. Wem sechs Tage Erholungsphase zu kurz erschienen, der bewies damit nur, dass er noch nie mit Katharine de Vissier in einem Haus gelebt hatte. Zugegeben, ihre Mutter hatte tiefes Mitgefühl bekundet, als sie am Morgen danach eintrafen. Wegen des Überfalls natürlich, aber auch wegen der boshaften Verleumdungen, die im Vorfeld über ihren geliebten Enkel verbreitet worden waren. Celias Mutter nutzte die sozialen Medien nicht – sie besaß nicht einmal einen Computer, und bei den seltenen Gelegenheiten, wenn sie das iPhone nutzte, das Celia ihr geschenkt hatte, berührte sie das Display wie jemand, der heruntergeschluckte Diamanten aus seinem Kot klauben will. Sie lauschte jedoch dem Tratsch ihrer Freundinnen, und diese waren so freundlich, sie mit detaillierten Schilderungen der schrecklichen Lügen zu versorgen, die über Jack verbreitet worden waren.

Ihr Mitgefühl hatte sich allerdings bald in etwas weniger Freundliches verwandelt. An dem einen Abend, als Christopher bei ihr übernachtet hatte, war Katharine ganz bezaubert von ihm gewesen, doch jetzt sprach sie über ihn, als wäre er ein Turban tragender IS-Kämpfer mit einer Bazooka, obwohl sie wusste, dass er ein getaufter Katholik war, der schon frühzeitig einen Studienplatz am Boston College in der Tasche hatte und dem man für danach bereits angeboten hatte, die internationale Kochschule Le Cordon Bleu zu besuchen. Nichts davon spielte für Katharine eine Rolle. Seine Verhaftung hatte sie in einer lange gehegten Meinung bestärkt, die sie bisher irgendwie nie hatte zum Ausdruck bringen können. Zuzulassen, dass Jack sich mit dieser tickenden Zeitbombe aus Mord und Totschlag einließ, war elterliches Versagen allerersten Ranges von Celias Seite.

»Es ist einfach merkwürdig, dass das niemand kommen sah«, sagte Katharine, der das dritte Glas Dubonnet die Zunge gelöst hatte. »Ich bin froh, dass ich meine Schlafzimmertür abschließe.«

»Um Himmels willen …«

»Und ich kann beim besten Willen nicht verstehen, warum du dich dieser Frau anvertraut hast.« Anscheinend waren sie von Mohammed Atta zu Hester Prynne übergegangen. »Hattest du wirklich keine Ahnung, dass sie eine Hochstaplerin ist?«

»Ich wusste, dass sie eine bewegte Vergangenheit hat. Aber nein, ich habe sie nicht für eine Betrügerin gehalten. Darauf wäre niemand gekommen.«

Katharine warf ihr einen tadelnden mütterlichen Blick zu. »Mach es dir nicht zu leicht, Herzchen.«

»Da besteht keine Gefahr, Mutter.«

Ein unbehagliches Schweigen senkte sich herab. Eigentlich wollte keine von beiden einen richtigen Streit vom Zaun brechen, solange Jack in Hörweite war und Oliver jeden Moment zurückkommen konnte.

»Tja, sei einfach froh, dass die Polizei da war, bevor dieser Wahnsinnige irgendetwas tun konnte.«

Sie erschauerte, dann zog sie sich in ihr Zimmer zurück, um mit ihrer allabendlichen Telefonrunde zur Cocktailstunde zu beginnen. Celia würde nicht so weit gehen, zu sagen, sie sei froh, dass Detective Procopio dazugekommen war. Nicht wenn sie an Patrick Noones Blick dachte. Wenigstens hatte ihr Verstand die Erschießung selbst ausgeblendet, ebenso wie die Augenblicke kurz davor. Sie hätte gedacht, dass die unmittelbaren Folgen gelöscht würden. Aber die waren ihr schonungslos präsent. Das Klingeln in ihren Ohren und der Gestank nach tausend angerissenen Streichhölzern. Jack, der mit dem Rücken an einer Schranktür auf dem Boden saß, die Augen geschlossen, die Fäuste geballt, wie ein Neugeborenes. Das Quäken eines Funkgeräts. Und Patrick, der auf dem Rücken lag, die Augen auf einen Punkt eine Million Meilen über der Zimmerdecke gerichtet, mit einem Gesichtsausdruck, den sie nur erstaunt nennen konnte.

Aber von den Augenblicken davor war nichts geblieben. Das Letzte, woran sie sich erinnerte, war, dass sie in der Küche Stimmen gehört hatte. Und dann kümmerte sie sich um ihren Sohn. Ihr erster Impuls war gewesen, ihn sofort zu ihrer Mutter zu bringen, aber er musste bei der Polizei eine Aussage machen. Drew und Scotty trafen kurz vor Tagesanbruch ein. Beide waren aschfahl. Niemand konnte es begreifen. Bei Michel Mahoun wäre es auf eine grausige Weise verständlich gewesen. Aber Gabis Vater? Er hatte immer so sanft gewirkt. Selbst als seine arme Tochter in ihrem Haus in solchen Nöten gewesen war, war er damit gelassen und taktvoll umgegangen.

Sobald sie am Tatort nicht mehr gebraucht wurden, fuhren sie zu ihrer Mutter. Seit Weihnachten zum ersten Mal alle versammelt, saßen die Parrishs in Katharines Salon, während Oliver erläuterte, was er erfahren hatte. Patricks Verhalten im Vorfeld seines Überfalls auf Jack war befremdlich gewesen. Es war eindeutig er gewesen, der am Samstagabend bei ihnen vor dem Haus gestanden hatte. Gestern war er zur Polizei gegangen und hatte Verschwörungstheorien abgesondert. Das war nur eine Stunde nachdem er seinen Job wegen Trinkens verloren hatte. Außerdem hatte es irgendeinen verwirrenden Diebstahlsvorfall im Biosupermarkt gegeben.

»Aber ich kapiere trotzdem nicht, was er von Jack wollte«, sagte Drew.

»Er hat behauptet, er hätte ihn in der Nacht, in der Eden ermordet wurde, vor dem Haus der Bondurants stehen sehen«, erklärte Oliver.

»Was wollte er denn um diese Uhrzeit auf der Locust?«, fragte Celia.

»Er ist ziellos umhergefahren. Falls er wirklich dort war.«

»Und er hat ernsthaft geglaubt, er hätte Jack gesehen?«, fragte Scotty.

»Erst nachdem er alles gelesen hatte, was online gepostet worden war«, erwiderte Oliver. »Angeblich hätte das seinem Gedächtnis auf die Sprünge geholfen. Daher der Besuch bei der Polizei.«

»Herrgott, konnte er nicht einfach online über ihn herziehen wie jeder hitzige Amerikaner?«, fragte Drew, und die Runzeln auf seiner Stirn vertieften sich noch.

»Es wird noch merkwürdiger«, sagte Oliver. »Er scheint

die Mutter des Mädchens davon überzeugt zu haben, dass an alldem etwas dran ist.«

»Dieses schreckliche Hexenweib?«, fragte Katharine hilfreicherweise.

»Sie hat ihn tatsächlich gestern auf die Wache begleitet. Gott sei Dank konnten sie sie da wieder zur Vernunft bringen. Offenbar war sie es, die die Polizei gewarnt hat, dass Noone unterwegs zu uns war.«

Hinterher steckten Oliver und Celia die Köpfe zusammen. Pläne mussten geschmiedet werden. Sie entschieden, dass Jack täglich mit einem Therapeuten sprechen würde; erst wenn er grünes Licht bekam, würde er wieder zur Schule gehen. Oliver schlug vor, Celia solle ebenfalls jemanden aufsuchen. Sie sagte ihrem Mann, er solle nicht albern sein. Sein eigenes psychisches Wohlergehen wurde nicht erörtert. Drew und Scotty würden von Dienstag auf Mittwoch bei Katharine übernachten und dann in ihr jeweiliges Leben zurückkehren.

In den folgenden zwei Tagen beobachtete Celia Jack aufmerksam. Es schien ihm bestens zu gehen, allerdings warnte der Therapeut vor einem schlummernden Trauma, das erst nach Wochen oder Monaten auftreten könne. Der Dienstag zog sich dahin; der Mittwoch war zäh. Die Polizei gab eine Stellungnahme ab, der zufolge Jack weder jetzt verdächtig war noch es je gewesen sei. Alle warteten darauf, dass Christopher sich schuldig bekannte. Das Verhältnis zu Katharine verschlechterte sich weiter, sodass Celia beschloss, am Sonntag wieder nach Hause zurückzukehren. Oliver hatte ihnen zwei Wochen Zeit lassen wollen, doch Celia sprach ein Machtwort. Sie wollte nicht wie die Bondurants enden, aus ihrem eigenen Haus verbannt.

Als es an der Tür klingelte, war sie versucht, nicht zu öffnen. Wahrscheinlich war es bloß die Presse. Aber es läutete ein weiteres Mal, und sie wollte nicht, dass ihre Mutter mit denen sprach. Sie schlich durch den Flur und sah durch den Spion. *Das meinst du jetzt nicht ernst,* dachte sie. Obwohl jedes Molekül gesunden Menschenverstands, das sie besaß, ihr sagte, sie solle nicht öffnen, war ihr klar, dass man sich mit dieser Frau befassen musste.

Alice' Gesicht war verhärmt und blass, man sah ihr den Schlafmangel an.

»Woher wusstest du, dass wir hier sind?«

»Begründete Vermutung. Schau, ich weiß, du hasst mich. Aber können wir nur fünf Minuten miteinander reden? Ich gehe für immer fort, und vorher möchte ich dir etwas sagen.«

Celia schüttelte angewidert den Kopf und machte Anstalten, die Tür zu schließen.

»Jack hat es nicht getan«, sagte Alice.

Celia hielt inne.

»Das weiß ich jetzt. Ich habe mich geirrt.«

»Ich wünschte, das hättest du begriffen, bevor du so viel Leid verursacht hast.«

»Darf ich reinkommen?«

Celia stellte sich kurz eine Begegnung zwischen ihrer Mutter und Alice vor.

»Ich denke nicht.«

»Nur ein paar Minuten, und dann bist du mich für immer los.«

»Um die Ecke ist ein Starbucks. Warte da auf mich.«

Sie ließ eine angemessene Zeit verstreichen, ehe sie das Haus verließ, und wäre auf halbem Weg beinahe wieder umgekehrt. Doch sie blieb standhaft, wie immer. Alice hatte einen weit von allen anderen Gästen entfernten Tisch gefunden und einen unangetasteten schwarzen Kaffee vor sich stehen.

»Ich habe nachgedacht über das, was du getan hast«, sagte Celia, nachdem sie sich gesetzt hatte. »Es war nicht aus reiner Bosheit. Das weiß ich. Du hast aus irgendeiner fehlgeleiteten Loyalität gegenüber Michel gehandelt. Und sogar gegenüber Hannah. Aber dass du Jack schaden wolltest, kann ich dir nicht vergeben.«

»Ich erwarte keine Vergebung«, sagte Alice, und der zerknirschte Tonfall war verschwunden. »Und meine Loyalität war nicht fehlgeleitet.«

»Wovon redest du?«

»Christopher hat Eden nicht getötet.«

»Oh, um Himmels …«

»Es war dein Mann.«

»Du bist wirklich verrückt. Warum nur habe ich das als Einzige nicht gesehen?«

»Jack hat Oliver angerufen, gleich nachdem er das Haus der Bondurants verlassen hatte, und Oliver ist sofort nach Hause gefahren. Er ist zu Eden gegangen, um sie zum Schweigen zu bringen. Was ihm auch gelungen ist.«

»Das ist ja grotesk.«

»Seitdem organisiert er alles sehr sorgfältig.«

»Es reicht.«

»Zuerst dachte ich, er macht das alles, um zu vertuschen, dass Jack sich bei uns aus dem Haus geschlichen hatte. Aber da habe ich mich geirrt. Jack war die ganze Nacht bei uns.«

»Aber das beweist doch, dass Christopher schuldig ist!«

»Nein, es beweist nur, dass Jack nicht schuldig ist. Oliver hat nicht deinen Sohn geschützt. Er hat sich selbst geschützt. Er wusste, sobald die Cops nicht mehr glauben, dass es Christopher war, sobald sie Jack ernsthaft unter die Lupe nehmen, würden sie irgendwann herausfinden, dass er es war.«

»Oliver hat das Hotel nie verlassen. In diesem Punkt irrst

du dich. Er hat mich früh am Morgen angerufen. Und dann hat er den Vormittag mit deutschen Geschäftsleuten verbracht. Außer du glaubst, sie stecken mit ihm unter einer Decke.«

»Er könnte es trotzdem getan haben.«

»Das ist grotesk.«

»Und dann ist da Patrick Noone. Die eine Person, die ihn da gesehen hat, ist am Ende tot.«

»Patrick Noone hat behauptet, er hätte Jack gesehen, nicht Oliver!«

»Denk darüber nach.«

»Ich gehe jetzt«, sagte Celia, während sie aufstand. »Ich rate dir dringend, niemandem auch nur ein Sterbenswörtchen von diesem Unsinn zu sagen. Denn sonst hast du es mit Oliver zu tun, nicht mit mir.«

»Was wird er dann tun? Mir den Schädel einschlagen? Mich von den Cops erschießen lassen?«

»Nein, Alice. Aber er wird dich vernichten.«

»Ich bin bereits vernichtet.«

»Na, dann verhalte dich auch so.«

Celia war so wütend, dass sie beinahe am Haus vorbeigegangen wäre. Dieser Frau konnte man nicht glauben. Sie wollte es einfach nicht einsehen. Aus einer ganz simplen Sache – ein Vater, der sein Kind schützt – hatte sie eine kranke Verschwörungstheorie fabriziert. Weil sie das nicht nachvollziehen konnte. Da sie keine eigenen Kinder hatte, konnte sie auch nicht ansatzweise verstehen, warum Eltern taten, was sie taten.

Als Celia wieder zu Hause war, schenkte sie sich einen Brandy ein und ging damit ins Arbeitszimmer ihres Vaters, mittlerweile nur noch ein düsterer, muffiger Abstellraum für nicht zusammenpassende Möbelstücke, vergilbende Fotos und eigenartigen Wandschmuck, insbesondere eine gerahmte Landkarte der Galapagosinseln. Und da war natürlich der Schrank. Katharines Boudoir befand sich direkt darüber; Celia hörte sie telefonieren, sie schalt gerade irgendeine arme Seele aus. Celia ließ sich auf den alten Ledersessel fallen und trank einen Schluck Brandy, dann schloss sie die Augen, bis ihr Kopf frei von Alice' kranken Fantasien war. Nach einer Weile kehrte Jack von seiner Therapiesitzung zurück und ging sofort nach oben.

Normalerweise mied sie diesen Raum. Hier hatte John de Vissier seine erzieherischen Strafmaßnahmen verabreicht. Für ihren Bruder John junior, der gegenwärtig im Exil in Kingston-upon-Thames lebte, gab es die guten alten Prügel. Das Werkzeug seiner Wahl war hierbei der Gürtel seiner alten Navy-Galauniform. Doch Katharine hatte ihm verboten, ihre Töchter zu schlagen – sie wollte keine Narben auf dieser schneeweißen Haut. Also hatte er bei Celia und Emily, die gegenwärtig in Simi Valley Alpakas züchtete, einfallsreicher sein müssen. Daher der stickige Wandschrank, wo vergessene Dinge aufbewahrt wurden.

Sie hatte seit damals nur noch ein einziges Mal hineingesehen, kurz nach dem Tod ihres Vaters. Der Schrankinhalt war größtenteils unangetastet geblieben. Die Navy-Galauniform, die zu einem strahlend weißen Gespenst wurde, sobald ihre Augen sich an die Dunkelheit gewöhnt hatten. Die stinkenden Lederschuhe um sie herum, wie Ratten, die geduldig darauf warteten, dass sie einnickte. Der eingedrückte Karton voller feuchter, aufgequollener Bücher, den sie als Kopfkissen benutzte. Ein fest zugebundener Müllbeutel, in den sie nie hineingesehen hatte.

Doch der Eimer war fort. Immerhin etwas.

Die Schranktür hatte kein Schloss, deshalb hatte er einen Stuhl unter den Knauf geklemmt. Wobei sie niemals versucht hatte, auszubrechen. Denn er war ja ganz in der Nähe. Saß in seinem Ledersessel und las über Admirale und Entdecker, Schlachten und Meutereien. Manchmal, wenn auch nicht oft, saß er an seinem Schreibtisch und arbeitete an seinem Opus magnum, dem berüchtigten Seefahrtsroman, der mit seinem Tod verschwand. Falls er jemals existiert hatte. Egal was er gerade tat, er durfte nicht gestört werden. Einen Aufstand zu machen hätte nur die Verlängerung ihrer Bestrafung zur Folge gehabt. Und so lernte sie, völlig still zu sein. Und darauf zu warten, dass die Qual ein Ende hatte. Darauf zu warten, dass sie wieder ins Licht durfte. Darauf zu warten, auf die Miss Porter's School, eine private Mädchen-Highschool in Farmington, und dann aufs Wellesley College zu entkommen. Zu Oliver, dem sie von alledem nie erzählte. Tatsächlich war der einzige Mensch außerhalb ihrer Familie, mit dem sie darüber gesprochen hatte, Alice, nachdem diese ihr von der Prügel erzählt hatte, die ihr eigener Vater verabreicht hatte.

»Meinst du, du hast einen Knacks davongetragen?«, hatte Alice gefragt.

»Na ja, ich verbringe nicht mehr Zeit als nötig in Wandschränken. Aber abgesehen davon eigentlich nicht.«

Alice hatte gelächelt, aber nichts dazu gesagt. Mit ihrer Mutter hatte Celia nur ein einziges Mal darüber gesprochen, nachdem sie einmal besonders lange eingesperrt gewesen war.

»Nun, so funktioniert unsere Welt nun einmal, meine Liebe«, hatte Katharine erwidert. »Wenn das nicht nach deinem Geschmack ist, geh und lebe in der anderen Welt. Mal sehen, wie dir *die* gefällt.«

Die Erschöpfung und der Brandy forderten schließlich ihren Tribut von Celia. Ihr Kopf entspannte sich wie ein massierter Muskel. Nicht lange, und es war, als säße sie allein in einem dunklen Kino und sähe sich eine Wiederholung willkürlich ausgewählter Szenen aus den letzten zehn Tagen an. Das atemberaubende Rot der Roten Bete in Michels Salat. Die Erde unter der aufgerissenen Terrasse. Das digitale Bild von Olivers Gesicht, als er sie aus Connecticut anrief.

Und dann war sie ebenfalls da, stellte sich vollständig ausgebildet ein: die verlorene Erinnerung. Patrick und Jack standen neben der Kücheninsel. Ihr Sohn völlig verängstigt; Patrick hielt ihn am Arm fest. Die Haltung des Eindringlings hatte etwas Zögerliches, beinahe Verlegenes an sich. Seine Worte waren ein unverständliches Gefasel über Dunkelheit, Bäume und Eden. Und dann riss Jack die Augen auf, und Celia spürte eine vertraute Präsenz hinter sich, die solide Masse, an der sie sich verankerte, seit sie kaum mehr als ein Mädchen gewesen war, das unbedingt der gnadenlosen Welt seines Vaters entfliehen wollte. Patricks Blick war auf Oliver gerichtet. Seine Verwirrung war verschwunden, war etwas anderem gewichen. Nicht Angst oder Schrecken, sondern Wiedererkennen.

»Moment …«, sagte Patrick.

Er hob den Arm, hielt etwas in der Hand.

»Waffe!«, brüllte Oliver hinter ihr, ehe Patrick sagen konnte, was er nun wusste.

Und dann explodierte die Welt, und Patricks Blick wurde leer, und Jack saß wie ein Fötus zusammengekrümmt am Boden, neben sich ein Telefon mit dem Gesicht der toten jungen Frau auf dem geplatzten Display. Celia ging zu ihrem Sohn, zog ihn hoch und führte ihn auf den Rasen vor dem Haus, wo sie warteten, während sämtliche Sirenen der Stadt auf sie zurasten.

Moment. Natürlich. Jetzt, wo sie sich daran erinnert hatte, war es so offensichtlich. Sie waren Ebenbilder. Wenn man nicht allzu genau hinsah, glichen sie einander aufs Haar. Jeder sagte das. Sohn und Vater. Vater und Sohn.

Celia stand auf und ging in die Küche, wo ihr Laptop auf dem Tisch schlief. Sie öffnete ihr E-Mail-Programm und tippte die Buchstaben E und Z ins Suchfeld. Eine lange Liste von E-Mails mit dem gleichen Betreff erschien. DoNot-Reply@ezdrivema.com. Monatliche Abrechnung. Sie loggte sich direkt ein – das Passwort war gespeichert. Für letzten Mittwoch wurde eine Gebühr abgerechnet, für die mautpflichtige Straße: um 1:41 Uhr morgens. Olivers Mercedes auf dem Weg nach Osten. Charlton bis Framingham. Der Heimweg. Sie starrte sehr lange auf die Seite. Für die Rückfahrt gab es keine Gebühren. Doch er war zurückgefahren. Sie hatte ihn dort gesehen, hatte mit ihm gesprochen. Er musste mautfreie Nebenstraßen genommen haben. Denn es war etwas passiert, etwas, was er nicht eingeplant hatte. Etwas, was er vertuschen musste, auch wenn es bereits zu spät war.

Sie klappte den Laptop zu. Oben war alles still. Jack telefonierte sicher mit Hannah, Katharine schlief vermutlich. Kurz fragte Celia sich, wie es wäre, ein anderes Leben zu führen, eines, in dem sie ihre Mutter sanft wach rütteln und ihr von dieser schrecklichen Entdeckung, die sie gerade gemacht hatte, erzählen könnte, woraufhin die unbeugsame Matriarchin ihr einen weisen Rat erteilte, der zu einer für sie alle glücklichen Auflösung führen würde. Es wäre mit Sicherheit ein himmelweiter Unterschied zu dem Leben, das sie jetzt führte. Das war etwas, was ihr Vater immer gesagt hatte. *Ein himmelweiter Unterschied. Von einem solchen Leben bin ich wahrhaftig himmelweit entfernt,* dachte Celia.

Oliver kam nach Hause. Sie saß noch immer vor ihrem Computer. Er kam direkt in die Küche.

»Wo sind denn alle?«

»Himmelweit entfernt.«

Er versteifte sich, er spürte, dass etwas nicht stimmte.

»Mautgebühren.«

Er starrte sie an, und dann begriff er.

»Du spionierst mir hinterher?«

Sie antwortete nicht. Oliver betastete seine Narbe. Jetzt wich er ihrem Blick aus.

»Celia, sie war schon tot, als ich da ankam.«

»Und da hast du sie einfach liegen gelassen und bist zurück nach Connecticut, ohne jemandem etwas zu sagen? Lüg mich nicht an, Oliver. Bitte. Gestehe mir wenigstens das zu.«

Er zog sich einen Stuhl heran und ließ sich schwer darauf fallen. Sie warteten ein Schweigen lang, das ihre gesamte Ehe umfasste. Ihrer beider Leben.

»Sie wollte nicht zuhören. Das musst du dir vor Augen führen. *Sie wollte nicht zuhören.* Sie war so wütend. Sie war von allen guten – sie hat das Wort *Vergewaltigung* gebraucht, Celia. Vergewaltigung. Stell dir vor, was mit uns passiert wäre, wenn das rausgekommen wäre. Sie hat immer wieder gesagt, dass sie uns dafür bezahlen lassen will. Uns. Diese Familie. Ich habe ihr gesagt, deshalb sei ich ja gekommen. Um zu bezahlen. Aber sie wollte nicht zuhören.«

»Vielleicht meinte sie nicht Geld.«

»Die Leute meinen immer Geld. Ob sie es wissen oder nicht.« Er schüttelte den Kopf. »Sie hat mit dem Finger auf mich gezeigt, mir Kraftausdrücke an den Kopf geworfen. Die Sache lief völlig aus dem Ruder. Der Hund ist draußen im Flur ausgesperrt und macht einen Riesenradau, kratzt an der Tür. Und dann holt sie aus und schlägt mich. Ein richtiger Fausthieb, mitten auf die Brust. Hier, sieh's dir an.«

Er lockerte die Krawatte und riss sie aus dem Kragen, dann knöpfte er das Hemd auf und entblößte seine rechte Brustseite. Das Hämatom hatte die Größe und Form der Sanddollars, dieser runden kleinen Seeigel, die sie als kleines Mädchen gesammelt hatte.

»Sie geht weiter auf mich los, versucht, mich am Hals zu packen, will mir das Gesicht zerkratzen. Und da habe ich ... die Beherrschung verloren. Für einen Sekundenbruchteil. Es war nur ein Schubser. Ich wollte sie mir bloß vom Leib halten.«

»Oliver ...«

»Sie ist auf den Couchtisch gefallen. Genau richtig. Oder falsch. Ich meine, wie wahrscheinlich ist so etwas? Zuerst wollte ich ihr instinktiv helfen, von ganzem Herzen. Aber dann hätte es kein Zurück gegeben. Also habe ich gewartet, bis sie ... still lag.«

Er schloss die Augen. Strich sich wieder über die Narbe.

»Die Tür zu öffnen war ein heikler Augenblick. Ich dachte, der Hund würde mich angreifen. Aber er ist direkt zu ihr gelaufen. Was er gesehen hat, hat ihm wohl nicht gefallen, denn als ich das Haus verließ, ist er an mir vorbeigestürmt. Und dann hat dieser betrunkene Trottel ihn angefahren, und anstatt einfach weiterzufahren, muss er unbedingt aussteigen ...«

»Und sieht dich.«

»Und sieht mich. Als er wieder weg war, habe ich den Hund ins Haus gebracht, bevor er noch mehr Aufruhr verursacht. Außerdem ...«

»Was?«

»Ich wollte eigentlich nicht, dass sie allein ist.«

Seine Stimme stockte, und er hielt inne. Dann räusperte er sich und befreite sich damit innerlich von der Schwäche, die ihn ins Grübeln gebracht hatte.

»Und als sie Christopher beschuldigt haben, bist du nicht auf die Idee gekommen, das zu verhindern?«

»Warum hätte ich das tun sollen?«, fragte er ehrlich verwirrt. »Das war doch der Zweck der Übung. Aber ich habe Druck auf die Leute ausgeübt, damit sie Milde walten lassen. Große Milde.«

Er sah ihr in die Augen.

»Mein ganzes Leben lang habe ich die Schande meines Vaters mit mir herumgetragen, Celia. Das konnte ich euch nicht antun. Keinem von euch. Wäre es nur um mich gegangen …«

»Und Patrick?«

»Der Mann ist bei uns eingebrochen«, sagte er nüchtern.

»Aber warum hat Jack dich überhaupt angerufen? Niemand hätte ihr geglaubt.«

»Weil er mich immer anruft.«

Immer, dachte Celia. *Natürlich. Das war natürlich nicht nur ein Mal. Oder zwei Mal.*

»Und was passiert jetzt?«, fragte sie.

»Nichts passiert jetzt, Celia. Wir machen weiter.«

Schritte kamen die Treppe herab. Jack. Oliver knöpfte das Hemd zu. Als ihr Sohn die Küche betrat, hatten Oliver und Celia beide ihre üblichen Gesichtsausdrücke aufgesetzt. Jack würdigte sie kaum eines Blickes.

»Hey«, sagte er und riss die Kühlschranktür auf. »Was gibt's zum Abendessen?«

»Nichts«, erwiderte Celia.

Er sah sie an. Oliver beobachtete sie ebenfalls.

»Wir gehen essen.«

Oliver wählte ein Steakhaus aus, wo er den Inhaber kannte. Sie bekamen einen Ecktisch, damit sie von niemandem erkannt würden. Aber da hätten sie sich keine Sorgen zu machen brauchen. Eden und Christopher waren jetzt die Gesichter dieser Angelegenheit. Opfer und Täter. Unschuld und Schuld. Gut und Böse. Die Welt hatte sich entlang der üblichen Grenzen aufgeteilt, und die Parrishs würden gleich zu Abend essen.

Oliver und Jack bestellten Steaks, Celia einen Salat. Während sie auf ihr Essen wartete, beobachtete Celia ihren Ehemann. Sie dachte darüber nach, wie viel Selbstdisziplin er an den Tag gelegt haben musste, um den Dienstag und die Tage danach zu überstehen. Um sich zu überlegen, wie er die Sache unter Kontrolle bringen konnte. Um mögliche Probleme vorherzusehen, nichts zu vergessen. Alles für die Familie.

Das Essen wurde serviert, und die Parrish-Männer langten zu. Ihre starken Kiefer mahlten kraftvoll; der Blick war unscharf, die Atmung ein wenig schwer. Bis auf die Augen und die Lippen sahen sie wirklich gleich aus.

Oliver blickte sie an.

»Stimmt etwas nicht mit deinem Salat?«

Er würde ihn zurückgehen lassen. Ihr einen neuen bestellen oder irgendetwas anderes, was ihr Herz begehrte. Alles, um sie glücklich zu machen. Um sicherzustellen, dass sie alle glücklich waren.

»O nein«, sagte sie. »Er sieht köstlich aus.«

Er wartete auf sie. Und so nahm sie ihre Gabel und begann zu essen.

EPILOG

DANIELLE

Endlich gaben sie ihr ihre Tochter zurück. Sobald der Richter das Geständnis akzeptiert hatte, benötigten sie Eden nicht mehr. Ihre Leiche barg keine Rätsel mehr. Soweit es die Staatsanwaltschaft betraf, war ihre Geschichte auserzählt.

Von da an übernahm Dermot Costello, mit Unterstützung seines Sohns, der, wie Danielle vermutet hatte, ebenfalls Dermot hieß. Er war eine Kopie seines Vaters, achtsam, melancholisch, mit dem gleichen fast unmerklichen Tic, der ihm den Anschein verlieh, als würde er einem ständig zuzwinkern. Trotz ihres skurrilen Äußeren waren die Costellos kompetent und fürsorglich. Ihren Bewegungen und ihren gedämpften Stimmen wohnte eine gewisse Anmut inne. Das machte die ganze Sache ein bisschen weniger unerträglich.

Zur Beerdigung erschienen mehr Menschen, als sie erwartet hatte. Da waren die üblichen Verdächtigen: ihre Mutter und ihre Schwester, Steve und seine Töchter. Doch aus Edens Freundeskreis waren mehr Leute gekommen, als sie gedacht hätte, auch mehr Leute aus ihrem eigenen Freundeskreis, mehr Nachbarn und Bekannte. Und dann die Fremden: rund zwei Dutzend, dabei hatte sie es nirgendwo bekannt gegeben. Hauptsächlich waren es junge Frauen, aber es gab auch ein paar gertenschlanke Jünglinge mit langen Stirnlocken und engen schwarzen Jeans. Jugendliche, die zugelassen hatten, dass ihre Fantasien sich in Edens Realität verstrickten. Sie hielten sich von Danielle fern, schienen zu spüren, dass sie kein Verständnis für ihre düsteren Träume hätte.

Die Bondurants waren da, und zwar nicht nur, weil sie die Rechnungen bezahlten. Sie hatten Eden wirklich lieb gewonnen. Vor allem Betsy war zutiefst erschüttert. Sie hatte das schon einmal mit ihrem Rick durchgemacht. Danielle fragte sich, ob sie es erneut riskieren würde – jemanden in ihr Leben zu ziehen, einen weiteren Menschen, um den sie sich kümmern konnte. Sie bezweifelte es.

Gates war ebenfalls da. Das überraschte Danielle – sie hatte gedacht, sie hätten sich bereits nach Christopher Mahouns Schuldeingeständnis voneinander verabschiedet. Was für eine unerquickliche Angelegenheit das gewesen war. Der Junge so zerbrechlich wie ein Zweig; der Vater hatte auch nicht besser ausgesehen. Jemand hatte sie gefragt, ob sie die Strafe zu mild fände. Danielle hatte lediglich den Kopf geschüttelt. Sie freute sich nicht darüber, zu sehen, dass er ins Gefängnis musste. Es war zu einfach, zu schnell, zu absolut. Dieses ungute Gefühl, das sie von Anfang an gehabt hatte, war noch immer da, und allmählich bezweifelte Danielle, dass es jemals vergehen würde.

Und dann war da diese geheimnisvolle Frau. Sie kam allein. Mittelgroß, kastanienbraunes Haar, wunderschön in Schwarz gekleidet. Grüne Augen, was man erst sah, als sie ihre große Sonnenbrille abnahm. Sie war in Danielles Alter, mehr oder weniger. Na ja, weniger. Danielle konnte sie nicht einordnen, und doch schien sie auch keine Wildfremde zu sein. Irgendwo hatte sie sie schon einmal gesehen, sei es auch nur flüchtig. Sie kam spät und nahm ganz hinten in der Kapelle Platz, und nach der Trauerfeier war sie die Erste, die zu Danielle ging, einen Umschlag in der Hand.

»Entschuldigen Sie die Störung. Ich wollte Ihnen nur sagen, wie schrecklich leid mir das mit Ihrer Tochter tut.«

»Sie kannten sie?«

»Sie ist oft mit ihrem Hund an meinem Haus vorbeispaziert. Sie hatte immer ein wunderschönes Lächeln.«

»Das stimmt.«

Die Frau reichte ihr den Umschlag. Er schien mehr als nur eine Beileidskarte zu enthalten.

»Da drin ist etwas, das Sie bestimmt lesen wollen.«

»Okay.«

»Meine Telefonnummer ist auch dabei, falls Sie mit mir reden wollen. Und das werden Sie, denke ich.«

Sie sah Danielle noch einen Augenblick in die Augen, dann wandte sie sich ab und eilte zu einem sportiven Rover. Danielle betrachtete den Umschlag: »Für Edens Mutter.« Sie steckte ihn in die Jackentasche und wandte sich den übrigen Trauergästen zu.

Am Tag nach der Gerichtsverhandlung war sie wieder zur Arbeit gegangen. Alle machten ein großes Aufhebens um sie, doch dann merkten sie, wie Danielle reagierte, und wandten sich wieder der Aufgabe zu, jungen Leuten, die es miteinander wagen wollten, Diamantsplitter zu verkaufen. Es tat gut, zu arbeiten. Es hielt sie davon ab, zu viel an Patrick zu denken, wenigstens tagsüber. Die Nacht war etwas anderes. Nachts bremste nichts ihre Gedanken.

Es war schon dunkel gewesen, als seine Textnachricht eintraf. *Ich kümmere mich jetzt darum.* Sie zögerte, ehe sie die Polizei anrief. Sie hatte ihn an diesem Tag schon einmal verraten, indem sie ihn am Vormittag allein gelassen hatte. Doch ihr Entschluss, sich da nicht einzumischen, hielt nur wenige Minuten. Gates war nicht zu erreichen, also wurde sie am Ende zu Procopio durchgestellt. Er sagte nicht viel dazu, doch sein Schweigen hatte eine Eindringlichkeit, die ihr Angst machte.

Da ihr Bedenken kamen, sie könne einen Fehler gemacht

haben, fuhr sie nach Emerson. Als sie in die Fox Chase Lane einbog, bestätigten sich ihre Befürchtungen. Vor dem Haus parkten drei Polizeifahrzeuge: zwei Streifenwagen und ein ziviler Pkw. Auf dem Rasen standen Leute, Jack Parrish und eine blonde Frau, die sie für seine Mutter hielt. Sie fuhr weiter und parkte hinter Patricks Auto. Sie beobachtete das Geschehen im Rückspiegel und wusste nicht, was sie jetzt tun sollte. Doch dann tauchten weitere Lichter auf, ein Feuerwehrwagen, ein Streifenwagen der State Police und ein Krankenwagen.

Sie stieg aus, ging zum Grundstück der Parrishs und dann an einem Zaun entlang in den Garten hinter dem Haus. Dort überquerte sie zügig den kurz geschorenen Rasen, bis sie vor einer Terrasse stand, die mit Flatterband abgesperrt war. Von hier aus konnte sie in die Küche sehen, wo sich Polizei und Sanitäter drängten; sie sah Procopio und einen Mann, von dem sie sofort wusste, dass er Jack Parrishs Vater war. Jemand lag auf dem Boden, beinahe vollständig hinter der Kücheninsel verborgen. Das Einzige, was sie deutlich erkannte, waren seine Slipper, und mehr brauchte sie nicht zu sehen. Eine Zeit lang stand sie da im Dunkeln. Schließlich ging sie, ohne jemanden auf sich aufmerksam zu machen.

In den Tagen danach hätte sie eigentlich Trauer und Schuldgefühle empfinden müssen, das war ihr klar, aber hauptsächlich empfand sie gar nichts. Der Bereich in ihr, in dem diese Gefühle beheimatet waren, war bereits voll. Stattdessen erinnerte sie sich an ihr gemeinsames Wochenende. Nicht an die Betrunkenheit, die fieberhaften Spekulationen oder den Sex. Sondern an die zärtlichen Momente, als sie still in seinem großen Bett lagen, schläfrig, aber noch eine Million Meilen vom Schlaf entfernt. Irgendwann hatte er gesagt, es sei fast zwei Jahre her, dass jemand ihn berührt habe. Er schien einfach nur unglaublich dankbar dafür zu sein, ihre Hand auf seiner Brust und ihren Atem warm an seiner Wange zu spüren. Sie erinnerte sich an seine Stimme. Sie wünschte, sie hätten mehr Zeit zusammen haben und er hätte Eden kennenlernen können. Sie stellte sich vor, wie er ihr geduldig zugehört und zu verstehen versucht hätte, was in ihrem Kopf vorging. Wer weiß, vielleicht wäre er sogar aus ihr schlau geworden.

Ins Krematorium ging sie allein. Sie schoben die Leiche in den Ofen, es machte wusch, und das war es. Das Ende von Eden.

Hinterher gab es bei Danielle zu Hause einen Empfang, den die Slaters auf die Beine gestellt hatten. Beim Essen hatten sie sich wirklich selbst übertroffen. Und Steve hatte die Spendierhosen angezogen und zu viel Alkohol gekauft. Gates kam nicht zum Empfang, die Bondurants gingen nach nicht einmal einer halben Stunde. Vier der seltsamen Mädchen vom Friedhof tauchten auf. Sie lungerten in einer Ecke, knabberten trotzig an rohem Gemüse und widersetzten sich allen Bemühungen, sie in eine Unterhaltung einzubeziehen.

Nach knapp zwei Stunden löste sich die Veranstaltung auf. Die Slater-Zwillinge boten an, aufzuräumen, aber sie sagte ihnen, sie sollten ruhig gehen – sie hatten alle Hände voll mit Steve zu tun, der sich ziemlich schwer auf Mr Jack Daniel's gestützt hatte. Ihre Schwester und ihre Mutter boten an, über Nacht zu bleiben, doch das wollte Danielle nicht. Wenn sie schon allein sein musste, konnte sie ebenso gut jetzt damit anfangen.

Und dann waren da nur noch die kalten Platten, ein ganzer Ozean aus Alkohol und die erdrückende Leere, der sie in den vergangenen zwei Wochen ausgewichen war. Die Bondurants hatten Edens restliche Sachen mitgebracht und sie unauffällig in einer Ecke des Wohnzimmers abgestellt. Den Großteil ihrer Kleidung hatte Danielle Anfang der Woche abgeholt, aber es hatten sich immer noch hier und dort im Haus Schuhe und der eine oder andere Kosmetikartikel gefunden. Auch ihre Bürste war dabei, voll mit ihren Haaren. Danielle schleppte alles nach oben. Sie würde es in Edens Zimmer stellen und später auspacken oder niemals. Es spielte nicht die geringste Rolle, wo Edens alte Chucks jetzt standen.

An der Zimmertür musste sie an das denken, was Gates über die Ansage auf dem Anrufbeantworter ihrer Mutter erzählt hatte, und da fragte sie sich, wie lange sie diesen Zeitungsschnipsel mit dem »Eden Hazard« dort hängen lassen würde. Eigentlich hatte sie bloß die Taschen ins Zimmer stellen wollen, aber irgendetwas zog sie hinein. Sie betrachtete die Poster, ebenso zusammengewürfelt wie die Gedanken ihrer Tochter. *Reservoir Dogs,* van Goghs *Sonnenblumen,* irgendein magerer tätowierter Hohlkopf mit offenem Hemd. Auf der Kommode lag Make-up verstreut und in der Mitte ein Baseball, den sie im Fenway-Park-Stadion aufgefangen hatte.

Danielle legte sich auf das abgezogene Bett. Dabei rutschte etwas aus ihrer Jackentasche. Es war der Umschlag, den die Frau mit den grünen Augen ihr bei der Trauerfeier gegeben hatte. »Für Edens Mutter«. Sie riss ihn auf. Die Karte war geschmackvoll: kein kitschiger Spruch, nur ein Schwarz-Weiß-Foto einer Orchidee. Sie klappte sie auf, um nachzusehen, wer diese Frau war, und mehrere Blatt Notizpapier fielen heraus, allesamt beidseitig mit einer kleinen, ordentlichen Handschrift bedeckt. Danielle sah auf die letzte Seite. Sie war von Alice Hill unterschrieben. *Natürlich.* Hannahs Mutter. *Da drin ist etwas, das Sie bestimmt lesen wollen.*

Sie ließ die Seiten neben sich fallen. Lesen ging im Moment über ihre Kraft. Sie würde es später tun. Obwohl sie nicht einen Tropfen Alkohol getrunken hatte, wurde sie mit einem Mal von Erschöpfung überwältigt. Die Leere des Hauses war wie ein Betäubungsgas, das unsichtbar ins Zimmer strömte. Sie wollte nicht unbedingt hier liegen und über ihr totes Kind nachdenken, aber sie war zu matt, um die Erinnerung zurückzudrängen, die nun in ihr aufstieg. Eden war noch klein, drei oder vier. Sie waren in einem kleinen Einkaufszentrum, nur sie beide. Danielle benötigte ein neues Kleid – ihre Freundin Maude heiratete den falschen Mann, wieder einmal. Sie hatte Eden mit in die Umkleidekabine genommen, wo diese sich damit vergnügte, sich in den einander gegenüberhängenden Spiegeln zu betrachten. Unendlich viele Edens. Und dann, als Danielles Kopf gerade in dem Kleid steckte, in das sie sich hineinzuzwängen versuchte, flitzte Eden los, so schnell wie ein Spaniel, den man von der Leine gelassen hatte. Während Danielle hektisch das Kleid herabzog, rief sie ihre Tochter, und als das nicht half, bat sie etwaige Erwachsene in Hörweite um Hilfe. Als sie hinter dem Vorhang hervorstolperte, war das Mädchen weg. Niemand hatte etwas gesehen. Alle wurden panisch. Verkaufspersonal, Security-Leute, besorgte Bürger. Ihr persönlicher kleiner Amber-Alarm mitten im Filene's-Kaufhaus.

Danielle fand sie selbst. Wahrscheinlich reines Glück, vielleicht aber auch mehr als das, ein mütterlicher Instinkt, der sie in einen Stand in der Kosmetikabteilung schauen ließ, wo ihre Tochter fröhlich vor einer Spiegelsäule Lippenstift auftrug. Lippenstiftstreifen auf den Lippen und Wangen, auf der Stirn und am Hals. Lächelnd sah sie zu ihrer Mutter hoch und zeigte ihr stolz ihr Werk. Danielle hätte sie am liebsten angebrüllt, aber wozu? Das dumme Mädchen hatte ja nicht einmal gewusst, dass es verloren gegangen war.

Danach schlief Danielle ein, ein plötzlicher Sturz in eine traumlose Dunkelheit, die sie umfing wie ein warmes Bad. Sie hatte keine Ahnung, wie lange sie weg war. Es hätten nur wenige Sekunden sein können. Oder auch eine Stunde. Sicher war sie sich nur bei dem, was sie weckte. Eine Stimme hatte zu ihr gesprochen, nicht von dieser Welt, aber zu klar und zu realistisch, um ein Traum zu sein. Eine Stimme, die sie sanft drängte, etwas zu tun.

»Mom?«

DANKSAGUNG

Ich möchte meinem Freund und Agenten Henry Dunow danken, der mich seit über zwei Jahrzehnten klug berät und stets ein Zuhause für meine Bücher findet. Außerdem möchte ich Deb Futter und Randi Kramer von Celadon Books danken – ihr scharfsinniges Lektorat erwies sich als von unschätzbarem Wert für die Vollendung dieses Romans.

Und ich möchte meiner Familie danken: Caryl, Clementine, Alexander, Aurora und Celeste. Sie sind ständige Inspirationsquellen für mich und meine besten Leser*innen. Sie machen das alles möglich.

Fünf beste Freunde, ein tödliches Geheimnis und ein Wochenende der Wahrheit

KIMBERLY MCCREIGHT

FREUNDE. FÜR IMMER.

THRILLER

Auf dem College waren sie unzertrennlich – bis ein tödliches Geheimnis alles verändert hat. Zehn Jahre später treffen sich die Freunde Jonathan, Derrick, Keith, Stephanie und Maeve für ein Wochenende in den Catskill Mountains. Doch dann sind Keith und Derrick plötzlich verschwunden, die Polizei findet lediglich ihren Wagen, darin eine Leiche mit zertrümmertem Gesicht. Hat die Vergangenheit noch eine Rechnung mit ihnen offen? Als Detective Julia Scutt sich einschaltet, wird klar, dass es eine Verbindung zu einem alten Fall geben könnte, der die düstere Seite einer jeden Freundschaft hervorkehrt.

»Ein brillant konstruiertes Puzzle.«
– Julie Clark, Autorin von »Der Tausch«

DROEMER